인생의 새벽을 깨우는 좋은 습관

아침독서

10분

한국단편소설

인생의 새벽을 깨우는 좋은 습관

아침독서
10분

구인환(서울대 명예교수) 엮음

한국단편소설

좋은 책 좋은 독자를 만드는—
㈜신원문화사

아침독서
10분
활용법

아침독서운동은 일본에서 1988년에 처음 시작해 현재 일본 전체 학교의 약 63%가 넘는 학교가 참여하고 있으며, 우리나라에서도 2005년에 본격적으로 시작되어 전국의 학교에 책 읽는 문화를 만들고 있는 운동이다.

최근 발표된 한 언론 보도에 의하면 교육과학기술부에서 창의력과 폭넓은 사고를 갖춘 학생을 기르기 위해 '독서교육 및 학교도서관 종합 추진 방향'을 마련하고 있다고 한다.

내용을 살펴보면 초등학교에서는 아침독서 10분 운동을 통한 독서활동과 도서관 친해지기 프로그램을 적극 권장하고, 자녀와 함께 책 읽는 가족문화 풍토조성을 위하여 다양한 지원을 확대한다고 한다.

또한, 중·고등학교의 경우 논리력·표현력을 향상시키기 위해 정규교과시간과 독서활동을 연계하고 학생 독서토론 동아리 활동 등을 지원한다는 계획이다.

이런 분위기에 발맞추어 기획된 아침독서 10분 시리즈를 적극적으로 활용한다면 독자들에게는 큰 유익이 될 것이다.

《인생의 새벽을 깨우는 좋은 습관 아침독서 10분》을
활용하는 방법은 크게 3가지다.

1 온 가족이 함께 읽는다

부모는 자녀가 아침독서 시간을 가질 수 있도록 시간적 배려를 해줘야
한다. 이 시간에는 아무리 바쁘더라도 다른 일을 자제하고, 자녀와 함
께 일정한 시간동안 정해진 장소에 모여 책을 읽도록 한다.

2 날마다 꾸준히 읽는다

여러 가지 일과로 분주한 아침이지만 날마다 꾸준히 독서하는 습관을
들이는 것이 중요하다. 채 읽는 습관을 갖게 되면 이 시간을 통하여 자
신의 내면을 바라보게 되고 차분한 상태에서 마음의 여유를 갖게 된다.

3 좋아하는 책을 읽는다

어떤 문학 작품을 막론하고 본인이 좋아하는 책을 읽어야 한다. 흥미
있는 책을 읽다보면 본인도 모르게 책 읽는 습관을 갖게 되고, 오랫동
안 잊고 있었던 책 읽기의 즐거움에 흠뻑 빠지게 된다.

머리말

세상은 흐르는 물과 같이 변해 간다. 물은 잠시도 머물러 있지 않고 낮은 데로 흘러가 작은 개울이 큰 강이 되고, 큰 강물은 또 흘러가 오대양의 망망대해를 이루어 출렁거린다.

흐르다가 좁아지면 거기에 따라 흐르고, 막히면 잠시 머물렀다가 그것을 넘어 흐른다. 그 흐르는 물결을 따라 계곡의 절경을 이루기도 하고, 댐에 갇혀 방류될 때를 기다리기도 하며, 흐르고 흘러 수평선을 넘나드는 대해의 장관을 이루기도 한다.

우리는 이 흐르는 물과 같은 세상 속에서 금수강산의 아름다움을 누리며 오늘을 살아간다. 사계가 분명하고 청명한 이 강산에서 내일의 지평을 그리며, 뜻을 굳히고 길을 찾아 앞으로 달려가는 것이다. 그러기 위해서는 평소에 시나 소설, 고전 등을 많이 읽어 정서적 상상력과 사고력을 기르고, 그것을 구술·논술로 표현할 수 있는 능력을 갖추어야 한다.

그런 의미에서 이 책은 다음과 같은 선정 기준을 갖고 기획되었다.

1 대입수능시험 및 논술시험을 앞두고 있는 고등학생이나 일반인의 교양을 위해, 각 분야에서 기념비가 될 만한 주옥같은 작품을 엄선했다.

2 각 작품마다 감상 전에 '작가소개', '줄거리', '작품해설' 등을 미리 읽어볼 수 있도록 배려하여, 독자가 상상력을 기르고 작품을 풍부하고 심도 있게 이해할 수 있도록 하였다.

3 작품의 이해를 돕고 독자의 사고력 신장에 도움이 되도록, 난해한 어휘의 경우 하단에 중요 어구를 풀이해 놓았다.

4 작품과 관련된 생각할 문제들을 제시하고 자세한 모범 답안을 정리해 놓아 독자들이 읽은 작품을 반추하고 정리할 수 있도록 하였다.

이런 기준으로 엮어진 《인생의 새벽을 깨우는 좋은 습관 아침독서 10분》은 수능과 논술 입시를 준비하는 학생들에게 성실한 길잡이가 되고, 일반인의 교양을 위한 등불이 될 것이다. 독자들이 그 속에 얽힌 삶의 의미와 총체상을 이해하고, 창조의 예술미를 음미하면서 삶을 누릴 수 있기를 기대한다.

구 인 환

목차

감자

김동인
(金東仁 1900~1951)

감자

김동인(金東仁 1900~1951)

작가와 작품세계

김동인(1900~1951)

　호는 금동(琴童). 평양에서 출생. 유복한 가정에서 태어나 평양교회 초
대 장로인 부친의 영향으로 기독교적 분위기에서 자랐다. 1914년 일본
으로 건너가 메이지 학원을 졸업했으며, 1918년에는 미술에 뜻을 두고
가와바타 미술학교에 입학했다. 1919년 주요한, 전영택 등과 함께 문예
동인지《창조》를 발간하고 귀국하여, 3·1 운동 무렵에 출판법 위반 혐의
로 6개월간 징역을 살았다.《창조》에 발표한 처녀작 〈약한 자의 슬픔〉을
비롯하여 〈붉은 산〉, 〈배따라기〉, 〈감자〉, 〈김연실전〉 등 자연주의 경향의
작품을 다수 발표하였고, 한편으로는 〈광화사〉, 〈광염 소나타〉 등과 같은
탐미주의·예술 지상주의 소설을 썼다. 1930년대 이후로는 역사 소설의
창작에 주력하여 〈운현궁의 봄〉, 〈젊은 그들〉, 〈대수양〉 등의 작품을 남
겼으며,《야담》이라는 월간지를 발간하는 등 통속적인 경향으로 흐르기
도 했다.《목숨》,《김동인 단편집》 등의 많은 소설집과 평론집《춘원 연
구》를 남겼다.

줄거리

　복녀는 농촌에서 얌전하게 자라난 처녀였다. 그러나 무능한 남편과 결

혼해서 빈민가로 밀려나고, 몸을 팔아 생계를 꾸리게 되면서 그의 도덕감은 점점 옅어져 간다.

어느 날 복녀는 중국인 왕 서방의 밭으로 감자를 도적질하러 갔다가 왕 서방에게 들킨 다음, 그와 지속적으로 관계를 갖게 된다. 그러다 왕 서방이 결혼하는 날, 복녀는 질투심에 사로잡혀 신방에 뛰어 들어가 함께 가자고 조르며 칼을 들이대다 오히려 왕 서방의 손에 죽는다. 왕 서방은 복녀의 남편과 의사에게 돈을 줌으로써 이 문제를 해결하고, 복녀의 시체는 뇌일혈로 죽었다는 의사의 진단으로 공동묘지에 보내진다.

작품해설

1925년 이 소설이 《조선문단》에 발표되었을 때, 몇몇 비평가들은 이를 신경향파적인 작품으로 받아들였다. 빈궁한 삶을 소재로 하여 그 비참함을 적나라하게 드러냈다는 점에서 이 소설이 신경향파 소설과 비슷하다고 판단했기 때문이다.

그러나 〈감자〉에서 작가의 관심은 사회적인 모순을 드러내고 분노를 터뜨리는 데 있는 것이 아니다. 정직한 농가에서 규칙 있게 자라난 처녀인 복녀가 빈민굴의 매음녀가 되고 결국 죽음을 맞게 되는 과정이, 별다른 감정을 거느리지 않고 그저 제시된다. 즉 환경에 따라—얌전한 농가에서 빈민굴로까지의 전락—복녀라는 인물이 변화되는 과정을 통해, 결국 인간은 환경에 의해 지배당할 수밖에 없다는 환경결정론을 보여주고 있다. 이런 변화에 대해 〈감자〉의 인물들은 어떤 자의식도 갖지 못한다. 몸을 팔아 번 돈을 남편에게 자랑스럽게 내보이는 복녀나, 아내의 죽음을 삼십 원과 맞바꾸는 복녀의 남편에게는 윤리나 도덕에 대한 의식이 전혀 없다. 그들은 단지 변화하는 환경에 적응할 뿐이다. 이런 특징들 속에서 〈감자〉를 자연주의 작품으로 보려는 견해가 생겨난 것이다. 김동인의 작품 중 자연주의라는 평을 듣고 있는 것에는 〈배따라기〉, 〈감자〉, 〈김연실전〉 등이 있는데, 그 중에서도 〈감자〉는 자연주의 정신이 가장 잘 구현되어 있다는 평가를 받는다. 인간이 도덕이나 윤리·법이라는 치장을 걸치기 전, 생물적 존재로서의 모습이 잘 묘사되어 있기 때문이다.

〈배따라기〉에서 형상화되고 있는 인간의 원초적인 애욕은 회상 속의 '과거'로서 주어지며, 이야기를 서술하는 현재의 시점은 낭만성으로 짙게 물들어 있다. 또 〈김연실전〉의 경우는, 방종한 생활을 해온 여주인공에게 '행복한 결혼'이라는 결말을 안겨 줌으로써 냉정한 시선을 포기하고 있다.

자연주의가 지녔던 시대적 의미에 있어서 드러나는 특질이 서로 비슷함에도 불구하고, 서구와 우리의 경우는 퍽 다르다. 졸라, 플로베르가 대표하는 서구의 자연주의는 진보성을 특징으로 한다. 환경에 의해 인간의 성격과 행동이 결정된다는 결정론은, 주변의 실제 생활이 중요하다는 사실의 자각에서 비롯된 것이었고, 자연주의의 바탕에는 물질만을 좇는 자본주의 사회에 대한 비판 정신이 깔려 있었다. 생물적 존재로서의 인간과 인간의 추악한 욕망을 적나라하게 드러내면서 사회의 모순을 보여 주는 것, 그것이 서구의 자연주의였다. 초기 자본주의 시대에 자연주의는 진보적인 문학 조류의 한 방편으로 자리 잡았던 것이다.

그러나 〈감자〉의 경우는 사회적 진보성과 거리가 멀다. 다양한 방향으로 뻗쳐 갔던 김동인의 실험 중 한 갈래가 〈감자〉를 낳았다고 보는 데서 그치는 편이 옳다.

우리나라의 경우, 서구의 여러 문예사조가 1920년대를 전후한 짧은 시기에 집중적으로 소개·수용되었으므로, 사실 어떤 사조의 역사적·사회적 뿌리를 캐기는 어렵다. 서구 역사의 특정한 고비에서 등장한 사조들을, 우리 작가들이 마구잡이로 받아들이다시피 했기 때문이다. 자연주의 소설로서의 〈감자〉가 그러했듯, 서구 문예사조와 최소한의 공통점을 가지면서도 서구와 다른 한국적 특질을 가진 것이 한국 문학사의 특징이다.

생각 나누기

1. 〈감자〉에서 보이는 자연주의적 특질을 지적해 보자.
2. 〈감자〉와 같은 계열에 속한다고 평가되는 이 작가의 작품을 둘 이상 들어 보자.
3. 복녀가 파멸에 이르는 원인과 작가가 이 작품에서 보여 준 현실 인식의 한계를 연관 지어 설명해 보자.

모범 답안

1. 〈감자〉는 주인공 복녀를 중심으로 자연주의적 성격을 뚜렷이 부각시킨 작품이다. 자연주의는 유전 법칙이나 자연의 섭리에 따라 인간을 기계적으로 진단, 짐승과도 같은 어두운 면을 파헤쳐 인간이 자연과 동질임을 보여 주는 사상이다. 인간의 성격은 환경에 의해 결정된다는 결정론과 함께 생존을 위해 다른 가치를 무시하는 인간상, 즉 생물적 존재로서의 인간을 노골적으로 묘사한다는 점에서 자연주의적 특질이 잘 드러난다. 복녀는 원래 정직한 농가에서 규칙 있게 자라난 처녀였으나, 돈에 팔려 나이 많은 남자에게 시집을 가면서 자유분방한 생활을 하게 된다. 송충이 잡이를 하다가 감독의 눈에 띄어 몸을 주고는 편히 지내고, 또 고구마를 훔치다가 왕 서방에게 발각되어 몸을 준 대가로 돈을 받는다. 왕 서방이 결혼을 하자 비로소 사랑을 자각한 복녀는 질투에 불타 신방에 낫을 들고 가 휘두르다가 오히려 죽음을 맞게 된다. 이 남자 저 남자에게 몸을 주고 대가를 받는 본능 그대로의 모습, 질투의 불길 때문에 죽음을 맞이하는

종말의 비극에서 자연주의의 특성이 강하게 드러나고 있다.

2. 김동인의 작품은 〈감자〉와 같은 자연적 사실주의 계열과 〈배따라기〉와 같은 생의 외경을 추구하는 계열, 그리고 〈광화사〉와 같은 탐미적 계열로 나누어진다. 〈감자〉는 생의 외경과 운명을 그린 〈배따라기〉, 신여성의 발랄한 자유연애 사상을 그린 〈김연실전〉, 염상섭을 두고 썼다는 〈발가락이 닮았다〉 등과 그 경향을 같이한다.

3. 복녀는 벗어날 수 없는 가난과 애욕 때문에 결국 죽음이라는 비극적 상황으로 치닫게 된다. 애욕은 복녀 개인에게 속한 원인이지만, 가난의 문제는 개인의 책임으로만 돌릴 수 없는 문제다. 가난과 무지로 인해 도덕적으로 타락하게 되는 한 여인의 삶은 현실 상황에 의해 지배되는 한 인간의 운명을 잘 보여 주고 있지만, 그 비극의 원인으로 제시되는 빈곤의 근본적인 원인에 대한 작가의 고찰은 부족하다.

감자

    싸움, 간통, 살인, 도적, 구걸, 징역, 이 세상의 모든 비극과 활극의 근원지인 칠성문 밖 빈민굴로 오기 전까지 복녀 부처는 (사농공상의 제2위에 드는) 농민이었다.

    복녀는, 원래 가난은 하나마 정직한 농가에서 규칙 있게 자라난 처녀였다. 이전 선비의 엄한 규율은 농민으로 떨어지자부터 없어졌다 하나, 그러나 어딘지는 모르지만 딴 농민보다는 좀 똑똑하고 엄한 가율이 그의 집에 그냥 남아 있었다. 그 가운데서 자라난 복녀는 물론 다른 집 처녀들과 같이 여름에는 벌거벗고 개울에서 멱감고, 바짓바람으로 동네를 돌아다니는 것을 예사로 알기는 알았지만, 그러나 그의 마음속에는 막연하나마 도덕이라는 것에 대한 저품[1]을 가지고 있었다.

    그는 열다섯 살 나는 해에 동리 홀아비에게 팔십 원에 팔려서 시집이라는 것을 갔다. 그의 새서방(영감이라는 편이 적당할까)이라는 사람은 그보다 이십 년이나 위로서, 원래 아버지의 시대에는 상당한 농민으로 밭도 몇 마지기가 있었으나, 그의 대로 내려오면서는 하나 둘 줄기 시작하여, 마지막에 복녀를 산 팔십 원이 그의 마지막 재산이었다. 그는 극도로 게으른 사람이었다. 동리 노인의 주선으로 소작 밭깨나 얻어 주면, 종자만 뿌려 둔 뒤에는 후치질[2]도 안 하고 김도 안 매고 그냥 내버려 두었다가는,

---

1 '두려움'의 옛말.
2 쟁기로 고랑을 파서 이랑의 북을 돋우는 일.

가을에 가서는 되는대로 거두어서 '금년은 흉년입네.' 하고 전주집에는 가져도 안 가고 자기 혼자 먹어 버리곤 하였다. 그러니까 그는 한 밭을 이태[3]를 연하여 부쳐 본 일이 없었다. 이리하여 몇 해를 지내는 동안 그는 그 동리에서는 밭을 못 얻으리만큼 인심과 신용을 잃고 말았다.

복녀가 시집을 간 뒤 한 삼사 년은 장인의 덕으로 이렁저렁 지내 갔으나, 이전 선비의 꼬리인 장인은 차차 사위를 밉게 보기 시작하였다. 그들은 처가에까지 신용을 잃게 되었다.

그들 부처는 여러 가지로 의논하다가 하릴없이 평양성 안으로 막벌이로 들어왔다. 그러나 게으른 그에게는 막벌이나마 역시 되지 않았다. 하루 종일 지게를 지고 연광정에 가서 대동강만 내려다보고 있으니, 어찌 막벌이인들 될까. 한 서너 달 막벌이를 하다가, 그들은 요행 어떤 집 막간(행랑)살이로 들어가게 되었다.

그러나 그 집에서도 얼마 안 하여 쫓겨 나왔다. 복녀는 부지런히 주인 집 일을 보았지만, 남편의 게으름은 어찌할 수가 없었다. 매일 복녀는 눈에 칼을 세워 가지고 남편을 채근하였지만, 그의 게으른 버릇은 개를 줄 수는 없었다.

"볏섬 좀 치워 달라우요."

"남 졸음 오는데, 님자 치우시관."

"내가 치우나요?"

"이십 년이나 밥 처먹구 그걸 못 치워."

"에이구, 칵 죽구나 말디."

"이년, 뭘!"

이러한 싸움이 그치지 않다가, 마침내 그 집에서도 쫓겨 나왔다.

이젠 어디로 가나? 그들은 하릴없이 칠성문 밖 빈민굴로 밀리어 오게

---

3 두 해.

되었다.

칠성문 밖을 한 부락으로 삼고 그 곳에 모여 있는 모든 사람들의 정업[4]은 거러지요, 부업으로는 도적질(자기네끼리의)과 매음, 그 밖에 이 세상의 모든 무섭고 더러운 죄악이었다. 복녀도 그 정업으로 나섰다.

그러나 열아홉 살 한창 좋은 나이의 여편네에게 누가 밥인들 잘 줄까.
"젊은 거이 거랑질은 왜?"
그런 소리를 들을 때마다 그는 여러 가지 말로, 남편이 병으로 죽어가거니 어쩌거니 핑계는 댔지만, 그런 핑계에 단련된 평양 시민의 동정은 역시 살 수가 없었다. 그들은 이 칠성문 밖에서도 가장 가난한 사람 가운데 드는 편이었다. 그 가운데서 잘 수입되는 사람은 하루에 오 리짜리 돈푼으로 일 원 칠팔십 전의 현금을 쥐고 돌아오는 사람까지 있었다. 극단으로 나가서는 밤에 돈벌이 나갔던 사람은 그날 밤 사백여 원을 벌어 가지고 와서 그 근처에서 담배 장사를 시작한 사람까지 있었다.

복녀는 열아홉 살이었다. 얼굴도 그만하면 빤빤하였다. 그 동리 여인들의 보통 하는 일을 본받아서, 그도 돈벌이 좀 잘하는 사람의 집에라도 간간 찾아가면 매일 오륙십 전은 벌 수가 있었지만, 선비의 집안에서 자라난 그는 그런 일은 할 수가 없었다.

그들 부처는 역시 가난하게 지냈다. 굶는 일도 흔히 있었다.

기자묘 솔밭에 송충이가 끓었다. 그때, 평양부에서는 그 송충이를 잡는 데 (은혜를 베푸는 뜻으로) 칠성문 밖 빈민굴 여인들을 인부로 쓰게 되었다.

빈민굴 여인들은 모두 다 지원을 하였다. 그러나 뽑힌 것은 겨우 오십

---

4 직업, 생업.

명쯤이었다. 복녀도 그 뽑힌 사람 가운데 한 사람이었다.

복녀는 열심으로 송충이를 잡았다. 소나무에 사다리를 놓고 올라가서는, 송충이를 집게로 집어서 약물에 잡아넣고 또 그렇게 하고, 그의 통은 잠깐 사이에 차곤 하였다. 하루에 삼십이 전씩의 품삯이 그의 손에 들어왔다.

그러나 대엿새 하는 동안에 그는 이상한 현상을 하나 발견하였다. 그것은 다른 것이 아니라, 젊은 여인부 한 여남은 사람은 언제나 송충이는 안 잡고, 아래서 지절거리며 웃고 날뛰기만 하고 있는 것이었다. 뿐만 아니라, 그 놀고 있는 인부의 품삯은, 일하는 사람의 삯전보다 팔 전이나 더 많이 내어주는 것이다.

감독은 한 사람뿐이었는데 감독도 그들이 놀고 있는 것을 묵인할 뿐 아니라, 때때로는 자기까지 섞여서 놀고 있었다.

어떤 날 송충이를 잡다가 점심때가 되어서, 나무에서 내려와서 점심을 먹고 다시 올라가려 할 때 감독이 그를 찾았다.

"복네! 애 복네!"

"왜 그릅네까?"

그는 약통과 집게를 놓고 뒤로 돌아섰다.

"좀 오나라."

그는 말없이 감독 앞에 갔다.

"애, 너, 음…… 데 뒤 좀 가 보디 않갔니?"

"뭘 하레요?"

"글쎄, 가야……."

"가디요. ……형님!"

그는 돌아서면서 인부들 모여 있는 데로 고함쳤다.

"형님두 갑세다가레."

"싫다 애, 둘이서 재미나게 가는데, 내가 무슨 맛에 가갔니?"

복녀는 얼굴이 새빨갛게 되면서 감독에게로 돌아섰다.

"가 보자."

감독은 저편으로 갔다. 복녀는 머리를 수그리고 따라갔다.

"복네 좋갔구나."

뒤에서 이러한 조롱 소리가 들렸다. 복녀의 숙인 얼굴은 더욱 발갛게 되었다.

그 날부터 복녀도 '일 안 하고 품삯 많이 받는 인부'의 한 사람으로 되었다.

복녀의 도덕관 내지 인생관은 그때부터 변하였다.

그는 아직껏 딴 사내와 관계를 한다는 것을 생각하여 본 일도 없었다. 그것은 사람의 일이 아니요, 짐승의 하는 짓쯤으로만 알고 있었다. 혹은 그런 일을 하면 탁 죽어지는지도 모를 일로 알았다.

그러나 이런 이상한 일이 어디 다시 있을까. 사람인 자기도 그런 일을 한 것을 보면, 그것은 결코 사람으로 못할 일이 아니었다. 게다가 일 안 하고도 돈 더 받고, 긴장된 유쾌가 있고, 빌어먹는 것보다 점잖고……. 일본 말로 하자면 '삼박자(三拍子)' 같은 좋은 일은 이것뿐이었다. 이것이야말로 삶의 비결이 아닐까. 뿐만 아니라, 이 일이 있은 뒤부터, 그는 처음으로 한 개 사람이 된 것 같은 자신까지 얻었다.

그 뒤부터는, 그는 얼굴에 조금씩 분도 바르게 되었다.

일 년이 지났다.

그의 처세의 비결은 더욱더 순탄히 진척되었다. 그의 부처는 이제는 그리 궁하게 지내지는 않게 되었다.

그의 남편은 이것이 결국 좋은 일이라는 듯이 아랫목에 누워서 벌신벌신 웃고 있었다.

복녀의 얼굴은 더욱 이뻐졌다.

"여보 아즈바니, 오늘은 얼마나 벌었소?"

복녀는 돈 좀 많이 번 듯한 거지를 보면 이렇게 찾는다.

"오늘은 많이 못 벌었쉐다."

"얼마?"

"도무지 열서너 냥."

"많이 벌었쉐다가레. 한 댓 냥 꿰주소고레."

"오늘은 내가……."

어쩌고 어쩌고 하면, 복녀는 곧 뛰어가서 그의 팔에 늘어진다.

"나한테 들킨 댐에는 뀌구야 말아요."

"나 원, 이 아즈마니 만나믄 야단이더라. 자 꿰주디. 그 대신 응? 알아 있디?"

"난 몰라요. 해해해해."

"모르믄, 안 줄 테야."

"글쎄, 알았대두 그른다."

그의 성격은 이만큼까지 진보되었다.

가을이 되었다.

칠성문 밖 빈민굴 여인들은 가을이 되면 칠성문 밖에 있는 중국인 채마밭에 감자(고구마)며 배추를 도적질하러, 밤에 바구니를 가지고 간다. 복녀도 감자깨나 잘 도적질하여 왔다.

어떤 날 밤, 그는 고구마 한 바구니를 잘 도적질하여 가지고, 이젠 돌아오려고 일어설 때, 그의 뒤에 시꺼먼 그림자가 서서 그를 꽉 붙들었다. 보니, 그것은 그 밭의 주인인 중국인 왕 서방이었다. 복녀는 말도 못하고 멀쩐멀쩐 발 아래만 내려다보고 있었다.

"우리 집에 가."

왕 서방은 이렇게 말하였다.

"가재믄 가디. 원, 것두 못 갈까."

복녀는 엉덩이를 한 번 홱 두른 뒤에, 머리를 젖히고 바구니를 저으면서 왕 서방을 따라갔다.

한 시간쯤 뒤에 그는 왕 서방의 집에서 나왔다. 그가 밭고랑에서 길로 들어서려 할 때, 문득 뒤에서 누가 그를 찾았다.

"복네 아니야?"

복녀는 홱 돌아서 보았다. 거기는 자기 곁집 여편네가 바구니를 끼고, 어두운 밭고랑을 더듬더듬 나오고 있었다.

"형님이댔쉐까? 형님두 들어갔댔쉐까?"

"닙자두 들어갔댔나?"

"형님은 뉘 집에?"

"나? 눅 서방네 집에. 닙자는?"

"난 왕 서방네……. 형님, 얼마 받았소?"

"눅 서방네…… 그 깍쟁이 놈. 배추 세 페기……."

"난 삼 원 받았디."

복녀는 자랑스러운 듯이 대답하였다.

십 분쯤 뒤에 그는 자기 남편과 그 앞에 돈 삼 원을 내어놓은 뒤에, 아까 그 왕 서방의 이야기를 하면서 웃고 있었다.

그 뒤부터 왕 서방은 무시로[5] 복녀를 찾아왔다.

한참 왕 서방이 눈만 멀찐멀찐 앉아 있으면, 복녀의 남편은 눈치를 채고 밖으로 나간다. 왕 서방이 돌아간 뒤에 그들 부처는, 일 원 혹은 이 원을 가운데 놓고 기뻐하고 하였다.

복녀는 차차 동리 거지들한테 애교를 파는 것을 중지하였다. 왕 서방이 분주하여 못 올 때가 있으면 복녀는 스스로 왕 서방의 집까지 찾아갈 때

5 특별히 정한 때가 없이 아무 때나.

도 있었다.

복녀 부처는 이제 이 빈민굴의 한 부자였다.

그 겨울도 가고 봄이 이르렀다.

그때 왕 서방은 돈 백 원으로 어떤 처녀를 하나 마누라로 사 오게 되었다.

"흥!"

복녀는 다만 코웃음만 쳤다.

"복녀, 강짜[6] 하갔구만."

동리 여편네들이 이런 말을 하면, 복녀는 흥 하고 코웃음을 웃곤 하였다.

내가 강짜를 해? 그는 늘 힘있게 부인하고 하였다. 그러나 그의 마음에 생기는 검은 그림자는 어찌할 수가 없었다.

"이놈 왕 서방, 네 두고 보자."

왕 서방이 색시를 데려오는 날이 가까웠다. 왕 서방은 아직껏 자랑하던 기다란 머리를 깎았다. 동시에 그것은 새색시의 의견이라는 소문이 쫙 퍼졌다.

"흥!"

복녀는 역시 코웃음만 쳤다.

마침내 색시가 오는 날에 이르렀다. 칠보단장에 사인교를 탄 색시가, 칠성문 밖 채마밭 가운데 있는 왕 서방의 집에 이르렀다.

밤이 깊도록, 왕 서방의 집에는 중국인들이 모여서 별한 악기를 뜯으며 별한 곡조로 노래하며 야단하였다. 복녀는 집 모퉁이에 숨어 서서 눈에 살기를 띠고 방 안의 동정을 듣고 있었다.

다른 중국인들이 새벽 두 시쯤 하여 돌아가는 것을 보면서 복녀는 왕

---

6 '강샘'을 속되게 이르는 말. 부부 사이나 사랑하는 이성 사이에서 상대되는 이성이 다른 이성을 좋아할 경우에 지나치게 시기하는 것.

서방의 집 안에 들어갔다. 복녀의 얼굴에는 분이 하얗게 발리어 있었다.

신랑 신부는 놀라서 그를 쳐다보았다. 그것을 무서운 눈으로 흘겨보면서, 그는 왕 서방에게 가서 팔을 잡고 늘어졌다. 그의 입에서는 이상한 웃음이 흘렀다.

"자, 우리 집으로 가요."

왕 서방은 아무 말도 못하였다. 눈만 정처 없이 두룩두룩하였다. 복녀는 다시 한 번 왕 서방을 흔들었다.

"자, 어서."

"우리, 오늘 밤 일이 있어 못 가."

"일은 밤중에 무슨 일."

"그래두, 우리 일이⋯⋯."

복녀의 입에 여태껏 떠돌고 있던 이상한 웃음이 문득 없어졌다.

"이까짓 것!"

그는 발을 들어서 치장한 신부의 머리를 찼다.

"자, 가자우, 가자우."

왕 서방은 와들와들 떨었다. 왕 서방은 복녀의 손을 뿌리쳤다.

복녀는 쓰러졌다. 그러나 곧 다시 일어섰다. 그가 다시 일어설 때는, 그의 손에는 얼른얼른하는 낫이 한 자루 들리어 있었다.

"이 되놈, 죽어라, 죽어라. 이놈, 나 때렸디! 이놈아, 아이구, 사람 죽이누나."

그는 목을 놓고 처울면서 낫을 휘둘렀다. 칠성문 밖 외따른 밭 가운데 홀로 서 있는 왕 서방의 집에서는 일장의 활극이 일어났다. 그러나 그 활극도 곧 잠잠하게 되었다. 복녀의 손에 들리어 있던 낫은 어느덧 왕 서방의 손으로 넘어가고, 복녀는 목으로 피를 쏟으면서 그 자리에 고꾸라져 있었다.

복녀의 송장은 사흘이 지나도록 무덤으로 못 갔다. 왕 서방은 몇 번을 복녀의 남편을 찾아갔다. 복녀의 남편도 때때로 왕 서방을 찾아갔다. 둘의 사이에는 무슨 교섭하는 일이 있었다. 사흘이 지났다.

　밤중에 복녀의 시체는 왕 서방의 집에서 남편의 집으로 옮겨졌다. 그리고 시체에는 세 사람이 둘러앉았다. 한 사람은 복녀의 남편, 한 사람은 왕 서방, 또 한 사람은 어떤 한방 의사. 왕 서방은 말없이 돈주머니를 꺼내어, 십 원짜리 지폐 석 장을 복녀의 남편에게 주었다. 한방 의사의 손에도 십 원짜리 두 장이 갔다.

　이튿날 복녀는 뇌일혈로 죽었다는 한방 의사의 진단으로 공동묘지로 실려 갔다.

운수좋은 날

현진건

(玄鎭健 1900~1943)

운수 좋은 날

현진건(玄鎭健 1900~1943)

작가와 작품세계

현진건(1900~1943)

호는 빙허(憑虛). 경북 대구 출생. 중국 상해 호강대학 독일어 전문학교 수학. 1920년 《개벽》에 〈희생화〉를 발표하면서 문단에 등단하였다. 1922년 박종화·홍사용 등과 더불어 《백조》 동인으로 활동하면서 많은 작품을 내놓는다. 초기의 작품 〈희생화〉, 〈빈처〉, 〈술 권하는 사회〉, 〈타락자〉 등은 봉건 사회로부터 근대 사회로 바뀌는 과도기에 빚어지는 지식 계층의 사회에 대한 불화와 갈등을 그렸다. 〈운수 좋은 날〉, 〈사립정신병원장〉, 〈고향〉 등의 소설에서는 일제의 식민지 정책이 노골화되는 상황에서 서민들이 적극적으로 시대에 대응해 가는 양상을 보여주고자 노력했다. 특히 사회 계층의 양극화 현상을 주시하고, 하층 계급의 불행을 그림과 동시에 지식인들의 소극적인 현실 대응 자세를 비판하였다. 그러나 1930년대 후반에 이르러서는 이러한 현실 대응조차 가능하지 않게 되자 〈적도〉, 《무영탑》 등을 통해 새로운 세계를 지향하는 유토피아 의식을 보였다.

그는 사실주의 작가로서 기교적으로는 정확하고 풍부한 언어와 치밀하고 섬세한 묘사체 문체의 특징을 보여준다.

동소문 안의 가난한 인력거꾼 김 첨지는 중병에 걸린 아내가 약 한 첩 못 쓰고 죽어 가고 있는 어느 날, 오늘만은 나가지 말라는 아내의 애원을 뿌리치고 일을 나간다. 그는 근 열흘 동안 수입 한 푼 없던 터에 그날은 비가 와서인지 우연히 세 번이나 손님을 맞아 벌이가 무척 좋아 마냥 기뻐한다.

그러나 행운이 계속되자 아내의 얼굴이 떠오르면서 불안한 마음이 생기기도 한다. 결국 일을 끝내고, 선술집에서 술을 마시고 아내가 먹고 싶어 하던 설렁탕을 사 들고 귀가하지만, 아내는 죽어 있고 김 첨지는 통곡하게 된다.

작품해설

이 작품은 1924년 《개벽》에 발표한 단편으로, 가난한 인력거꾼 김 첨지를 통해 일제 강점기하 하층민의 비참한 삶을 사실주의적으로 보여 주고 있다.

어느 비 오는 날, 하루 동안 계속된 김 첨지의 행운은 결코 행운일 수 없으며 더 큰 불행을 예고하는 것일 뿐이다. 작가는 김 첨지를 통해 하층민의 참상을 그려 냄과 동시에 그러한 참상이 어떤 우연한 행운, 즉 운수에 의해 극복될 수 있는 것이 아님을 보여 주고 있다. 또 설혹 그러한 행운이 있다 하더라도 그것은 일시적인 것에 불과하며, 보다 근본적인 해결 없이는 이 하층민들의 가난과 고통은 사라지지 않음을 역설하고 있다. 결국 당시의 하층민에게 있어서 진정한 의미의 '운수 좋은 날'이란 존재할 수 없는 것이다.

이 작품에서는 '비'가 소설의 내용과 주제를 암시하는 중요한 배경 소재로써 활용되고 있다. 비가 온다는 것은 그 자체가 음산한 분위기를 가지고 있기 때문에 김 첨지의 불행을 암시하는 것일 뿐 아니라, 비가 오기 때문에 사람들이 인력거를 많이 이용한다는 점에서 김 첨지의 일시적인 행운의 조짐이기도 하다. 즉 '비' 자체가 손님을 많이 태울 수 있다는 행운과 아내의 죽음이라는 불행을 동시에 포괄할 수 있는 분위기를 제공하는 것이다.

그리고 김 첨지의 독백이나 대화에서 하층민의 어투나 욕설 등을 그대로 살려 냄으로써, 이 작품이 나타내고 있는 하층민의 상황을 보다 사실적으로 전달해 준다. 이런 배경적인 요소가 주제와 밀접한 상관성을 가지고 작품 전체를 지배하고 등장인물의 모습이 사실적으로 그려짐으로써, 이 소설은 당대 하층민의 불행한 현실을 가장 극적으로 보여 주고 있다.

생각 나누기

1. 이 작품의 표제인 〈운수 좋은 날〉이 김 첨지에게는 오히려 불행한 날이 되었는데, 이러한 결말이 의미하는 바는 무엇인가?
2. 이 작품의 분위기를 암시함과 동시에 주제와 긴밀하게 연관되어 있는 제재를 찾아 쓰고, 그 제재가 나타내고 있는 것이 무엇인가를 써 보자.
3. 김 첨지는 아내의 죽음을 예감하면서도 집으로 돌아가지 않고, 술을 마시며 돈을 뿌리는 행동을 한다. 이러한 비정상적인 행동이 가지는 의미에 대해 생각해 보자.

모범 답안

1. 일제가 모든 것을 수탈해 가던 당시, 궁핍하고 힘없는 대중에게 진정

으로 운수 좋은 날이란 있을 수 없다는 것을 김 첨지를 통해 그려 내고 있다. 못살고 가난한 하층민의 궁핍과 불행은 우연한 행운이나 운수에 의해 해결될 수 없다. 즉 일제 치하라는 사회의 어둠 속에서 겪는 궁핍은 횡재나 행운으로 극복하기에는 너무도 엄청난 현실인 것이다. 이러한 사회적 현실을 직시한 작가는 김 첨지에게 인력거라는 매개를 통해 행운을 주고는 아내의 죽음이란 비극으로 귀결짓는다. 이러한 비극적 결말이 불행이라는 현대 소설의 결말 구조와 함께 궁핍 속의 민초들의 삶을 비극적으로 보여 주는 것이다.

2. 이 작품에서 '비'는 소설 전체의 분위기를 암시하는 제재이다. 비가와 인력거를 타는 사람이 많아서 운수 좋은 날이 되기도 하지만, 이미 비 자체는 음산하고 우울한 분위기를 자아내어 더 큰 불행을 예고하고 있다.

3. 김 첨지의 뇌리에는 하루 종일 아내의 죽음에 대한 불안한 예감이 스치지만, 결국 집 근처에 와서도 들어가지 않는다. 또한 술을 마시고 횡설수설하며 돈을 뿌리는 이상한 행동을 하는데, 이는 불안감이 극에 달했기 때문이다. 즉, 자신의 불안에 대한 확인을 유보하려는 심리가 발동하여 술을 통해 불안을 잊으려 하는 것이다. 또한 아내의 죽음은 결국 '돈'이라는 자본주의적 상징물과 연관되어 있음을 느끼고 돈을 던져 버린다. 결국 집으로 돌아온 그는 자신의 불안이 절망으로 전개되는 상황을 겪게 된다.

운수 좋은 날

　새침하게 흐린 품이 눈이 올 듯하더니, 눈은 아니 오고 얼다가 만 비가 추적추적 내리는 날이었다.

　이 날이야말로 동소문 안에서 인력거꾼 노릇을 하는 김 첨지에게는 오래간만에도 닥친 운수 좋은 날이었다. 문안에(거기도 문밖은 아니지만) 들어간답시는 앞집 마나님을 전찻길까지 모셔다 드린 것을 비롯하여 행여나 손님이 있을까 하고 정류장에서 어정어정하며 내리는 사람 하나하나에게 거의 비는 듯한 눈길을 보내고 있다가 마침내 교원인 듯한 양복쟁이를 동광학교(東光學校)까지 태워다 주기로 되었다.

　첫째 번에 삼십 전, 둘째 번에 오십 전 —— 아침 댓바람에 그리 흥치 않은 일이었다. 그야말로 재수가 옴 붙어서 근 열흘 동안 돈 구경도 못 한 김 첨지는 십 전짜리 백동화 서 푼, 또는 다섯 푼이 찰깍하고 손바닥에 떨어질 제 거의 눈물을 흘릴 만큼 기뻤다. 더구나 이날 이때에 이 팔십 전이라는 돈이 그에게 얼마나 유용한지 몰랐다. 컬컬한 목에 모주 한 잔도 적실 수 있거니와, 그보다도 앓는 아내에게 설렁탕 한 그릇도 사다 줄 수 있음이다.

　그의 아내가 기침을 쿨룩거리기는 벌써 달포[1]가 넘었다. 조밥도 굶기를 먹다시피 하는 형편이니 물론 약 한 첩 써 본 일이 없다. 구태여 쓰려면 못

----
1 한 달이 조금 넘는 기간.

쓸 바도 아니로되, 그는 병이란 놈에게 약을 주어 보내면 재미를 붙여서 자꾸 온다는 자기의 신조(信條)에 어디까지나 충실했다. 따라서 의사에게 보인 적이 없으니 무슨 병인지는 알 수 없으되, 반듯이 누워 가지고 일어나기는커녕 새로 모로도 못 눕는 걸 보면 중증은 중증인 듯. 병이 이다지 심해지기는 열흘 전에 조밥을 먹고 체한 때문이다. 그때도 김 첨지가 오래간만에 돈을 얻어서 좁쌀 한 되와 십 전짜리 나무 한 단을 사다 주었더니, 김 첨지의 말에 의지하면 그 오라질 년이 천방지축(天方地軸)으로 냄비에 대고 끓였다. 마음은 급하고 불길은 달지 않아 채 익지도 않은 것을 그 오라질 년이 숟가락은 그만두고 손으로 움켜서 두 뺨에 주먹덩이 같은 혹이 불거지도록 누가 빼앗을 듯이 처박질 하더니만 그날 저녁부터 가슴이 땅긴다, 배가 켕긴다고 눈을 홉뜨고 지랄병을 했다. 그때 김 첨지는 열화와 같이 성을 내며,

"에이 오라질 년, 조랑복²은 할 수가 없어. 못 먹어 병, 먹어서 병! 어쩌란 말이야! 왜 눈을 바루 뜨지 못해!"

하고 김 첨지는 앓는 이의 뺨을 한 번 후려갈겼다. 홉뜬 눈은 조금 바루어졌건만 이슬이 맺혔다. 김 첨지의 눈시울도 뜨끈뜨끈했다.

이 환자가 그러고도 먹는 데는 물리지 않았다. 사흘 전부터 설렁탕 국물이 마시고 싶다고 남편을 졸랐다.

"이런 오라질 년! 조밥도 못 먹는 년이 설렁탕은. 또 처먹고 지랄병을 하게."라고 야단을 쳐 보았지만, 못 사 주는 마음이 시원치는 않았다.

인제 설렁탕을 사 줄 수도 있다. 앓는 어미 곁에서 배고파 보채는 개똥이(세 살 먹이)에게 죽을 사줄 수도 있다. 팔십 전을 손에 쥔 김 첨지의 마음은 푼푼하였다.³

그러나 그의 행운은 그걸로 그치지 않았다. 땀과 빗물이 섞여 흐르는

2 지지리 펴지 않는 보잘것없는 복. 북한말 사투리.
3 넉넉하다.

목덜미를 기름주머니가 다 된 왜목 수건으로 닦으며, 그 학교 문을 돌아 나올 때였다. 뒤에서 "인력거!" 하고 부르는 소리가 났다. 자기를 불러 멈춘 사람이 그 학교 학생인 줄 김 첨지는 한 번 보고 짐작할 수 있었다. 그 학생은 다짜고짜로,

"남대문 정거장까지 얼마요?"

라고 물었다. 아마도 그 학교 기숙사에 있는 이로 동기방학을 이용하여 귀향하려 함이리라. 오늘 가기로 작정을 했건만 비가 오고, 짐은 있고 해서 어찌할 줄 모르다가 마침 김 첨지를 보고 뛰어나왔음이리라. 그렇지 않으면 왜 구두를 채 신지 못해서 질질 끌고 비록 고구라⁴ 양복일망정 노박이로⁵ 비를 맞으며 김 첨지를 뒤쫓아 나왔으랴.

"남대문 정거장까지 말씀입니까?"

하고 김 첨지는 잠깐 주저하였다. 그는 이 우중에 우장도 없이 그 먼 곳을 철벅거리고 가기가 싫었음일까? 처음 것, 둘째 것으로 고만 만족하였음일까? 아니다, 결코 아니다. 이상하게도 꼬리를 맞물고 덤비는 이 행운 앞에 조금 겁이 났음이다. 그리고 집을 나올 제 아내의 부탁이 마음에 켕기었다. 앞집 마나님한테서 부르러 왔을 제 병인은 그 뼈만 남은 얼굴에 유일의 생물 같은 유달리 크고 움푹한 눈에 애걸하는 빛을 띠며,

"오늘은 나가지 말아요. 제발 덕분에 집에 붙어 있어요. 내가 이렇게 아픈데……."

라고 모기 소리같이 중얼거리고 숨을 걸그렁걸그렁하였다. 그때에 김 첨지는 대수롭지 않은 듯이,

"아따, 젠장맞을 년. 별 빌어먹을 소리를 다 하네. 맞붙들고 앉았으면 누가 먹여 살릴 줄 알아!"

하고 훌쩍 뛰어나오려니까 환자는 붙잡을 듯이 팔을 내저으며,

---

4 두껍게 짠 면직물.
5 끊임없이 줄곧.

"나가지 말래도 그래. 그러면 일찍이 들어와요."

하고 목메인 소리가 뒤를 따랐다.

정거장까지 가잔 말을 듣는 순간에 경련적으로 떠는 손, 유달리 큼직한 눈, 울 듯한 아내의 얼굴이 김 첨지의 눈앞에 어른어른하였다.

"그래, 남대문 정거장까지 얼마란 말이오?"

하고 학생은 초조한 듯이 인력거꾼의 얼굴을 바라보며 혼잣말같이,

"인천차가 열한 점에 있고, 그 다음에는 새로 두 점이든가."

라고 중얼거린다.

"일 원 오십 전만 줍시오."

이 말이 저도 모를 사이에 불쑥 김 첨지의 입에서 떨어졌다. 제 입으로 부르고도 스스로 그 엄청난 돈 액수에 놀랐다. 한꺼번에 이런 금액을 불러라도 본 지가 그 얼마 만인가! 그러자 그 돈 벌 용기가 병자에 대한 염려를 사르고 말았다. 설마 오늘 내로 어떠랴 싶었다. 무슨 일이 있더라도 제일 제이의 행운을 곱한 것보다도 오히려 갑절이 많은 이 행운을 놓칠 수 없다 했다.

"일 원 오십 전은 너무 과한데."

이런 말을 하며 학생은 고개를 기웃하였다.

"아니올시다. 릿수로 치면 여기서 거기가 시오 리가 넘는답니다. 또 이런 진 날엔 좀 더 주셔야지요."

하고 빙글빙글 웃는 차부의 얼굴에는 숨길 수 없는 기쁨이 넘쳐흘렀다.

"그러면 달라는 대로 줄 터이니 빨리 가요."

관대한 어린 손님은 그런 말을 남기고 총총히 옷도 입고 짐도 챙기러, 제 갈 데로 갔다.

그 학생을 태우고 나선 김 첨지의 다리는 이상하게 거뿐했다. 달음질을 한다느니보다 거의 나는 듯하였다. 바퀴도 어떻게 속히 도는지 구른다느니보다 마치 얼음을 지쳐 나가는 스케이트 모양으로 미끄러져 가는 듯하

였다. 언 땅에 비가 내려 미끄럽기도 하였지만.

이윽고 끄는 이의 다리는 무거워졌다. 자기 집 가까이 다다른 까닭이다. 새삼스러운 염려가 그의 가슴을 눌렀다.

'오늘은 나가지 말아요. 내가 이렇게 아픈데!'

이런 말이 잉잉 그의 귀에 울렸다. 그리고 병자의 움쑥 들어간 눈이 원망하는 듯이 자기를 노리는 듯하였다. 그러자 엉엉 하고 우는 개똥이의 곡성을 들은 듯싶다. 딸꾹딸꾹하고 숨 모으는 소리도 나는 듯싶다.

"왜 이러우, 기차 놓치겠구먼."

하고 탄 이의 초조한 부르짖음이 간신히 그의 귀에 들어왔다. 언뜻 깨달으니 김 첨지는 인력거를 쥔 채 길 한복판에 엉거주춤 멈춰 있지 않은가.

"예, 예."

하고 김첨지는 또다시 달음질했다. 집이 차차 멀어 갈수록 김 첨지의 걸음에는 다시금 신이 나기 시작하였다. 다리를 재게 놀려야만 쉴 새 없이 자기의 머리에 떠오르는 모든 근심과 걱정을 잊을 듯이.

정거장까지 끌어다 주고 그 깜짝 놀랄 일 원 오십 전을 정말 제 손에 쥠에, 제 말마따나 십 리나 되는 길을 비를 맞아 가며 질펙거리고 온 생각은 아니하고 거저나 얻은 듯이 고마웠다. 졸부나 된 듯이 기뻤다. 제 자식뻘밖에 안 되는 어린 손님에게 몇 번 허리를 굽히며,

"안녕히 다녀옵시오."

라고 깍듯이 재우쳤다.[6]

그러나 빈 인력거를 털털거리며 이 우중에 돌아갈 일이 꿈밖이었다. 노동으로 하여 흐른 땀이 식어지자 굶주린 창자에서, 물 흐르는 옷에서 어슬어슬 한기가 솟아나기 비롯하매, 일 원 오십 전이란 돈이 얼마나 괜찮고 괴로운 것인 줄 절절히 느꼈다. 정거장을 떠나가는 그의 발길은 힘 하

---

6 동작을 빨리하여 몰아쳤다.

나 없었다. 온몸이 옹송그려지며 당장 그 자리에 엎어져 못 일어날 것 같았다.

"젠장맞을 것! 이 비를 맞으며 빈 인력거를 털털거리고 돌아를 간담. 이런 빌어먹을 제 할미를 붙을 비가 왜 남의 상판을 딱딱 때려!"

그는 몹시 화증을 내며 누구에게 반항이나 하는 듯이 게걸거렸다. 그럴 즈음에 그의 머리엔 또 새로운 광명이 비쳤다니 그것은, '이러구 갈 게 아니라 이 근처를 빙빙 돌며 차 오기를 기다리면 또 손님을 태우게 되는지도 몰라.'란 생각이었다. 오늘은 운수가 괴상하게도 좋으니까 그런 요행이 또 한 번 없으리라고 누가 보증하랴. 꼬리를 굴리는 행운이 꼭 자기를 기다리고 있다고 내기를 해도 좋을 만한 믿음을 얻게 되었다. 그렇다고 정거장 인력거꾼의 등쌀이 무서우니 정거장 앞에 섰을 수는 없었다. 그래 그는 이전에도 여러 번 해 본 일이라 바로 정거장 앞 전차 정류장에서 조금 떨어지게, 사람 다니는 길과 전찻길 틈에 인력거를 세워 놓고 자기는 그 근처를 빙빙 돌며 형세를 관망하기로 했다. 얼마 만에 기차는 왔고, 수십 명이나 되는 손이 정류장으로 쏟아져 나왔다. 그 중에서 손님을 물색하는 김 첨지의 눈엔 양머리에 뒤축 높은 구두를 신고 망토까지 두른 기생 퇴물인 듯, 난봉 여학생인 듯한 여편네의 모양이 띄었다. 그는 슬금슬금 그 여자의 곁으로 다가들었다.

"아씨, 인력거 아니 타실랍시오?"

그 여학생인지 뭔지가 한참을 매우 태깔[7]을 빼며 입술을 꼭 다문 채 김 첨지를 거들떠보지도 않았다. 김 첨지는 구걸하는 거지나 무엇같이 연해 연방 그의 기색을 살피며,

"아씨, 정거장 애들 보담 아주 싸게 모셔다 드리겠습니다. 댁이 어디신가요?"

---

7 모습과 빛깔. 거만한 태도.

하고 추근추근하게도 그 여자의 들고 있는 일본식 버들고리짝에 제 손을 대었다.

"왜 이래, 남 귀찮게."

소리를 벽력같이 지르고는 돌아선다. 김 첨지는 어랍시오 하고 물러섰다.

전차는 왔다. 김 첨지는 원망스럽게 전차 타는 이를 노리고 있었다. 그러나 그의 예감(豫感)은 틀리지 않았다. 전차가 빡빡하게 사람을 싣고 움직이기 시작하였을 제 타고 남은 손 하나가 있었다. 굉장하게 큰 가방을 들고 있는 걸 보면 아마 붐비는 차 안에 짐이 크다 하여 차장에게 밀려 내려온 눈치였다. 김 첨지는 대어 섰다.

"인력거를 타실랍시오."

한동안 값으로 승강이를 하다가 육십 전에 인사동까지 태워다 주기로 했다. 인력거가 무거워지매 그의 몸은 이상하게도 가벼워졌고 그리고 또 인력거가 가벼워지니 몸은 다시금 무거워졌건만 이번에는 마음조차 초조해 온다. 집의 광경이 자꾸 눈앞에 어른거리어 인제 요행을 바랄 여유도 없었다. 나무 등걸이나 무엇 같고 제 것 같지도 않은 다리를 연해 꾸짖으며 갈팡질팡 뛰는 수밖에 없었다. '저놈의 인력거꾼이 저렇게 술이 취해 가지고 이 진 땅에 어찌 가노.' 하고 길 가는 사람이 걱정을 하리만큼 그의 걸음은 황급하였다. 흐리고 비 오는 하늘은 어둠침침하게 벌써 황혼에 가까운 듯하다. 창경원 앞까지 다다라서야 그는 턱에 닿은 숨을 돌리고 걸음도 늦추 잡았다. 한 걸음 두 걸음 집이 가까워 올수록 그의 마음조차 괴상하게 누그러웠다. 그런데 이 누그러짐은 안심에서 오는 게 아니요, 자기를 덮친 무서운 불행을 빈틈없이 알게 될 때가 박두한 것을 두리는 마음에서 오는 것이다. 그는 불행에 다닥치기 전, 시간을 얼마쯤이라도 늘리려고 버르적거렸다. 기적에 가까운 벌이를 하였다는 기쁨을 할 수 있으면 오래 지니고 싶었다. 그는 두리번두리번 사면을 살피었다. 그 모양은 마치 자기 집 —— 곧 불행을 향하여 달려가는 제 다리를 제힘으로는 도저히 어찌할 수 없으니 누구든지 나를 좀 잡아다고, 구해다고 하는 듯하였다.

그럴 즈음에 마침 길가 선술집에서 그의 친구 치삼이가 나온다. 그의 우글우글 살찐 얼굴에 주홍이 덧는 듯, 온 턱과 뺨에 시커멓게 구렛나룻이 덮였거늘, 노르탱탱한 얼굴이 바짝 말라서 여기저기 고랑이 패이고 수염도 있대야 턱 밑에만 마치 솔잎송이를 거꾸로 붙여 놓은 듯한 김 첨지의 풍채하고는 기이한 대상을 짓고 있었다.

"여보게 김 첨지, 자네 문안 들어갔다 오는 모양일세그려. 돈 많이 벌었을 테니 한잔 빨리게."

뚱뚱보는 말라깽이를 보든 맡에 부르짖었다. 그 목소리는 몸짓과 딴판으로 연하고 싹싹하였다. 김 첨지는 이 친구를 만난 게 어떻게 반가운지 몰랐다. 자기를 살려 준 은인이나 무엇같이 고맙기도 했다.

"자네는 벌써 한 잔한 모양일세그려. 자네도 오늘 재미가 좋아 보이."

하고 김 첨지는 얼굴을 펴서 웃었다.

"아따, 재미 안 좋다고 술 못 먹을 낸가. 그런데 여보게, 자네 왼몸이 어째 물독에 빠진 새앙쥐 같은가? 어서 이리 들어와 말리게."

선술집은 훈훈하고 뜨뜻하였다. 추어탕을 끓이는 손뚜껑을 열 적마다 뭉게뭉게 떠오르는 흰 김, 석쇠에서 뻐지짓뻐지짓 구워지는 너비아니 구이며 저육이며 간이며 콩팥이며 북어며 빈대떡…… 이 너저분하게 늘어놓은 안주 탁자에 김 첨지는 갑자기 속이 쓰려서 견딜 수 없었다. 마음대로 할양이면 거기 있는 모든 먹음 먹이를 모조리, 깡그리 집어삼켜도 시원치 않았다. 하되 배고픈 이는 위선 분량 많은 빈대떡 두 개를 쪼이기로 하고 추어탕을 한 그릇 청했다. 주린 창자는 음식 맛을 보더니 더욱 더욱 비어지며 자꾸자꾸 들이라들이라 하였다. 순식간에 두부와 미꾸리 든 국 한 그릇을 그냥 물같이 들이켜고 말았다. 셋째 그릇을 받아들었을 제 데

우던 막걸리 곱빼기 두 잔이 더웠다. 치삼이와 같이 마시자 원원히[8] 비었던 속이라 찌르르하고 창자에 퍼지며 얼굴이 화끈했다. 눌러 곱배기 한 잔을 또 마셨다.

김 첨지의 눈은 벌써 개개풀리기 시작했다. 석쇠에 얹힌 떡 두 개를 숭덩숭덩 썰어서 볼을 불룩거리며 또 곱빼기 두 잔을 부어라 하였다.

치삼은 의아한 듯이 김 첨지를 보며,

"여보게, 또 붓다니, 벌써 우리가 넉 잔씩 먹었네. 돈이 사십 전일세."

라고 주의시켰다.

"아따 이놈아, 사십 전이 그리 끔찍하냐. 오늘 내가 돈을 막 벌었어. 참 오늘 운수가 좋았느니."

"그래, 얼마를 벌었단 말인가?"

"삼십 원을 벌었어, 삼십 원을! 이런 젠장맞을, 술을 왜 안 부어……. 괜찮다, 괜찮다. 막 먹어도 상관이 없어. 오늘 돈 산더미같이 벌었는데."

"어, 이 사람 취했군. 그만두세."

"이놈아, 이걸 먹고 취할 내냐? 어서 더 먹어."

하고는 치삼의 귀를 잡아 치며 취한 이는 부르짖었다. 그리고 술을 붓는 열다섯 살 됨직한 중대가리에게로 달려들며,

"이놈, 오라질 놈, 왜 술을 붓지 않아."

라고 야단을 쳤다. 중대가리는 희희 웃고, 치삼을 보며 문의하는 듯이 눈짓을 하였다. 주정꾼이 이 눈치를 알아보고 화를 버럭 내며,

"에미를 붙을 이 오라질 놈들 같으니. 이놈, 내가 돈이 없을 줄 알고."

하자마자 허리춤을 홈칫홈칫하더니 일 원짜리 한 장을 꺼내어 중대가리 앞에 펄쩍 집어던졌다. 그 사품에 몇 푼 은전이 잘그랑 하며 떨어진다.

---

8 원래부터, 처음부터.

"여보게, 돈 떨어졌네. 왜 돈을 막 끼얹나."

이런 말을 하며 치삼은 일변 돈을 줍는다. 김 첨지는 취한 중에도 돈의 거처를 살피려는 듯이 눈을 크게 떠서 땅을 내려다보다가, 불시에 제 하는 짓이 너무 더럽다는 듯이 고개를 소스라치자 더욱 성을 내며,

"봐라 봐! 이 더러운 놈들아, 내가 돈이 없나! 다리 뼉다구를 꺾어 놓을 놈들 같으니."

하고 치삼이 주워 주는 돈을 받아,

"이 웬수엣 돈! 이 육시를 할 돈!"

하면서 팔매질을 친다. 벽에 맞아 떨어진 돈은 다시 술 끓이는 양푼에 떨어지며 정당한 매를 맞는다는 듯이 쨍 하고 울었다.

곱배기 두 잔은 또 부어질 겨를도 없이 말려 가고 말았다. 김 첨지는 입술과 수염에 붙은 술을 빨아들이고 나서 매우 만족한 듯이 그 솔잎송이 수염을 쓰다듬으며,

"또 부어, 또 부어."

라고 외쳤다.

또 한 잔 먹고 나서 김 첨지는 치삼의 어깨를 치며 문득 껄껄 웃는다. 그 웃음소리가 어떻게 컸던지 술집에 있는 이의 눈은 모두 김 첨지에게로 몰리었다. 웃는 이는 더욱 웃으며,

"여보게 치삼이, 내 우스운 이야기 하나 할까. 오늘 손을 태우고 정거장에까지 가지 않았겠나."

"그래서."

"갔다가 그저 오기가 안됐데그려. 그래 전차 정류장에서 어름어름하며 손님 하나를 태울 궁리를 하지 않았나. 거기 마침 마나님이신지 여학생님이신지(요새야 어디 논다니⁹와 아가씨를 구별할 수 있던가) 망토를 잡수

---

9 웃음과 몸을 파는 여자를 속되게 이르는 말.

시고 비를 맞고 서 있겠지. 슬금슬금 가까이 가서 인력거 타시랍시오 하고 손가방을 받으려니까 내 손을 탁 뿌리치고 홱 돌아서더니만 '왜 남을 이렇게 귀찮게 굴어!' 그 소리야말로 꾀꼬리 소리지, 허허!"

김 첨지는 교묘하게도 정말 꾀꼬리 같은 소리를 냈다. 모든 사람은 일시에 웃었다.

"빌어먹을 깍쟁이 같은 년, 누가 저를 어쩌나. '왜 남을 귀찮게 굴어!' 어이구 소리가 처신도 없지, 허허."

웃음소리들은 높아졌다. 그러나 그 웃음소리들이 사라지기 전에 김 첨지는 훌쩍훌쩍 울기 시작했다.

치삼은 어이없이 주정뱅이를 바라보며,

"금방 웃고 지랄을 하더니 우는 건 또 무슨 일인가."

김 첨지는 연해 코를 들이마시며,

"우리 마누라가 죽었다네."

"뭐, 마누라가 죽다니, 언제?"

"이놈아, 언제는. 오늘이지."

"에끼 미친 놈, 거짓말 말아."

"거짓말은 왜, 참말로 죽었어, 참말로…… 마누라 시체를 집에 뻐들쳐 놓고 내가 술을 먹다니, 내가 죽일 놈이야 죽일 놈이야."

하고 김 첨지는 엉엉 소리를 내어 운다.

치삼은 흥이 조금 깨지는 얼굴로,

"원 이 사람이, 참말을 하나 거짓말을 하나. 그러면 집으로 가세, 가."

하고 우는 이의 팔을 잡아당겼다.

치삼의 끄는 손을 뿌리치더니 김 첨지는 눈물이 글썽글썽한 눈으로 싱그레 웃는다.

"죽기는 누가 죽어."

하고 득의가 양양.

"죽기는 왜 죽어, 생떼[10]같이 살아만 있단다. 그 오라질 년이 밥을 죽이지. 인제 나한테 속았다."

하고 김 첨지는 어린애 모양으로 손뼉을 치며 웃는다.

"이 사람이 정말 미쳤단 말인가. 나도 아주먼네가 잃는단 말을 들었는데."

하고 치삼이도 어떤 불안을 느끼는 듯이 김 첨지에게 또 돌아가라고 권하였다.

"안 죽었어, 안 죽었대도 그래."

김 첨지는 화증을 내며 확신 있게 소리를 질렀으되 그 소리엔 안 죽은 것을 믿으려고 애쓰는 가락이 있었다. 기어이 일 원 어치를 채워서 곱빼기 한 잔씩 더 먹고 나왔다. 궂은 비는 의연히 추적추적 내린다.

김 첨지는 취중에도 설렁탕을 사 가지고 집에 다다랐다. 집이라 해도 물론 셋집이요, 또 집 전체를 세든 게 아니라 안과 뚝 떨어진 행랑방 한 칸을 빌려 든 것인데 물을 길어 대고 한 달에 일 원씩 내는 터이다. 만일 김 첨지가 주기를 띠지 않았던들[11] 한 발을 대문에 들여놓았을 제 그 곳을 지배하는 무시무시한 정적(靜寂) ― 폭풍우가 지나간 뒤의 바다 같은 정적에 다리가 떨렸으리라. 쿨룩거리는 기침소리도 들을 수 없다. 그르렁거리는 숨소리조차 들을 수 없다. 다만 이 무덤 같은 침묵을 깨뜨리는 ― 깨뜨린다느니보다 한층 더 침묵을 깊게 하고 불길하게 하는, 빡빡 하는 그윽한 소리, 어린애의 젖 빠는 소리가 날 뿐이다. 만일 청각(聽覺)이 예민한 이 같으면 그 빡빡 소리는 빨 따름이요, 꿀떡꿀떡 하고 젖 넘어가는 소리가 없으니 빈 젖을 빤다는 것도 짐작할는지 모르리라.

혹은 김 첨지도 이 불길한 침묵을 짐작했는지도 모른다. 그렇지 않으면 대문에 들어서자마자 전에 없이,

---

10 당치도 않은 일에 억지를 부리는 때.
11 술에 취하지 않았던들.

"이 난장맞을 년, 남편이 들어오는데 나와 보지도 않아, 이 오라질 년."

이라고 고함을 친 게 수상하다. 이 고함이야말로 제 몸을 엄습해 오는 무시무시한 증을 쫓아버리려는 허장성세(虛張聲勢)[12]인 까닭이다.

하여간 김 첨지는 방문을 왈칵 열었다. 구역을 나게 하는 추기 — 떨어진 삿자리[13] 밑에서 올라온 먼지 내, 빨지 않은 기저귀에서 나는 똥내와 오줌 내, 가지각색 때가 켜켜이 앉은 옷내, 병인의 땀 썩은 내가 섞인 추기가 무딘 김 첨지의 코를 찔렀다.

방 안에 들어서며 설렁탕을 한구석에 놓을 사이도 없이 주정꾼은 목청을 있는 대로 다 내어 호통을 쳤다.

"이런 오라질 년, 주야장천(晝夜長川)[14] 누워만 있으면 제일이야! 남편이 와도 일어나지를 못해!"

라는 소리와 함께 발길로 누운 이의 다리를 몹시 찼다. 그러나 발길에 채이는 건 사람의 살이 아니고 나뭇등걸과 같은 느낌이 있었다. 이때에 빽빽 소리가 응아 소리로 변했다. 개똥이가 물었던 젖을 빼어 놓고 운다. 운대도 온 얼굴을 찡그려 붙여서 운다는 표정을 할 뿐이다. 응아 소리도 입에서 나는 게 아니고 마치 뱃속에서 나는 듯했다. 울다가 울다가 목도 잠겼고 또 울 기운조차 시진[15]한 것 같다.

발로 차도 그 보람이 없는 걸 보자 남편은 아내의 머리맡으로 달려들어 그야말로 까치집 같은 환자의 머리를 꺼들어 흔들며,

"이년아, 말을 해, 말을! 입이 붙었어, 이 오라질 년!"

"……."

"으응, 이것 봐, 아무 말이 없네."

---

12 실속은 없으면서 큰소리치거나 허세를 부림.
13 갈대를 엮어서 만든 자리.
14 밤낮으로 쉬지 아니하고 연달아.
15 기운이 쏙 빠져 없어짐.

"……."

"이년아, 죽었단 말이냐, 왜 말이 없어?"

"……."

"으응, 또 대답이 없네. 정말 죽었나 버이."

이러다가 누운 이의 흰 창을 덮은, 위로 치뜬 눈을 알아보자마자,

"이 눈깔! 이 눈깔! 왜 나를 바라보지 못하고 천장만 보느냐, 응?"

하는 말끝엔 목이 메었다. 그러자 산 사람의 눈에서 떨어진 닭의 똥 같은 눈물이 죽은 이의 뻣뻣한 얼굴을 어룽어룽 적시었다. 문득 김 첨지는 미친 듯이 제 얼굴을 죽은 이의 얼굴에 한데 비비대며 중얼거렸다.

"설렁탕을 사다 놓았는데 왜 먹지를 못하니, 왜 먹지를 못하니……. 괴상하게도 오늘은 운수가, 좋더니만……."

물레방아

나도향

(玄鎭健 1902~1926)

물레방아

나도향(玄鎭健 1902~1926)

작가와 작품세계

나도향(1902~1926)

본명은 나경손. 필명은 나빈(羅彬). 호는 은하(隱荷), 소정지옹(笑亭之翁). 서울 출생. 배재고보 졸업 후 경성의전에 입학했다가 일본으로 건너가 고학으로 공부를 마치고 돌아왔다. 귀국 후 1년 간 보통학교 교원으로 근무하면서, 1922년에는 홍사용·이상화·박종화 등과 함께 문예 동인지 《백조》를 발간하였다. 《백조》 1호에 〈젊은이의 시절〉을 발표함으로써 정식으로 등단한 그는 초기 작품들에서 병적인 낭만성과 환상을 보였으나, 〈여이발사〉, 〈전하 차장의 일기 몇 절〉 등에 이르러서는 자연주의적인 냉정한 관찰 정신이 나타나게 되었다. 또 〈벙어리 삼룡이〉, 〈물레방아〉 등에서는 현실을 비판하는 낭만주의적 정신을 보여 주기도 했다.

요절 작가, 천재 작가, 혹은 미완성의 작가로 평가되는 그는 6~7년의 짧은 문학 활동시기와 적은 작품 분량에도 불구하고 신분, 계층 문제, 가난 등 현실적인 문제들을 다룸으로써 작품의 긴장을 잃지 않고 소설 속에 싱싱한 생명력을 불어 넣었다.

줄거리

신치규 집에서 머슴살이를 하는 이방원은, 사랑하는 아내가 신치규와 함께 물레방앗간에서 밀회하는 장면을 우연히 목격한다. 가난에 지친데다 윤리 의식이 박약한 그의 아내는 안락한 생활을 약속하는 신치규의 유혹을 받아들였던 것이다. 격분한 방원은 신치규를 때려 부상을 입히고 경찰에 체포되어 상해죄로 감옥살이를 하게 된다. 석 달 후 출감한 그는 신치규와 아내를 죽이려고 신치규의 집에 숨어들지만, 막상 아내의 목소리를 듣자 마음이 흔들려 아내를 잡아 물레방앗간으로 데리고 가서 함께 도망치자고 애원한다. 그러나 이미 마음이 떠난 아내는 같이 도망치자는 이 방원의 청을 거절한다. 이에 분노한 방원은 아내를 찔러 죽이고 자신도 자살한다.

작품해설

1925년 8월 《조선문단》에 발표된 이 소설은 인간의 원초적인 애욕의 문제를 다루고 있다. 나도향은 이 문제를 다루기 위해 '무섭게 이지적이면서도 창부형으로 생긴' 방원의 아내와 격렬한 성격의 방원을 등장시킨다. 이 둘은 각각 요부형(妖婦型)과 야수형(野獸型)의 대표적 인물이라고 할 만하며, 이들이 결합되어 있을 때는 항상 파탄이 도사리고 있다.

전 남편을 버리고 방원을 따라나선 전력을 가지고 있는 아내는, 경제적으로 무능력한 방원 대신 오십의 반이 넘은 지주 신치규를 택한다. 방원의 아내와 신치규가 물레방앗간에서 밀회하는 것이 이 소설의 첫 장면으로, 물레방아란 곡식을 찧어 내는 곳, 그러니까 생존과 관계된 곳이면서도 성(性)과 연관된 장소이기도 하다. 마을에서 외따로 떨어져 있어 밀회의 장소로 애용되었던 물레방아는 토속적인 애욕의 세계를 연상시키며, 방원과 그의 아내가 빚어내는 격렬한 애욕의 분위기와도 잘 어울린다(서구의 고대 신화에서도 비슷한 예를 찾아볼 수 있다. 헤파이스토스와 아프로디테의 관계가 그것이다. 추남자인 대장간의 신 헤파이스토스의 눈을 피해, 미의 여신 아프로디테는 여러 남자들과 관계를 맺는다. 헤파이스토스는 그 관계를 알아차리고 분노로 불타게 된다).

결국 애욕에 눈이 먼 방원은, 실리를 좇아 신치규에게로 간 아내를 죽이기에 이른다. 그리고 뒤따라 자신도 자살하는데, 이것은 눈먼 애욕이 거부됨에 따라 자기를 파괴할 정도의 절망이 생겨났기 때문이다.

생각 나누기

1. 이방원과 그 아내에 각각 대응되는 그리스 · 로마 신화의 신들은 누가 있는가?
2. 이 소설이 주제로 하고 있는 인간 본성과 감정의 측면은 무엇인가?
3. 이방원의 삶을 비추어 볼 때 소설의 제목인 '물레방아'가 상징하는 바는 무엇인가?

모범 답안

1. 추남자인 대장간의 신 헤파이스토스와 헤파이스토스 몰래 여러 남자들과 관계를 맺는 미의 여신 아프로디테를 생각해볼 수 있다.

2. 〈물레방아〉는 인간의 원초적인 애욕과 질투를 주제로 한 비극적인 소설이다. 인간은 원래 감성과 지성을 지니고 있으며, 인간의 본능은 먹고 자고 성(性)의 교합을 주로 하는 감성에 치우친다. 오십의 반이 넘어 여인을 탐하는 신치규의 욕구는 이방원 아내의 젊음과 아름다운 여체를 탐하는 것으로 나타나고, 질투와 복수의 칼날을 드러낸 이방원은 야수형(野獸型)으로, 그리고 무섭게 이지적이면서도 창부형으로 생긴 이방원의 아내는 요부형(妖婦型)으로, 이들 사이에는 치열한 각축전이 벌어진다. 신치규를 때려 옥고를 치르고 나온 방원이 아내에게 다시 살기를 간청하나 아

내가 매섭게 거절하자 아내를 칼로 찔러 죽이고 자기도 그 칼로 죽는 비극을 연출하는데, 이것은 인간의 원초적인 애욕이 보여 주는 비극의 한 단면이 인간의 감정에서 비롯되는 것임을 알려준다.

3. 사건이 전개되는 중요한 장소이기도 한 '물레방아'는 곡식을 찧는 곳이라는 점에서 인간의 생존과 관계된 곳이다. 하지만 물레방아는 과거 농경 사회에서 비정상적인 연애가 이루어지는 장소이기도 했다. 이 작품에서 물레방아는 후자의 의미가 두드러진다. 그런 점에서 물레방아는 '은밀하고 병적인 성적 욕망'을 상징한다.

작품의 결말에서 물레방아의 상징성은 확대된다. 이방원과 그의 아내가 말다툼 끝에 죽게 되는 장소 또한 물레방아였기 때문이다. 이런 점에서 물레방아는 '인생의 덧없음'까지 의미한다.

물레방아

1

덜컹덜컹 홈통에 들었다가 다시 쏟아져 흐르는 물이 육중한 물레방아를 번쩍 쳐들었다가 쿵 하고 확[1] 속으로 내던질 제, 머슴들의 콧소리는 허연 겻가루가 켜켜 앉은 방앗간 속에서 청승스럽게 들려 나온다.

쏼 쏼 쏼, 구슬이 되었다가 은가루가 되고 댓줄기같이 뻗치었다가 다시 쾅쾅 쏟아져 청룡이 되고 백룡이 되어 용솟음쳐 흐르는 물이 저쪽 산모퉁이를 십 리나 두고 돌고, 다시 이쪽 들 복판을 오 리쯤 꿰뚫은 뒤에 이방원이가 사는 동네 앞 기슭을 스쳐 지나가는데 그 위에 물레방아 하나가 놓여 있다. 물레방아에서 들여다보면 동북간으로 큼직한 마을이 있으니, 이 마을에서 가장 부자요, 가장 세력이 있는 사람으로 이름을 신치규라고 부른다. 이방원이라는 사람은 그 집의 막실(幕室)살이를 하여 가며 그의 땅을 경작하여 자기 아내와 두 사람이 그날그날을 지내간다.

어떠한 가을 밤, 유난히 밝은 달이 고요한 이 촌을 한적하게 비칠 때 그 물레방앗간 옆에 어떠한 여자 하나와 어떤 남자 하나가 서서 이야기를 하는 소리가 들리었다. 그 여자는 방원의 아내로 지금 나이가 스물두 살, 한참 정열에 타는 가슴으로 가장 행복스러울 나이의 젊은 여자요, 그 남자

---

1 돌확, 철확 등의 총칭. 절구 아가리로부터 밑바닥까지의 구멍.

는 오십이 반이 넘어 인생으로서 살아올 길을 다 살고서 거의거의 쇠멸의 구렁텅이를 향하여 가는 늙은이다.

그의 말소리는 마치 그 여자를 달래는 것같이,

"얘, 내 말이 조금도 그를 것이 없지? 쇤네 할멈에게도 자세한 말을 들었을 테지만, 너 생각해 보아라. 네가 허락만 하면 무엇이든지 네가 하고 싶다는 것을 내가 전부 해줄 테란 말야. 그까짓 방원이 녀석하고 네가 몇 백 년 살아야 언제든지 막실 구석을 면하지 못할 터이니……. 허허, 사람이란 젊어서 호강해 보지 못하면 평생 한 번 해 보지 못하고 죽을 것이 아니냐. 내가 말하는 것이 조금도 잘못한 것이 없느니라! 대강 네 말을 쇤네 할멈에게 듣기는 들었으나 그래도 네게 한 번 바로 대고 듣는 것만 못해서 이리로 만나자고 한 것이다. 네 마음은 어떠냐? 어디, 허허, 내 앞이라고 조금도 어떻게 알지 말고 이야기해 봐, 응?"

이 늙은이는 두말할 것 없이 신치규다. 그는 탐욕스러운 눈으로 방원의 계집을 들여다보며 한 손으로 등을 두드린다.

새침한 얼굴이 파르족족하고 길다란 눈썹과 검푸른 두 눈 가장자리에 예쁜 입, 뾰로통한 뺨이며 콧날이 오뚝한데다가 후리후리한 키에 떡 벌어진 엉덩이가 아무리 보아도 무섭게 이지적인 동시에 또는 창부형(娼婦型)으로 생긴 것이다.

계집은 아무 말이 없이 서서 짐짓 부끄러운 태를 지으며 매혹적인 웃음을 생긋 웃고는 고개를 돌렸다. 그 웃음이 얼마나 짐승 같은 신치규의 만족을 사게 되었으며, 또한 마음을 충동시켰는지 희끗희끗한 수염이 거의 계집의 뺨에 닿도록 더 가까이 와서,

"응? 왜 대답이 없니? 부끄러워서 그러니? 그렇게 부끄러워 할 일은 아닌데."

하고 계집의 손을 잡으며,

"손도 이렇게 예쁜 줄은 이제까지 몰랐구나. 참 분결 같다. 이렇게 얌전

히 생긴 애가 방원 같은 천한 놈의 계집이 되어 일평생을 그대로 썩는다는 것은 너무 가엾고 아깝지 않으냐? 애."

계집은 몸을 돌리려고 하지도 않고 영감이 하는 대로 내버려 두며 눈으로 땅만 내려다보고 섰다가 가까스로 입을 떼는 듯하더니,

"제 말이야 모두 쉰네 할멈이 여쭈었지요. 저에게는 너무 분수에 과한 말씀이니까요."

"온, 천만에 소리를 다 하는구나. 그게 무슨 소리냐. 너도 알다시피 내가 너를 장난삼아 그러는 것도 아니겠고, 후사(後嗣)가 없어 그러는 것이니까 네가 내 아들이나 하나 낳아 주렴. 그러면 내 것이 모두 네 것이 되지 않겠니? 자아, 그러지 말고 오늘 허락을 하렴. 그러면 내일이라도 방원이란 놈을 내쫓고 너를 불러들일 터이니."

"어떻게 내쫓을 수가 있어요?"

"허어, 그것이 그리 어려울 것이 뭐 있니……. 내가 나가라는데 제가 나가지 않고 배길 줄 아니?"

"그렇지만 너무 과하지 않을까요?"

"무엇? 그런 생각을 하니까 네가 이 모양으로 이때까지 있었지. 어떻단 말이냐? 그런 것은 조금도 염려하지 말구. 자아, 또 네 서방에게 들킬라, 어서 들어가자."

"먼저 들어가세요."

"왜?"

"남이 보면 수상히 알게요."

"무얼 나하고 가는데 수상히 알게 무어야. 어서 가자."

계집은 천천히 두어 걸음 따라가다가,

"영감!"

하고 머츰하고 서 있다.

"왜 그러니?"

계집은 다시 말이 없이 서 있다가,

"아니에요. 먼저 들어가세요."

하며 돌아선다. 영감이 간이 달아서 계집의 손을 잡으며,

"가자, 집으로 들어가자."

그의 가슴은 두근거리는지 숨소리가 잦아진다. 계집은 손을 빼려고
하며,

"점잖으신 어른이 이게 무슨 짓이에요."

하면서도 그의 몸짓에는 모든 것을 허락한다는 뜻이 보였다. 영감은 계
집의 몸을 끌어안더니 방앗간 뒤로 돌아 들어섰다. 계집은 영감 가슴에
안겨 정욕이 가득 찬 눈으로 그를 보면서,

"영감."

말 한마디 하고 침 한 번 삼키었다.

"영감이 거짓말은 안 하시지요?"

"아니."

그의 말은 떨리었다. 계집은 영감의 팔을 한 손으로 잡고 또 한 손으로
는 방앗간 속을 가리켰다.

"저리로 들어가세요."

영감과 계집은 방앗간에서 이삼십 분 후에 다시 나왔다.

2

사흘이 지난 뒤에 신치규는 방원이를 자기 집 사랑 마당 앞으로 불렀다.

"애."

방원은 상전이라 고개를 숙이고,

"네."

공손하게 대답을 하였다.

"네가 그간 내 집에서 정성스럽게 일한 것은 고마운 일이지마는……."

점잔과 주짜를 빼면서 신치규는 말을 꺼내었다. 방원의 가슴은 이 '마는'이라는 말 뒤에 이어질 말을 미리 깨달은 듯이 온 전신의 피가 가슴으로 모여드는 듯하더니 다시 터럭이라는 터럭은 전부 거꾸로 일어서는 듯하였다.

"오늘부터는 우리 집에 사정이 있어 그러니, 내 집에 있지 말고 다른 곳에 좋은 곳을 찾아가 보아라."

아무 조건이 없다. 또한 이곳에서도 할 말이 없다. 죽으라고 하면 죽는 시늉이라도 해야 하는 것이다. 주인은 돈 가지고 사람을 사고 팔 수도 있는 것이다.

방원은 가슴이 답답하였다. 자기 혼자 몸 같으면 어디 가서 어떻게 빌어먹더라도 살 수가 있지마는 사랑하는 아내를 구해 갈 길이 막연하다. 그는 고개를 굽히고, 허리를 굽히고, 나중에는 마음을 굽히어 사정도 하여 보고 애걸도 하여 보았다. 그러나 그것은 헛된 일이다. 주인의 마음은 쇠나 돌보다도 더 굳었다.

그는 하는 수 없이 자기 아내에게 그 이야기를 하였다. 그리고 아내더러 안주인 마님께 사정을 좀 하여 얼마간이라도 더 있게 하여 달라고 하여 보라고 하였다. 그러나 아내는 방원의 말을 들을 리가 없었다. 도리어,

"그러면 어떻게 한단 말이오. 이제부터는 나를 어떻게 먹여 살릴 테요?"

"너는 그렇게도 먹고 살 수 없을까 봐 겁이 나니?"

"겁이 나지 않고. 생각을 해 보구려, 인제는 꼼짝할 수 없이 죽지 않았소?"

"죽어?"

"그럼 임자가 나를 데리고 이곳까지 올 때에 무어라고 하였소. 어떻게 해서든지 너 하나야 먹여 살리지 못하겠느냐고 하셨지요?"

"그래."

"그래, 얼마나 나를 잘 먹여 살리고 나를 호강시켰소? 이때까지 이태나 되도록 끌구 돌아다닌 것이 남의 집 행랑이었지요."

"애, 그것을 네가 모르고 하는 말이냐? 내가 하려고 하지 않아서 그렇게 된 것이냐? 차차 살아가는 동안에 무슨 일이든지 생기겠지. 설마 요대로 늙어 죽기야 하겠니?"

"듣기 싫소! 뿔 떨어지면 구워 먹지 어느 천 년에."

방원이는 가뜩이나 내쫓기고 화가 나는데 계집까지 그러하니까 속에서 열화가 치밀어 올라왔다.

"이 육시를 하고도 남을 년! 넌 왜 남의 마음을 글컹거리니?"

"왜 사람에게 욕을 해!"

"이년아, 욕 좀 하면 어떠냐?"

"왜 욕을 해!"

계집이 얼굴이 노래지며 대든다.

"이년이 발악인가?"

"누가 발악야. 계집년 하나 건사 못하는 위인이 계집보고 욕만 하고, 한게 뭐야? 그래 은가락지, 은비녀나 한 벌 사주어 보았어? 내가 임자 하자고 하는 대로 하지 않은 것은 없지!"

"이년아! 은가락지 은비녀가 그렇게 갖고 싶으냐? 이 더러운 년아."

"무엇이 더러워? 너는 얼마나 정한 놈이냐!"

계집의 입 속에서는 '놈' 소리가 나오기 시작한다.

"이년 보게! 누구더러 놈이래."

하고 손길이 계집의 낭자[2]를 후려잡더니 그대로 집어 들고 두어 번 주먹으로 등줄기를 우리었다.

---

2 여자의 예장에 쓰는 딴 머리의 하나. 쪽진 머리 위에 덧얹고 긴 비녀를 꽂음.

"이 주릿대³를 안길 년!"

발길이 엉덩이를 두어 번 지르니까 계집은 그대로 거꾸러졌다가 다시 일어났다. 풀어 헤뜨린 머리가 치렁치렁 끌리고 씰룩한 눈에는 독기가 섞이었다.

"왜 사람을 치니? 이놈! 죽여라 죽여, 어디 죽여 보아라, 이놈 나 죽고 너 죽자!"

하고 달려드는 계집을 후려쳐서 거꾸러트리고서,

"이년이 죽으려고 기를 쓰나!"

방원이가 계집을 치는 것은 그것이 주먹을 가지고 하는 일종의 농담이다. 그는 주먹이나 발길이 계집의 몸에 닿을 때 거기에 얻어맞는 계집의 살이 아픈 것보다 더 찌르르하게 가슴 한복판을 찌르는 아픔을 방원은 깨닫는 것이다. 홧김에 계집을 치는 것이 실상은 자기의 마음을 자기의 이빨로 물어뜯는 것이나 다름이 없는 것이다. 때리는 그에게는 몹시 애처로움이 있고 불쌍함이 있는 것이다. 그러나 자기의 화풀이를 받아 주는 사람은 아직까지도 계집밖에는 없었다. 제일 만만하다는 것보다도 가장 마음 놓고 화풀이할 수 있음이다. 싸움한 뒤, 하루가 못 되어 두 사람이 베개를 나란히 하고 서로 꼭 끼고 잘 때에는 그렇게 고맙고 그렇게 감격이 일어나는 위안이 또다시 없음이다. 계집을 치고 화풀이를 하고 난 뒤에 다시 가슴을 에는 듯한 후회와 더 뜨거운 포옹으로 위로를 받을 그 때에는, 두 사람 아니라 방원에게는 그만큼 힘 있고 뜨거운 믿음이 또다시 없는 까닭이다.

계집은 일부러 소리를 높여 꺼이꺼이 운다.

온 마을 사람들이 거의 귀를 기울였으나,

"응, 또 사랑싸움을 하는군!"

---

3 주리를 트는 데 쓰는 두 개의 붉은 막대.

하고 도리어 그 싸움을 부러워하였다. 옆집 젊은 것이 와서 싱글싱글 웃으면서 들여다보며,

"이제 고만두라구."

하며 말리는 시늉을 한다. 동네 아이들만 마당 앞에 죽 늘어서서 눈들이 뚱그래서 구경을 한다.

3

그 날 저녁에 방원이는 술이 얼근하여 들어왔다. 아까 계집을 차던 마음은 어느덧 풀어지고 술로 흥분된 마음에 그는 계집의 품이 몹시 그리워져서 자기 아내에게 사과를 할 마음까지 생기었다. 본시 사람이 좋고 마음이 약하고 다정한 그는 무식하게 자라난 까닭에 무지한 짓을 하기는 하나 그것은 결코 그의 성격을 말하는 무지함이 아니다.

그는 비척거리면서 집으로 향하는 길에 거슴츠레하게 풀린 눈을 스르르 내리 감고 혼잣소리로,

"빌어먹을 놈! 나가라면 나가지 무서운가? 제 집 아니면 살 곳이 없는 줄 아는 게로군! 흥, 되지 않게 다 무엇이냐? 돈만 있으면 제일이냐? 이놈, 네가 그러다가는 이 주먹 맛을 언제든지 볼라. 그대로 곱게 뒈질 줄 아니?"

하고, 개천 하나를 건너뛴 후에,

"돈! 돈이 무엇이냐?"

한참 생각하다가,

"에후."

한숨을 쉬고 나서,

"돈이 사람을 죽이는구나! 돈! 돈! 흥, 사람 나고 돈 났지 돈 나고 사람

났니?"

또 징검다리를 비척비척 하고 건넌 뒤에,

"고 배라먹을 년이 왜 고렇게 포달⁴을 부려서 장부의 마음을 긁어 놓아!"

그의 목소리에는 말할 수 없이 다정한 맛이 있었다. 그는 자기 계집을 생각하면 모든 불평이 스러지는 듯이, 숙였던 고개를 쳐들어 하늘을 보면서,

"허어, 저도 고생은 고생이지."

하고 다시 고개를 숙인 후,

"내가 너무해, 너무 그럴 게 아닌데."

그는 자기 집에 와서 문고리를 붙잡고 잡아 흔들면서,

"애! 자니! 자?"

그러나 대답이 없고 캄캄하다.

"이년이 어디를 갔어!"

그는 문짝을 깨어져라 하고 닫힌 후에 다시 길거리로 나와 그 옆집으로 가서,

"여보 아주머니! 우리 집 색시 어디 갔는지 보았소?"

밥들을 먹는 옆엣집 내외는,

"어디서 또 취했소그려! 애 어머니가 아까 머리단장을 하더니 저 방아께로 갑디다."

"방아께로?"

"네."

"빌어먹을 년! 방아께로는 뭘 먹으러 갔누!"

다시 혼자 방아를 향하여 가면서 중얼거린다.

그는 방앗간을 막 뒤로 돌아서자 신치규와 자기 아내가 방앗간에서 나

---

4 암상이 나서 악을 쓰고 함부로 주워대는 말.

오는 것을 보았다.

"아!"

그는 너무 뜻밖의 일이므로 아무 말도 하지 못하고 그대로 한참이나 멀 거니 서서 보기만 하였다. 그의 눈에서는 쌍심지가 거꾸로 섰다. 열이 올 라와서 마치 주홍을 칠한 듯이 그의 눈은 붉어지고 번개 같은 광채가 번 뜩거리었다. 그는 한참이나 사지를 떨었다. 두 이가 서로 맞춰서 달그락 달그락 하여졌다. 그의 주먹은 부서질 것같이 단단히 쥐어졌다.

계집과 신치규는 방원이 와 선 것을 보고서 처음에는 조금 간담이 서늘 하여졌으나 다시 태연하게 내려앉았다. 일이 이렇게 되었으매 할 대로 하 라는 뜻이다.

방원은 달려들어서 계집의 팔목을 잡았다. 그리고 이를 악물고 부르르 떨었다.

"나는 네가 이럴 줄은 몰랐다."

계집은,

"무얼 이럴 줄을 몰라?"

하며 파란 눈으로 흘겨보더니,

"나중에는 별꼴을 다 보겠네. 으레 그럴 줄을 인제 알았나? 놔요! 왜 남 의 팔을 잡고 요 모양야. 오늘부터는 나를 당신이 그리 함부로 하지는 못 해요! 더러운 녀석 같으니! 계집이 싫다고 그러면 국[5]으로 물러갈 일이지, 이게 무슨 사내답지 못한 일야! 놔요!"

팔을 뿌리쳤으나 분노가 전신에 가득 찬 그는 그렇게 쉽게 손을 놓지 않았다.

"얘! 네가 이것이 정말이냐?"

"정말이 아니구 비싼 밥 먹고 거짓말할까?"

---

5 제 주제에 맞게.

"네가 참으로 환장을 했구나!"

"아니 누구더러 환장을 했대. 온 기가 막혀 죽겠지! 뇨요! 뇨! 왜 추근추근하게 이 모양이야? 뇨."

하고서 힘껏 뿌리치는 바람에 계집의 손이 쑥 빠지었다. 계집은 손목을 주무르면서 암상맞게 돌아섰다.

이때까지 이 꼴을 멀찍이 서서보고 있던 신치규는 두어 발자국 나서더니 기침 한 번을 서투르게 하고서,

"얘! 네가 술이 취하였으면 일찍 들어가 자든지 할 것이지 웬 짓이냐? 네 눈깔에는 아무것도 보이는 것이 없단 말이냐? 너희 연놈이 싸우는 것은 너희 연놈이 어디든지 가서 할 일이지 여기 누가 있는지 없는지 눈깔에 보이는 것이 없어?"

짐짓 소리를 높여 호령을 하였다.

"엣, 괘씸한 놈!"

눈깔을 부라리었다. 방원은 한참이나 쳐다볼 뿐 말이 없었다. 생각대로 하면 한 주먹에 때려눕힐 것이지만은 그래도 그의 머릿속에는 아까까지의 상전이라는 관념이 남아 있었다.

번갯불같이 그 관념이 그의 입과 팔을 얽어 놓았다. 어려서부터 오늘날까지 남을 섬겨 보기만 한 그의 마음은 상전이라면 모두 두려워하는 성질이 깊이깊이 뿌리를 박아 놓아 있었다. 그러나 오늘부터는 신치규가 자기의 상전이 아니요, 자기가 신치규의 종도 아니다. 다만 똑같은 사람으로 마주섰을 뿐이다. 아니다, 지금부터는 신치규도 방원의 원수였다. 그의 간을 씹어 먹어도 오히려 나머지 한이 있는 원수다.

신치규는 똑바로 쳐다보는 방원을 마주 쳐다보며,

"똑바루 쳐다보면 어쩔 테냐? 온 세상이 망하려니까 별 해괴한 일이 다 많거든. 어째 이놈아!"

"이놈아?"

방원은 한 걸음 들어섰다. 나무같이 힘센 다리가 성큼 하고 나설 때 신치규는 머리끝이 으쓱하였다. 쇠몽둥이 같은 두 주먹이 쑥 앞으로 닥칠 때 그의 가슴은 덜컥 내려앉았다.

"네 입에서 이놈이라는 소리가 나오지? 이 사지를 찢어 발겨도 오히려 시원치 못할 놈아! 네가 내 계집을 뺏으려고 오늘 날더러 나가라고 그랬지?"

"어허, 이거 그놈이 눈깔이 삐었군. 얘, 나는 먼저 들어가겠다. 너는 네 서방하고 나중에 들어오너라!"

신치규는 형세가 위험하니까 슬금슬금 꽁무니를 빼려고 돌아서서 들어가려 하니까, 방원은 돌아서는 신치규의 멱살을 잔뜩 쥐어 한 팔로 바싹 치켜들고,

"이놈 어디를 가? 네가 이때까지 맛을 몰랐구나!"

하며 한 번 집어쳐 땅바닥에다가 태질을 한 뒤에 그대로 타고 앉아서 목줄띠를 누르니까, 마치 뱀이 개구리 잡아먹을 적 모양으로 깩깩 소리가 나며 말 한 마디 못 한다.

"이놈 너 죽고 나 죽으면 고만 아니냐?"

하고 방원은 주먹으로 사정없이 닥치는 대로 들이댄다. 나중에는 주먹이 부족하여 옆에 있는 모루돌멩이를 집어서 죽어라 하고 내리친다. 그의 팔, 그의 몸에 끓어오르는 분노가 목에 달하자 사람의 가슴 속에 본능적으로 숨어 있는 잔인성이 조금도 남지 않고 그대로 나타났다. 그의 눈은 마치 펄떡펄떡 뛰는 미끼를 가로채고 앉은 승냥이나 이리와 같이 뜨거운 피를 보고야 만족하다는 듯이 무섭게 번쩍거렸다. 그에게는 초자연의 무서운 힘이 그의 팔과 다리에 올라왔다.

이 꼴을 보는 계집은 무서웠다. 끔찍끔찍한 일이 목전에 생길 것이다. 그의 맥이 풀린 다리는 마음대로 놓여지지 않았다.

"아! 사람 살류! 사람 살류!"

적적한 밤중 쓸쓸한 마을에는 처참한 여자 목소리가 으스스하게 울리었다. 이 소리를 들은 방원은 더욱 힘을 주어서 눈을 딱 감고 죽어라 내리 짓찧었다. 뼈가 돌에 맞는 소리가 살이 얼크러지는 소리와 함께 퍽퍽하였다. 피 묻은 돌이 여기저기 흩어지고 갈가리 찢긴 옷에는 살점이 묻었다.

동네편 쪽에서 수군수군하더니 구두 소리가 나며 칼 소리가 덜거덕거리었다. 방원의 머리에는 번갯불같이 무엇이 보이었다. 그는 손에 주먹을 쥔 채 잠깐 정신을 차려 그쪽으로 귀를 기울였다.

"순검."

그는 신치규의 배를 타고 앉아서 순검의 구두 소리를 듣자 비로소 자기가 무슨 짓을 하였는지 깨달았다.

그는 미친 사람처럼 일어났다. 그리고는 옆에 서서 벌벌 떠는 계집에게로 갔다.

"얘! 가자! 도망가자! 너하고 나하고 같이 가자! 자, 어서 어서 가!"

계집은 자기에게 또 무슨 일이 있을까 하여 겁을 내어 도망하려 한다. 방원은 계집을 따라가며,

"얘! 얘! 네가 이렇게도 나를 몰라주니? 내가 너를 어떻게 생각하는지 알지를 못하니? 자! 어서, 도망가자, 어서 어서, 뒤에서 순검이 쫓아온다."

계집은 그대로 서서 종종걸음을 치며,

"싫소! 임자나 가구려! 나는 싫어요, 싫어."

"가자, 응! 가!"

그는 미친 사람처럼 계집의 팔을 붙잡고 끌었다. 그때 누구인지 그의 두 팔을 마치 형틀에 매다는 것같이 꽉 뒤로 껴안는 사람이 있었다.

"이놈아! 어디를 가?"

그는 뒤를 돌아보지 않고도 그가 누구인지 알았다. 그는 온몸에 맥이

풀리어 그대로 뒤로 자빠지려 할 때 어느덧 널판 같은 주먹이 그의 뺨을 사정없이 갈겼다.

"정신 차려."

"네."

그는 무의식중에 고개가 숙여지고 말소리가 공손하여졌다.

땅바닥에서는 신치규가 꿈지럭거리며 이리저리 뒹군다. 청승스러운 비명이 들린다.

방원은 포승 지인 채, 계집은 그대로 주재소로 끌려가고, 신치규는 머슴들이 업어 들였다.

4

석 달이 지났다. 상해죄(傷害罪)로 감옥에서 복역을 하던 방원은 만기가 되어 출옥을 하였다. 그러나 신치규는 아무 일 없이 자기 집에서 치료하고 방원의 계집을 데려다 산다. 신치규는 온몸이 나은 뒤에 홀로 생각하였다.

'죽는 줄만 알았더니 그래도 이렇게 살아 있으니!'

하고, 얼굴에 흠이 진 곳을 만져 보며,

'오히려 그놈이 그렇게 한 것이 나에게는 다행이지, 얼굴이 아프기는 좀 하였으나! 허어. 어떻게 그놈을 떼어 버릴까 하고 그렇지 않아도 걱정을 하던 차에 잘 되었지. 그놈 한 10년 감옥에서 콩밥을 먹었으면 좋겠다.'

방원은 감옥에서 생각하기를 나가기만 하면 연놈을 죽여 버리고 제가 죽든지 요절을 내리라 하였다.

집에서 내쫓기고 계집까지 빼앗기고, 그것을 생각하면 이가 갈리고 치가 떨리었다. 그것이 모두 자기가 돈 없는 탓인 것을 생각하매 더욱 분한 생각이 났다.

'에 더러운 년.'

그는 홍바지에 쇠사슬을 차고서 일을 할 때에도 가끔 침을 땅에다 뱉으면서 혼자 중얼거리었다.

'사람이 이러고서야 살아서 무엇 하나. 멀쩡한 놈이 계집 빼앗기고 생으로 콩밥까지 먹으니……'

그가 감옥에서 나올 때에는 감옥소를 다시 한 번 둘러보고, 여기서 마지막으로 목숨을 잃어버리든지 그렇지 않으면 내 손으로 내 목을 찔러 죽든지, 무슨 요절이 날 것을 생각하며, 다시 온몸에 힘을 주고 쓸쓸한 웃음을 웃었다.

그는 이백 리나 되는 길을 걸어서 계집이 사는 촌에를 왔다.

그러나 아무도 그를 아는 체하는 사람이 없었다. 전에 친하게 지내던 사람들도 그를 보고 피해 갔다.

마치 문둥병자나 마찬가지 대우를 하였다. 감옥에서 나온 뒤로부터는 더욱 이 세상이 차디차졌다. 자기가 상상하던 것보다도 더 무정하여졌다. 그는 하는 수 없이 밤이 될 때까지 그 근처 산 속으로 돌아다녔다. 그러다가 깊은 밤에 촌으로 내려왔다. 그는 그 방앗간을 다시 지나갔다. 석 달 전 생각이 났다. 자기가 여기서 잡혀갔다는 것을 생각할 때 더욱 억울하고 분한 생각이 치밀어 올라왔다. 그는 한참이나 거기 서서 그때 일을 생각하고 몸서리를 친 후에 다시 그 전 집을 찾아갔다.

날이 몹시 추워지고 눈이 쌓였다. 입은 옷은 가을에 입고 감옥에 들어갔던 그것이므로 살을 에는 듯하였으나 그는 분한 생각과 흥분된 마음에 그것도 몰랐다.

'연놈을 모두 처치를 해버려?'

혼자 속으로 궁리를 하다가,

'그렇지, 그까짓 것들을 살려 두어 쓸데없는 인생들이야.'

하면서 옆구리에 지른 기름한 단도를 다시 만져 보았다. 그는 감격스런 마음으로 그것을 쓰다듬었다. 그는 신치규의 집 울을 넘어 들어갔다. 그의 발은 전에 다닐 적같이 익숙하였다.

그는 사랑을 엿보고 다시 뒤로 돌아서 건넌방 창 밑에 와 섰었다. 귀를 기울였으나 아무 말도 들리지 않았다. 그는 손에 칼을 빼들었다. 그리고 일부러 뒤 창문을 달각달각 흔들었다.

"그 뉘?"

하고 계집의 머리가 쑥 나오며 문이 열리었다. 그는 얼른 비켜섰다. 문은 다시 닫히고 계집은 들어갔다.

방원의 마음은 이상하게 동요가 되었다. 예쁜 계집의 목소리가 오래간만에 귀에 들릴 때, 마치 자기가 감옥에서 꿈을 꿀 적 모양으로 요염하고도 황홀하게 그의 마음을 꾀는 것 같았다. 그는 꿈속에서 다시 만난 것 같고 오래간만에 그를 만나 보매 모든 결심은 얼음같이 녹는 듯하였다. 그래도 계집이 설마 나를 영영 잊어버리랴 하고 옛날의 정리를 생각할 때, 그것이 거짓말이 아니고 무엇이냐는 생각이 났다.

아무리 자기를 감옥에까지 가게 하였다 하더라도 그는 감히 칼을 들어 죽이려는 용기가 단번에 나지 않아서 주저하기 시작했다.

'아니다, 다시 한 번만 물어 보자!'

그는 들었던 칼을 다시 집고 생각하였다.

'거짓말이다. 거짓말이다! 그럴 리가 없다.'

그는 반신반의하였다.

'그렇다. 한 번만 다시 물어 보고 죽이든 살리든 하자!'

그는 다시 문을 달각달각 하였다. 계집은 이번에 다시 문을 열고 사면을 둘러보더니 헌 짚신짝을 신고 나왔다.

"뉘요?"

그는 방원이 서 있는 집 모퉁이를 돌아서려 할 제,

"내다!"

하고, 입을 틀어막고 칼을 가슴에 대었다.

"떠들면 죽어!"

방원은 계집의 입을 수건으로 틀어막고 결박을 한 후 들쳐 업고서 번개같이 달음질쳤다. 그는 어느 결에 계집을 업어다가 물레방아 앞에 내려놓은 후 결박을 풀었다. 그리고 한숨을 쉬었다.

"나를 모르겠니?"

캄캄한 그믐밤에 얼굴을 바짝 계집의 코앞에 들이댔다. 계집은 얼굴을 자세히 보더니,

"아!"

하고 소리를 지르더니 뒤로 물러섰다.

"조금도 놀랄 것이 없다. 오늘 네가 말을 들으면 살려 줄 것이요, 그렇지 않으면 이거야?"

하고, 시퍼런 칼을 들이대었다. 계집은 다시 태연하게,

"말요? 임자의 말을 들으렬 것 같으면 벌써 들었지요, 이때까지 있겠소? 임자도 남의 마음을 알지요. 임자와 나와 이 년 전에 이곳으로 도망해 올 적에도 전 남편이 나를 죽이겠다고 허리를 찔러 그 흠이 있는 것을 날마다 밤에 당신이 어루만졌지요? 내가 그까짓 칼쯤을 무서워서 나 하고 싶은 것을 못한단 말요? 힝, 이게 무슨 비겁한 짓이요, 사내자식이, 자! 찌르려거든 찔러 보아요. 자, 자."

계집은 두 가슴을 벌리고 대들었다. 방원은 너무 계집의 태도가 대담하므로 들었던 칼이 도리어 뒤로 움찔할 만큼 기가 막혔다. 그는 무의식중에,

"정말이냐?"

하고 한 걸음 더 가까이 나섰다.

"정말이 아니고? 내가 비록 여자이지마는 당신같이 겁쟁이는 아니라오! 이것이 도무지 무엇이요?"

계집은 그래도 두려웠던지 방원의 손에 든 칼을 뿌리쳐 땅에 떨어뜨리었다.

이 칼이 땅에 떨어지자 방원은 이때까지 용사와 같이 보이던 계집이 몹시 비겁스럽고 더러워 보이어 다시 칼을 집어 들고 덤비었다.

"에잇! 간사한 년! 어쩔 테냐? 나하고 당장에 멀리 가지 않을 테냐? 자아 가자!"

그는 눈물이 어린 눈으로 타일러 보기도 하고 간청도 하여 보았다.

"자아, 어서 옛날과 같이 나하고 멀리멀리 도망을 가자! 나는 참으로 나의 칼로 너를 죽일 수는 없다!"

계집의 눈에는 독이 올라왔다. 광채가 어두운 밤에 번개같이 번쩍거리며,

"싫어요. 나는 죽으면 죽었지 가기는 싫어요. 이제 나는 고만 그렇게 구차하고 천한 생활을 다시 하기는 싫어요. 고만 물렸어요."

"너의 입으로 정말 그런 말이 나오느냐? 너는 나를 우리 고향에 다시 돌아가지도 못하게 만들어 놓고 나의 모든 것을 다 잃어버리게 한 후에, 또 나중에는 세상에서 지옥이라고 하는 감옥소에까지 가게 했지! 그러고도 나의 맨 마지막 원을 들어 주지 않을 테냐?"

"나는 언제든지 당신 손에 죽을 것까지도 알고 있소! 자! 오늘 죽으나 내일 죽으나 언제든지 죽기는 일반, 이렇게 된 이상 나를 죽이시오."

"정말이냐? 정말이냐?"

"정말요!"

계집은 결심한 뜻을 나타내었다. 방원의 손은 떨리었다. 그리고 그는 눈을 꽉 감고,

"에이, 여우같은 년!"

하고 칼끝을 계집의 옆구리를 향하여 힘껏 내밀었다. 계집은 이를 악물고,

"사람 죽인다!"

하며 소리 한 번에 그 자리에 거꾸러졌다. 칼자루를 든 손이 피가 몰리는 바람에 우루루 떨리더니 피가 새어 나왔다. 방원은 그 칼을 빼어 들더니 계집 위에 거꾸러져서 가슴을 찌르고 절명하여 버렸다.

낙동강

조명희
(趙明熙 1894~1938)

낙동강

조명희(趙明熙 1894~1938)

작가와 작품세계

조명희(1894~1938)

호는 포석. 충북 진천 출생. 서울 중앙고등보통학교를 거쳐 일본 도요 (東洋)대학 등에서 수학했다. 3·1 운동에 참가하여 투옥되기도 했으며, 1921년 희곡 〈김영일의 사〉를 창작하면서 문필 활동을 시작했다. 이어 〈파사〉라는 희곡을 《개벽》에 발표하면서 1925년부터 카프에 참여 〈땅 속 으로〉, 〈농촌 사람들〉, 〈낙동강〉 등 단편 소설을 발표하여 높은 평가를 받 았다. 이 단편 소설들에서는 초기의 시나 희곡에서 보이던 관념성이나 신비주의적 색채가 사라지고 노동자·농민의 등장, 사회주의 이념이 주 제화되는 등 문학적 변모가 보였다. 1928년 소련에 망명하여 산문시 〈짓 밟힌 고려〉를 발표, 《선봉》, 《노동자의 조국》지에 평론을 내기도 하였다. 1934년 작가동맹에 가입하여 〈붉은 깃발 아래서〉, 〈만주 빨치산〉 등 장 편 소설을 남겼다. 1937년 소련 헌병에게 끌려가 1938년 하바롭스크 감 옥에서 총살된 것으로 전해진다.

줄거리

낙동강 가 농부의 아들인 박성운은 농업학교를 졸업한 뒤 군청 농업 조 수로 있다가, 독립 운동에 참여하면서부터 삶의 행로를 달리한다. 독립 운동으로 1년 반 동안 투옥되었다 나온 그는 늙은 아버지와 함께 서간도로 떠난다. 그리고 5년 동안 만주, 노령, 상하이 등을 떠돌며 독립 운동에 가담하였으나 사회주의자로 전향하여 귀국한다.

귀국 후 사회운동 단체들의 파벌 싸움에 실망한 성운은 '브나로드!'를 외치며 고향으로 돌아와 농촌 야학, 소작조합운동, 형평운동 등에 전념하다 체포되어, 고문 끝에 병보석으로 나와 죽는다. 성운의 애인이며 백정의 딸로 사범학교를 졸업한 인텔리 로사는 '최하층에서 터져 나오는 폭발탄이 되라.'던 죽은 애인의 말을 따라 북으로 떠나는 기차에 몸을 싣는다.

작품해설

〈낙동강〉은 1927년 《조선지광》에 발표된 대표적인 경향소설로서, 카프의 제1차 방향 전환에서 논란의 중심이 되었던 작품이다. 카프의 제1차 방향 전환이란 자연 발생적인 개인 차원의 투쟁에서 목적의식을 가진 조직적 투쟁으로의 방향 전환을 의미하는데, 〈낙동강〉이 바로 후자의 요건을 충족시키는 소설인가가 논란이 된 것이다.

김기진은 '참패하는 인생의 전 자태를 그리면서도…… 절망의 인생이 아닌 열망의 인생을 그렸다.'는 점, '독자의 감정이 최후에 이르러 그것이 어떤 방향으로 향해야 할 것인가를 제시했다.'는 점을 들어 제2기의 선편을 던진 작품으로 평가한 반면, 조중곤은 '자연 생장기의 작품으로는 성공했을지 모르지만, 제2기의 목적의식적 작품에는 미달했다.'고 보았다. 현 단계의 정확한 인식이나 마르크스주의적 목적의식, 정치 투쟁적 내용이 보이지 않는다는 것이다.

이 소설의 주인공인 박성운의 생애는 1920년대 한국 근대사의 궤적과도 일치한다. 3·1 운동에 참여함으로써 정치적 삶을 살기 시작한 성운은, 처음에는 해외에서의 독립 운동에 진력한다. 그러나 자신의 삶이 뿌리내리고 있는 고국으로 돌아올 즈음에는 사회주의자로 전향한다(이때의 전향은 사실 민족해방 사상과 사회주의 사상의 결합이다). 전향의 이유나 그 이전의 체험이 밝혀져 있지는 않지만, 그러한 성운의 변모는 한국 사회 운동의 전환 과정과 비슷하다. 독립청원 운동이라 해야 할 일련의 흐름이 3·1 운동의 좌절로 끊기고, 이후에는 해외에 근거를 둔 독립 운동이 전개되기 시작하다가 사회주의 이념이 지배적인 것으로 되는 역사는 곧 성운의 개인사이기도 한 것이다. 귀국한 후 성운은 사회 단체들의 파벌 싸움에 실망하여, 고향으로 돌아가 대중 활동을 벌인다.

이렇게 복잡한 성운의 삶은 압축적인 서술로 제시되고 있다. '그 뒤에 그는 남북 만주, 노령, 북경, 상하이 등지로 돌아다니며, 시종일관하게 독립 운동에 노력하였다. 그러는 동안에 다섯 해의 세월이 갔었다.'라든가, '첫해 소작쟁의에는 다소간 희생자도 내었지만 성공이다. 그 다음 해에는 아주 실패다. 소작조합도 해산 명령을 받았다. 노동 야학도 금지다.'와 같은 서술을 보면 짧은 몇 개의 문장 속에 몇 년의 세월과 성운이 조직한 투쟁의 내용, 또 그 성과나 결과까지 압축되어 있다. 즉 세세한 경과 서술이나 묘사가 없다. 제시되는 것은 '무엇을 했다'는 것이지, '무엇을 어떻게 했다'는 것이 아니다.

카프에서 갓 목적의식론이 제기되고 있던 이 시기는, '무엇을'은 있지만 '어떻게'는 확실치 않은 시기이기도 했다. 〈낙동강〉에서는 '어떻게'가 차지해야 할 자리에 낙동강이, 그리고 성운의 애인 로사가 놓인다. 낙동강은 성운의 삶과 긴밀하게 연결되어 있는 장소다. 처음 감옥에서 나와 간도로 갈 때 그는 낙동강을 건너가며 자신이 지은 노래를 불렀고, 두 번째의 감옥 생활에서 병든 몸으로 나올 때도 이 강을 건너왔으며, 죽은 후에는 동료들이 그의 유해를 배에 싣고 낙동강을 건넌다. 작가의 서술에 의하면, 낙동강은 이전에는 자유로운 삶을 꾸려 나가던 터전이었으나 계급이 생기고 착취자가 생긴 이후에, 그리고 일제가 나라를 침탈한 이후에는 빼앗겨 버린 젖줄이다. 그러므로 탄탄한 구조를 갖추지 못한 이 소설을 구조적으로 버텨 주고 있는 것은 반복적으로 등장하는 낙동강이다.

성운이 이러한 낙동강의(낙동강에서 살아온 어부와 농부의) 아들인 것처럼, 성운의 애인 로사 역시 낙동강의 딸이다. 백정의 딸로 인텔리인 로사는, 계급적 출신(노동자·농민 등의 민중)이라는 조건과 지식이라는 조건이 결합될 때, 가장 확실한 실천적 힘이 생길 수 있음을 암시하는 인물이다. 성운이 죽은 후 로사는, '최하층에서 터져 나오는 폭발탄'이 되기 위해 북으로 떠난다. 성운이 받아들이고 일구었던 이념과 운동은 이제 그의 애인을 통해 다시 이어지는 것이다.

생각 나누기

----

1. 박성운의 사상적 궤적을 간단히 정리하고, 이를 1920년대 한국의 역사적 상황과 연관시켜 설명해 보자.
2. 박성운은 전향함으로써, 당시 문제적이었던 두 사상을 결합시킨다. 이 둘은 무엇이며, 또 소설에 나타나는 결합에서 우위를 점하고 있는 사상은 무엇인가?
3. 이 소설은 이전에 성행하던 경향파 문학의 맥을 잇고 있는 동시에 그것들과의 차별성을 보인다. 어떤 이유에서인가?

모범 답안

----

1. 박성운은 독립 운동에 진력하는 민족주의자에서 계급적 이념을 중시하는 사회주의자로 변모한다. 이는 1920년대 민족주의가 3·1 운동의 좌절로 쇠퇴하면서 사회주의 이념이 세력화된 상황 변화와 맥을 같이하고 있다.

2. 1920년대에는 민족주의와 사회주의가 첨예하게 대립하고 있었다. 3·1운동을 주도했던 민족주의는 그 운동의 좌절로 쇠퇴해 가고, 1925년 카프 결성 후 사회주의가 독립 운동을 주도하게 된다. 주인공 박성운이 민족주의에서 사회주의로 전향, 고국에 돌아와 활동하다가 체포되는 것으로 보아 사회주의가 우위를 차지하고 있다.

3. 1920년대에 널리 퍼진 경향파 문학은 수탈과 억압에 대한 피지배층의 분노를 직설적으로 드러낸다. 그런 까닭에 강렬한 인상을 주는 작품들이 많이 창작되었지만, 불합리한 현실을 초래한 사회와 구조에 대한 객관적 분석이 결여되고 문제를 해결할 전망의 제시도 미흡했다. 하지만 이 작품에서는 구조적 모순을 해결할 야학이나 소작조합 등의 사회 운동을 구체적 대안으로 제시함으로써 여느 경향파 작품에서 한 걸음 전진한 모습을 보인다.

낙동강

  낙동강 칠백 리, 길이길이 흐르는 물은 이곳에 이르러 곁가지 강물을
한 몸에 뭉쳐서 바다로 향하여 나간다. 강을 따라 바둑판 같은 들이 바다
를 향하여 아득하게 열려 있고, 그 넓은 들 품 안에는 무덤 무덤의 마을이
여기저기 안겨 있다.
  이 강과 이 들과 거기에 사는 인간 —강은 길이길이 흘렀으며, 인간도
길이길이 살아왔다. 이 강과 이 인간, 지금 그는 서로 영원히 떨어지지
않으면 아니 될 건가?

봄마다 봄마다
불어 내리는 낙동강물
구포벌에 이르러
넘쳐넘쳐 흐르네.
흐르네──에──헤──야.

철렁철렁 넘친 물
들로 벌로 퍼지면
만 목숨 만만 목숨의
젖이 된다네.
젖이 된다네──에──헤──야.

이 벌이 열리고
이 강물이 흐를 제
그 시절부터
이 젖 먹고 자라왔네.
자라왔네――에――헤――야.

천 년을 산 만 년을 산
낙동강! 낙동강!
하늘가에 간들
꿈에나 잊을쏘냐.
잊을쏘냐――아――하――야.

　어느 해 이른 봄에 이 땅을 하직하고 멀리 서북간도로 몰려가는 한 떼의 무리가 마지막 이 강을 건널 제, 그네들 틈에 같이 끼여 가는 한 청년이 있어 뱃전을 두드리며 구슬프게 이 노래를 불러서, 가뜩이나 슬퍼하는 이 이사꾼들로 하여금 눈물을 자아내게 하였다 한다.
　과연, 그네는 뭇 강아지 떼같이 이 땅 어머니의 젖꼭지에 매달려 오래오랫동안 살아왔다. 그러나 그 젖꼭지는 벌써 자기네 것이 아니기 시작한 지도 오래였다. 그러던 터에 엎친 데 덮친다고 난데없는 이리 떼 같은 무리가 닥쳐와서 물어박지르며[1] 빼앗아 먹게 되었다. 인제는 한 모금의 젖이라도 입으로 들어가기가 어렵게 되었다. 하는 수 없이 이 땅에 표박하여 나가게 되었다. 이렇게 된 것을 우리는 잠깐 생각하여 보자.
　이네의 조상이 처음으로 이 강에 고기를 낚고, 이 벌에 곡식과 열매를 딸 때부터 세지도 못할 긴 세월을 오래오래 두고 그네는 참으로 자유로웠

---

1 짐승이 달려들어 물고 뜯으며 마구 몸부림치다.

었다. 서로서로 노래 부르며, 서로서로 일하였을 것이다. 남쪽 벌도 자기네 것이요, 북쪽 벌도 자기네 것이었다. 동쪽도 자기네 것이요, 서쪽도 자기네 것이었다.

　그러나 역사는 한 바퀴 굴렀었다. 놀고먹는 계급이 생기고, 일하여 먹여 주는 계급이 생겼다. 다스리는 계급이 생기고, 다스려지는 계급이 생겼다. 그로부터 임자 없던 벌판에 임자가 생기고 주림을 모르던 백성이 굶주려 가기 시작하였다. 하늘의 햇빛도 고운 줄을 몰라 가게 되고, 낙동강의 맑은 물도 맑은 줄을 몰라 가게 되었다. 천 년이다. 오천 년이다. 이 기나긴 세월을 불평의 평화 속에서 아무 소리 없이 내려왔었다. 그네는 이 불평을 불평으로 생각지 아니하게까지 되었다. 흐린 날씨를 참으로 맑은 날씨인 줄 알듯이. 그러나 역사는 또 한 바퀴 구르려고 한다. 소낙비 앞잡이 바람이다. 깃발이 날리었다. 갑오동학이다. 을미운동이다. 그 뒤에 이 땅에는, 아니 이 반도에는 한 괴물이 배회한다. 마치 나래치고 다니는 독수리같이. 그 괴물은 곧 사회주의이다. 그것이 지나치는 곳마다 기어가는 암나비 궁둥이에 수없는 알이 쏟아지는 셈으로 또한 알을 쏟아 놓고 간다. 청년운동, 농민운동, 형평운동, 노동운동, 여성운동……. 오천 년을 두고 흘러가는 날씨가 인제는 먹장구름에 싸여 간다. 폭풍우가 반드시 오고야 만다. 그 비 뒤에는 어떠한 날씨가 올 것은 뻔히 알 노릇이다.

　이른 겨울의 어두운 밤, 멀리 바다로 통한 낙동강 어귀에는 고기잡이 불이 근심스러이 졸고 있고, 강기슭에는 찬 물결이 울리는 소리가 높아질 때다. 방금 차에서 내린 일행은 배를 기다리느라고 강 언덕 위에 옹기종기 등불에 얼비쳐² 모여 섰다. 그 가운데에는 청년회원, 형평사원, 여성동맹원, 소작인조합 사람, 사회운동 단체 사람들이 대부분을 차지하였다. 동저고리 바람에 헌 모자 비스듬히 쓰고 보따리 든 촌사람, 검정 두루마

---

2 어떤 대상의 모습이나 그림자가, 덮거나 가리고 있는 투명하거나 얇은 것에 어렴풋하게 나타나 보이는 현상.

기, 흰 두루마기, 구지레한 양복 혹은 루바슈카 입은 사람, 재킷 깃 위에 짧은 머리털이 다팔다팔하는 단발랑(斷髮娘)[3], 혹은 그대로 틀어 얹은 신여성, 인력거 위에 앉은 병인, 그들은 ○○감옥의 미결수로 있다가 병이 위중한 까닭으로 보석 출옥하는 박성운이란 사람을 고대 차에서 받아서 인력거에 실어 가지고 마을로 들어가는 길이다.

"과연, 들리는 말과 같이 지독했구먼. 그같이 억대호[4] 같던 사람이 저렇게 될 때야 여간 지독한 형벌을 하였겠니. 에라, 이 몹쓸 놈들."

이 정거장에 마중을 나와서야 비로소 병인을 본 듯한 사람의 말이다.

"그래 가지고도 죽으면 병이 나서 죽었닥 하겠지."

누가 받는 말이다.

"그러면, 와 바로 병원을 갈 일이지, 곧장 이리 온단 말고?"

"내사 모른다. 병인 당자가 한사코 이리 온닥 하니⋯⋯."

"이거 와 이리 배가 더디노?"

"아, 인자 저기 뱃머리 돌렸다. 곧 올락 한다."

한 사람이 저쪽 강기슭을 바라보며 지껄인다. 인력거 위의 병인을 쳐다보며,

"뉘, 춥지 않나?"

"괜찮다, 내 안 춥다."

"아니 뉘 춥거든, 외투 하나 더 주까?"

"언제, 아니다, 괜찮다."

병인의 병든 목소리의 대답이다.

"보소. 배 좀 빨리 저오소."

강 저편에서 뱃머리를 인제 겨우 돌려서 저어 오는 뱃사공을 보고 소리를 친다.

---

3 단발한 젊은 여자.
4 덩치가 크고 몹시 힘이 센 사나운 호랑이.

"예……."

사이 뜨게 울려오는 소리다. 배를 저어 오다가 다시 멈추고 섰다.

"저, 뭘 하고 있노?"

"각 중에 담배를 피워 무는 모양이구나. 에라, 이 문둥아."

여러 사람의 웃음은 와그르 쏟아졌다. 배는 왔다. 인력거 탄 사람이 먼저다.

"보소, 뉘 인력거, 사람 탄 채 그대로 배에 오를 수 있는가?"

한 사람이 인력거꾼 보고 묻는 말이다.

"어찌 그럴 수 있능기오."

"아니다. 내사 내리겠다."

병인은 인력거에서 내리며 부축되어 배에 올랐다. 일행이 오르기를 마침에 배는 삐꺽삐꺽 하는 놋좆 맞추는 소리와 수라수라 하는 물 젓는 소리를 내며 저쪽 기슭을 바라보고 나아간다. 뱃전에 앉은 병인은 등불 빛에 보아도 얼굴이 참혹하게도 야위어졌음을 알 수 있다.

"보소, 배 부리는 양반. 뱃소리나 한 마디 하소, 야?"

"각 중에 이 사람, 소리는 왜 하라꼬."

옆에 앉은 친구의 말이다.

"내 듣고 싶다……. 내 살아서 마지막으로 이 강을 건너게 되는지도 모를 일이다……."

"에라, 이 백주 짬 없는 소리만 탕탕……."

"아니다, 내 참 듣고 싶다. 보소, 배 부리는 양반, 한 마디 아니하겠소?"

"언제, 내사 소리할 줄 아능기오."

"아, 누가 소리해 줄 사람이 없는가? ……아, 로사! 참 소리하소, 의…… 내가 지은 노래하소."

옆에 앉은 단발랑을 조른다.

"노래하라꼬?"

"응, '봄마다 봄마다' 해라, 의."

봄마다 봄마다
불어 내리는 낙동강물
구포벌에 이르러
넘쳐넘쳐 흐르네.
흐르네——에——헤——야.
…….

경상도의 독특한 지방색을 띤 민요 '닐리리조'에다가 약간 창가 조를
섞은 그 노래는 강개하고도 굳센 맛이 띠어 있다. 여성의 음색으로서는
핏기가 과하고 음률로서는 선이 좀 굵다고 할 만한, 그러나 맑은 로사의
육성은 바람에 흔들리는 강 물결의 소리를 누르고 밤하늘에 구슬프게 떠
돌았다. 하늘의 별들도 무엇을 느낀 듯이 눈을 끔벅끔벅하는 것 같았다.
지금 이 배에 오른 사람들이 서북간도 이사꾼들은 비록 아니었지만 새삼
스러이 가슴을 울리지 아니할 수는 없었다.
그 노래 제 삼절을 마칠 때 박성운은 몹시 히스테리컬해진 모양으로 핏
대를 올려 가지고 합창을 한다.

천 년을 산 만 년을 산
낙동강! 낙동강!
하늘가에 간들
꿈에나 잊을쏘냐.
잊을쏘냐——아——하——야.

노래는 끝났다. 성운은 거진 미친 사람 모양으로 날뛰며, 바른 팔 소매

를 걷어들고 강물에다 잠그며, 팔에 물을 적셔 보기도 하며, 손으로 물을 만지기도 하고 끼얹어 보기도 한다. 옆 사람이 보기에 딱하던지,

"이 사람아, 큰일났구만. 이 병인이 지금 이 모양에, 팔을 찬물에다 정구고 하니, 어쩌잔 말고."

"내가 이래 죽어도 좋다. 늬 너무 걱정 마라."

그럴수록 병인은 더 날뛰며, 옆에 앉은 여자에게 고개를 돌려,

"로사! 늬 팔 걷어라. 내 팔하고 같이 이 물에 정궈 보자, 의?"

여자의 손을 잡아다가 잡은 채 그대로 물에다 잠그며 물을 저어 본다.

"내가 해외에 가서 다섯 해 동안을 떠돌아다니는 동안에도, 강이라는 것이 생각날 때마다 낙동강을 잊어 본 적은 없었다……. 낙동강이 생각날 때마다, 내가 이 낙동강 어부의 손자요, 농부의 아들임을 잊어 본 적도 없었다……. 따라서, 조선이란 것도."

두 사람의 손이 힘없이 그대로 뱃전 너머 물 위에 축 처져 있을 뿐이다. 그는 다시 눈앞의 수면(水面)을 바라다보며 혼잣말로,

"그 언제인가 가을에, 내가 송화강(松花江)을 건널 적에, 이 낙동강을 생각하고 운 적도 있었다……. 좋은 마음으로 나간 사람 같고 보면, 비록 만리 밖을 나가 산다 하더라도 그같이 상심이 될 리 없으련마는……."

이 말이 떨어지자, 좌중은 호흡조차 으구히 끊어지는 듯이 정숙하였다. 로사의 들었던 고개가 아래로 떨어지며 저편의 손이 얼굴로 올라갔다. 성운의 눈에서도 한 방울 굵은 눈물이 뚝 떨어졌다.

한동안 물소리만 높았다. 로사는 뱃전에 늘어져 있던 바른손으로 사나이의 언 손을 꼭 잡아당기며,

"인제 구만둡시대, 의."

이 말끝 악센트의 감칠맛이란 것은 경상도 여자의 쓰는 말 가운데서도 가장 귀염성이 드는 말투였다. 그녀는 그의 손에 묻은 물을 손수건으로 씻어 주며 걷었던 소매를 내려 준다.

배는 저쪽 언덕에 가 닿았다. 일행은 배에서 내리자, 먼저 병인을 인력거 위에다 싣고는 건넛마을을 향하여 어둠을 뚫고 움직여 나갔다.

그의 말과 같이, 박성운은 과연 낙동강 어부의 손자요, 농부의 아들이었다. 그의 할아버지는 고기잡이로 일생을 보냈었고, 그의 아버지는 농사꾼으로 일생을 보냈었다. 자기네 무식이 한이 되어 그 아들이나 발전을 시켜 볼 양으로 그리하였든지, 남 하는 시세에 좇아 그대로 해 보느라고 그리하였든지, 남의 논밭을 빌려 농사를 지어 구차한 살림을 하여 나가면서도, 어쨌든 그 아들을 가르쳐 놓았다. 서당으로, 보통학교로, 도립 간이 농업학교로…….

그는 농업학교를 마치고 나서, 군청 농업 조수로도 한두 해를 있었다. 그럴 때 자기 집에서는 자기 아들이 무슨 큰 벼슬이나 한 것같이 여기며, 만나는 사람마다 자기 아들 자랑하기가 일이었다. 그러할 것 같으면 동네 사람들 또한 못내 부러워하며, 자기네 아들들도 하루바삐 어서 가르쳐 내놓을 마음을 먹게 되었다.

그러다가, 마침 독립 운동이 폭발하였다. 그는 단연히 결심하고 다니던 것을 헌신짝같이 집어던지고는, 독립 운동에 참가하였다. 일 마당에 나서고 보니 그는 열렬한 투사였다. 그 때쯤은 누구나 예사이지만 그도 또한 일 년 반 동안이나 철창생활을 하게 되었다.

그것을 치르고 집이라고 나와 보니 그 동안에 자기 모친은 돌아가시고, 늙은 아버지는 집도 없게 되어 자기 딸(성운의 자씨)에게 가서 얹혀 있게 되었다. 마침 그 해에도 이곳에서 살 수가 없게 되어 서북간도로 떠나가는 이사꾼이 부쩍 늘 판이었다. 그들 부자도 그 이사꾼들 틈에 끼여 멀리 고향을 등지고 떠나가게 되었다(아까 부르던 그 낙동강 노래란 것도 그 때 성운이가 지어 읊던 것이었다).

서간도로 가 보니, 거기도 또한 편안히 살 수가 없는 곳이었다. 그 나라 관헌의 압박, 호인의 횡포, 마적의 등살은 여간이 아니었다. 그들 부자도 남과 한 가지로 이리저리 떠돌았다. 떠돌다가, 그야말로 이역 타향에서 늙은 아버지조차 영원히 잃어버리게 되었다.

　그 뒤에 그는 남북 만주, 노령, 북경, 상하이 등지로 돌아다니며, 시종일관 독립 운동에 노력하였다. 그러는 동안에 다섯 해의 세월이 갔었다. 모든 운동이 다 침체하고 쇠퇴하여 갈 판이다. 그는 다시 발길을 돌려 고국으로 향하게 되었다. 그가 조선으로 돌아올 무렵에, 그의 사상에는 큰 전환이 생겼다. 그것은 다른 것이 아니라 이때껏 열렬하던 민족주의자가 변하여 사회주의자로 되었다는 말이다.

　그가 갓 서울로 와서 일을 하여 보려 하였으나, 그도 뜻과 같지 못하였다. 그것은 이 땅에 있는 사회운동 단체란 것이 일에는 힘을 아니 쓰고, 아무 주의 주장에 틀림없이 공연히 파벌을 만들어 가지고 동지끼리 다투기만 일삼는 판이다. 그는 자기와 뜻이 같은 사람끼리 얼리어, 양방의 타협 운동도 일으켰으나 아무 효과도 없었고, 여론을 일으켜 보기도 하였으나 파쟁에 눈이 뻘건 사람들의 귀에는 그도 크게 울리지 못하였다. 그는 분연히 떨치고 일어서며, "이 파벌이란 시기가 오면 자연히 궤멸될 때가 있으리라."고 예언같이 말을 하여 던지고서는, 자기 출생지인 경상도로 와서 남조선 일대를 망라하여 사회운동 단체를 만들어서 정당한 운동에만 힘을 쓰게 되었다.

　그리고 자기는 자기 고향인 낙동강 하류 연안 지방의 한 부분을 떼어 맡아서 일을 보게 되었다.

　그리고 그는 이 땅의 사정을 보아, "브나로드!" 하고 부르짖었다.

　그가 처음으로, 자기 살던 옛 마을을 찾아와 볼 때에 그의 심사는 서글프기 가이없었다. 다섯 해 전 떠날 때에는 백여 호 대촌이던 마을이 그 동안에 인가가 엄청나게 줄었다. 그 대신에 예전에는 보지도 못하던 크나큰 함석지붕집이 쓰러져 가는 초가집들을 멸시하고 위압하는 듯이 덩두렷이 가로 길게 놓여 있다. 그것은 묻지 않아도 동척 창고임을 알 수 있다. 예전에 중농(中農)이던 사람은 소농(小農)으로 떨어지고, 소농이던 사람은 소작농(小作農)으로 떨어지고, 예전에 소작농이던 많은 사람들은 거의 다 풍비박산하여 나가게 되고, 어렸을 때부터 정들었던 동무들도 하나도 볼 수 없었다. 그들은 모두 도회로, 서북간도로, 일본으로, 산지사방 흩어져 갔었다. 대대로 살아오던 자기네 집터에는 옛날의 흔적이라고는 주춧돌 하나 볼 수 없었고(그 터는 지금 창고 앞마당이 되었으므로), 다만 그 시절에 싸리문 앞에 있던 해묵은 느티나무만이 지금도 그저 그 넓은 마당 터에 홀로 우뚝 서 있을 뿐이다. 그는 쫓아가서, 어린아이 모양으로 그 나무 밑동을 껴안고 맴을 돌아보았다, 뺨을 대어 보았다 하며 좋아서 또는 슬퍼서 어찌할 줄을 몰랐다. 그는 나무를 안은 채 눈을 감았다. 지나간 날의 생각이 실마리같이 풀려 나간다. 어렸을 때 지금 하듯이 껴안고 맴돌기, 여름철에는 꼭대기까지 기어 올라가 매미 잡다가 대머리 벗어진 할아버지에게 꾸지람 당하던 일, 마을의 젊은이들이 그네를 매고 놀 때엔 자기도 그네를 뛰겠다고 성화 바치던 일, 앞집에 살던 순이란 계집아이와 같이 나무 그늘 밑에서 소꿉질하고 놀 제 자기는 신랑이 되고 순이는 색시가 되어 시집가고 장가가는 흉내를 내던 일, 그러다가 과연 소년 때에 이르러 그 순이란 처녀와 서로 사모하게 되던 일, 그 뒤에는 또 그 순이가 팔려서 평양인가 서울로 가게 될 제, 어둔 밤 남모르게 이 나무 뒤에 숨어서 서로 붙들고 울던 일, 이 모든 일이 다 생각에서 떠돌아 지나가자 그는 흐르륵 느껴지는 숨을 길게 한 번 내쉬고는 눈을 딱 떴다.

　"내가 이까짓 것을 지금 다 생각할 때가 아니다⋯⋯. 에잇⋯⋯ 쩨⋯⋯."

　하고는 혼자 중얼거리고는 이때껏 하던 생각을 떨어 없애려는 듯이 획 발길을 돌려 걸어 나갔다. 그는 원래 정(情)의 사람이었다. 그러나 근래에 그 감정을 의지로 누르려는 노력이 많은 터이다.

"혁명가는 생 무쇠 쪽 같은 시퍼런 의지(意志)의 마음씨를 가져야 한다."

이것이 그의 생활 모토이다. 그러나 그의 감정은 가끔 의지의 굴레를 벗어나서 날뛸 때가 많았다.

그는 먼저 일할 프로그램을 세웠다. 선전, 조직, 투쟁 ─이 세 가지로. 그리하여 그는 먼저 농촌 야학을 실시하여 가지고 농민 교양에 힘을 썼었다. 그네와 감정을 같이할 양으로 벗어부치고 들이덤비어 그네들 틈에 끼여 생일도 하고, 농사 일터나, 사랑 구석에 모인 좌석에서나, 야학 시간에서나 기회가 있는 대로 교화에 전력을 썼었다.

그 다음에는 소작조합을 만들어 가지고 지주, 더구나 대지주인 동척의 횡포와 착취에 대하여 대항운동을 일으켰었다.

첫해 소작쟁의[5]에는 다소간 희생자도 내었지만 성공이다. 그 다음 해에는 아주 실패다. 소작조합도 해산 명령을 받았다. 노동 야학도 금지다. 동척과 관영의 횡포, 압박, 이루 말할 수가 없었다. 아무리 열성이 있으나, 아무리 참을성이 있으나, 이 땅에서는 어찌할 수 없었다. 모든 것이 침체되고 말 뿐이었다. 그리하여 작년 가을에 그의 친구 하나는 분연히 떨치고 일어서며,

"내 구마 밖으로 갈란다. 여기에서 무슨 일을 할 수 있는가? 하자면 테러지. 테러밖에는 더 없다."

"아니다. 그래도 여기 있어야 한다. 우리가 우리 계급의 일을 하기 위하여는 중국에 가서 해도 좋고, 인도에 가서 해도 좋고, 세계 어느 나라에 가서 해도 마찬가지다. 하지만 우리 경우에는 여기 있어서 일하는 편이 가장 편리하다. 그리고 우리는 죽어도 이 땅 사람들과 같이 죽어야 할 책임감과 애착을 가지고 있다."

이같이 권유도 하였으나, 필경에 그는 그의 가장 신뢰하던 동무 하나를

---

5 소작권과 소작료 따위의 이해관계를 둘러싸고 소작인과 지주 사이에 벌어지는 투쟁.

떠나보내게 되고 만 일도 있었다.

　졸고 있는 이 땅, 아니 옴츠러들고 있는 이 땅, 그는 피칠함이 생기고 말았다. 그것은 다른 것이 아니다. 이 마을 앞 낙동강 기슭에 여러 만 평 되는 갈밭이 하나 있었다. 이 갈밭이란 것도 낙동강이 흐르고 이 마을이 생긴 뒤로부터, 그 갈을 베어 자리를 치고 그 갈을 털어 삿갓을 만들고, 그 갈을 팔아 옷을 구하고 밥을 구하였다.

　　기러기 떴다 낙동강 우에
　　가을바람 부누나 갈꽃이 나부낀다.

　이 노래도 지금은 부를 경황이 없게 되었다. 그 갈밭은 벌써 남의 물건이 되고 말았다. 그것은 이 촌민의 무지로 말미암아, 십 년 전에 국유지로 편입이 되었다가 일본 사람 가등이란 자에게 국유미간지 처리[拂]라는 명의로 넘어가고 말았다. 이 가을부터는 갈도 벨 수가 없었다. 도 당국에 몇 번이나 사정을 하였으나, 아무 효과가 없었다. 촌민끼리 손가락을 끊어 맹서를 써서 혈서동맹까지 조직하여서 항거하려 하였다. 필경에는 모두가 다 실패뿐이다. 자기네 목숨이나 다름없이 알던 촌민들은 분김에 눈이 뒤집혀 가지고 덮어놓고 갈을 베어 제쳤다. 저편의 수직군하고 시비가 생겼다. 사람까지 상하였다. 그 끝에 성운이가 선동자라는 혐의로 붙들려가서 가뜩이나 경찰 당국에서 미워하던 끝에 지독한 고문을 당하고 나서 검사국으로 넘어가서 두어 달 동안이나 있다가 병이 급하게 되어 나온 터이다.

　그런데 여기에 한 에피소드가 있다. 그것은 이 해 여름 어느 장날이다. 장거리에서 형평사원들과 장꾼, 그 중에도 장거리 사람들과 큰 싸움이 벌어졌다. 싸움 시초는 장거리 사람 하나가 이곳 형평사 지부 앞을 지나면서 모욕하는 말을 한 까닭으로 피차에 말이 오락가락하다가 싸움이 되고 또 떼 싸움이 되어서, 난폭한 장거리 사람들이 몽둥이를 들고 형평사원

촌락을 습격한다는 급보를 받고, 성운이가 앞장을 서서 청년회원, 소작인, 조합원, 심지어 여성동맹원까지 총출동을 하여 가지고 형평사원 편을 응원하러 달려갔었다.

싸움이 진정된 후에 '늬도 이놈들, 새 백정이로구나.' 하는 저편의 사람들의 조소와 만매(漫罵)⁶를 무릅쓰고도 그는,

"백정이나 우리나 다 같은 사람이다……. 다만 직업의 구별만 있을 따름이다……. 무릇 무슨 직업이든지, 직업이 다르다고 사람의 귀천이 있는 것은 결코 아니다. 그것은 옛날 봉건 시대 사람들이나 하는 말이다……. 더구나 우리 무산계급은 형평사원과 같이 손을 맞붙잡고 일을 하여 나가지 않으면 아니 된다. ……그러므로 형평사원을, 우리 무산계급은 한 형제요, 동무로 알고 나아가야 한다."

하고 여러 사람 앞에서 열렬히 부르짖은 일이 있었다.

그 뒤에, 이 곳 여성동맹원에는 동맹원 하나가 더 늘었다. 그것이 곧 형평사원의 딸인 로사다. 로사가 동맹원이 된 뒤에는 자연히 성운과도 상종이 잦아졌다. 그럴수록 두 사람의 사이는 점점 가까워지고 필경에는 남다른 정이 가슴 속에 깊이 들어 배게까지 되었다.

로사의 부모는 형평사원으로서, 그도 또한 성운의 부모와 마찬가지로 딸일망정 발전을 시켜 볼 양으로 그리하였던지, 서울에 보내어 여자고등보통학교를 졸업시키고 사범과까지 마친 뒤에 여훈도가 되어 멀리 함경도 땅에 있는 보통학교에 가 있다가 하기 방학에 고향에 왔던 터이다.

그의 부모는 그 딸이 판임관이라는 벼슬을 한 것이 천지개벽 후에 처음 당하는 영광으로 알았다. 그리하여 그는, '내 딸이 판임관 벼슬을 하였는데, 나도 이 노릇을 더 할 수 있는가?' 하고는, 하여 오던 수육업이라는 직업도 그만두고, 인제 그 딸이 가 있는 곳으로 살러 가서 새 양반 노릇을

---

6 만만히 여겨 함부로 꾸짖음.

좀 하여 볼 뱃심이었다. 이번에 딸이 집에 온 뒤에도 서로 의논하고 작정하여 놓은 노릇이다. 그러나 천만 뜻밖에 그 몹쓸 큰 싸움이 난 뒤부터 그 딸이 무슨 여자청년회동맹이니 하는 데 푸뜩푸뜩 드나들며, 주의자니 무엇이니 하는 사람들 틈바구니에 가서 끼여 놀고 하더니, 그만 가 있던 곳도 아니 가겠다, 다니던 벼슬도 내어 놓겠다 하며 야단이다. 그리하여 이네의 집안에는 제일 큰 걱정거리가 생으로 하나 생겼다. 달래다, 구슬리다, 별별 소리로 다 타일러도 그 딸이 막무가내로 듣지를 않자 필경에는 큰 소리까지 나게 되었다.

"이년의 가시내야! 늬 백정 놈의 딸로 벼슬까지 했으면 무던하지, 그보다 무엇이 더 나은 것이 있더노?"

하고 그의 아버지가 야단을 칠 때,

"아배는 몇 백 년이나 조상 때부터 그 몹쓸 놈들에게 온갖 학대를 다 받아왔으면서, 그래도 그 몹쓸 놈들의 썩어빠진 생각을 그저 그대로 가지고 있구만. 내사 그까짓 더러운 벼슬이고 무엇이고 싫소구마……. 인자 참 사람 노릇을 좀 할란다."

하고 딸이 대거리를 할 것 같으면,

"아따 그년의 가시내, 건방지게…… 늬 뭐락 했노? 뭐락 해?"

그의 어미는 옆에서 남편의 말을 거드느라고,

"야, 늬 생각해 보아라. 우리가 그 노릇을 해 가며 늬 공부시키느라꼬 얼마나 애를 먹었노? 늬 부모를 생각하기로 그럴 수가 있능가? ……자식이라꼬 딸자식 형제에서 늬만 공부를 시킨 것도 다 늬 덕을 보자꼬 한 노릇이 아니가?"

"그러면 어매 아배는 날 사람 노릇 시킬라꼬 공부시킨 것이 아니라, 돼지 키워서 이(利) 보듯이 날 무슨 덕 볼라꼬 키워 논 물건으로 알았는 게오?"

"늬 다 그 무슨 소리꼬? 내사 한 마디 몬 알아듣겠다카니……. 아나, 늬 와 이라노? 와?"

"구마, 내 듣기 싫소. ……내 맘대로 할라요."

할 때에 그 아버지는 화가 버럭 나서,

"에라 이…… 늬 이년의 가시내, 내 눈앞에 뵈지 마라. 내사 딱 보기도
싫다구마."

하고 벌떡 일어나 나가 버린다.

이리하고 난 뒤에 로사는 그 자리에 푹 엎어져서 흑흑 느껴 가며 울기
도 하였다. 그것은 그 부친에게 야단을 맞고 나서 분한 생각을 참지 못하
여 그리하는 것만도 아니었다. 그의 부모가 아무리 무지해서 그렇게 굴지
만, 그 무지함이 밉다가도 도리어 불쌍한 생각이 난 까닭이었다.

이러할 때도, 로사는 으레 같이 성운에게로 달려가서 하소연한다. 그럴
것 같으면 성운은,

"당신은 최하층에서 터져 나오는 폭발탄 같아야 합니다. 가정에 대하
여, 사회에 대하여, 같은 여성에 대하여, 남성에게 대하여, 모든 것에 대하
여 반항하여야 합니다."

하고 격려하는 말도 하여 준다. 그럴 것 같으면 로사는 감격에 떠는 듯
이 성운의 무릎 위에 쓰러져 얼굴을 파묻고 운다. 그러면 성운은 또,

"당신은 또 당신 자신에 대하여서도 반항하여야 되오. 당신의 그 눈
물…… 약한 것을 일부러 자랑하는 여성들의 그 흔한 눈물도 걷어치워야
되오. ……우리는 다 같이 굳센 사람이 되어야 합니다."

이 같은 로사는 사랑의 힘, 사상의 힘으로 급격히 변화하여 가는 사람
이 되었다. 그의 본 성명도 로사가 아니었다. 어느 때 우연히 로사 룩셈부
르크의 이야기가 나올 때 성원이가 웃는 말로,

"당신 성도 로가고 하니, 아주 로사라고 지읍시다, 의. 그리고 참말로
로사가 되시오."

하고 난 뒤에, 농이 참 된다고, 성명을 아주 로사로 고쳐 버린 일이 있
었다.

병든 성운을 둘러싼 일행이 낙동강을 건너 어둠을 뚫고 건넛마을로 향하여 가던 며칠 뒤 낮결이었다. 갈 때보다도 더 몇 배 긴 행렬이 마을 어귀에서부터 강 언덕을 향하고 뻗쳐 나온다. 수많은 깃발이 날린다. 양렬로 늘어선 사람의 손에는 긴 외올 뻣자락이 잡혀 있다. 맨 앞에 선 검정 테 두른 기폭에는, '고 박성운 동무의 영구'라고 써 있다.

　그 다음에는 가지각색의 기다. 무슨 '동맹', 무슨 '회', 무슨 '조합', 무슨 '사', 각 단체 연합장임을 알 수 있다. 또 그 다음에는 수많은 만장(輓章)[7]이다.

　'용사는 갔다. 그러나 그의 더운 피는 우리의 가슴에서 뛴다.'

　'갔구나, 너는! 날 밝기 전에 너는 갔구나! 밝은 날 해맞이 춤에는 네 손목을 잡아 볼 수 없구나.'

　'......'

　'......'

　이루 다 셀 수가 없다. 그 가운데에는 긴 시구(詩句)같이 이렇게 쓴 것도 있었다.

　그대는 평시에 날더러, 너는 최하층에서 터져 나오는 폭발탄이 돼라, 하였나이다. 옳소이다. 나는 폭발탄이 되겠나이다.
　그대는 죽을 때에도 날더러, 나는 참으로 폭발탄이 돼라, 하였나이다. 옳소이다. 나는 폭발탄이 되겠나이다.

　이것은 묻지 않아도 로사의 만장임을 알 수 있었다.

　이 해의 첫눈이 푸뜩푸뜩 날리는 어느 날 늦은 아침, 구포역(龜捕驛)에

---

7 죽은 이를 슬퍼하여 지은 글. 또는 그 글을 비단이나 종이에 적어 기(旗)처럼 만든 것. 주검을 산소로 옮길 때에 상여 뒤에 들고 따라간다.

서 차가 떠나서 북으로 움직여 나갈 때이다. 기차가 들녘을 다 지나갈 때까지, 객차 안 들창으로 하염없이 바깥을 내다보고 앉은 여성이 하나 있었다. 그는 로사이다. 아마 그는 돌아간 애인이 밟던 길을 자기도 한 번 밟아 보려는 뜻인가 보다. 그러나 필경에는 그도 머지않아서 다시 잊지 못할 이 땅으로 돌아올 날이 있겠지.

동백꽃

김유정 (金裕貞 1908~1937)

동백꽃

김유정(金裕貞 1908~1937)

작가와 작품세계

김유정(1908~1937)

강원도 춘천 출생. 1929년 휘문고보 졸업 후 연희전문 문과 중퇴. 집안은 부유한 편이었으나, 일찍이 고아가 되어 누나의 손에서 자랐다. 1935년 〈소낙비〉가 《조선일보》 신춘문예에, 〈노다지〉가 《중앙일보》 신춘문예에 각각 당선됨으로써 문단에 등단하였다. 1937년 폐결핵으로 세상을 뜰 때까지 〈금따는 콩밭〉, 〈만무방〉, 〈산골〉, 〈가을〉, 〈봄봄〉, 〈동백꽃〉, 〈따라지〉 등 약 30편의 단편 소설을 발표하였다.

그의 문학 세계는 해학적이고 골계적이며, 주로 농촌 현실과 거기 살아가는 농민들의 삶을 다루고 있다. 〈동백꽃〉, 〈봄봄〉, 〈산골〉 같은 작품에서는 경쾌한 해학성이 전편에 두드러지고 〈소낙비〉, 〈만무방〉, 〈총각과 맹꽁이〉 등에서는 농촌 생활을 소재로 사회적 모순을 그려내고 있다. 그의 소설에 등장하는 인물들은 하나같이 해학미를 유발시키고, 어리석고, 익살스러운데 그러면서도 원초적인 순박성을 잃지 않는다. 그는 해학미를 통해 당대의 암담하고 비참한 삶의 현실을 보여주고 있다.

줄거리

오늘도 우리 닭이 마구 쪼였다. 마름집 딸 점순이는 한동안 실없이 웃으며 곁에 나타나곤 하더니, 내가 구운 감자를 받지 않고 거절한 이후로는 번번이 애꿎은 우리 닭에게 자기네 닭으로 싸움을 붙이곤 한다. 내가 정성을 들임에도 불구하고 우리 닭은 점순네 닭에게 매일 당한다. 그리하여 나는 점순이가 천연덕스럽게 닭싸움시키는 것을 발견하고, 참지 못하여 점순네 닭을 때려죽이고 만다. 그러고 나서 마름인 점순네에게 땅을 빼앗기고 쫓겨날 생각에 그만 울음을 터뜨린다. 그러자 점순은 "내 안 이를 테니 다음부터 그러지 말라"고 하고, 무슨 일을 말하는 것인지도 모르면서 나는 고개를 끄덕인다. 그러자 점순은 내게로 퍽 쓰러지고 그때 알싸한 동백꽃 속으로 파묻힌다. 곧바로 점순이를 부르는 점순이 어머니 목소리에 놀란 두 사람은 산 위아래로 혼비백산하여 내뺀다.

작품해설

〈동백꽃〉은 1936년 《조광》에 발표된 작품이다.

김유정의 소설에서는 흔히 작중 인물 중 하나가 이야기의 서술자가 된다. 1인칭 주인공 시점이라고 할 수 있으나, 그의 소설에는 1인칭 주인공 시점에서 일반적으로 보이는 자의식이나 개인 심리의 표출이 없다. 그리고 서술자인 '나'는 사건의 해석에 무디고 우둔한 인물로 제시되어, 해학적인 분위기가 생겨나게끔 한다. 〈동백꽃〉에서의 '나'도 그렇다. '나'는 호의를 표시하는 점순의 행동을 올바로 이해하지 못한다. 일부러 감자를 숨겨 가지고 나와 전하는 점순에게 '이 계집애가 미쳤나'라는 반응을 보이며, 무안을 당한 점순이 끈질기게 자신을 괴롭히는 데도 그 이유를 전혀 짐작하지 못한다. 점순의 의도와 화자의 반응이 빗나가는 데서 이 소설의 독특한 재미가 생겨나고 있는 것이다.

이 작품에서 점순은 마름집 딸로, 화자는 소작농으로 설정되어 있다. 그러나 이들 사이에는 계층의 차이에서 오는 갈등이 거의 드러나지 않는다. 드러나는 부분은 "그렇잖아도 저희는 마름이고 우리는 그 손에서 배재를 얻어 땅을 부치므로 일상 굽신거린다."와 같은 화자의 말 정도가 고작이다. 예컨대 마름과 소작인 사이의 갈등과 투쟁을 형상화한 이기영의 〈고향〉과 〈동백꽃〉은 좋은 대조를 이루고 있음을 볼 수 있다. 그런데 이 차이는 작가 정신의 상이함에서 비롯된 것도 있겠지만, 김유정의 소설 배경이 보통 강원도며 그곳은 대토지 소유가 발달하지 않았다는 특수성도 이런 차이의 기반이 되는 것이라고 볼 수 있다.

흥밋거리로 덧붙이자면, 이 소설의 제목인 '동백꽃'은 우리가 흔히 떠올리는 동백꽃이 아니라고 한다. 이 소설에서 동백꽃의 색깔은 노랗다고 묘사되고 있는데, 요즈음 동백꽃이라고 일컬어지는 꽃은 붉은 빛이다. 연구가에 따르면, 김유정이 말하는 동백꽃은 생강나무의 사투리로서 개동백이라고 불렸다 한다.

생각 나누기

1. 이 소설의 화자는 무디고 우둔한 인물로 설정되어 있는데, 이런 인물형이 빚어내는 효과는 무엇인지 서술해 보자.
2. 이 소설에서 주제가 집약적으로 암시되어 있는 장면은 어디인가?
3. 이 소설은 인물들의 과장된 행동이 거의 없음에도 불구하고 독자들에게 웃음을 선사한다. 그 이유는 무엇인가?

모범 답안

1. 1인칭 주인공 시점인 이 소설의 화자인 '나'는 점순이를 관찰하면서, 한편 나와 점순이 사이에서 일어나는 일까지 표출해야 한다. 점순의 앞서가는 행동을 뒤따르지 못하는 나는 줄곧 엉뚱한 반응을 보이고, 독자들에

게는 충분히 이해되는 사태도 어눌하게 전개함으로써 해학미를 물씬 드러낸다. 또한 점순의 돌발 행동에 대처하지 못하는 화자의 행위에 독자들은 연민의 미소를 보내게 된다. 여기게 작가의 시점 설정이 뛰어남과, 화자와 점순의 성격도 뚜렷이 대비시키고 있음을 알 수 있다.

2. 나와 점순이 동백꽃 속으로 쓰러지는 장면이다. 결말 강조법의 절정 장면으로 이야기의 흐름을 놀라운 경악법으로 처리하고 있다.

3. 〈동백꽃〉이 독자들에게 선사하는 웃음은 '나'의 어수룩한 성격에 기인한다. '나'는 순진한 산골 청년으로서 점순이의 마음과 행동의 의미를 잘 파악하지 못한다. 점순이의 심술에 속수무책으로 당하는 '나'의 태도는 우스꽝스럽다. 여기에 인물들이 사용하는 사투리, 비속어 등도 웃음을 유발하는 중요한 요소이다.

동백꽃

오늘도 또 우리 수탉이 막 쪼였다. 내가 점심을 먹고 나무를 하러 갈 양으로 나올 때였다. 산으로 올라서려니까 등 뒤에서 푸드득 푸드득 하고 닭의 횃소리가 야단이다. 깜짝 놀라서 고개를 돌려 보니 아니나 다르랴, 두 놈이 또 얼렸다.[1]

점순네 수탉(대강이가 크고 똑 오소리 같은 실팍하게 생긴 놈)이 덩저리[2] 작은 우리 수탉을 함부로 해내는 것이다. 그것도 그냥 해내는 것이 아니라 푸드득 하고 면두를 쪼고 물러섰다가 좀 사이를 두고 또 푸드득 하고 모가지를 쪼았다. 이렇게 멋을 부려 가며 여지없이 닦아 놓는다. 그러면 이 못생긴 것은 쪼일 적마다 주둥이로 땅을 받으며 그 비명이 킥, 킥 할 뿐이다. 물론 미처 아물지도 않은 면두를 또 쪼이어 붉은 선혈은 뚝뚝 떨어진다.

이걸 가만히 내려다보자니 내 대강이가 터져서 피가 흐르는 것같이 두 눈에 불이 번쩍 난다. 대뜸 지겟작대기를 메고 달려들어 점순네 닭을 후려칠까 하다가 생각을 고쳐먹고 헛매질로 떼어만 놓았다.

이번에도 점순이가 쌈을 붙여 놨을 것이다. 바짝바짝 내 기를 올리느라고 그랬음에 틀림없을 것이다. 고놈의 계집애가 요새로 접어들어서 왜 나를 못 먹겠다고 고렇게 아르릉거리는지 모른다.

---

1 어울리게 됨. 얽히게 됨.
2 물건의 부피. '덩치'의 속어.

나흘 전 감자 쪼간[3]만 하더라도 나는 저에게 조금도 잘못한 것은 없다. 계집애가 나물을 캐러 가면 갔지, 남 울타리 엮는 데 쌩이질을 하는 것은 다 뭐냐? 그것도 발소리를 죽여 가지고 등 뒤로 살며시 와서,

"애! 너 혼자만 일하니?"

하고 긴치 않은 수작을 하는 것이다.

어제까지도 저와 나는 이야기도 잘 않고, 서로 만나도 본 척 만 척하고 이렇게 점잖게 지내던 터이런만 오늘로 갑작스레 대견해졌음은 웬일인가. 항차[4] 망아지만한 계집애가 남 일하는 놈 보구…….

"그럼 혼자 하지 떼루 하디?"

내가 이렇게 내배알는 소리를 하니까,

"너 일하기 좋니?"

또는,

"한여름이나 되거든 하지, 벌써 울타리를 하니?"

잔소리를 두루 늘어놓다가 남이 들을까 봐 손으로 입을 틀어막고는 그 속에서 깔깔댄다. 별로 우스울 것도 없는데 날씨가 풀리더니 이놈의 계집애가 미쳤나 하고 의심하였다. 게다가 조금 뒤에는 저의 집께를 할끔할끔 돌아보더니 행주치마 속으로 꼈던 바른손을 뽑아서 나의 턱밑으로 불쑥 내미는 것이다. 언제 구웠는지 아직도 더운 김이 홱 끼치는 굵은 감자 세 개가 손에 뿌듯이 쥐었다.

"느 집엔 이거 없지?"

하고 생색 있는 큰소리를 하고는 제가 준 것을 남이 알면 큰일 날 테니 여기서 얼른 먹어 버리란다. 그리고 또 하는 소리가,

"너 봄 감자가 맛있단다."

"난 감자 안 먹는다, 너나 먹어라."

3 일, 사건.
4 '황차(況且)'가 변한 말. 하물며.

나는 고개도 돌리려 하지 않고 일하던 손으로 그 감자를 도로 어깨 너머로 쓱 밀어버렸다. 그랬더니 그래도 가는 기색이 없고, 뿐만 아니라 쌔근쌔근하고 심상치 않게 숨소리가 점점 거칠어진다. 이건 또 뭐야 싶어서 그때에야 비로소 돌아다보니 나는 참으로 놀랐다. 우리가 이 동리에 들어온 것은 근 삼 년째 되어 오지만 여태껏 가무잡잡한 점순이의 얼굴이 이렇게까지 홍당무처럼 새빨개진 법이 없었다. 게다 눈에 독을 올리고 한참 나를 요렇게 쏘아보더니 나중에는 눈물까지 어리는 것이 아니냐. 그리고 바구니를 다시 집어 들더니 이를 꼭 악물고는 엎어질 듯 자빠질 듯 논둑으로 휑하게 달아나는 것이다.

어쩌다 동리 어른이,

"너 얼른 시집을 가야지?"

하고 웃으면,

"염려 마서유. 갈 때 되면 어련히 갈라구!"

이렇게 천연덕스레 받는 점순이었다. 본시 부끄럼을 타는 계집애도 아니거니와, 또한 분하다고 눈에 눈물을 보일 얼병이[5]도 아니다. 분하면 차라리 나의 등허리를 바구니로 한 번 모지게 후려쌔리고 달아날지언정.

그런데 고약한 그 꼴을 하고 가더니, 그 뒤로는 나를 보면 잡아먹으려고 기를 복복 쓰는 것이다. 설혹 주는 감자를 안 받아먹은 것이 실례라 하면, 주면 그냥 주었지 '느 집엔 이거 없지.'는 다 뭐냐. 그렇잖아도 저희는 마름이고 우리는 그 손에서 배지[6]를 얻어 땅을 부치므로 일상 굽신거린다. 우리가 이 마을에 처음 들어와 집이 없어서 곤란으로 지낼 제, 집터를 빌리고 그 위에 집을 또 짓도록 마련해 준 것도 점순네의 호의였다. 그리고 우리 어머니 아버지도 농사 때 양식이 달리면 점순네한테 가서 부지런히 꾸어다 먹으면서 인품 그런 집은 다시 없으리라고 침이 마르도록

---

5 '어리보기'의 사투리. 언행이 들뜬 사람.
6 '패지(牌旨)'가 변한 말'. 신분이 높은 사람이 비천한 사람에게 정식으로 보내던 위임 문서.

칭찬하곤 하는 것이다. 그러면서도 열일곱씩이나 된 것들이 수군수군하고 붙어 다니면 동리의 소문이 사납다고 주의를 시켜 준 것도 또 어머니였다. 왜냐 하면 내가 점순이하고 일을 저질렀다가는 점순네가 노할 것이고, 그러면 우리는 땅도 떨어지고 집도 내쫓기고 하지 않으면 안 되는 까닭이었다.

그런데 이놈의 계집애가 까닭 없이 기를 복복 쓰며 나를 말려 죽이려고 드는 것이다.

눈물을 흘리고 간 그 담날 저녁 나절이었다. 나무를 한 짐 잔뜩 지고 산을 내려오려니까 어디서 닭이 죽는 소리를 친다. 이거 뉘 집에서 닭을 잡나, 하고 점순네 울 뒤로 돌아오다가 나는 고만 두 눈이 뚱그래졌다. 점순이가 저희 집 봉당[7]에 홀로 걸터앉았는데 아 이게 치마 앞에다 우리 씨암탉을 꼭 붙들어 놓고는,

"이놈의 닭! 죽어라, 죽어라."

요렇게 암팡스레 패주는 것이 아닌가. 그것도 대가리나 치면 모른다마는 아주 알도 못 낳으라고 그 볼기짝께를 주먹으로 콕콕 쥐어박는 것이다.

나는 눈에 쌍심지가 오르고 사지가 부르르 떨렸으나 사방을 한 번 휘돌아 보고야 그제서 점순이 집에 아무도 없음을 알았다. 잡은 참 지게 자대기를 들어 울타리 중턱을 후려치며,

"이놈의 계집애! 남의 닭 알 못 낳으라구 그러니?"

하고 소리를 뺙 질렀다.

그러나 점순이는 조금도 놀라는 기색이 없고 그대로 의젓이 앉아서 제 닭 가지고 하듯이, 또 죽어라, 죽어라, 하고 패는 것이다. 이걸 보면 내가 산에서 내려올 때를 겨냥해 가지고 미리부터 닭을 잡아 가지고 있다가 너

7 안방과 건넌방 사이에 마루를 놓지 않고 흙바닥 그대로 둔 곳.

보란 듯이 내 앞에 줴지르고 있음이 확실하다.

그러나 나는 그렇다고 남의 집에 뛰어 들어가 계집애하고 싸울 수도 없는 노릇이고 형편이 썩 불리함을 알았다. 그래 닭이 맞을 적마다 지게막대기로 울타리나 후려칠 수밖에 별도리가 없다. 왜냐하면 울타리를 치면 칠수록 울섶이 물러앉으며 뼈대만 남기 때문이다. 허나 아무리 생각하여도 나만 밑지는 노릇이다.

"아, 이년아! 남의 닭 아주 죽일 터이냐?"

내가 도끼눈을 뜨고 다시 꽥 호령을 하니까 그제야 울타리께로 쪼르르 오더니 울 밖에 섰는 나의 머리를 겨누고 닭을 내팽개친다.

"에이, 더럽다! 더럽다!"

"더러운 걸 널더러 입때 끼고 있으랬니? 망할 계집애년 같으니!"

하고 나도 더럽단 듯이 울타리께를 힝 하니 돌아내리며 약이 오를 대로 다 올랐다, 라고 하는 것은 암탉이 풍기는 서슬에 나의 이마빼기에다 물찌똥을 찍 갈겼는데 그걸 본다면 알집만 터졌을 뿐 아니라 골병을 단단히 든 듯싶다.

그리고 나의 등 뒤를 향하여 나에게만 들릴 듯 말 듯한 음성으로,

"이 바보 녀석아!"

"얘! 너 배냇병신이지?"

그만도 좋으련만,

"얘! 너 느 아버지가 고자라지?"

'뭐? 울 아버지가 그래 고자야?' 할 양으로 열벙거지[8]가 나서 고개를 홱 돌리어 바라봤더니 그때까지 울타리 위로 나와 있어야 할 점순이의 대가리가 어디 갔는지 보이지를 않는다. 그러다 돌아서서 오자면 아까에 한 욕을 울 밖으로 또 퍼붓는 것이다. 욕을 이토록 먹어가면서도 대거리 한

---

8 열화(熱火)를 속되게 이르는 말. 열화는 뜨거운 불길이라는 뜻으로, 매우 격렬한 열정을 비유적으로 이르는 말이다.

마디 못 하는 걸 생각하니 돌부리에 채여 발톱 밑이 터지는 것도 모를 만치 분하고 급기야는 두 눈에 눈물까지 불끈 내솟는다.

그러나 점순이의 침해는 이것뿐이 아니다.

사람들이 없으면 틈틈이 제 집 수탉을 몰고 와서 우리 수탉과 쌈을 붙여 놓는다. 제 집 수탉은 썩 험상궂게 생기고 쌈이라면 홰를 치는 고로 으레 이길 것을 알기 때문이다. 그래서 툭하면 우리 수탉의 면두며 눈깔이 피로 흐드르하게 되도록 해 놓는다. 어떤 때에는 우리 수탉이 나오지를 않으니까 요놈의 계집애가 모이를 쥐고 와서 꾀어내다가 쌈을 붙인다.

이렇게 되면 나도 다른 배차⁹를 차리지 않을 수 없다. 하루는 우리 수탉을 붙들어 가지고 넌지시 장독께로 갔다. 쌈닭에게 고추장을 먹이면 병든 황소가 살모사 먹고 용을 쓰는 것처럼 기운이 뻗친다 한다. 장독에서 고추장 한 접시를 떠서 닭 주둥아리께로 들이밀고 먹여 보았다. 닭도 고추장에 맛을 들였는지 거스르지 않고 거진 반 접시 턱이나 곧잘 먹는다.

그리고 먹고 금세는 용을 못 쓸 터이므로 얼마쯤 기운이 들도록 홰¹⁰ 속에다 가두어 두었다.

밭에 두엄을 두어 짐 져내고 나서 쉴 참에 그 닭을 안고 밖으로 나왔다. 마침 밖에는 아무도 없고 점순이만 저희 울 안에서 헌옷을 뜯는지 혹은 솜을 타는지 웅크리고 앉아서 일을 할 뿐이다.

나는 점순네 수탉이 노는 밭으로 가서 닭을 내려놓고 가만히 맥을 보았다. 두 닭은 여전히 얼리어 쌈을 하는데 처음에는 아무 보람이 없다. 멋지게 쪼는 바람에 우리 닭은 또 피를 흘리고 그러면서도 날갯죽지만 푸드득 푸드득 하고 올라 뛰고 뛰고 할 뿐으로 제법 한번 쪼아 보지도 못한다.

그러나 한 번은 어쩐 일인지 용을 쓰고 펄쩍 뛰더니 발톱으로 눈을 하비고 내려오며 면두를 쪼았다. 큰 닭도 여기에는 놀랐는지 뒤로 멈씰하며

---

9 차례를 정함, 또는 그 차례.
10 새장이나 닭장의 가로대. 여기서는 '닭장'의 뜻으로 쓰임.

물러난다. 이 기회를 타서 작은 우리 수탉이 또 날쌔게 덤벼들어 다시 면두를 쪼니 그제서는 감때사나운[11] 그 대강이에서도 피가 흐르지 않을 수 없다.

옳다, 알았다. 고추장만 먹이면 되는구나. 하고 나는 속으로 아주 쟁그라워 죽겠다. 그때에는 뜻밖에 내가 닭쌈을 붙여 놓는 데 놀라서 울 밖으로 내다보고 섰던 점순이도 입맛이 쓴지 눈살을 찌푸렸다.

나는 두 손으로 볼기짝을 두드리며 연방,

"잘한다! 잘한다!"

하고 신이 머리끝까지 뻗치었다.

그러나 얼마 되지 않아서 넋이 풀리어 기둥같이 묵묵히 서 있게 되었다. 왜냐 하면 큰 닭이 한 번 쪼인 앙갚음으로 호들갑스레 연거푸 쪼는 서슬에 우리 수탉은 찔끔 못하고 막 곯는다. 이걸 보고서 이번에는 점순이가 깔깔거리고, 되도록 이쪽에서 많이 들으라고 웃는 것이다.

나는 보다 못하여 덤벼들어서 우리 수탉을 붙들어 가지고 도로 집으로 들어왔다. 고추장을 좀더 먹였더라면 좋았을 걸, 너무 급하게 쌈을 붙인 것이 퍽 후회가 난다. 장독께로 돌아와서 다시 턱밑에 고추장을 들이댔다. 흥분으로 말미암아 그런지 당최 먹질 않는다.

나는 하릴없이 닭은 반듯이 눕히고 그 입에다 궐련 물부리를 물리었다. 그리고 고추장 물을 타서 그 구멍으로 조금씩 들이부었다. 닭은 좀 괴로운지 킥킥 하고 재채기를 하는 모양이나 그러나 당장의 괴로움은 매일같이 피를 흘리는 데 댈 게 아니라 생각하였다.

그러나 한 두어 종지 가량 고추장 물을 먹이고 나서는 나는 고만 풀이 죽었다. 싱싱하던 닭이 왜 그런지 고개를 살며시 뒤틀고는 손아귀에서 뻐드러지는 것이 아닌가. 아버지가 볼까 봐서 얼른 홰에다 감추어 두었더니

---

11 매우 억세고 사나워서 휘어내기 어려운.

오늘 아침에서야 겨우 정신이 든 모양 같다.

그랬던 걸 이렇게 오다 보니까 또 쌈을 붙여 놨으니 이 망할 계집애가 필연 우리 집에 아무도 없는 틈을 타서 제가 들어와 홰에서 꺼내 가지고 나간 것이 분명하다.

나는 다시 닭을 잡아 가두고 염려스러우나 그렇다고 산으로 나무를 하러 가지 않을 수도 없는 형편이었다.

소나무 삭정이를 따며 가만히 생각해 보니 암만 해도 고년의 목쟁이를 돌려놓고 싶다. 이번에 내려가면 망할 년 등줄기를 한 번 되게 후려치겠다 하고 싱둥겅둥 나무를 지고는 부리나케 내려왔다.

거지반 집에 다 내려와서 나는 호드기[12] 소리를 듣고 발이 딱 멈추었다. 산기슭에 널려 있는 굵은 바윗돌 틈에 노란 동백꽃이 소보록하니 깔리었다. 그 틈에 끼어 앉아서 점순이가 청승맞게 시리 호드기를 불고 있는 것이다. 그보다도 더 놀란 것은 그 앞에서 또 푸드득푸드득 하고 들리는 닭의 횃소리다. 필연코 요년이 나의 약을 올리느라고 또 닭을 집어내다가 내가 내려올 길목에다 쌈을 시켜 놓고, 저는 그 앞에 앉아서 천연스레 호드기를 불고 있음에 틀림없으리라.

나는 약이 오를 대로 다 올라서 두 눈에서 불과 함께 눈물이 퍽 쏟아졌다. 나무 지게도 벗어 놓을 새 없이 그대로 내동댕이치고는 지게막대기를 뻗치고 허둥지둥 달려들었다.

가까이 와보니 과연 나의 짐작대로 우리 수탉이 피를 흘리고 거의 빈사지경에 이르렀다. 닭도 닭이려니와 그러함에도 불구하고 눈 하나 깜짝 없이 고대로 앉아서 호드기만 부는 그 꼴에 더욱 치가 떨린다. 동네에서는 소문이 났거니와 나도 한때는 걱실걱실히 일 잘하고 얼굴 예쁜 계집애인 줄 알았더니 시방 보니까 그 눈깔이 꼭 여우새끼 같다.

---

12 봄철에 물오른 버드나무 가지의 껍질을 고루 비틀어 뽑은 껍질이나, 짤막한 밀짚 토막 따위로 만든 피리의 일종.

나는 대뜸 달려들어서 나도 모르는 사이에 큰 수탉을 단매로 때려 엎었다. 닭은 푹 엎어진 채 다리 하나 꼼짝 못하고 그대로 죽어 버렸다. 그리고 나는 멍하니 섰다가 점순이가 매섭게 눈을 흡뜨고 닥치는 바람에 뒤로 벌렁 나자빠졌다.

"이놈아! 너 왜 남의 닭을 때려죽이니?"

"그럼 어때?"

하고 일어나다가,

"뭐 이 자식아! 누 집 닭인데?"

하고 복장[13]을 떼미는 바람에 다시 벌렁 자빠졌다. 그러고 나서 가만히 생각하니 분하기도 하고 무안스럽고, 또 한편 일을 저질렀으니 인젠 땅이 떨어지고 집도 내쫓기고 해야 될는지 모른다.

나는 비슬비슬 일어나며 소맷자락으로 눈을 가리고는 얼김에 엉, 하고 울음을 놓았다. 그러다 점순이가 앞으로 다가와서,

"그럼, 너 이담부턴 안 그럴 테냐?"

하고 물을 때에야 비로소 살 길을 찾은 듯싶었다. 나는 눈물을 우선 씻고 뭘 안 그러는지 명색도 모르건만,

"그래!"

하고 무턱대고 대답하였다.

"요담부터 또 그래 봐라, 내 자꾸 못살게 굴 테니."

"그래 그래, 인젠 안 그럴 테야."

"닭 죽은 건 염려 마라. 내 안 이를 테니."

그리고 뭣에 떠다밀렸는지 나의 어깨를 짚은 채 그대로 퍽 쓰러진다. 그 바람에 나의 몸뚱이도 겹쳐서 쓰러지며 한창 피어 퍼드러진 노란 동백꽃 속으로 폭 파묻혀 버렸다.

---

13 가슴 한복판.

알싸한, 그리고 향긋한 그 냄새에 나는 땅이 꺼지는 듯이 온 정신이 고만 아찔하였다.

"너 말 마라?"

"그래!"

조금 있더니 요 아래서,

"점순아! 점순아! 이년이 바느질을 하다 말구 대체 어딜 갔어!"

하고 어딜 갔다 온 듯싶은 그 어머니가 역정이 대단히 났다.

점순이가 겁을 잔뜩 집어먹고 꽃 밑을 살금살금 기어서 산 아래로 내려간 다음 나는 바위를 끼고 엉금엉금 기어서 산 위로 치뺴지 않을 수 없었다.

탈출기

최서해

(崔曙海 1901~1932)

탈출기

최서해(崔曙海 1901~1932)

작가와 작품세계

최서해(1901~1932)

본명은 학송(鶴松). 함경북도 성진 출생. 성진보통학교 중퇴. 1917년 간도로 이주해 최하층민의 비참한 생활을 경험하였다. 1918년 《학지광》에 시를 발표하면서 문필 활동을 시작했으며, 1924년 《조선문단》에 단편 〈고국〉으로 정식 등단했다. 신경향파의 대표적 작가로서 계급 문학에 동조했고, 1925년 카프에 가입했다. 대표작으로는 〈혈흔〉, 〈홍염〉, 〈탈출기〉, 〈기아와 살육〉 등이 있다.

그의 작품은 대부분 간도 유민이나 기타 빈농의 궁핍상을 다루고 있으며, 비참한 현실에 대한 개인의 절망적 반항을 그리고 있다. 그 반항은 주로 살인·방화·파괴로 나타나는데, 이는 초기 신경향파 작품들의 일반적 특징이기도 하다.

1929년 카프에서 탈퇴한 그는 차츰 인도주의적 경향으로 전환하여 동포애에 입각한 민족적 고통과, 궁핍의 원인인 일제에 대한 반항의식과 민족감정을 표현하였다.

줄거리

이 소설의 주인공이자 화자인 '박'은 친구 '김'의 편지에 답해, 자신이 간도로 건너온 이후의 역경과 ×선(전선)에 뛰어들게 된 까닭을 상세하게 밝히고 있다. 간도를 풍족하고 보람찬 삶이 기다리는 '새 세계'로 생각하고 두만강을 건넌 주인공은, 처음부터 생활의 어려움에 부딪힌다. 어머니, 아내를 아우른 세 식구가 부지런히, 정직하게 일해도 끼니를 이어 나가기조차 어려웠다. 궁핍에 시달리면서 주인공은 점차 근면과 정직에 응당한 보답을 주지 않는 사회 체제에 회의를 품게 되고, 결국 사회를 바꿈으로써 자신을 살리기 위해 ××단에 가입한다. 그리고 그 일이 성공할 때까지는 가족을 만나지 않으리라는 결심을 한다.

작품해설

〈탈출기〉는 1925년 《조선문단》에 발표한 작품으로 서간체 형식을 빌려 쓴, 1인칭 관찰자 시점의 소설이다. 이 작품은 화자인 '박'이 친구 '김'의 편지에 답하면서 간도 생활의 어려움과 민족적 이질감을 토로하고, 사회 운동에 뛰어들게 된 이유를 설명하는 친우에 대한 답장의 형식을 취하고 있다. 조선에서 간도로 이주할 때 가졌던 희망 그리고 궁핍한 생활에 눌려 그 희망이 깨진 과정을 이야기하고, 빈부의 문제가 사회적인 문제임을 깨달았음을 밝힌다. 그리고 사회를 바꿈으로써 스스로를 구할 수 있다고 믿기에 ××단에 가입한다.

즉 조직적인 사회 운동에 뛰어드는 것으로 소설이 끝난다는 점에서는, 이 작품이 전형적인 신경향파 소설과 다르다고 말할 수 있다. 최서해 자신의 다른 대표작들인 〈박돌의 죽음〉, 〈기아와 살육〉, 〈홍염〉처럼 전형적인 신경향파 소설은 살인·방화 등의 폭력이 행사되는 데서 끝나고 있기 때문이다. 그러나 한편으로는 〈탈출기〉 역시 제재의 빈궁성과 주제의 반항성이라는 신경향파 문학의 특성을 드러낸다. 이 두 측면의 융합이야말로 이기영·한설야 등의 본격적인 프롤레타리아 문학과 대비되는 1920년대 신경향파 문학의 특징이다.

신경향파 문학에 있어서의 빈궁은 단순한 제재 이상의 의미를 지닌다. 사회 모순에 대한 과학적 진단이나 그에 대응하는 조직적 활동이 본격화되기 이전의 시기에, 극단적인 궁핍상의 고발은 그 자체로 독자에게 충격과 격동을 줄 수 있었다. 노동자나 빈농 계급처럼 사회주의적 변혁의 주동력인 계급에서 문학의 제재나 주제를 찾으려는 노력은 아직 나타나지 않던 때였다.

〈탈출기〉에도 극단적인 궁핍상의 제시라는 특징은 잘 드러난다. 임신한 아내가 먹을 것이 없어 귤껍질을 주워 먹고, 두부를 만들어 이삼십 전을 버는 데 온 식구가 애간장을 태우며, 도둑나무를 하다 고초를 겪기도 하는 것이다. 어머니와 아내의 희생적이고 순종적인 태도 때문에 이런 궁핍상의 비참함은 더욱 강조된다. 언제나 다른 식구들 걱정을 앞세우는 어머니, 묵묵히 일하고 남편에게 순종하는 아내는 성실함과 정직함의 표상이며, 주인공에게 가장으로서의 책임감을 더 무겁게 느끼도록 하는 존재들이기도 하다. 이런 인물들이 제시되었기 때문에, 사회의 모순에 대한 작가의 고발이나 가족을 버리고 ×선(계급 운동의 전선)에 뛰어든 주인공의 비장한 심정은 한층 설득력 있게 다가온다.

또한 이 소설에서 그려진 궁핍은, 고립된 개인의 체험이다. 주인공의 가족이 갖은 고초를 겪고 있을 때 이웃은 이들을 조소할 뿐이며, 궁핍한 생활을 꾸려 가는 다른 이들은 이 소설 어디에서도 나타나지 않는다. 비참한 가난은 오로지 주인공 일가의 몫이다. 여기서는 민중의 발견이나 그들과의 동류의식이 이루어질 수 없다. 주인공이 그리고 작가가 자신의 체험 속에만 갇혀 있기 때문이다.

최서해는 여러 직업을 전전하며 하층 생활을 한 작가였고, 체험을 바탕으로 〈탈출기〉 같은 소설을 썼다. 그렇기 때문에 그의 소설은 한편으로 체험을 바탕으로 한 생동감을 가지고 있지만, 다른 한편으로는 주관적 체험을 확장하지 못하는 모습을 보이기도 한다. 최서해의 소설은 묘사가 없고 서술이 주조를 이루며 간결체를 특징으로 한다. 〈탈출기〉에서도 짤막하고 박진감 있는 간결체가 자주 드러나는데, 그 위에 서간체 형식을 빌렸다는 특성 때문에 빠르면서도 격동적이라는 인상을 준다.

최서해가 소설사에서 갖는 중요성은, 최서해가 본격 프롤레타리아 문학과도 구분되는 1920년대 신경향파 문학을 대표하는 작가라는데 있다. 신경향파 작가로서 가장 많은 수의 작품을 발표하였을 뿐 아니라, 극단적 궁핍상의 제시라든가 살인·방화로의 결말 등 신경향파 문학을 지배한 제재 및 구성에 있어서의 특징은 대부분 그에게서 시작된 것이다. 최서해 외에도 김기진·박영희 등이 작가로서 활동했던 신경향파 문학은, 카프의 활동이 본격화되고 이기영·한설야 등의 프로 작가들이 등장하면서 그 시기를 맺게 된다.

생각 나누기

1. 신경향파 문학의 특징을 300자 이상으로 설명해 보자.
2. 어머니와 아내의 성격을 함께 정리하고, 그들의 성격이 이 작품의 주제를 효과적으로 드러내는 데 어떤 역할을 하고 있는가?
3. 이 작품은 김군의 편지에 대한 답장 형식으로 진행된다. 이러한 서간체 형식이 이 작품의 주제를 구현하는 데 갖는 이점에 대해 설명해 보자.

모범 답안

1. 신경향파 문학은 카프(1925)가 결성되기 전 1920년대에 자연 발생적으로 일어난 사회주의 경향의 리얼리즘 문학이다. 최서해의 〈탈출기〉나

〈고국〉 등에서 볼 수 있듯이 신경향파 문학은 일제 치하에서 지주에 억압된 소작인, 도시 빈민들의 궁핍이라는 제재를 반항이라는 주제 아래 조명하고 있다. 작품의 결말은 주로 살인·방화 등 개인적인 반항으로 대응한다. 신경향파 문학의 작품 내용을 보면 〈홍염(최학송)〉과 같이 가난에서 벗어나기 위하여 주로 서간도로 이주해 중국인의 소작인이 되는데, 살아가고자 발버둥치지만 빚에 쪼들려 딸을 빼앗기고 결국에는 불을 질러 중국인을 죽이고 딸을 구해 오는 것과 같은 전형적인 특징을 보여 준다.

2. 두 인물은 모두 헌신적·순종적이고 성실한 성격의 소유자다. 그리고 이 소설에서 아내나 어머니와 같은 성격은 사회의 모순에 대한 비판과 반항이라는 주제를 선명하게 부각시키면서, 사회 운동에 뛰어든 주인공의 결정이 지니는 비장감을 더욱 강화시키는 역을 하고 있다.

3. 서간체 소설은 내용의 성실성과 형식의 간결성을 확보할 수 있다. 이 작품의 주제인 '궁핍과 그 극복을 위한 사회 고발'과 연관시켜 보면, 우선 화자의 궁핍한 상황을 보여 주면서 마치 이야기하듯이 서술하고 있어 독자로 하여금 허구가 아닌 현실의 사건으로 인식할 수 있도록 한다. 또한 간결한 문체와 형식을 통해 격정적인 어조로 사회 구조의 문제를 지적하고 나아가 이를 타개하기 위한 화자의 의지를 극대화하여 표현한다.

탈출기

1

김군! 수삼 차 편지는 반갑게 받았다. 그러나 나는 한 번도 회답지 못하였다. 물론 군의 충정에는 나도 감사를 드리지만 그 충정을 나는 받을 수 없다.

—박군! 나는 군의 탈가(脫家)를 찬성할 수 없다. 음험한 이역에 늙은 어머니와 어린 처자를 버리고 나선 군의 행동을 나는 찬성할 수 없다. 박군! 돌아가라, 어서 집으로 돌아가라. 군의 부모와 처자가 이역 노두에서 방황하는 것을 나는 눈앞에 보는 듯싶다. 그네들의 의지할 곳은 오직 군의 품밖에 없다. 군은 그네들을 구하여야 할 것이다.

군은 군의 가정에서 동량(棟樑)[1]이다. 동량이 없는 집이 어디 있으랴? 조그마한 고통으로 집을 버리고 나선다는 것이 의지가 굳다는 박군으로서는 너무도 박약한 소위이다. 군이 ××단에 몸을 던져 ×선에 섰다는 말을 일전 황군에게서 듣기는 하였으나, 그렇다 하여도 나는 그것을 시인할 수 없다. 가족을 못 살리는 힘으로 어찌 사회를 건지랴.

박군! 나는 군이 돌아가기를 충정으로 바란다. 군의 가족이 사람들 발 아래서 짓밟히는 것을 생각할 때 군의 가슴인들 어찌 편하랴.

---

1 기둥.

김군! 군은 이러한 말을 편지마다 썼지? 나는 군의 뜻을 잘 알았다. 사랑하는 나의 가족을 위하여 동정하여 주는 군에게 내 어찌 감사치 않으랴? 정다운 벗의 충고에 나는 늘 울었다. 그러나 그 충고를 들을 수 없다. 듣지 않는 것이 군에게는 고통이 될는지? 분노가 될는지? 나에게 있어서는 행복일는지도 알 수 없는 까닭이다.

김군! 나도 사람이다. 정애(情愛)가 있는 사람이다. 나의 목숨 같은 내 가족이 유린 받는 것을 내 어찌 생각지 않으랴? 나의 고통을 제삼자로서는 만분의 일이라도 느낄 수 없을 것이다.

나는 이제 나의 탈가한 이유를 군에게 말하고자 한다. 여기에 대하여 동정과 비난은 군의 자유이다. 나는 다만 이러하다는 것을 군에게 알릴 뿐이다. 나는 이것을 군이 아니면 다른 사람에게라도 알리지 않고는 견딜 수 없는 충동을 받는 까닭이다.

그러나 나는 단언한다. 군도 사람이어니 나의 말하는 것을 부인치 못하리라.

2

김군! 내가 고향을 떠난 것은 오 년 전이다. 이것은 군도 아는 사실이다. 나는 그때에 어머니와 아내를 데리고 떠났다. 내가 고향을 떠나 간도로 간 것은 너무도 절박한 생활에 시들은 몸이 새 힘을 얻을까 하여 새 희망을 품고 새 세계를 동경하여 떠난 것도 군이 아는 사실이다.

간도는 천부금탕[2]이다. 기름진 땅이 흔하여 어디를 가든지 농사를 지을 수 있고 농사를 지으면 쌀도 흔한 것이다. 삼림이 많으니 나무 걱정도

---
2 하늘이 준 좋은 땅.

될 것이 없다. 농사를 지어서 배불리 먹고 뜨뜻이 지내자. 그리고 깨끗한 초가나 지어 놓고 글도 읽고 무지한 농민들을 가르쳐서 이상촌(理想村)을 건설하리라. 이렇게 하면 간도의 황무지를 개척할 수도 있다.

이것이 간도 갈 때의 내 머릿속에 그리었던 이상이었다. 이때에 나는 얼마나 기뻤으랴! 두만강을 건너고 오랑캐령을 넘어서 망망한 평야와 산천을 바라볼 때 청춘의 내 가슴은 이상의 불길에 탔다. 구수한 내 소리와 헌헌한[3] 내 행동에 어머니와 아내도 기뻐하였다.

오랑캐령을 올라서니 서북으로 쏠려 오는 봄 세찬 바람이 어떻게 뺨을 갈기는지,

"에그 춥구나! 여기는 아직도 겨울이로구나."

어머니는 수레 위에서 이불을 뒤집어썼다.

"무얼요, 이 바람을 많이 마셔야 성공이 올 것입니다."

나는 가장 씩씩하게 말하였다. 이처럼 나는 기쁘고 활기로웠다.

3

김군! 그러나 나의 이상은 물거품으로 돌아갔다. 간도에 들어서서 한 달이 못 되어서부터 거친 물결은 우리 세 생령(生靈)의 앞에 기탄없이 몰려왔다.

나는 농사를 지으려고 밭을 구하였다. 빈 땅은 없었다. 돈을 주고 사기 전에는 한 평의 땅이나마 손에 넣을 수 없었다. 그렇지 않으면 지나인(支那人)[4]의 밭을 도조[5]나 타조[6]로 얻어야 된다. 일 년내 중국 사람에게서 양

---

3 풍채가 당당하고 빼어난.
4 중국인.
5 농부가 남의 논밭을 부치고 그 세로 해마다 내는 벼.

식을 꾸어 먹고 도조나 타조를 얻는대야 일 년 양식 빚도 못 될 것이고 또 나 같은 시로도(아마추어)에게는 밭을 주지 않았다.

생소한 산천이요, 생소한 사람들이니, 어디 가 어쩌면 좋을는지? 의논할 사람도 없었다. H라는 촌 거리에 셋방을 얻어 가지고 어름어름하는 새에 보름이 지나고 한 달이 넘었다. 그 새에 몇 푼 남았던 돈은 다 불려 먹고 밭은 고사하고 일자리도 못 얻었다. 나는 팔을 걷고 나섰다. 이리저리 돌아다니면서 구들도 고쳐 주고 가마도 붙여 주었다. 이리하여 호구하게 되었다. 이때 H장에서는 나를 온돌장이(구들 고치는 사람)라고 불렀다. 갈아입을 의복이 없는 나는 늘 숯검정이 꺼멓게 묻은 의복을 벗을 새가 없었다.

H장은 좁은 곳이다. 구들 고치는 일도 늘 있지 않았다. 그것으로 밥 먹기가 어려웠다. 나는 여름 불볕에 삯김도 매고 꼴도 베어 팔았다. 그리고 어머니와 아내는 삯방아 찧고 강가에 나가서 부스러진 나뭇개비를 주어서 겨우 연명하였다.

김군! 나는 이때부터 비로소 무서운 인간고(人間苦)를 느꼈다. 아아, 인생이란 과연 이렇게도 괴로운 것인가 하는 것을 나는 생각하게 되었다. 나는 나에게 닥치는 풍파 때문에 눈물 흘린 일은 이때까지 없었다. 그러나 어머니가 나무를 줍고 젊은 아내가 삯방아를 찧을 때! 나의 피는 끓었으며 나의 눈은 눈물에 흐려졌다.

"에구, 차라리 내가 드러누워 앓고 있지, 네 괴로워하는 꼴은 차마 못 보겠다."

이것은 언제 내가 병들어 신음할 때에 어머니가 울면서 하신 말씀이다. 이것을 무심히 들었던 나는 이때에야 이 말의 참뜻을 느꼈다.

"아아, 차라리 나의 고기가 찢어지고 뼈가 부서지는 것은 참을 수 있으

---

6 타작한 후에 그 수량에 따라 지주가 분량을 정하고 도조로 빼앗아가는 제도.

나 내 눈 앞에서 사랑하는 늙은 어머니와 아내가 배를 주리고 남의 멸시를 받는 것은 참으로 견디기 어렵구나."

나는 이렇게 여러 번 가슴을 쳤다. 나는 밤이나 낮이나 비 오나 바람이 치나 헤아리지 않고 삯김, 삯심부름, 삯나무, 무엇이든지 가리지 않았다.

"오늘도 배고프겠구나, 아침도 변변히 못 먹고…… 나는 너 배 주리지 않는 것을 보았으면 죽어도 눈을 감겠다."

내가 삯일을 하다가 늦게 돌아오면 어머니는 우실 듯이 말씀하셨다.

그러나 나는 흔연하게,

"배가, 무슨 배가 고파요."

하고 대답하였다.

내 아내는 늘 별 말이 없었다. 무슨 일이든지 시키는 대로 소곳하고 아무 소리 없이 순종하였다. 나는 그것이 더욱 불쌍하게 생각되었다. 나는 어머니보다도 아내 보기가 퍽 부끄러웠다.

"경제의 자립도 못 되는 내가 왜 장가를 들었누?"

이것이 부모의 한 일이었지만 나는 이렇게도 탄식하였다. 그럴수록 아내에게 대하여 황공하였고 존경하였다.

어떻게 하면 살 수 있을까? ……이러한 생각은 이때 내 머리를 몹시 때렸다. 이때 나에게 부지런한 자에게 복이 온다 하는 말이 거짓말로 생각되었다. 그 말을 지상의 격언으로 굳게 믿어 온 나는 그 말에 도리어 일종의 의심을 품게 되었고 나중은 부인까지 하게 되었다.

부지런하다면 이때 우리처럼 부지런함이 어디 있으며 정직하다면 이때 우리 식구같이 정직함이 어디 있으랴? 그러나 빈곤은 날로 심하였다. 이틀 사흘 굶은 적도 한두 번이 아니었다. 한번은 이틀이나 굶고 일자리를 찾다가 집으로 들어가니 부엌 앞에 아내가(아내는 이때에 아이를 배어서 배가 남산만 하였다) 무엇을 먹다가 깜짝 놀란다. 그리고 손에 쥐었던 것을 얼른 아궁이에 집어넣는다. 이때 불쾌한 감정이 내 가슴에 떠올랐다.

'……무얼 먹을까? 어디서 무엇을 얻었을까? 무엇이길래 어머니와 나 몰래 먹누? 아! 여편네란 그런 것이로구나! 아니 그러나 설마…… 그래도 무엇을 먹던데…….'

나는 그렇게 아내를 의심도 하고 원망도 하고 밉게도 생각하였다. 아내는 아무런 말없이 어색하게 머리를 숙이고 앉아서 씩씩하다가 밖으로 나간다. 그 얼굴은 좀 붉었다.

아내가 나간 뒤에 나는 아내가 먹다 던진 것을 찾으려고 아궁이를 뒤지었다. 싸늘하게 식은 재를 막대기로 뒤져내니 벌건 것이 눈에 띄었다. 나는 그것을 집었다. 그것은 귤껍질이다. 거기는 베먹은 잇자국이 났다. 귤껍질을 쥔 나의 손은 떨리고 잇자국을 보는 내 눈에는 눈물이 괴었다.

김군! 이때 나의 감정을 어떻게 표현하면 적당할까?

'오죽 먹고 싶었으면 길바닥에 내던진 귤껍질을 주워 먹을까. 더욱 몸 비잖은[7] 그가! 아아, 나는 사람이 아니다. 그러한 아내를 나는 의심하였구나! 이놈이 어찌하여 그러한 아내에게 불평을 품었는가. 나같이 잔악한 놈이 어디 있으랴. 내가 양심이 부끄러워서 무슨 면목으로 아내를 볼까?……'

이렇게 생각하면서 나는 느껴 가며 눈물을 흘렸다. 귤껍질을 쥔 채로 이를 악물고 울었다.

"야, 어째 우느냐? 일어나거라. 우리도 살 때 있겠지. 늘 이렇겠느냐."

하면서 누가 어깨를 친다. 나는 그것이 어머니인 것을 알았다.

"아이구, 어머니 나는 불효외다."

하면서 어머니의 팔을 안고 자꾸자꾸 울고 싶었다. 그러나 나는 아무 소리 없이 가슴을 부둥켜안고 밖으로 나갔다.

'내가 왜 우누? 울기만 하면 무엇 하나? 살자! 살자! 어떻게든지 살아

---

7 '아이를 배다'의 함경도 사투리.

보자! 내 어머니와 내 아내도 살아야 하겠다. 이 목숨이 있는 때까지는 벌어 보자!'

나는 이를 갈고 주먹을 쥐었다. 그러나 눈물은 여전히 흘렀다. 아내는 말없이 울고 서 있는 내 곁에 와서 손으로 치마끈을 만지작거리며 눈물을 떨어뜨린다. 농삿집에서 자라난 아내는 지금도 어찌 수줍은지 내가 울면 같이 울기는 하여도 어떻게 말로 위로할 줄은 모른다.

4

김군! 세월은 우리를 위하여 여름을 항상 주지는 않았다.

서풍이 불고 서리가 내리기 시작하였다. 찬 기운은 헐벗은 우리를 위협하였다. 가을부터 나는 대구어(大口魚) 장사를 하였다. 삼 원을 주고 대구 열 마리를 사서 등에 지고 산골로 다니면서 콩(大豆)과 바꾸었다. 그러나 대구 열 마리는 등에 질 수 있었으나 대구 열 마리를 주고받은 콩 열 말은 질 수 없었다. 나는 하는 수 없이 삼사십 리나 되는 곳에서 두 말씩 두 말씩 사흘 동안이나 져왔다. 우리는 열 말 되는 콩을 자본삼아 두부 장사를 시작하였다.

아내와 나는 진종일 맷돌질을 하였다. 무거운 맷돌을 돌리고 나면 팔이 뚝 떨어지는 듯하였다. 내가 이렇게 괴로울 적에 해산한 지 며칠 안 되는 아내의 괴로움이야 어떠하였으랴? 그는 늘 낯이 부석부석하였다. 그래도 나는 무슨 불평이 있는 때면 아내를 욕하였다. 그러나 욕한 뒤에는 곧 후회하였다.

콧구멍만한 부엌방에 가마니를 걸고 맷돌을 놓고 나무를 들이고 의복가지를 걸고 하면 사람은 겨우 비비고 들어앉게 된다. 뜬 김에 문창은 떨어지고 벽은 눅눅하다. 모든 것이 후줄근하여 의복을 입은 채 미지근한 물속에 들어앉은 듯하였다. 어떤 때는 애써 갈아 놓은 비지가 이 뜬 김 속에서 쉬어 버렸다. 두붓물이 가마에서 몹시 끓어 번질 때에 우윳빛 같은 두붓물 위에 버터 빛 같은 노란 기름이 엉기면(그것은 두부가 잘될 징조다) 우리는 안심한다. 그러나 두붓물이 희멀끔해지고 기름기가 돌지 않으면 거기만 시선을 쏘고 있는 아내의 낯빛부터 글러 가기 시작한다. 초를 쳐보아서 두붓발이 서지 않게 매캐지근하게 풀려질 때에는 우리의 가슴은 덜컥한다.

"또 쉰 게로구나! 저를 어쩌누?"

젖을 달라고 빽빽 우는 어린아이를 안고 서서 두붓물만 들여다보시는 어머니는 목 메인 말씀을 하시면서 우신다. 이렇게 되면 온 집안은 신산[8]하여 말할 수 없는 울음, 비통, 처참, 소조[9]한 분위기에 싸인다.

"너 고생한 게 애달프구나! 팔이 부러지게 갈아서…… 그거(두부)를 팔아서 장을 보려고 태산같이 바랐더니……."

어머니는 그저 가슴을 뜯으면서 우신다. 아내도 울 듯 울 듯 머리를 숙인다. 그 두부를 판대야 큰돈은 못 된다. 기껏 남는대야 이십 전이나 삼십 전이다. 그것으로 우리는 호구를 한다. 이십 전이나 삼십 전에 어머니는 운다. 아내도 기운이 준다. 나까지 가슴이 바짝바짝 죈다.

그 날은 하는 수 없이 쉰 두붓물로 때를 메우고 지낸다. 아이는 젖을 달라고 밤새껏 빽빽거린다. 우리의 살림에 어린애도 귀치[10]는 않았다.

5

울면서 겨자 먹기로 괴로운 대로 또 두부를 하지 않으면 안 된다. 그러

---

8 정신이 흐려지거나 아찔하여지는 증상.
9 호젓하고 쓸쓸한.
10 귀하지는.

나 이번에는 땔 나무가 없다. 나는 낫을 들고 떠난다. 내가 낫을 들고 떠나면 산후 여독으로 신음하는 아내도 낫을 들고 말없이 나를 따라 나선다. 어머니와 나는 굳이 만류하나 아내는 듣지 않는다.

내 손으로 하는 나무이언만 마음 놓고는 못 한다. 산 임자에게 들키면 여간한 경을 치지 않는다. 그러므로 우리는 황혼이면 산에 가서 나무를 하여 지고 밤이 깊어서야 돌아온다.

아내는 이고 나는 지고 캄캄한 밤에 산비탈로 내려오다가 발이 미끄러지거나 돌에 차이면 나는 곤두박질을 하여 나뭇짐 속에 든다. 아내는 소리 없이 이었던 나무를 내려놓고 나뭇짐에 눌려서 버둥거리는 나를 겨우 끄집어 일으킨다. 그러나 내가 나뭇짐을 지고 일어나면 아내는 혼자 나뭇단을 이지 못한다. 또 내가 나뭇짐을 벗고 아내에게 이어 주면 나는 추어 주는 이 없이는 나뭇짐을 질 수가 없었다. 하는 수 없이 나는 어떤 높은 바위 위에 벗어 놓고 아내에게 이어 준다. 이리하여 비탈을 내려오면 언제 왔는지 어머니는 애를 업고 우들우들 떨면서 산 아래서 기다리다가도,

"인제 오니? 나는 너 또 붙들리지나 않는가 하여 혼이 났다."

하신다. 이때마다 내 가슴은 저렸다. 나는 이렇게 나무를 하다가 중국 경찰서에 잡혀 가서 여러 번 맞았다.

이때 이웃에서는 우리를 조소하고 경찰서에서는 우리를 의심하였다.

"흥, 신수가 멀쩡한 연놈들이 그 꼴이야. 어디 가 일자리도 구하지 않고 그 눈이 누래서 두부 장사하는 꼬락서니는 참 더러워서 못 보겠네. ×알을 달고 나서 그렇게야 살리?……"

이것은 이웃 남녀가 비웃는 소리였다. 그리고 어떤 산 임자가 나무 잃고 고발을 하면 경찰서에서는 불문곡직하고 우리 집부터 수색하고 질문하면서 나를 때린다. 그러나 나는 호소할 곳이 없다.

6

김군! 이러구러 겨울은 점점 깊어가고 기한은 점점 박두하였다. 일자리는 없고……, 그렇다고 손을 털고 앉아 있을 수는 없었다. 모든 식구가 모두 퍼러퍼래서 굶고 앉은 꼴을 나는 그저 볼 수 없었다. 시퍼런 칼이라도 들고 하루라도 괴로운 생을 모면하도록 쿡쿡 찔러 없애고 나까지 없어지든지, 나가서 강도질이라도 하여서 기한을 면하든지 하는 수밖에는 더 도리가 없게 절박하였다. 나는 일이 없으면 없느니만큼, 고통이 닥치면 닥치느니만큼 내 번민은 컸다. 나는 어떤 날은 거의 얼빠진 사람처럼 눈을 감고 깊은 생각에 잠긴 일도 있었다. 이때에 내 머릿속에서는 머리를 움실움실 드는 사상이 있었다(오늘날에 생각하면 그것은 나의 전 운명을 결정할 사상이었다). 그 생각은 누구의 가르침에 일어난 것도 아니려니와 일부러 일으키려고 애써서 일어난 것도 아니다. 봄 풀싹같이 내 머릿속에서 점점 머리를 들었다.

나는 여태까지 세상에 대하여 충실하였다. 어디까지든지 충실하려고 하였다. 내 어머니, 내 아내까지도……. 뼈가 부서지고 고기가 찢기더라도 충실한 노력으로써 살려고 하였다. 그러나 세상은 우리를 속였다. 우리의 충실을 받지 않았다. 도리어 충실한 우리를 모욕하고 멸시하고 학대하였다.

우리는 여태까지 속아 살았다. 포악하고 허위스럽고 요사한 무리를 용납하고 옹호하는 세상인 것을 참으로 몰랐다. 우리뿐 아니라 세상의 모든 사람들도 그것을 의식하지 못하였을 것이다. 그네들은 그러한 세상의 분위기에 취하였었다. 나도 이때까지 취하였었다. 우리는 우리로서 살아온 것이 아니라 어떤 험악한 제도의 희생자로서 살아왔었다.

김군! 나는 사람들을 원망치 않는다. 그러나 마주(魔酒)[11]에 취하여 자

---
11 정신을 흐리게 하는 술.

기의 피를 짜 바치면서도 깨지 못하는 사람을 그저 볼 수 없다. 허위와 요사와 표독과 게으른 자를 옹호하고 용납하는 이 제도는 더욱 그저 둘 수 없다.

이 분위기 속에서는 아무리 노력하여도 우리는 우리의 생의 만족을 느낄 날이 없을 것이다. 어찌하여 겨우 연명을 한다 하더라도 죽지 못하는 삶이 될 것이요, 그 영향은 자식에게까지 미칠 것이다. 나는 어미 품속에서 빽빽 하는 어린것의 장래를 생각할 때면 애잡쌀한 감정과 분함을 금할 수 없다. 내가 늘 이 상태면(그것은 거의 정한 이치다) 그에게는 상당한 교양은 고사하고 다리 밑이나 남의 집 문간에 버리게 될 터이니, 아! 삶을 받을 만한 생명을 죄 없이 찌그러지게 하는 것이 어찌 애달프지 않으며 분치 않으랴? 그렇다면 그것을 나의 죄라 할까?

김군! 나는 더 참을 수 없었다. 나는 나부터 살려고 한다. 이때까지는 최면술에 걸린 송장이었다. 제가 죽은 송장으로 남(식구들)을 어찌 살리랴. 그러려면 나는 나에게 최면술을 걸려는 무리들, 험악한 이 공기의 원류를 쳐부수어야 하는 것이다.

나는 이것을 인간의 생의 충동이며 확충이라고 본다. 나는 여기서 무상의 법열(法悅)[12]을 느끼려고 한다. 아니 벌써부터 느껴진다. 이 사상이 나로 하여금 집을 탈출케 하였으며, ××단에 가입케 하였으며, 비바람 밤낮을 헤아리지 않고 벼랑 끝보다 더 험한 ×선에 서게 한 것이다.

김군! 거듭 말한다. 나도 사람이다. 양심을 가진 사람이다. 내가 떠나는 날부터 식구들은 더욱 곤경에 들 줄도 나는 알았다. 자칫하면 눈 속이나 어느 구렁에서 죽는 줄도 모르게 굶어 죽을 줄도 나는 잘 안다. 그러므로 나는 이곳에서도 남의 집 행랑어멈이나 아범이며 노두에 방황하는 거지를 무심히 보지 않는다. 아, 나의 식구도 그럴 것을 생각할 때면 자연히

---

12 설법을 듣고 마음속에 일어나는 기쁨.

흐르는 눈물과 뿌직뿌직 찢기는 가슴을 덮쳐잡는다. 그러나 나는 이를 갈고 주먹을 쥔다. 눈물을 아니 흘리려고 하며 비애에 상하지 않으려고 한다. 울기에는 너무도 때가 늦었으며 비애에 상하는 것은 우리의 박약을 너무도 표시하는 듯싶다. 어떠한 고통이든지 참고 분투하려고 한다.

김군! 이것이 나의 탈가한 이유를 대략 적은 것이다. 나는 나의 목적을 이루기 전에는 내 식구에게 편지도 하지 않으려고 한다. 그네가 죽어도, 내가 또 죽어도…….

나는 이러다가 성공 없이 죽는다 하더라도 원한이 없겠다. 이 시대 이 민중의 의무를 이행한 까닭이다.

아아, 김군아! 말을 다 하였으나 정은 그저 가슴에 넘치는구나!

날개

이상
(李箱 1910~1937)

날개

이상(李箱 1910~1937)

작가와 작품세계

이상(1910~1937)

본명 김해경(金海卿). 호는 하륭(河戎). 보성고보 및 경성고등공업학교 건축과 졸업. 한때 총독부 건축 기사로 일했고 1930년 잡지 《조선》에 〈12월 12일〉을 발표하면서 등단하였다. 1931년에는 〈자화상〉으로 조선 미전에 입선하고, 1934년 구인회에 가입하고 나서 중앙일보에 시 〈오감도〉를 연재했으나, 실험적인 기법과 난해의 극을 달리는 시를 지어 독자의 비판을 받았다. 1937년 사상 불온 혐의로 일본 경찰에 체포되었다가 그 해 4월, 동경제대 부속병원에서 폐병으로 사망하였다. 시와 소설 양쪽 모두에서 활동하였으며, 시로는 〈이상한 가역반응〉, 〈오감도〉 등을, 소설로는 〈휴업과 사정〉, 〈지주회시〉, 〈날개〉, 〈동해〉, 〈종생기〉, 〈실화〉, 〈단발〉 등 14편을 남겼다.

한국 근대 작가 중 이상만큼 현실에서 소외된 인간의 내면을 사실적으로 깊이 있고 적나라하게 보여준 작가가 없다고 평가받는 데, 그의 시나 소설은 초현실주의적 경향에 기반 한 것으로 난해하며 극단적인 경우에는 기호놀이 자체로까지 치닫고 있다.

줄거리

'나'는 아내와 각자 다른 방을 쓰면서 아내가 없을 때면, 아내의 방에 들어가 돋보기로 불장난을 하고 논다. 그러나 아내에게 손님이 올 때는 아내의 방에 들어갈 수 없다. 손님은 아내에게 늘 돈을 주고 가고, 아내는 또 '나'에게 은화를 준다. 모인 돈을 아내에게 준 날, 아내는 '나'를 자신의 방에 재워 준다. '나'가 어느 비 오는 날 외출한 후에 앓아눕게 되자 이때부터 아내는 '나'에게 아스피린이라며 흰 알약을 먹인다. 그런데 아내의 화장대에서 보니, 똑같이 생긴 알약에 수면제라는 딱지가 붙어 있다. '나'는 아내를 의심하게 되고 머리가 어지러워진다. 뭘 하고 다니느냐는 아내의 악다구니까지 들은 날, '나'는 거리를 배회하다가 백화점 옥상에 올라간다. 그리고 "날개야 다시 돋아라. 날자. 날자. 한 번만 더 날아보자꾸나." 하고 외치고 싶어진다.

작품해설

〈날개〉는 1936년 《조광》에 발표한 작품으로 외부 세계로부터 단절된 개인의 암울한 일상을 그린 것이다. 소설 첫머리에서부터 "나는 그러나 그들의 아무와도 놀지 않는다. 놀지 않을 뿐만 아니라, 인사도 않는다."는 구절은 화자인 '나'가 고립되고 소외되어 있는 개인임을 보여 준다.

이런 인간관계는 공동체적 의식이 소멸된 근대 도시 사회 특유의 인간관계다. 근대 사회에서는 인간의 소외와 고립 현상이 생겨나며, 자아에 대한 인식이 깊어짐과 함께 심할 경우에는 정신 분열 현상의 증후까지도 나타난다.

〈날개〉의 주인공은 바로 그런 근대 사회의 특수한 상황을 극단적으로 보여 주는 인물이다. 그는 외부 세계, 즉 다른 사람들과 어떤 관계도 맺지 않는다. 그에게는 이름이 없고(끝까지 소설에서 밝혀지지 않고), 개인으로서의 역사가 없고, 직업이 없으며 생활도 없다.

그를 외부 세계와 연결시켜 주는 유일한 끈은 아내다. 아내가 매개 역할을 하고 있을 때에만, '나'는 세상의 일반적인 가치에 관심을 가진다. 은화를 모아서 아내에게 주면 그녀의 방에서 잘 수 있다는 사실을 알게 되기 전에는, 은화란 주인공에게 반짝거리는 장난감 이상이 아니었던 것이다(돈을 장난감으로 취급하는 데서 보이듯, 그는 사물의 일상적인 용도나 가치를 뒤집는다. 그의 세계에서는 가치가 전도되어 나타나며, 이는 읽는 이로 하여금 사물의 '사회적 가치가 아닌 본래적 가치'를 생각하게끔 만든다).

그러나 '나'와 아내의 관계라는 것도, 서로 다른 방에서 서로 다른 생활을 하는 것이다. 아내는 '나'를 남편이 아니라 식객으로서 대우한다. 객관적으로 보면 주인공은, 아내의 매춘에 의해 먹고 사는 무기력한 인간이다. 그는 아내에게 경제적으로, 또한 정신적으로 완전히 종속되어 있다. 그의 욕망은 모두 아내를 향한 왜소한 것이다. 다른 어떤 욕망이나 이상은 그에게 남아 있지 않다. 아내에게 수모를 당하고 거리로 나왔을 때, 미츠코시 옥상에서 '나'는 문득 날고 싶어진다. 이상과 욕망을 되찾고 자신의 날개로 '한 번만 더' 날아 보고자 하는 것이다. 하지만 그것은 이미 그에게 불가능한 일이다. 소설 전반에서 드러나듯, 그의 자아는 이미 소진되어 버렸기 때문이다. 미츠코시 옥상에서 날아 보고자 하는 마음은 현실적으로 그에게 비상(飛翔)이 아니라 죽음을 의미하기 때문이다. 즉 '나'에게는 애초에, 죽음에의 은밀한 욕망 역시 도사리고 있었던 것이다.

생각 나누기

----

1. 화자와 아내의 관계를 간단히 묘사하고, 근대 도시 사회에서의 인간 관계가 거기서 어떻게 상징되고 있는지 써 보자.

2. 결말 부분의 "날자. 날자. 한 번만 더 날아 보자꾸나."라는 외침이 의미하는 바는 무엇인가?

3. 이 작품은 1인칭 주인공 시점을 취하고 있다. 사건의 전개 양상을 고려하여 시점의 특징을 분석해 보자.

모범 답안

1. 부부라는 관계를 이루고 있음에도 불구하고 가족적인 유대를 갖고 있지 못한 이들은, 사회 공동체 원들 사이의 연대감이 상실된 현대 사회에서 고립되고 소외된 인간관계를 적나라하게 보여 준다.

2. 자신의 꿈과 이상을 실현시키고 싶은 강한 의지의 절규다. 자아의 각성과 그 성취는 근대정신의 근간이요, 자아의 해체와 절규는 현대 의식의 축이다. 〈날개〉의 주인공인 '나'에게서 볼 수 있듯이 자아의식의 해체는 반드시 자아의식의 신장과 그 성취를 갈구하는 회귀 현상으로 나타난다.

'나'는 근대적인 질서를 부정하며 자아를 해체하려고 노력하나 그것으로 그칠 수 없음을 느낀다. 즉 부정을 딛고 일어설 긍정이 필요하게 된다. 그 긍정이 다시 자아를 성취하여 이상향을 실천하는 것이다. 그 이상향은 자아의 성장과 새로운 이상향에의 도약으로 가능해진다. 그 가능성을 향하여 나는 "날자. 날자. 한 번만 더 날아 보자꾸나."라고 절규하게 되는 것이다.

3. 이 작품의 특징은 시점과 관련하여 주인공 '나'가 나의 주관적 의식을 객관적으로 보고 있다는 점에 있다. 즉 일상의 자아가 객관적 거리를 확보하여 본질적 자아를 관찰하고 묘사한다. 이러한 시점의 특징을 통해 독자는 신뢰감을 가지고 '나'의 의식에 접근할 수 있다.

날개

'박제(剝製)가 되어 버린 천재'를 아시오? 나는 유쾌하오. 이런 때 연애까지가 유쾌하오.

육신이 흐느적흐느적하도록 피로했을 때만 정신이 은화(銀貨)처럼 맑소. 니코틴이 내 횟배[1] 앓는 뱃속으로 스미면 머릿속에 으레 백지가 준비되는 법이오. 그 위에다 나는 위트와 패러독스를 바둑 포석(布石)처럼 늘어놓소. 가증할 상식의 병이오.

나는 또 여인과 생활을 설계하오. 연애 기법에마저 서먹서먹해진, 지성의 극치를 흘깃 좀 들여다본 일이 있는, 말하자면 일종의 정신분일자(精神奔逸者) 말이오. 이런 여인의 반 ─ 그것은 온갖 것의 반(半)이오─ 만을 영수(領收)하는 생활을 설계한다는 말이오. 그런 생활 속에 한 발만 들여놓고 흡사 두 개의 태양처럼 마주 쳐다보면서 낄낄거리는 것이오. 나는 아마 어지간히 인생의 제행(諸行)이 싱거워서 견딜 수가 없게끔 되고 만 모양이오. 굿바이.

굿바이. 그대는 이따금 그대가 제일 싫어하는 음식을 탐식하는 아이러니를 실천해 보는 것도 좋을 것 같소. 위트와 패러독스와…….

---

[1] 기생충으로 말미암은 배앓이.

그대 자신을 위조하는 것도 할 만한 일이오. 그대의 작품은 한 번도 본 일이 없는 기성품에 의하여 차라리 경편²하고 고매하리다.

19세기는 될 수 있거든 봉쇄하여 버리오. 도스토예프스키 정신이란 자 칫하면 낭비인 것 같소. 위고를 불란서의 빵 한 조각이라고는 누가 그랬 는지 지언(至言)³인 듯싶소. 그러나 인생 혹은 모형에 있어서 디테일 때문 에 속는다거나 해서야 되겠소. 화(禍)를 보지 마오. 부디 그대께 고(告)하 는 것이니…….

(테이프가 끊어지면 피가 나오. 생채기도 머지않아 완치될 줄 믿소. 굿 바이.)

감정은 어떤 포즈(그 포즈의 원소(元素)만을 지적하는 것이 아닌지 나 도 모르겠소). 그 포즈가 부동자세에까지 고도화할 때 감정은 딱 공급을 정지합네다.

나는 내 비범한 발육을 회고하여 세상을 보는 안목을 규정하였소.
여왕벌과 미망인, 세상의 하고많은 여인이 본질적으로 이미 미망인 아 닌 이가 있으리까? 아니! 여인의 전부가 그 일상에 있어서 대개 '미망인' 이라는 내 논리가 뜻밖에도 여성에 대한 모독이 되오? 굿바이.

그 33번지라는 것이 구조가 흡사 유곽⁴이라는 느낌이 없지 않다. 한 번 지에 18가구가 죽 어깨를 맞대고 늘어서서 창호가 똑같고 아궁이 모양이 똑같다. 게다가 각 가구에 사는 사람들이 송이송이 꽃과 같이 젊다.

---

2 간단하고 편리함.
3 지극히 옳은 말.
4 관청의 허가를 받아 매음을 하는 여자들이 모여 살며 손님을 맞이하는 집.

해가 들지 않는다. 해가 드는 것을 그들이 모른 체하는 까닭이다. 턱살 밑에다 철 줄을 매고 얼룩진 이부자리를 널어 말린다는 핑계로 미닫이에 해가 드는 것을 막아 버린다. 침침한 방 안에서 낮잠을 잔다. 그들은 밤에는 잠을 자지 않나? 알 수 없다. 나는 밤이나 낮이나 잠만 자느라고 그런 것은 알 길이 없다. 33번지 18가구의 낮은 참 조용하다.

조용한 것은 낮뿐이다. 어둑어둑하면 그들은 이부자리를 걷어 들인다. 전등불이 켜진 뒤의 18가구는 낮보다 훨씬 화려하다. 저물도록 미닫이 여닫는 소리가 잦다. 바빠진다. 여러 가지 내음새가 나기 시작한다. 비웃⁵굽는 내, 탕고도란⁶내, 뜨물내, 비눗내…….

그러나 이런 것들보다도 그들의 문패가 제일로 고개를 끄덕이게 하는 것이다.

이 18가구를 대표하는 대문이라는 것이 일각이 져서 외따로 떨어지기는 했으나 있다. 그러나 그것은 한 번도 닫힌 일이 없는 한길이나 마찬가지 대문인 것이다. 온갖 장사치들은 하루 가운데 어느 시간에라도 이 대문을 통하여 드나들 수가 있는 것이다. 이네들은 문간에서 두부를 사는 것이 아니라 미닫이만 열고 방에서 두부를 사는 것이다. 이렇게 생긴 33번지 대문에 그들 18가구의 문패를 몰아다 붙이는 것은 의미가 없다. 그들은 어느 사이엔가 각 미닫이 위 백인당(百忍堂)이니 길상당(吉祥堂)이니 써 붙인 한 곁에다 문패를 붙이는 풍속을 가져 버렸다.

내 방 미닫이 한 곁에 칼표 딱지를 넷에다 낸 것 만한 내, 아니! 내 아내의 명함이 붙어 있는 것도 이 풍속을 좇은 것이 아닐 수 없다.

나는 그러나 그들의 아무와도 놀지 않는다. 놀지 않을 뿐만 아니라 인사도 않는다. 나는 내 아내와 인사하는 외에 누구와도 인사하고 싶지 않았다.

---

5 청어.
6 식민지 시대에 많이 쓰던 화장품의 일종.

내 아내 외의 다른 사람과 인사를 하거나 놀거나 하는 것은 내 아내의 낯을 보아 좋지 않은 일인 것만 같이 생각이 들었기 때문이다. 나는 이만 큼까지 내 아내를 소중히 생각한 것이다.

내가 이렇게까지 내 아내를 소중히 생각한 까닭은 이 33번지 18가구 가운데서 내 아내가 내 아내의 명함처럼 제일 작고 제일 아름다운 것을 안 까닭이다. 18가구에 각기 벌러 든 송이송이 꽃들 가운데서도 내 아내가 특히 아름다운 한 떨기의 꽃으로 이 함석지붕 밑 별 안 드는 지역에서 어디까지든지 찬란하였다. 따라서 그런 한 떨기 꽃을 지키고, 아니 그 꽃에 매달려 사는 나라는 존재가 도무지 형언할 수 없는 거북살스러운 존재가 아닐 수 없었던 것은 물론이다.

나는 어디까지든지 내 방이 —집이 아니다. 집은 없다— 마음에 들었다. 방 안의 기온은 내 체온을 위하여 쾌적하였고 방 안의 침침한 정도가 또한 내 안력을 위하여 쾌적하였다. 나는 내 방 이상의 서늘한 방도 또 따뜻한 방도 희망하지는 않았다. 이 이상으로 밝거나 이 이상으로 아늑한 방을 원하지는 않는다. 내 방은 나 하나를 위하여 요만한 정도를 꾸준히 지키는 것 같아 늘 내 방에 감사하였고, 나는 또 이런 방을 위하여 이 세상에 태어난 것만 같아서 즐거웠다.

그러나 이것은 행복이라든가 불행이라든가 하는 것을 계산하는 것은 아니었다. 말하자면 나는 내가 행복하다고도 생각할 필요가 없었고, 그렇다고 불행하다고도 생각할 필요가 없었다. 그냥 그날그날을 그저 까닭 없이 편둥편둥 게으르게만 있으면 만사는 그만이었던 것이다.

내 몸과 마음에 옷처럼 잘 맞는 방 속에서 뒹굴면서 축 처져 있는 것은 행복이니 불행이니 하는 그런 세속적인 계산을 떠난 가장 편리하고 안일한, 말하자면 절대적인 상태인 것이다. 나는 이런 상태가 좋았다.

이 절대적인 내 방은 대문간에서 세어서 똑 일곱째 칸이다. 러키 세븐의 뜻이 없지 않다. 나는 이 일곱이라는 숫자를 훈장처럼 사랑하였다. 이런 이 방이 가운데 장지로 말미암아 두 칸으로 나뉘어 있었다는 그것이 내 운명의 상징이었던 것을 누가 알랴?

아랫방은 그래도 해가 든다. 아침결에 책보만한 해가 들었다가 오후에 손수건만해지면서 나가 버린다. 해가 영영 들지 않는 윗방이 즉 내 방인 것은 말할 것도 없다. 이렇게 볕드는 방이 아내 방이요, 볕 안 드는 방이 내 방이요 하고 아내와 나 둘 중에 누가 정했는지 나는 기억하지 못한다. 그러나 나에게는 불평이 없다.

아내가 외출만 하면 나는 얼른 아랫방으로 와서 그 동쪽으로 난 들창을 열어 놓고, 열어 놓으면 들이비치는 볕살이 아내의 화장대를 비춰 가지각색 병들이 아롱이지면서 찬란하게 빛나고, 이렇게 빛나는 것을 보는 것은 다시없는 내 오락이다. 나는 조그만 '돋보기'를 꺼내 가지고 아내만이 사용하는 지리가미[7]를 그을려 가면서 불장난을 하고 논다. 평행 광선을 굴절시켜서 한 초점에 모아 가지고 그 초점이 따끈따끈해지다가 마지막에는 종이를 그슬리기 시작하고, 가느다란 연기를 내면서 드디어 구멍을 뚫어 놓는 데까지에 이르는 그 얼마 안 되는 동안의 초조한 맛이 죽고 싶을 만치 내게는 재미있었다.

이 장난이 싫증이 나면 나는 또 아내의 손잡이 거울을 가지고 여러 가지로 논다. 거울이란 제 얼굴을 비칠 때만 실용품이다. 그 외의 경우에는 도무지 장난감인 것이다.

이 장난도 곧 싫증이 난다. 나의 유희심은 육체적인 데서 정신적인 데로 비약한다. 나는 거울을 내던지고 아내의 화장대 앞으로 가까이 가서 나란히 늘어 놓은 그 가지각색의 화장품 병들을 들여다본다. 그것들은 세

---

7 휴지.

상의 무엇보다도 매력적이다. 나는 그 중의 하나만을 골라서 가만히 마개를 빼고 병 구멍을 내 코에 가져다 대고 숨죽이듯이 가벼운 호흡을 하여 본다. 이국적인 센슈얼한 향기가 폐로 스며들면 나는 저절로 스르르 감기는 내 눈을 느낀다. 확실히 아내의 체취의 파편이다. 나는 도로 병마개를 막고 생각해 본다. 아내의 어느 부분에서 요 내음새가 났던가를…… 그러나 그것은 분명치 않다. 왜? 아내의 체취는 여기 늘어서 있는 가지각색 향기의 합계일 것이니까.

아내의 방은 늘 화려하였다. 내 방이 벽에 못 한 개 꽂히지 않은 소박한 것과 반대로 아내 방에는 천장 밑으로 쫙 돌려 못이 박히고 못마다 화려한 아내의 치마와 저고리가 걸렸다. 여러 가지 무늬가 보기 좋다. 나는 그 여러 조각의 치마에서 늘 아내의 동체(胴體)와 그 동체가 될 수 있는 여러 가지 포즈를 연상하고 연상하면서 내 마음은 늘 점잖지 못하다.

그렇건만 나에게는 옷이 없었다. 아내는 내게는 옷을 주지 않았다. 입고 있는 코르덴 양복 한 벌이 내 자리옷이었고 통상복과 나들이옷을 겸한 것이었다. 그리고 하이넥의 스웨터가 한 조각 사철을 통한 내 내의다. 그것들은 하나같이 다 빛이 검다. 그것은 내 짐작 같아서는 즉 빨래를 될 수 있는 데까지 하지 않아도 보기 싫지 않도록 하기 위한 것이 아닌가 한다. 나는 허리와 두 가랑이 세 군데 다 고무 밴드가 끼여 있는 부드러운 사루마다8를 입고 그리고 아무 소리 없이 잘 놀았다

어느덧 손수건 만해졌던 볕이 나갔는데 아내는 외출에서 돌아오지 않는다. 나는 요만 일에도 좀 피곤하였고, 또 아내가 돌아오기 전에 내 방으로 가 있어야 될 것을 생각하고 그만 내 방으로 건너간다. 내 방은 침침하

8 팬티보다 좀 긴 속옷의 일본말.

다. 나는 이불을 뒤집어쓰고 낮잠을 잔다. 한 번도 걷은 일이 없는 내 이부자리는 내 몸뚱이의 일부분처럼 내게는 참 반갑다. 잠은 잘 오는 적도 있다. 그러나 또 전신이 까칫까칫하면서 영 잠이 오지 않는 적도 있다. 그런 때는 아무 제목으로나 제목을 하나 골라서 연구하였다. 나는 내 좀 축축한 이불 속에서 참 여러 가지 발명도 하였고 논문도 많이 썼다. 시도 많이 지었다. 그러나 그것들은 내가 잠이 드는 것과 동시에 내 방에 담겨서 철철 넘치는 그 흐늑흐늑한 공기에 다 비누처럼 풀어져서 온데간데없고 한잠 자고 깬 나는 속이 무명 헝겊이나 메밀껍질로 띵띵 찬 한 덩어리 베개와도 같은 한 벌 신경이었을 뿐이고, 뿐이고 하였다.

그러기에 나는 빈대가 무엇보다도 싫었다. 그러나 내 방에서는 겨울에도 몇 마리씩의 빈대가 끊이지 않고 나왔다. 내게 근심이 있었다면 오직 이 빈대를 미워하는 근심일 것이다. 나는 빈대에게 물려서 가려운 자리를 피가 나도록 긁었다. 쓰라리다. 그것은 그윽한 쾌감에 틀림없었다. 나는 혼곤히 잠이 든다.

나는 그러나 그런 이불 속의 사색 생활에서도 적극적인 것을 궁리하는 법이 없다. 내게는 그럴 필요가 대체 없었다. 만일 내가 그런 좀 적극적인 것을 궁리해 내었을 경우에 나는 반드시 내 아내와 의논하여야 할 것이고, 그러면 반드시 나는 아내에게 꾸지람을 들을 것이고— 나는 꾸지람이 무서웠다기보다도 성가셨다. 내가 제법 한 사람의 사회인의 자격으로 일을 해 보는 것도, 아내에게 사설 듣는 것도.

나는 가장 게으른 동물처럼 게으른 것이 좋았다. 될 수만 있으면 이 무의미한 인간의 탈을 벗어 버리고도 싶었다.

나에게는 인간 사회가 스스러웠다[9]. 생활이 스스러웠다. 모두가 서먹서먹할 뿐이었다.

9 서로 친하지 않아 조심스럽다.

아내는 하루에 두 번 세수를 한다.

나는 하루 한 번도 세수를 하지 않는다.

나는 밤중 세 시나 네 시 해서 변소에 갔다. 달이 밝은 밤에는 한참씩 마당에 우두커니 섰다가 들어오곤 한다. 그러니까 나는 이 18가구의 아무와도 얼굴이 마주치는 일이 거의 없다. 그러면서도 나는 이 18가구의 젊은 여인네 얼굴들을 거반 다 기억하고 있었다. 그들은 하나같이 내 아내만 못하였다.

열한 시쯤 해서 하는 아내의 첫 번 세수는 좀 간단하다. 그러나 저녁 일곱 시쯤 해서 하는 두 번째 세수는 손이 많이 간다. 아내는 낮에 보다도 밤에 더 좋고 깨끗한 옷을 입는다. 그리고 낮에도 외출하고 밤에도 외출하였다.

아내에게 직업이 있었던가? 나는 아내의 직업이 무엇인지 알 수 없다. 만일 아내에게 직업이 없었다면, 같이 직업이 없는 나처럼 외출할 필요가 생기지 않을 것인데…… 아내는 외출한다. 외출할 뿐만 아니라 내객이 많다. 아내에게 내객이 많은 날은 나는 온종일 내 방에서 이불을 쓰고 누워 있어야만 된다.

불장난도 못한다. 화장품 내음새도 못 맡는다. 그런 날은 나는 의식적으로 우울해하였다. 그러면 아내는 나에게 돈을 준다. 오십 전짜리 은화다. 나는 그것이 좋았다. 그러나 그것을 무엇에 써야 좋을지 몰라서 늘 머리맡에 던져두고 한 것이 어느 결에 모여서 꽤 많아졌다. 어느 날 이것을 본 아내는 금고처럼 생긴 벙어리[10]를 사다 주었다. 나는 한 푼씩 한 푼씩 그 속에 넣고 열쇠는 아내가 가져갔다. 그 후에도 나는 더러 은화를 그 벙어리에 넣은 것을 기억한다. 그리고 나는 게을렀다. 얼마 후 아내의 머리 쪽에 보지 못하던 누깔잠[11]이 하나 여드름처럼 돋았던 것은 바로 그 금고

---

10 저금통.
11 비녀의 일종.

형 벙어리의 무게가 가벼워졌다는 증거일까. 그러나 나는 드디어 머리맡에 놓였던 그 벙어리에 손을 대지 않고 말았다. 내 게으름은 그런 것에 내 주의를 환기시키기도 싫었다.

아내에게 내객이 있는 날은 이불 속으로 암만 깊이 들어가도 비 오는 날만큼 잠이 잘 오지 않았다. 나는 그런 때 아내에게는 왜 늘 돈이 있나, 왜 돈이 많은가를 연구했다.

내객들은 장지 저 쪽에 내가 있는 것을 모르나 보다. 내 아내와 나도 좀 하기 어려운 농을 아주 서슴지 않고 쉽게 해 내던지는 것이다. 그러나 내 아내의 내객 가운데 서너 사람의 내객들은 늘 비교적 점잖았다고 볼 수 있는 것이 자정이 좀 지나면 으레 돌아들 갔다. 그들 가운데는 퍽 교양이 옅은 자도 있는 듯싶었는데 그런 자는 보통 음식을 사다 먹고 논다. 그래서 보충을 하고 대체로 무사하였다.

나는 우선 내 아내의 직업이 무엇인가를 연구하기에 착수하였으나 좁은 시야와 부족한 지식으로는 이것을 알아내기 힘이 든다. 나는 끝끝내 내 아내의 직업이 무엇인가를 모르고 말려나 보다.

아내는 늘 진솔 버선[12]만 신었다. 아내는 밥도 지었다. 아내가 밥 짓는 것을 나는 한 번도 구경한 일은 없으나, 언제든지 끼니때면 내 방으로 내 조석밥을 날라다 주는 것이다. 우리 집에는 나와 내 아내 외의 다른 사람은 아무도 없다. 이 밥은 분명히 아내가 손수 지었음에 틀림없다.

그러나 아내는 한 번도 나를 자기 방으로 부른 일이 없다. 나는 늘 윗방에서 나 혼자서 밥을 먹고 잠을 잤다. 밥은 너무 맛이 없었다. 반찬이 너무 엉성하였다. 나는 닭이나 강아지처럼 말없이 주는 모이를 넙죽넙죽 받아 먹기는 했으나 내심 야속하게 생각한 적도 더러 없지 않다. 나는 안색이 여지없이 창백해 가면서 말라들어 갔다. 나날이 눈에 보이듯이 기운이 줄

---

12 한 번도 신지 않은 새 버선.

어들어 갔다. 영양 부족으로 하여 몸뚱이 곳곳이 뼈가 불쑥불쑥 내밀었다. 하룻밤 사이에도 수십 차를 돌쳐 눕지 않고는 여기저기가 배겨서 나는 배겨낼 수가 없었다.

그렇기 때문에 나는 내 이불 속에서 아내가 늘 흔히 쓸 수 있는 저 돈의 출처를 탐색해 보는 일변 장지 틈으로 새어 나오는 아랫방의 음식은 무엇일까를 간단히 연구하였다. 나는 잠이 잘 안 왔다.

깨달았다. 아내가 쓰는 그 돈은 내게는 다만 실없는 사람들로밖에 보이지 않는 까닭 모를 내객들이 놓고 가는 것에 틀림없으리라는 것을 나는 깨달았다. 그러나 왜 그들 내객은 돈을 놓고 가나, 왜 내 아내는 그 돈을 받아야 되나 하는 예의(禮儀) 관념이 내게는 도무지 알 수 없는 것이었다.

그것은 그저 예의에 지나지 않는 것일까. 그렇지 않으면 혹 무슨 대가일까? 보수일까? 내 아내가 그들의 눈에는 동정을 받아야만 할 한 가엾은 인물로 보였던가.

이런 것들을 생각하노라면 으레 내 머리는 그냥 혼란하여 버리곤 하였다. 잠들기 전에 획득했다는 결론이 오직 불쾌하다는 것뿐이었으면서도 나는 그런 것을 아내에게 물어보거나 한 일이 참 한 번도 없다. 그것은 대체 귀찮기도 하려니와, 한잠 자고 일어나면 나는 사뭇 딴사람처럼 이것도 저것도 다 깨끗이 잊어버리고 그만두는 까닭이다.

내객들이 돌아가고, 혹 밤 외출에서 돌아오고 하면 아내는 경편한 것으로 옷을 바꾸어 입고 내 방으로 나를 찾아온다. 그리고 이불을 들치고 내 귀에는 영 생동생동한 몇 마디 말로 나를 위로하려 든다. 나는 조소도 고소도 홍소도 아닌 웃음을 얼굴에 띠고 아내의 아름다운 얼굴을 쳐다본다. 아내는 방그레 웃는다. 그러나 그 얼굴에 떠도는 일말의 애수를 나는 놓치지 않는다.

아내는 능히 내가 배고파하는 것을 눈치챌 것이다. 그러나 아랫방에서

먹고 남은 음식을 나에게 주려 들지는 않는다. 그것은 어디까지든지 나를 존경하는 마음일 것임에 틀림없다.

나는 배가 고프면서도 적이 마음이 든든한 것을 좋아했다. 아내가 무엇이라고 지껄이고 갔는지 귀에 남아 있을 리가 없다. 다만 내 머리맡에 아내가 놓고 간 은화가 전등불에 흐릿하게 빛나고 있을 뿐이다.

그 금고형 벙어리 속에 그 은화가 얼마큼이나 모였을까? 나는 그러나 그것을 쳐들어 보지 않았다. 그저 아무런 의욕도 기원도 없이 그 단춧구멍처럼 생긴 틈바구니로 은화를 들어뜨려 둘 뿐이었다.

왜 아내의 내객들이 아내에게 돈을 놓고 가나 하는 것이 풀 수 없는 의문인 것같이, 왜 아내는 나에게 돈을 놓고 가나 하는 것도 역시 나에게는 똑같이 풀 수 없는 의문이었다. 내 비록 아내가 내게 돈을 놓고 가는 것이 싫지 않았다 하더라도 그것은 다만 고것이 내 손가락에 닿는 순간에서부터 그 벙어리 주둥이에서 자취를 감추기까지의 하잘것없는 짧은 촉각이 좋았달 뿐이지 그 이상 아무 기쁨도 없다.

어느 날 나는 그 벙어리를 변소에 갖다 넣어 버렸다. 그때 벙어리 속에는 몇 푼이나 되는지 모르겠으나 그 은화들이 꽤 들어 있었다.

나는 내가 지구 위에 살며 내가 이렇게 살고 있는 지구가 질풍신뢰의 속력으로 광대무변(廣大無邊)[13]의 공간을 달리고 있다는 것을 생각했을 때 참 허망하였다. 나는 이렇게 부지런한 지구 위에서는 현기증도 날 것 같고 해서 한시바삐 내려 버리고 싶었다.

이불 속에서 이런 생각을 하고 난 뒤에는 나는 그 은화를 그 벙어리에 넣고 넣고 하는 것조차도 귀찮아졌다. 나는 아내가 손수 벙어리를 사용하

---

13 한없이 넓어 끝이 없음.

였으면 하고 희망하였다. 벙어리도 돈도 사실은 아내에게만 필요한 것이지 내게는 애초부터 의미가 전연 없는 것이었으니까 될 수만 있으면 그 벙어리를 아내가 아내 방으로 가져갔으면 하고 기다렸다. 그러나 아내는 가져가지 않는다. 나는 내가 아내 방으로 가져다 둘까 하고 생각하여 보았으나 그 즈음에는 아내의 내객이 원체 많아서 내가 아내 방에 가 볼 기회가 도무지 없었다. 그래서 나는 하는 수 없이 변소에 갖다 집어넣어 버리고 만 것이다.

나는 서글픈 마음으로 아내의 꾸지람을 기다렸다. 그러나 아내는 끝내 아무 말도 나에게 묻지도 하지도 않았다. 않았을 뿐 아니라 여전히 돈은 돈대로 내 머리맡에 놓고 가지 않나? 내 머리맡에는 어느덧 은화가 꽤 많이 모였다.

내객이 아내에게 돈을 놓고 가는 것이나 아내가 내게 돈을 놓고 가는 것이나 일종의 쾌감 ―그 외의 다른 아무런 이유도 없는 것이 아닐까 하는 것을 나는 또 이불 속에서 연구하기 시작하였다. 쾌감이라면 어떤 종류의 쾌감일까를 계속하여 연구하였다. 그러나 그것은 이불 속의 연구로는 알 길이 없었다. 쾌감, 쾌감 하고 나는 뜻밖에도 이 문제에 대해서만 흥미를 느꼈다.

아내는 물론 나를 늘 감금하여 두다시피 하여 왔다. 내게 불평이 있을 리 없다. 그런 중에서 나는 그 쾌감이라는 것의 유무를 체험하고 싶다.

나는 아내의 밤 외출 틈을 타서 밖으로 나왔다. 나는 거리에서 잊어버리지 않고 가지고 나온 은화를 지폐로 바꾼다. 오 원이나 된다. 그것을 주머니에 넣고 나는 목적을 잃어버리기 위하여 얼마든지 거리를 쏘다녔다. 오래간만에 보는 거리는 거의 경이에 가까울 만큼 내 신경을 흥분시키기에 마지않았다. 나는 금시에 피곤하여 버렸다. 그러나 나는 참았다. 그리고 밤이 이슥하도록 까닭을 잊어버린 채 이 거리 저 거리로 지향 없이 헤매었다. 돈은 물론 한 푼도 쓰지 않았다. 돈을 쓸 아무 엄두도 나서지 않았다. 나는 벌써 돈을 쓰는 기능을 완전히 상실한 것 같았다.

나는 과연 피로를 이 이상 견디기가 어려웠다. 나는 가까스로 내 집을 찾았다. 나는 내 방으로 가려면 아내 방을 통과하지 아니하면 안 될 것을 알고 아내에게 내객이 있나 없나를 걱정하면서 미닫이 앞에서 좀 거북살스럽게 기침을 한 번 했더니, 이것은 참 또 너무 암상¹⁴스럽게 미닫이가 열리면서 아내의 얼굴과 그 등 뒤에 낯설은 남자의 얼굴이 이쪽을 내다보는 것이다. 나는 별안간 내어 쏟아지는 불빛에 눈이 부셔서 좀 머뭇머뭇했다.

나는 아내의 눈초리를 못 본 것은 아니다. 그러나 나는 모른 체하는 수밖에 없었다. 왜? 나는 어쨌든 아내의 방을 통과하지 아니하면 안 되니까…….

나는 이불을 뒤집어썼다. 무엇보다도 다리가 아파서 견딜 수가 없었다. 이불 속에서는 가슴이 울렁거리면서 암만해도 까무러칠 것만 같았다. 걸을 때는 몰랐더니 숨이 차다. 등에서 식은땀이 쭉 내배인다. 나는 외출한 것을 후회하였다. 이런 피로를 잊고 어서 잠이 들었으면 좋겠다. 한잠 잘 자고 싶었다.

얼마 동안이나 비스듬히 엎드려 있었더니 차츰차츰 뚝딱거리는 가슴 동기(動氣)¹⁵가 가라앉는다. 그만해도 우선 살 것 같았다. 나는 몸을 돌쳐 반듯이 천장을 향하여 눕고 쭉 다리를 뻗었다.

그러나 나는 또다시 가슴의 동기를 피할 수 없게 되었다. 아랫방에서 아내와 그 남자의, 내 귀에도 들리지 않을 만큼 옅은 목소리로 소곤거리는 기척이 장지 틈으로 전하여 왔던 것이다. 청각을 더 예민하게 하기 위하여 나는 눈을 떴다. 그리고 숨을 죽였다. 그러나 그때는 벌써 아내와 남

---

14 남을 시기하고 샘을 잘 내는 마음.
15 가슴이 두근거리는 일.

자는 앉았던 자리를 툭툭 털며 일어섰고, 일어서면서 옷과 모자 쓰는 기척이 나는 듯하더니 이어 미닫이가 열리고 구두 뒤축 소리가 나고 그리고 뜰에 내려서는 소리가 쿵 하고 나면서 뒤를 따르는 아내의 고무신 소리가 두어 발자국 찍찍 나고 사뿐사뿐 나나 하는 사이에 두 사람의 발소리가 대문간 쪽으로 사라졌다.

나는 아내의 이런 태도를 본 일이 없다. 아내는 어떤 사람과도 결코 소곤거리는 법이 없다. 나는 윗방에서 이불을 쓰고 누운 동안에는 혹 술이 취해서 혀가 잘 돌아가지 않는 내객들의 담화는 더러 놓치는 수가 있어도 아내의 높지도 낮지도 않은 말소리는 일찍이 한 마디도 놓쳐 본 일이 없다. 더러 내 귀에 거슬리는 소리가 있어도 나는 그것이 태연한 목소리로 내 귀에 들렸다는 이유로 충분히 안심이 되었다.

그렇던 아내의 이런 태도는 필시 그 속에 여간하지 않은 사정이 있는 듯한 생각이 되고 내 마음은 좀 서운했으나, 그러나 그보다도 나는 좀 너무 피곤해서 오늘만은 이불 속에서 아무것도 연구치 않기로 굳게 결심하고 잠을 기다렸다. 잠은 좀처럼 오지 않았다. 대문간에 나간 아내도 좀처럼 들어오지 않았다. 그러는 동안에 흐지부지 나는 잠이 들어 버렸다. 꿈이 얼쑹덜쑹[16] 종을 잡을 수 없는 거리의 풍경을 여전히 헤맸다.

나는 몹시 흔들렸다. 내객을 보내고 들어온 아내가 잠든 나를 잡아 흔드는 것이다. 나는 눈을 번쩍 뜨고 아내의 얼굴을 쳐다보았다. 아내의 얼굴에는 웃음이 없다. 나는 좀 눈을 비비고 아내의 얼굴을 자세히 보았다. 노기가 눈초리에 떠서 얇은 입술이 바르르 떨린다. 좀처럼 이 노기가 풀리기는 어려울 것 같았다. 나는 그대로 눈을 감아 버렸다. 벼락이 내리기를 기다린 것이다. 그러나 쌔근 하는 숨소리가 나면서 푸시시 아내의 치맛자락 소리가 나고 장지가 여닫히며 아내는 아내 방으로 돌아갔다. 나는

---

16 그런 것 같기도 하고 그렇지 아니한 것 같기도 하여 얼른 분간이 잘 안 되는 모양.

다시 몸을 돌쳐 이불을 뒤집어쓰고는 개구리처럼 엎드리고, 엎드려서 배가 고픈 가운데에도 오늘 밤의 외출을 또 한 번 후회하였다.

나는 이불 속에서 아내에게 사죄하였다. 그것은 네 오해라고…….

나는 사실 밤이 퍽이나 이슥한 줄만 알았던 것이다. 그것이 네 말마따나 자정 전인 줄은 나는 정말이지 꿈에도 몰랐다. 나는 너무 피곤하였었다. 오래간만에 나는 너무 많이 걸은 것이 잘못이다. 내 잘못이라면 잘못은 그것밖에는 없다. 외출은 왜 하였더냐고?

나는 그 머리맡에 저절로 모인 오 원 돈을 아무에게라도 좋으니 주어보고 싶었던 것이다. 그뿐이다. 그러나 그것도 내 잘못이라면 나는 그렇게 알겠다. 나는 후회하고 있지 않나?

내가 그 오 원 돈을 써버릴 수가 있었던들 나는 자정 안에 집에 돌아올 수 없었을 것이다. 그러나 거리는 너무 복잡하였고 사람은 너무도 들끓었다. 나는 어느 사람을 붙들고 그 오 원 돈을 내어 주어야 할지 갈피를 잡을 수가 없었다. 그러는 동안에 나는 여지없이 피곤해 버리고 말았던 것이다.

나는 무엇보다도 좀 쉬고 싶었다. 눕고 싶었다. 그래서 나는 하는 수 없이 집으로 돌아온 것이다. 내 짐작 같아서는 밤이 어지간히 늦은 줄만 알았는데, 그것이 불행히도 자정 전이었다는 것은 참 안된 일이다. 미안한 일이다. 나는 얼마든지 사죄하여도 좋다. 그러나 종시 아내의 오해를 풀지 못하였다 하면 내가 이렇게까지 사죄하는 보람은 그럼 어디 있나? 한심하였다.

한 시간 동안을 나는 이렇게 초조하게 굴지 않으면 안 되었다. 나는 이불을 홱 젖혀 버리고 일어나서 장지를 열고 아내 방으로 비칠비칠 달려갔던 것이다. 내게는 거의 의식이라는 것이 없었다. 나는 아내 이불 위에 엎드러지면서 바지 포켓 속에서 그 돈 오 원을 꺼내 아내 손에 쥐어준 것을 간신히 기억할 뿐이다.

이튿날 잠이 깨었을 때 나는 내 아내 방, 아내 이불 속에 있었다. 이것이 33번지에서 살기 시작한 이래 내가 아내 방에서 잔 맨 처음이었다.

해가 들창에 훨씬 높았는데 아내는 외출하고 벌써 내 곁에 있지 않다. 아니! 아내는 엊저녁 내가 의식을 잃은 동안에 외출한 것인지도 모른다. 그러나 나는 그런 것을 조사하고 싶지 않았다. 다만 전신이 찌뿌드드한 것이 손가락 하나 꼼짝할 힘조차 없었다. 책보보다 좀 작은 면적의 볕이 눈이 부시다. 그 속에서 수없는 먼지가 흡사 미생물처럼 난무한다. 코가 콱 막히는 것 같다. 나는 다시 눈을 감고 이불을 푹 뒤집어쓰고 낮잠을 자기에 착수하였다. 그러나 코를 스치는 아내의 체취는 꽤 도발적이었다. 나는 몸을 여러 번 여러 번 비비 꼬면서 아내의 화장대에 늘어선 그 가지각색 화장품 병들과 그 병들의 마개를 뽑았을 때 풍기던 내음새를 더듬느라고 좀처럼 잠은 들지 않는 것을 어찌하는 수도 없었다.

견디다 못하여 나는 그만 이불을 걷어차고 벌떡 일어나서 내 방으로 갔다. 내 방에는 다 식어빠진 내 끼니가 가지런히 놓여 있는 것이다. 아내는 내 모이를 여기다 주고 나간 것이다. 나는 우선 배가 고팠다. 한 숟갈을 입에 떠 넣었을 때 그 촉감은 참 너무도 냉회와 같이 싸늘하였다.

나는 숟갈을 놓고 내 이불 속으로 들어갔다. 하룻밤을 비워 버린 내 이부자리는 여전히 반갑게 나를 맞아준다. 나는 내 이불을 뒤집어쓰고 이번에는 참 늘어지게 한잠 잤다. 잘…….

내가 잠을 깨인 것은 전등이 켜진 뒤다. 그러나 아내는 아직도 돌아오지 않았나 보다. 아니! 들어왔다 또 나갔는지도 알 수 없다. 그러나 그런 것을 삼고(三考)[17]하여 무엇 하나?

17 세 번 생각함. 또는 여러 번 생각함.

정신이 한결 난다. 나는 지난 밤 일을 생각해 보았다. 그 돈 오 원을 아내 손에 쥐어 주고 넘어졌을 때에 느낄 수 있었던 쾌감을 나는 무엇이라고 설명할 수가 없었다. 그러니 내객들이 내 아내에게 돈 놓고 가는 심리며 내 아내가 내게 돈 놓고 가는 심리의 비밀을 나는 알아낸 것 같아서 여간 즐거운 것이 아니다. 나는 속으로 빙그레 웃어 보았다. 이런 것을 모르고 오늘까지 지내 온 내 자신이 어떻게 우스꽝스러워 보이는지 몰랐다. 나는 어깨춤이 났다.

　　따라서 나는 또 오늘 밤에도 외출하고 싶었다. 그러나 돈이 없다. 나는 엊저녁에 그 돈 오 원을 한꺼번에 아내에게 주어 버린 것을 후회하였다. 또 그 벙어리를 변소에 갖다 처넣어 버린 것을 후회하였다. 나는 실없이 실망하면서 습관처럼 그 돈 오 원이 들어 있던 내 바지 포켓에 손을 넣어 한 번 휘둘러보았다. 뜻밖에도 내 손에 쥐어지는 것이 있었다. 이 원밖에 없다. 그러나 많아야 맛은 아니다. 얼마간이고 있으면 된다. 나는 그만한 것이 여간 고마운 것이 아니었다.

　　나는 기운을 얻었다. 나는 그 단벌 다 떨어진 코르덴 양복을 걸치고 배고픈 것도 주제 사나운 것도 다 잊어버리고 활개짓을 하면서 또 거리로 나섰다. 나서면서 나는 제발 시간이 화살 닫듯 해서 자정이 어서 휙 지나 버렸으면 하고 조바심을 태웠다.

　　아내에게 돈을 주고 아내 방에서 자 보는 것은 어디까지든지 좋았지만, 만일 잘못해서 자정 전에 집에 들어갔다가 아내의 눈총을 맞는 것은 그것은 여간 무서운 일이 아니었다. 나는 저물도록 길가 시계를 들여다보고 들여다보고 하면서 또 지향 없이 거리를 방황하였다. 그러나 이날은 좀처럼 피곤하지는 않았다. 다만 시간이 너무 더디게 가는 것만 같아서 안타까웠다.

　　경성역 시계가 확실히 자정이 지난 것을 본 뒤에 나는 집을 향하였다.

그날은 그 일각 대문에서 아내와 아내의 남자가 이야기하고 섰는 것을 만났다. 나는 모른 체하고 두 사람 곁을 지나서 내 방으로 들어갔다. 뒤이어 아내도 들어왔다. 와서는 이 밤중에 평생 안 하던 쓰레질을 하는 것이다.

조금 있다가 아내가 눕는 기척을 엿듣자마자 나는 또 장지를 열고 아내 방으로 가서 그 돈 이 원을 아내 손에 덥석 쥐어주고 그리고 하여간 그 이 원을 오늘 밤에도 쓰지 않고 도로 가져온 것이 참 이상하다는 듯이 아내는 내 얼굴을 몇 번이고 엿보고 ―아내는 드디어 아무 말도 없이 나를 자기 방에 재워 주었다. 나는 이 기쁨을 세상의 무엇과도 바꾸고 싶지는 않았다. 나는 편히 잘 잤다.

이튿날도 내가 잠이 깨었을 때는 아내는 보이지 않았다. 나는 또 내 방으로 가서 피곤한 몸에 낮잠을 잤다. 내가 아내에게 흔들려 깨었을 때는 역시 불이 들어온 뒤였다. 아내는 자기 방으로 나를 오라는 것이다. 이런 일은 또 처음이다. 아내는 끊임없이 얼굴에 미소를 띠고 내 팔을 이끄는 것이다. 나는 이런 아내의 태도 이면에 엔간치 않은 음모가 숨어 있지나 않은가 하고 적이 불안을 느끼지 않을 수 없었다.

나는 아내가 하자는 대로 아내 방으로 끌려갔다. 아내 방에는 저녁 밥상이 조촐히 치려져 있는 것이다. 생각하여 보면 나는 이틀을 굶었다. 나는 지금 배고픈 것까지도 긴가민가 잊어버리고 어름어름하던 차다.

나는 생각하였다. 이 최후의 만찬을 먹고 나자마자 벼락이 내려도 나는 차라리 후회하지 않을 것을. 사실 나는 인간 세상이 너무나 심심해서 못 견디겠던 차다. 모든 일이 성가시고 귀찮았으나, 그러나 불의의 재난이라는 것은 즐겁다.

나는 마음을 턱 놓고 조용히 아내와 마주 이 해괴한 저녁밥을 먹었다. 우리 부부는 이야기하는 법이 없었다. 밥을 먹은 뒤에도 나는 말이 없이 그냥 부스스 일어나서 내 방으로 건너가 버렸다. 아내는 나를 붙잡지 않왔다. 나는 벽에 기대어 앉아서 담배를 한 대 피워 물고 그리고 벼락이 떨어질 테거든 어서 떨어져라 하고 기다렸다.

오 분! 십 분!

그러나 벼락은 내리지 않았다. 긴장이 차츰 늘어지기 시작한다. 나는 어느덧 오늘 밤에도 외출할 것을 생각하고 돈이 있었으면 하고 생각하고 있었다.

그러나 돈은, 확실히 없다. 오늘은 외출하여도 나중에 올 무슨 기쁨이 있나. 나는 앞이 그냥 아뜩하였다. 나는 화가 나서 이불을 뒤집어쓰고 이리 뒹굴 저리 뒹굴 굴렀다. 금시 먹은 밥이 목으로 자꾸 치밀어 올라온다. 메스꺼웠다.

하늘에서 얼마라도 좋으니 왜 지폐가 소낙비처럼 퍼붓지 않나, 그것이 그저 한없이 야속하고 슬펐다.

나는 이렇게밖에 돈을 구하는 아무런 방법도 알지는 못했다. 나는 이불 속에서 좀 울었나 보다. 돈이 왜 없느냐면서…….

그랬더니 아내가 또 내 방에를 왔다. 나는 깜짝 놀라 아마 인제서야 벼락이 내리려나 보다 하고 숨을 죽이고 두꺼비 모양으로 엎드려 있었다. 그러나 떨어진 입을 새어 나오는 아내의 말소리는 참 부드러웠다. 정다웠다. 아내는 내가 왜 우는지를 안다는 것이다. 돈이 없어서 그러는 게 아니냔다. 나는 실없이 깜짝 놀랐다. 어떻게 저렇게 사람의 속을 환하게 들여다보는고 해서 나는 한편으로 슬그머니 겁도 안 나는 것은 아니었으나 저렇게 말하는 것을 보면 아마 내게 돈을 줄 생각이 있나 보다, 만일 그렇다면 오죽이나 좋은 일일까. 나는 이불 속에 뚤뚤 말린 채 고개도 들지 않고 아내의 다음 거동을 기다리고 있으니까, 옛소 하고 내 머리맡에 내려뜨리는 것은 그 가뿐한 음향으로 보아 지폐임에 틀림없었다. 그리고 내 귀에다 대고 오늘일랑 어제보다도 좀더 늦게 들어와도 좋다고 속삭이는 것이다. 그것은 어렵지 않다. 우선 그 돈이 무엇보다도 고맙고 반가웠다.

어쨌든 나섰다. 나는 좀 야맹증이다. 그래서 될 수 있는 대로 밝은 거리로 골라서 돌아다니기로 했다. 그리고는 경성역 일, 이등 대합실 한 결 티룸에 들렀다. 그것은 내게는 큰 발견이었다. 거기는 우선 아무도 아는 사람이 안 온다. 설사 왔다가도 곧 가니까 좋다. 나는 날마다 여기 와서 시간을 보내리라 속으로 생각하여 두었다.

제일 여기 시계가, 어느 시계보다도 정확하리라는 것이 좋았다. 섣불리 서투른 시계를 보고 그것을 믿고 시간 전에 집에 돌아갔다가 큰코를 다쳐서는 안 된다.

나는 한 부스에 아무것도 없는 것과 마주 앉아서 잘 끓은 커피를 마셨다. 총총한 가운데 여객들은 그래도 한 잔 커피가 즐거운가 보다. 얼른얼른 마시고 무얼 좀 생각하는 것같이 담벼락도 좀 쳐다보고 하다가 곧 나가 버린다. 서글프다. 그러나 내게는 이 서글픈 분위기가 거리의 티룸들의 그 거추장스러운 분위기보다는 절실하고 마음에 들었다. 이따금 들리는 날카로운 혹은 우렁찬 기적 소리가 모차르트보다도 더 가깝다. 나는 메뉴에 적힌 몇 가지 안 되는 음식 이름을 치읽고 내리읽고 여러 번 읽었다. 그것들은 아물아물한 것이 어딘가 내 어렸을 때 동무들 이름과 비슷한 데가 있었다.

거기서 얼마나 내가 오래 앉았는지 정신이 오락가락하는 중에 객이 슬며시 뜸해지면서 이 구석 저 구석 걷어치우기 시작하는 것을 보면 아마 닫을 시간이 된 모양이다. 열한 시가 좀 지났구나, 여기도 결코 내 안주의 곳이 아니구나, 어디 가서 자정을 넘길까, 두루 걱정을 하면서 나는 밖으로 나섰다. 비가 온다. 빗발이 제법 굵은 것이 우비도 우산도 없는 나를 고생을 시킬 작정이다. 그렇다고 이런 괴이한 풍모를 차리고 이 홀에서 어물어물하는 수는 없고, 에이 비를 맞으면 맞았지 하고 나는 그냥 나서 버렸다.

대단히 선선해서 견딜 수가 없다. 코르덴 옷이 젖기 시작하더니 나중에는 속속들이 스며들면서 추근거린다. 비를 맞아 가면서도 견딜 수 있는 데까지 거리를 돌아다녀서 시간을 보내려 하였으나, 인제는 선선해서 이 이상은 더 견딜 수가 없다. 오한이 자꾸 일어나면서 이가 딱딱 맞부딪는다. 나는 걸음을 재치우면서 생각하였다. 오늘 같은 궂은 날도 아내에게 내객이 있을라구, 없겠지 하는 생각이 드는 것이다. 집으로 가야겠다. 아내에게 불행히 내객이 있거든 내 사정을 하리라. 사정을 하면 이렇게 비가 오는 것을 눈으로 보고 알아주겠지.

부리나케 와 보니까 그러나 아내에게는 내객이 있었다. 나는 너무 춥고 척척해서 얼떨결에 노크하는 것을 잊었다. 그래서 나는, 보면 아내가 좀 덜 좋아할 것을 그만 보았다. 나는 감발[18]자국 같은 발자국을 내면서 덤벙덤벙 아내 방을 디디고, 그리고 내 방으로 가서 쭉 빠진 옷을 활활 벗어 버리고 이불을 뒤썼다. 덜덜덜덜 떨린다. 오한이 점점 더 심해 들어온다. 여전히 땅이 꺼져 들어가는 것만 같았다. 나는 그만 의식을 잃어버리고 말았다.

이튿날 내가 눈을 떴을 때 아내는 내 머리맡에 앉아서 제법 근심스러운 얼굴이다. 나는 감기가 들었다. 여전히 으스스 춥고 또 골치가 아프고 입에 군침이 도는 것이 쓸쓸하면서 다리팔이 척 늘어져서 노곤하다.

아내는 내 머리를 쓱 짚어 보더니 약을 먹어야지 한다. 아내 손이 이마에 선뜩한 것을 보면 신열이 어지간한 모양인데, 약을 먹는다면 해열제를 먹어야지 하고 속생각을 하자니까, 아내는 따뜻한 물에 하얀 정제약 네 개를 준다. 이것을 먹고 한잠 푹— 자고 나면 괜찮다는 것이다. 나는 널름 받아먹었다. 쌉싸름한 것이 짐작 같아서는 아마 아스피린인가 싶다. 나는 다시 이불을 쓰고 단번에 그냥 죽은 것처럼 잠이 들어 버렸다.

---

18 버섯 대신 발에 감는 좁고 긴 무명.

나는 콧물을 훌쩍훌쩍하면서 여러 날을 앓았다. 앓는 동안에 끊이지 않고 그 정제약을 먹었다. 그러는 동안에 감기도 나았다. 그러나 입맛은 여전히 소태처럼 썼다.

나는 차츰 또 외출하고 싶은 생각이 났다. 그러나 아내는 나더러 외출하지 말라고 이르는 것이다. 이 약을 날마다 먹고 그리고 가만히 누워 있으라는 것이다. 공연히 외출을 하다가 이렇게 감기가 들어서 저를 고생시키는 게 아니냐. 그도 그렇다. 그럼 외출을 하지 않겠다고 맹세하고 그 약을 연복(連服)[19]하여 몸을 좀 보해 보리라고 나는 생각하였다.

나는 날마다 이불을 뒤집어쓰고 밤이나 낮이나 잤다. 유난스럽게 밤이나 낮이나 졸려서 견딜 수가 없는 것이다. 나는 이렇게 잠이 자꾸만 오는 것은 내가 훨씬 몸이 튼튼해진 증거라고 굳게 믿었다.

나는 아마 한 달이나 이렇게 지냈나 보다. 내 머리와 수염이 좀 너무 자라서 훗훗해서[20] 견딜 수가 없어서 내 거울을 좀 보리라고 아내가 외출한 틈을 타서 나는 아내 방으로 가서 아내의 화장대 앞에 앉아 보았다. 상당하다. 수염과 머리가 참 산란하였다.

오늘은 이발을 좀 하리라 생각하고 겸사겸사 그 화장품 병들 마개를 뽑고 이것저것 맡아 보았다. 한동안 잊어버렸던 향기 가운데서는 몸이 배배 꼬일 것 같은 체취가 전해 나왔다. 나는 아내의 이름을 속으로만 한 번 불러 보았다. '연심이…….' 하고.

오래간만에 돋보기 장난도 하였다. 거울 장난도 하였다. 창에 든 볕이 여간 따뜻한 것이 아니었다. 생각하면 오월이 아니냐.

나는 커다랗게 기지개를 한번 켜보고 아내 베개를 내려 베고 벌떡 자빠져서는 이렇게도 편안하고 즐거운 세월을 하느님께 흠씬 자랑하여 주고 싶었다. 나는 참 세상의 아무것과도 교섭을 가지지 않는다. 하느님도 아

---

19 계속 복용.
20 약간 갑갑할 정도로 훈훈하게 더워서.

마 나를 칭찬할 수도 처벌할 수도 없는 것 같다.

그러나 다음 순간, 실로 세상에도 이상스러운 것이 눈에 띄었다. 그것은 최면약 아달린 갑이었다. 나는 그것을 아내의 화장대 밑에서 발견하고 그것이 흡사 아스피린처럼 생겼다고 느꼈다. 나는 그것을 열어 보았다. 똑 네 개가 비었다.

나는 오늘 아침에 네 개의 아스피린을 먹은 것을 기억하고 있었다. 나는 잤다. 어제도 그제도 그끄제도. 나는 졸려서 견딜 수가 없었다. 나는 감기가 다 나았는데도 아내는 내게 아스피린을 주었다. 내가 잠이 든 동안에 이웃에 불이 난 일이 있다. 그때에도 나는 자느라고 몰랐다. 이렇게 나는 잤다. 나는 아스피린으로 알고 그럼 한 달 동안을 두고 아달린을 먹어 온 것이다. 이것은 좀 너무 심하다.

별안간 아뜩하더니 하마터면 나는 까무러칠 뻔하였다. 나는 그 아달린을 주머니에 넣고 집을 나섰다. 그리고 산을 찾아 올라갔다. 인간 세상의 아무것도 보기가 싫었던 것이다. 걸으면서 나는 아무쪼록 아내에 관계되는 일은 생각하지 않도록 노력하였다. 길에서 까무러치기 쉬우니까다. 나는 어디라도 양지가 바른 자리를 하나 골라 자리를 잡아 가지고 서서히 아내에 관하여서 연구할 작정이었다. 나는 길가의 돌창, 핀 구경도 못한 진개나리꽃, 종달새, 돌멩이도 새끼를 까는 이야기, 이런 것만 생각하였다. 다행히 길가에서 나는 졸도하지 않았다.

거기에는 벤치가 있었다. 나는 거기 정좌하고 그리고 그 아스피린과 아달린에 관하여 연구하였다. 그러나 머리가 도무지 혼란하여 생각이 체계를 이루지 않는다. 단 오 분이 못 가서 나는 그만 귀찮은 생각이 번쩍 들면서 심술이 났다. 나는 주머니에서 가지고 온 아달린을 꺼내 남은 여섯 개를 한꺼번에 질겅질겅 씹어 먹어 버렸다. 맛이 익살맞다. 그리고 나서 나는 그 벤치 위에 가로 기다랗게 누웠다. 무슨 생각으로 내가 그 따위 짓을 했나? 알 수가 없다. 그저 그러고 싶었다. 나는 게서 그냥 깊이 잠이 들었다. 잠결에도 바위틈을 흐르는 물소리가 졸졸 하고 귀에 언제까지나 어렴풋이 들려왔다.

내가 잠을 깨었을 때는 날이 환히 밝은 뒤다. 나는 거기서 일주야를 잔 것이다. 풍경이 그냥 노랗게 보인다. 그 속에서도 나는 번개처럼 아스피린과 아달린이 생각났다.

아스피린, 아달린, 아스피린, 아달린, 마르크스, 맬서스, 마도로스, 아스피린, 아달린.

아내는 한 달 동안 아달린을 아스피린이라고 속이고 내게 먹였다. 그 것은 아내 방에서 아달린 갑이 발견된 것으로 미루어 증거가 너무나 확실하다.

무슨 목적으로 아내는 나를 밤이나 낮이나 재웠어야 됐나?

나를 밤이나 낮이나 재워 놓고 그리고 아내는 내가 자는 동안에 무슨 짓을 했나? 나를 조금씩 조금씩 죽이려던 것일까?

그러나 또 생각하여 보면 내가 한 달을 두고 먹어 온 것은 아스피린이었는지도 모른다. 아내가 무슨 근심이 되는 일이 있어서 밤이면 잠이 잘 오지 않아서 정작 아내가 아달린을 사용한 것이나 아닌지, 그렇다면 나는 참 미안하다. 나는 아내에게 이렇게 큰 의혹을 가졌다는 것이 참 안됐다.

나는 그래서 부리나케 거기서 내려왔다. 아랫도리가 홰홰[21] 내어저으면서 어찔어찔한 것을 나는 겨우 집을 향하여 걸었다. 여덟시 가까이였다.

나는 내 잘못된 생각을 죄다 일러바치고 아내에게 사죄하려는 것이다. 나는 너무 급해서 그만 또 말을 잊어버렸다.

그랬더니 이건 참 너무 큰일 났다. 나는 내 눈으로는 절대로 보아서는 안 될 것을 그만 딱 보아 버리고 만 것이다. 나는 얼떨결에 그만 냉큼 미닫이를 닫고 그리고 현기증이 나는 것을 진정시키느라고 잠깐 고개를 숙이

---

21 가볍게 자꾸 휘두르거나 휘젓는 모양.

고 눈을 감고 기둥을 짚고 서 있자니까 일 초 여유도 없이 홱 미닫이가 다시 열리더니 매무새를 풀어헤친 아내가 불쑥 나오면서 내 멱살을 잡는 것이다. 나는 그만 어지러워서 그냥 나둥그러졌다. 그랬더니 아내는 넘어진 내 위에 덮치면서 내 살을 함부로 물어뜯는 것이다. 아파 죽겠다. 나는 사실 반항할 의사도 힘도 없어서 그냥 넙죽 엎드려 있으면서 어떻게 되나 보고 있자니까, 뒤이어 남자가 나오는 것 같더니 아내를 한 아름에 덥석 안아 가지고 방으로 들어가는 것이다. 아내가 아무 말 없이 다소곳이 그렇게 안겨 들어가는 것이 내 눈에 여간 미운 것이 아니다. 밉다.

아내는 너 밤 새워 가면서 도적질하러 다니느냐, 계집질하러 다니느냐고 발악이다. 이것은 참 너무 억울하다. 나는 어안이 벙벙하여 도무지 입이 떨어지지를 않았다.

너는 그야말로 나를 살해하려던 것이 아니냐고 소리를 한 번 꽥 질러 보고도 싶었으나 그런 긴가민가한 소리를 섣불리 입 밖에 내었다가는 무슨 화를 볼는지 알 수 있나. 차라리 억울하지만 잠자코 있는 것이 우선 상책인 듯싶은 생각이 들기에, 나는 이것은 또 무슨 생각으로 그랬는지 모르지만 툭툭 털고 일어나서 내 바지 포켓 속에 남은 돈 몇 원 몇 십 전을 가만히 꺼내서는 몰래 미닫이를 열고 살며시 문지방 밑에다 놓고 나서는 나는 그냥 줄 달음박질을 쳐서 나와 버렸다.

여러 번 자동차에 치일 뻔하면서 나는 그대로 경성역을 찾아 갔다. 빈 자리와 마주 앉아서 이 쓰디쓴 입맛을 거두기 위하여 무엇으로나 입가심을 하고 싶었다.

커피, 좋다. 그러나 경성역 홀에 한 걸음 들여놓았을 때 나는 내 주머니에는 돈이 한 푼도 없는 것을, 그것을 깜박 잊었던 것을 깨달았다. 또 아뜩하였다. 나는 어디선가 그저 맥없이 머뭇머뭇하면서 어쩔 줄을 모를 뿐이었다. 얼빠진 사람처럼 그저 이리 갔다 저리 갔다 하면서…….

나는 어디로 어디로 들입다 쏘다녔는지 하나도 모른다. 다만 몇 시간

후에 내가 미츠코시 옥상에 있는 것을 깨달았을 때는 거의 대낮이었다.

나는 거기 아무 데나 주저앉아서 내 자라 온 스물여섯 해를 회고하여 보았다. 몽롱한 기억 속에서는 이렇다는 아무 제목도 불거져 나오지 않았다.

나는 또 내 자신에게 물어보았다. 너는 인생에 무슨 욕심이 있느냐고. 그러나 있다고도 없다고도, 그런 대답은 하기가 싫었다. 나는 거의 나 자신의 존재를 인식하기조차도 어려웠다.

허리를 굽혀서 나는 그저 금붕어나 들여다보고 있었다. 금붕어는 참 잘들도 생겼다. 작은 놈은 작은 놈대로 큰 놈은 큰 놈대로 다 싱싱하니 보기 좋았다. 내려 비치는 오월 햇살에 금붕어들은 그릇 바탕에 그림자를 내려뜨렸다. 지느러미는 하늘하늘 손수건을 흔드는 흉내를 낸다. 나는 이 지느러미 수효를 세어 보기도 하면서 굽힌 허리를 좀처럼 펴지 않았다. 등허리가 따뜻하다.

나는 또 오탁(汚濁)의 거리를 내려다보았다. 거기서는 피곤한 생활이 똑 금붕어 지느러미처럼 흐늑흐늑 허비적거렸다. 눈에 보이지 않는 끈적끈적한 줄에 엉켜서 헤어나지들을 못한다. 나는 피로와 공복 때문에 무너져 들어가는 몸뚱이를 끌고 그 오탁의 거리 속으로 섞여 들어가지 않는 수도 없다 생각하였다.

나서서 나는 또 문득 생각하여 보았다. 이 발길이 지금 어디로 향하여 가는 것인가를……

그때 내 눈앞에는 아내의 모가지가 벼락처럼 내려 떨어졌다. 아스피린과 아달린.

우리들은 서로 오해하고 있느니라. 설마 아내가 아스피린 대신에 아달린의 정량을 나에게 먹여 왔을까? 나는 그것을 믿을 수는 없다. 아내가 대체 그럴 까닭이 없을 것이니 그러면 나는 날밤을 새면서 도적질을, 계집질을 하였나? 정말이지 아니다.

우리 부부는 숙명적으로 발이 맞지 않는 절름발이인 것이다. 내가 아내나 제 거동에 로직(논리)을 붙일 필요는 없다. 변해야 할 필요도 없다. 사실은 사실대로 오해는 오해대로 그저 끝없이 발을 절뚝거리면서 세상을 걸어가면 되는 것이다. 그렇지 않을까?

그러나 나는 이 발길이 아내에게로 돌아가야 옳은가, 이것만은 분간하기가 좀 어려웠다. 가야 하나? 그럼 어디로 가나?

이때 뚜 하고 정오 사이렌이 울었다. 사람들은 모두 네 활개를 펴고 닭처럼 푸드덕거리는 것 같고, 온갖 유리와 강철과 대리석과 지폐와 잉크가 부글부글 끓고 수선을 떨고 하는 것 같은 찰나! 그야말로 현란을 극한 정오다.

나는 불현듯이 겨드랑이가 가렵다. 아하, 그것은 내 인공의 날개가 돋았던 자국이다. 오늘은 없는 이 날개, 머릿속에서는 희망과 야심의 말소된 페이지가 딕셔너리[22] 넘어가듯 번뜩였다.

나는 걷던 걸음을 멈추고 그리고 어디 한 번 이렇게 외쳐 보고 싶었다.

날개야 다시 돋아라.

날자. 날자. 날자. 한 번만 더 날자꾸나.

한 번만 더 날아 보자꾸나.

---

22 사전.

치숙

채만식
(蔡萬植 1902~1950)

치숙

채만식(蔡萬植 1902~1950)

작가와 작품세계

채만식(1902~1950)

전라북도 옥구군 임피 출생. 호는 백릉(白菱)·채옹(采翁). 일본 와세다 대학 영문과 중퇴. 동아일보, 조선일보, 개벽사에서 편집기자로 근무했다. 그는 1924년 《조선문단》에 단편 〈세 길로〉를 발표하면서 문단에 등단, 카프에 가담하지는 않았지만 〈레디메이드 인생〉, 〈인텔리와 빈대떡〉 등 동반자적인 성향을 드러내는 작품을 발표했다. 이후 전형적인 가족사 소설로서 몰락해 가는 윤 직원 영감의 생리를 풍자한 중편 〈태평천하〉와 군산이라는 지방 도시를 배경으로 1930년대의 소도시의 생활을 제시하면서 초봉이라는 기구한 여인의 일생을 그린 〈탁류〉를 발표하였다.

그의 작품적 특징은 식민지 시대에 식민지 교육의 모순과 식민지 궁핍화 현상에 대해서 예리한 풍자를 보여 주고 있다는 점이다. 채만식은 풍자라는 작품적 특징을 통해 일제의 검열을 피하면서 우회적 방법을 사용한 것으로 보인다.

줄거리

아저씨는 일본에서 대학도 다녔고 나이도 서른셋이나 되었는데 아직도 정신을 차리지 못하고 있다. 착한 아주머니를 쫓아내고 여학생이랑 살고, 사회주의 운동을 하다가 감옥살이를 하고 폐병 환자가 되어서 풀려났다. 아주머니는 식모살이로 돈을 모아서 아저씨의 병구완을 하는데, 아저씨는 병이 나으면 또 사회주의 운동을 할 궁리만 한다. '나'는 이곳에서 열심히 일해서 내지 여인과 결혼하여 성명을 내지 성명으로 바꾸고 생활 방식도 내지인처럼 해서 살아가는 것이 꿈이다. 아저씨는 이런 내 꿈 이야기를 듣고 나를 딱하게 여긴다. 나는 아주머니가 고생하는 것에 대해서 미안함도 느끼지 않는 아저씨가 밉살스럽고, 사회주의 운동을 할 궁리만 하고 있는 아저씨의 모습이 한심하기만 하다.

작품해설

이 작품은 작중 화자 '나'가 사회주의 운동을 하다 옥살이를 한 지식인 아저씨를 어리석다고 비난하는 내용으로 되어 있다. 하지만 실제 풍자 대상은 바로 '나'로, 일제가 당시에 취한 우민화 정책과 동화 정책에서 내세우고 있는 모습 그대로이며, 당시의 일제 정책에 대한 풍자이기도 하다. 가장 그럴듯해 보이는 '나'의 모습이 사실은 속물근성에 불과한 것이다. 이에 반해서 아저씨는 '나'와는 대조적인 삶을 살아가는 지식인으로 나타나 있지만, 그의 개혁 의지의 긍정성에도 불구하고 삶에 대한 모습은 무기력하고 무책임하다.

작품에서 아저씨를 '나'만큼 적극적으로 풍자하고 있지는 않지만, 생활을 꾸려가기 위하여 안간힘을 쓰는 아주머니에 대해서 그가 아무런 고마움과 미안함도 가지지 않는 듯한 태도를 보이는 부분에 대해서는 비판적인 시각을 나타낸다. '나'가 아저씨에게 아주머니의 은공을 좀 갚아야 하지 않느냐고 하자 그는 '바빠서 원……'이라고 대답한다. 이 부분은 작가의 시선이, 아저씨가 지식인으로서 사회주의 운동에 참여하고 옥살이를 하게 된 일들을 인정하면서도, 생활에 대해서 무기력하고 무책임한 모습을 보이는 점에 대해서는 비판적임을 나타낸다. 이 점은 이 소설의 작가 채만식이 동반자적인 시각을 가지고 있었다는 점과 관련이 있다. 동반자적인 시각은 사회주의자에 대해서 일방적 동조가 아니라 비판적인 동조를 통해서 확보되는 것이기 때문이다.

생각 나누기

1. 이 소설에서 풍자하고 있는 인물은 누구이며, 작가는 그 인물을 통해서 무엇을 풍자하고자 하는가?
2. 아저씨가 취하고 있는 삶의 모습에 대하여 간단히 비판해 보자.
3. 이 작품은 객관적인 서사적 플롯을 구성하고 있다기보다 '나'의 수다를 아무렇게나 풀어놓고 있는 듯하다. 이런 인물을 주인공으로 내세움으로써 얻을 수 있는 효과는 무엇일까?

모범 답안

1. 이 소설에서 풍자되고 있는 인물은 화자인 '나'다. '나'의 삶의 방식은 노예근성에 뿌리를 둔 것으로 일제의 우민화 정책과 동화 정책에 순응하는 것이다. 작가는 '나'에 대한 풍자를 통해서 일제의 정책까지 아울러 풍자하고 있다.

2. 아저씨가 동경 유학까지 하고서 조선의 개혁을 위하여 투쟁하고 옥살이를 한 것까지는 인정할 수 있지만, 생활의 책임을 방기하고 아내의 헌신을 당연시하는 것은 용납할 수 없다. 아저씨는 생활에 대해서 무기력하고 무책임하다.

3. 〈치숙〉은 풍자와 이야기 구술 방식이라는 독특한 기법의 결합을 통해 풍자 소설의 탁월한 경지를 보여 준다. 작품 속에 드러나지 않는 청중

에게 일상적인 이야기 투로 신나게 말하면서 느슨한 이야기의 흐름을 따라간다. 독자가 신뢰할 수 없는 부정적인 인물의 시점을 통해 이야기가 서술됨으로써 화자에 대한 독자들의 자동화된 감정이입을 방해한다. 이 소설의 긴장은 작중 화자가 아저씨의 생활을 객관적으로 보고하지 않고 주관적으로 왜곡하여 설명하는 데서 발생하므로, 여기서는 두 인물의 성격 대립보다는 나에 의해 말해진 사태의 진상과 작품 속에 숨겨진 진상 사이의 어긋남이 중심이 된다.

치숙

우리 아저씨 말이지요? 아따 저 거시기, 한참 당년에 무엇이냐 그놈의 것, 사회주의라더냐 막걸리라더냐, 그걸 하다가 징역 살고 나와서 폐병으로 시방 앓아 누웠는 우리 오촌 고모부(姑母夫) 그 양반…….

뭐 말도 마시오. 대체 사람이 어쩌면 글쎄……. 내 원!

신세 간데없지요.

자, 십 년 적공(積功)[1] 대학교까지 공부한 것 풀어 먹지도 못했지요, 좋은 청춘 어영부영 다 보냈지요, 신분에는 전과자(前科者)란 붉은 도장 찍혔지요, 몸에는 몹쓸 병까지 들었지요. 이 신세를 해 가지굴랑은 굴속 같은 오두막집 단칸 셋방 구석에서 사시장철 밤이나 낮이나 눈 따악 감고 드러누웠군요.

재산이 어데 집 터전인들 있을 턱이 있나요. 서 발 막대[2] 내 저어야 짚검불 하나 걸리는 것 없는 철빈(鐵貧)[3]인데.

우리 아주머니가, 그래도 그 아주머니가, 어질고 얌전해서 알량한 남편 양반 받드느라 삯바느질이야, 남의 집 품빨래야, 화장품 장사야, 그 칙살스런[4] 벌이를 해다가 겨우겨우 목구멍에 풀칠을 하지요.

---

1 10년 동안 많은 공을 들임.
2 세 발 길이의 막대.
3 더할 수 없이 가난함.
4 하는 짓이 잗고 더러운.

어디로 대나 그 양반은 죽는 게 두루 좋은 일인데 죽지도 아니 해요. 우리 아주머니가 불쌍해요. 진작 한 나이라도 젊어서 팔자를 고치는 게 아니라, 무슨 놈의 우난 후분(後分)⁵을 바라고 있다가 그 고생을 하는지.

근 이십 년 소박을 당했지요. 이십 년을 서러운 청춘 한숨으로 보내고서 다 늦게야 송장 여대치게 생긴 양반을 그래도 남편이라고 모셔다가는 병시중 들랴 먹고 살랴, 애자진하고 다니는 걸 보면 참말 가엾어요.

그게 무슨 죄다짐이람? 팔자, 팔자 하지만 왜 팔자를 고치지를 못하고 그래요. 우리 죄선 구식 부인네들은 다 문명을 못하고 깨지를 못 해서 그러지. 그 양반이 한시바삐 죽기나 했으면 우리 아주머니는 차라리 신세 편하리다. 심덕 좋겠다, 솜씨 얌전하겠다 하니, 어디 가선들 자기 일신 몸 가누고 편안히 못 지내요?

가만있자, 열여섯 살에 아저씨네 집으로 시집을 갔다니간 그게 내가 세 살 적이니 꼬박 열여덟 해로군. 열여덟 해면 이십 년 아니오.

그때 우리 아저씨 양반은 나이 어리기도 했지만 공부를 한답시고 서울로, 동경으로 십여 년이나 돌아다녔고, 조금 자라서 색시 재미를 알 만하니까는 누가 예쁜달까 봐, 이혼하자고 아주머니를 친정으로 쫓고는 통히 불고(不顧)⁶를 하고…….

공부를 다 마치고 오더니만 그 담에는 그놈의 짓에 들입다 발광해 다니면서 명색 학생 출신이라는 딴 여편네 얻어 살았지요. 그 여편네는 나도 몇 번 보았지만 상판대기라고 별반 출⁷수도 없이 생겼습디다. 그 인물로 남의 첩이야? 일색소박은 있어도 박색소박은 없다더니, 사실 소박맞은 우리 아주머니가 그 여편네께 대면 월등 예뻤다우.

그래 그 뒤에 그 양반은 필경 붙들려 가서 오 년이나 전중이⁸를 살았지

---

5 늙은 뒤의 운수나 처지.
6 돌아보지 않음.
7 내놓을.

요. 그 동안에 아주머니는 시집이고 친정이고 모두 폭 망해서 의지가지없이 됐지요.

그러니 어떻게 해요? 자칫하면 굶어 죽을 판인데.

할 수 없이 얻어먹고 살기도 해야 하려니와, 또 아저씨 나오는 것도 기다려야 한다고 나를 반연 삼아 서울로 올라왔더군요. 그게 그러니까 아저씨가 나오든 전 해로군.

그때 내가 나이는 어려도 두루 날뛴 보람이 있어서 이내 구라다상네 식모로 들어갔지요.

그 무렵에 참 내가 아주머니더러 여러 번 권면을 했지요. 그러지 말고 개가(改嫁)를 가라고. 글쎄 어린 소견에도 보기에 퍽 딱하고 민망합디다.

계제에 마침 또 좋은 자리가 있었고요. 미네상이라고 미쓰꼬시 앞에서 바나나 다다끼우리(投賣)를 하는 인데 사람이 퍽 좋아요. 우리 집 다이쇼(주인)도 잘 알고 하는데 그이가 늘 날더러, 죄선 오깜(아내)상하고 살았으면 좋겠다고 중매 서 달라고 그래쌌어요. 돈은 모아 둔 게 없어도 다 벌어먹고 살 만하니까 그런 사람 만나서 살면 아주머니도 신세 편할 게 아니냐구요.

그런 걸 글쎄, 몇 번 말해야 숭헌 소리 말라고 들덜 않는 걸 어떡하나요.

아무튼 그런 것 말고라도 참, 흰말[9]이 아니라 이 날 이때까지 내가 그 아주머니 뒤도 많이 보아 주었다우. 또 나도 그럴 만한 은공이 없잖아 있구요.

내가 일곱 살에 부모를 잃었지요. 그러고 나서 의탁할 곳이 없이 됐는데 그때 마침 소박을 맞고 친정살이를 하는 그 아주머니가 나를 데려다가 길러 주었지요. 그때만 해도 그 집이 그다지 군색하게 지내진 않았으니까요. 아주머니도 아주머니지만 종조할머니며 할아버지도 슬하에 딴 자손

---

8 징역 사는 사람. 즉 기결수.
9 터무니없이 자랑으로 떠벌리거나 거드럭거리며 허풍을 떠는 말.

이 없어서 나를 퍽 귀애하셨지요.

열두 살까지 그 집에서 자랐군요. 사 년이나마 보통학교도 다녔고. 아마 모르면 몰라도 그 집안이 그렇게 치패(致敗)[10]하지만 않았으면 나도 그냥 붙어 있어서 시방쯤은 전문학교까지는 다녔으리라. 이런 은공이 있으니까 나도 그걸 저버리지 않고 그래서 내 깜냥[11]에는 갚을 만치 갚노라고 갚은 셈이지요.

하기야 요새도 간혹 아주머니가 찾아와서 양식 없다는 사정을 더러 하곤 하는데, 실토 정말이지 좀 성가시기는 해요. 그러는 족족 그 수응을 하자면 내 일을 못하겠는걸. 그래 대개 잘라 떼기는 하지요. 그렇지만 그 밖에 가령 양 명절[12] 때면 고기 근이라도 사 보낸다든지, 또 오며 가며 들러서 이야기 낱이라도 한다든지 그런 건 결단코 범연히 하진 않으니까요.

아무튼 그래서 아주머니는 꼬박 일 년 동안 구라다상네 집 오마니로 있으면서 월급 오 원씩 받는 걸 그대로 고스란히 저금을 하고, 또 틈틈이 삯바느질을 맡아다가 조금씩 벌어 보태고, 또 나올 무렵에 구라다상네 양주[13]가 퍽 기특하다고 돈 칠 원을 상급(賞給)으로 주고, 그런 게 이럭저럭 돈 백 원이나 존존히[14] 됐지요.

그 돈으로 방 한 칸 얻어 살림 나부랭이도 조금 장만하고 그래 놓고서 마침 그 알량꼴량한 서방님이 뇌어[15] 나오니까 그리로 모셔 들였지요.

뇌어 나오는 날 나도 가서 보았지만 감옥 문 앞에 막 나서자 아주머니가 기다리고 있으니까 그래도 눈물이 핑 돌던데요. 전에 그렇게도 죽을 둥 살 둥 모르고 좋아하던 첩년은 꼴도 안 뵈구요. 남의 첩년이란 건 다아

---

10 살림이 결딴 남.
11 일을 해내는 얼마간의 힘.
12 설과 추석.
13 바깥주인과 안주인. 즉 부부를 말함.
14 '자잘하다'의 제주 방언.
15 놓이어.

그런 거지요 뭐.

우리 아저씨 양반은 혹시 그 여편네가 오지 않았나 하고 사방을 휘휘 둘러보던데요. 속이 그렇게 없다니까. 여편네는커녕 아주머니하고 나하고 그 외는 어리친 개새끼 한 마리 없더라.

그래 막 자동차에 올라타려다가 피를 토했지요. 나중에 들었지만 감옥소 안에서 달포 전부터 토혈을 했다나 봐요. 그래 다 죽어 가는 반송장을 업어 오다시피 해다가 뉘어 놓고, 그 날부터 아주머니가 불철주야로 할 짓 못할 짓 다 해 가면서 부스대고 날뛴 덕에 병도 차차로 차도가 있고, 그러더니 인제는 완구히 살아는 났지요. 뭐 참 시방은 용 꼴인걸요, 용 꼴.

부인네 정성이 무서운 겝디다! 꼬박 삼 년이군. 나 같으면 돌아가신 부모가 살아오신 대도 그 짓 못해요.

자, 그러니 말이지요. 우리 아저씨라는 양반이 적히나 양심이 있고 다 그럴 양이면, 어어허, 내가 어서 바삐 몸이 충실해져서, 어서 바삐 돈을 벌어다가 저 아내를 편안히 거느리고 이 은공과 전날의 죄를 갚아야 하겠구나…… 이런 맘을 먹어야 할 게 아닌가요? 아주머니의 은공을 갚자면 발에 흙이 묻을세라 업고 다녀도 참 못다 갚지요.

그러고저러고 간에 자기도 인제는 속 차려야요. 하기야 속을 차려서 무얼 하재도 전과자니까 관리나, 회사 같은 데는 들어가지 못하겠지만, 그야 자기가 저지른 일인 걸 누구를 원망할 일도 아니고, 그러니 막 벗어부치고 노동이라도 해야지요. 대학교 출신이 막벌이 노동이란 게 꼴 가관이지만 그래도 할 수 없지, 뭐.

그런 걸 보고 가만히 나를 생각하면, 만약 우리 종조할아버지네 집이 그렇게 치패를 안 해서 나도 전문학교나 대학교를 졸업을 했으면, 혹시 우리 아저씨 모양이 됐을지도 모를 테니 차라리 공부 많이 않고서 이 길로 들어선 게 다행이다…… 이런 생각이 들어요.

사실 우리 아저씨 양반 대학교까지 졸업하고도 인제는 기껏 해 먹을 거란 막벌이 노동밖에 없는데, 보통학교 사 년 겨우 다니고서도 시방 앞길이 환히 트인 내게다 대면 고쓰까이[16]만도 못지요.

아, 그런데 글쎄 막벌이 노동을 하고 어쩌고 하기는커녕, 조금 바시시 살아날 만하니까 이 주책꾸러기 양반이 무슨 맘보를 먹는고 하니, 내 참 기가 막혀!

아아니, 그놈의 것하고는 무슨 대천지원수가 졌단 말인지, 어쨌다고 그걸 끝끝내 하지 못해서 그 발광인고? 그나마 그게 밥이 생기는 노릇이란 말이지. 명예를 얻는 노릇이란 말이지? 필경은 붙잡혀가서 징역 사는 놀음?

아마 그놈의 것이 아편하고 딱 같은가 봐요. 그렇길래 한 번 맛을 들이면 끊지를 못하지요.

그렇지만 실상 알고 보면 그게 그다지 재미가 난다거나, 맛이 있다거나, 그런 것도 아니더군 그래요. 부랑당[17] 패던데요. 하릴없이 부랑당 패들입니다.

저어 서양 어디선가, 일하기 싫어하는 게으름뱅이 몇 놈이 양지쪽에 모여 앉아서 놀고먹을 궁리를 했더라나요. 우리 집 다이쇼가 다 자상하게 이야기를 해 줍디다.

게, 그 녀석들이 서로 구론을 하기를, 자 이 세상에는 부자가 있고 가난한 사람이 있고 하니 그건 도무지 공평한 일이 아니다. 사람이란 건 이목 구비하며 사지육신을 꼭 같이 타고 났는데 누구는 부자로 잘살고 누구는 가난하다니 그게 될 말이냐, 그러니 부자가 가진 것을 우리 가난한 사람들하고 다 같이 고르게 나눠 먹어야 경우가 옳다.

야, 그거 옳은 말이다. 야, 그 말 좋다. 자, 나눠 먹자.

아, 이렇게 설도를 해 가지고 우 하니 들고 일어났다는군요.

---

16 잔심부름하는 남자 하인.
17 떼를 지어 다니던 강도. 불한당이 바른 말임.

아니, 그러니 그게 생 날 부랑당 놈의 짓이 아니고 무어요?

사람이란 것은 제가끔 분지복[18]이 있어서 기수(氣數)를 잘 타고 나든지 부지런하면 부자가 되는 법이요, 복록을 못 타고 나든지 게으른 놈은 가난하게 사는 법이요, 다 이렇게 마련인데, 그거야말로 공평한 천리(天理)인 것을, 딮다[19] 불공평하다니 될 말이오? 그러고서 억지로 남의 것을 뺏어 먹자고 들다니 그놈들이 부랑당이지 무어요.

짓이 불한당 짓일 뿐만 아니라, 또 만약에 그러기로 들면 게으른 놈은 점점 더 게으름만 부리고 쫓아다니면서 부자 사람네가 가진 것만 뺏어 먹을 테니 이 세상은 통으로 도적놈의 판이 될 게 아니오? 그나마 부자 사람네가 모아 둔 걸 다 뺏기고 더는 못 먹여 내는 날이면 그때는 이 세상 망하는 날이 아니오?

저마다 남이 농사지어 놓으면 그걸 뺏어 먹으려고 일 않고 번둥번둥 놀 것이고, 남이 옷감 짜 놓으면 그걸 뺏어다가 입으려고 번둥번둥 놀 것이고, 그럴 테니 대체 곡식이며 옷감이며 그런 것이 다 어디서 나올 데가 있어야지요. 세상 망할밖에!

글쎄 그놈의 짓이 그렇게 세상 망쳐 놓을 장본인인 줄은 모르고서 가난한 놈들, 그 중에도 일하기 싫은 게으름뱅이들이 위선 당장 부자 사람네 것을 뺏어 먹는다니까 거기 혹해 가지굴랑 너도 나도 와 하니 참섭[20]을 했다는구려.

바로 저 아라사[21]가 그랬대요.

그래서 아니나 다를까 농군들이 곡식을 안 만들기 때문에 사람이 수만 명씩 굶어 죽는다는구려. 빠안한 이치지 뭐. 위선 먹기는 곶감이 달다고

---

18 분복. 각자 타고난 복.
19 '들입다'의 줄임말. 막 무리하게 힘을 들여.
20 남의 일에 참견하여 아는 체함.
21 러시아의 우리말 표기.

그 지랄들을 했다고 잘코사니[22]야.

아, 그런데 그 못된 놈의 풍습이 삽시간에 동서양 각국 안 간데없이 퍼져 가지굴랑 한동안 내지(內地)에도 마구 굉장히 드세게 돌아다녔고, 내지가 그러니까 멋도 모르는 죄선 영감상들도 덩달아서 그 숭내를 냈다나요.

그렇지만 시방은 그새 나라에서 엄하게 밝히고 금하고 한 덕에 많이 머츰해졌고 그런 마음먹는 사람은 별반 없다나 봐요.

그럴 게지, 글쎄. 아, 해서 좋을 양이면야 나라에선들 왜 금하며 무슨 원수가 졌다고 붙잡아다가 징역을 살리나요. 좋고 유익한 것이면 나라에서 도리어 장려하고 잘할라치면 상급도 주고 그러잖아요.

활동사진이며 스모며 만자[23]이며 또 왓쇼이왓쇼이[24]랄지 세이레이 나가시[25]랄지 라디오 체조랄지 이런 건 다 유익한 일이니까 나라에서 설도도 하고 그러잖아요.

나라라는 게 무언데? 그런 것 다 잘 분간해서 이럴 건 이러고 저럴 건 저러라고 지시하고, 그 덕에 백성들이 제각기 제 분수대로 편안히 살도록 애써 주는 게 나라 아니오?

그놈의 것 사회주의만 하더라도 나라에서 금하질 않고 저이가 하는 대로 두어 두었어 보아? 시방쯤 세상이 무엇이 됐을지……. 다른 사람들도 낭패 본 사람이 많았겠지만 위선 나만 하더라도 글쎄 어쩔 뻔했어! 아무 일도 다 틀리고 뒤죽박죽이지.

내 이상과 계획은 이렇거든요.

우리 집 다이쇼가 나를 자별히 귀여워하고 신용을 하니깐 인제 한 십

22 남의 불행을 고소하게 여길 때 하는 말.
23 만담.
24 일본의 전통축제 중의 하나.
25 음력 7월 15일, 조상의 초혼 공양을 하는 불교의 우란분 행사의 하나.

년만 더 있으면 한밑천 들여서 따로 장사를 시켜 줄 그런 눈치거든요. 그러거들랑 그것을 언덕 삼아 가지고 나는 삼십 년 동안, 예순 살 환갑까지만 장사를 해서 꼭 십만 원을 모을 작정이지요. 십만 원이면 죄선 부자로 쳐도 천석꾼이니, 뭐 떵떵거리구 살 게 아니냐구요.

그리고 우리 다이쇼도 한 말이 있고 하니까 나는 내지인 규수한테로 장가를 들래요. 다이쇼가 다 알아서 얌전한 자리를 골라 중매까지 서 준다고 그랬어요. 내지 여자가 참 좋지요. 나는 죄선 여자는 거저 주어도 싫어요. 구식 여자는 얌전은 해도 무식해서 내지인하고 교제하는 데 안 되고, 신식 여자는 식자가 들었다는 게 건방져서 못 쓰고, 도무지 그래서 죄선 여자는 신식이고 구식이고 다 제에발이여요.

내지 여자가 참 좋지 뭐. 인물이 개개 일자로 예쁘겠다, 얌전하겠다, 상냥하겠다, 지식이 있어도 건방지지 않겠다, 좀이나 좋아!

그리고 내지 여자한테 장가만 드는 게 아니라 성명도 내지인 성명으로 갈고, 집도 내지인 집에서 살고, 옷도 내지 옷을 입고, 밥도 내지식으로 먹고, 아이들도 내지 이름을 지어서 내지인 학교에 보내고……. 내지인 학교래야지 죄선 학교는 너절해서 아이들 버려 놓기 꼭 알맞지요. 그리고 나도 죄선 말은 싹 걷어치우고 내지어만 쓰고요. 이렇게 다 생활법식부터도 내지인처럼 해야만 돈도 내지인처럼 잘 모으게 되거든요.

내 이상이며 계획은 이래서 그 십만 원짜리 큰 부자가 바로 내다뵈고, 그리로 난 길이 환하게 트이고 해서 나는 시방 열심으로 길을 가고 있는데, 글쎄 그 미쳐 살기 든 놈들이 세상 망쳐 버릴 사회주의를 하려 드니 내야 소름이 끼칠 게 아니냐구요? 말만 들어도 끔찍하지!

세상이 망해서 뒤집히면 그래 나는 어쩌란 말인고? 아무것도 다 허사가 될 테니 그런 억울할 데가 있더람?

머 참, 우리 집 다이쇼 말이 일일이 지당해요. 여느 절도나 강도나 사기나 그런 죄는, 도적이면 도적을 해 가는 그 당장, 그 돈만 축을 내니까 오히려 죄가 가볍지만, 그놈의 것 사회주의인지 지랄인지는 온 세상을 뒤죽박죽을 만들어 놓고 나라를 통째로 소란하게 하니까 도저히 용서할 수가 없대요.

용서라니! 나 같으면 그런 놈들은 모조리 쓸어다가 마구 그저 그냥…….

그런 일을 생각하면, 털어놓고 말이지 우리 아저씬지 그 양반도 여간 불측스러워 뵈질 않아요. 사실 아주머니만 아니면 내가 무슨 천주학이라고, 나쁜 병까지 않는 그 양반을 찾아다니나요. 죽는대도 코도 안 풀어 붙일걸. 그러나마 전자의 죄상을 다 회개를 하고 못된 마음을 씻어 버렸을 새 말이지, 머헌 개꼬리 삼 년이라더냐, 종시 그 모양일걸요.

그러니깐 그게 밉살머리스러워서 더러 들렀다가 혹시 마주 앉아도 위정 뼈끝 저린 소리나 내쏘아 주고 말을 따잡아 가지굴랑 꼼짝 못하게끔 몰아세워 주곤 하지요.

전번에도 한 번 혼을 단단히 내주었지요. 아, 그랬더니 아주머니더러 한다는 소리가, 그 녀석 사람 버렸더라고, 아무짝에도 못 쓰게 길이 들었더라고 그러더라나요!

내 원, 그 소리를 듣고 하도 어처구니가 없어서!

대체 사람도 유만부동[26]이지, 그 아저씨가 날더러 사람 버렸느니 아무짝에도 못 쓰게 길이 들었느니 하더라니, 원 입이 몇 개나 되면 그런 소리가 나오는 구멍도 있누? 죄선 벙어리가 다 말을 해도 나 같으면 할 말 없겠더구만서두, 하면 다 말인 줄 아나 봐?

이를테면 그게 명색 훈계 비슷한 거렷다? 내게다가 맞대 놓고 그런 소리를 하다가는 되잡혀서 혼이 날 테니까 슬며시 아주머니더러 이르란 요량이던 게지?

---

26 비슷한 것이 많지만 같지는 않음.

기가 막혀서……. 하느님이 사람 콧구멍을 두 개로 마련하기 참 다행이야. 글쎄 아무려면 내가 자기처럼 다 공부는 못하고 남의 집 고조[27] 노릇으로, 반또[28] 노릇으로 이렇게 굴러먹을 값에, 이래 보여도 표창을 두 번이나 받은 모범 점원이요, 남들이 똑똑하고 재주 있고 얌전하다고 칭찬이 놀랍고 앞길이 환히 트인 유망한 청년인데, 그래 자기 눈에는 내가 버린 놈이고 아무짝에도 못 쓰게 길이 든 놈으로 보였단 말이지?

하하 오옳지! 거참 그렇겠군. 자기는 자기 하는 짓이 옳으니까, 남이 하는 짓은 다 글렀단 말이렷다. 그러니까 나도 자기처럼 그놈의 것 사회주의인지 급살 맞을 것인지나 하다가 징역이나 살고 전과자가 되고 폐병이나 앓고 다 그랬더라면 사람 버리지도 않고 아무짝에도 못 쓰게 길든 놈도 아니고 그럴 뻔했군 그래!

흥! 참……. 제 밑 구린 줄 모르고서 남더러 어쩌고저쩌고 한다는 게 꼭 우리 아저씨 그 양반을 두고 이른 말인가 봐.

그 날도 실상 이랬더라우. 혼을 내 주었더니, 아주머니더러 그런 소리를 하더란 그 날 말이오. 그 날이 마침 내가 쉬는 날이기에 아주머니더러 할 이야기도 있고 해서 아침결에 좀 들렀더니, 아주머니는 남의 혼인집으로 바느질을 해주러 갔다고 없고, 아저씨 양반만 여전히 아랫목에 가서 드러누웠어요.

그런데 보니깐, 어디서 모두 뒤져냈는지, 머리맡에다가 헌 언문 잡지를 수북이 쌓아 놓고는 그걸 뒤져요.

그래 나도 심심삼아 한 권 집어 들고 떠들어 보았더니, 머 읽을 맛이 나야지요.

대체 죄선 사람들은 잡지 하나를 해도 어째 모두 그 꼬락서니로 해놓는지.

---

27 가게 일을 보아 주는 점원.
28 지금의 수위.

사진도 없지요, 망가(만화)도 없지요. 그러고는 맨판 까다로운 한문 글자로다가 처박아 놓으니 그걸 누구더러 보란 말인고? 더구나 우리 같은 놈은 언문도 그런 대로 뜯어보기는 보아도 읽기에 여간만 괴롭지가 않아요.

그러니 어려운 언문하고 까다로운 한문하고를 섞어서 쓴 글을 뜻을 몰라 못 보지요. 언문으로만 쓴 것은 소설 나부랭인데, 읽기가 힘이 들 뿐 아니라 또 죄선 사람이 쓴 소설이란 건 재미가 있어야지요. 그래서 나는 죄선 신문이나 죄선 잡지하고는 담쌓고 남 된 지 오랜걸요.

잡지야 뭐 《킹구》나 《쇼넹쿠라부》 덮어 먹을 잡지가 있나요. 참 좋아요. 한문 글자마다 가나를 달아 놓았으니 어떤 대문을 척 펴들어도 술술 내려 읽고 뜻을 횅하니 알 수가 있지요.

그리고 어떤 대문을 읽어도 유익한 교훈이나 재미나는 소설이지요.

소설 참 재미있어요. 그 중에도 기쿠치캉 소설……! 어쩌면 그렇게도 아기자기하고도 달콤하고도 재미가 있는지. 그리고 요시가와 에이지, 그의 소설은 진찐바라바라 하는 지다이모노(역사물)인데 마구 어깻바람이 나고요.

소설이 모두 재미가 있지요. 망가가 많지요, 사진이 많지요, 그러고도 값은 좀 헐하나요. 십오 전이면 바로 그 전달치를 사볼 수 있고 보고 나서는 오 전에 도로 파는데요. 잡지도 기왕 하려거든 그렇게 해야지, 죄선 사람들은 젠장 큰소리는 곧잘 하더구만서도 잡지 하나 반반한 거 못 만들어 내니!

그 날도 글쎄 잡지가 그 꼴이라 아예 글은 볼 맛도 없고 해서 혹시 망가나 사진이라도 있을까 하고 책장을 후루루 넘기노라니까 마침 아저씨 이름이 있겠지요! 하도 신통해서 쓰윽 펴 들고 보았더니, 제목이 첫 줄은 경제, 사회…… 무엇 어쩌고 쇠눈깔만씩 한 글자로 박아 놓고, 그 옆에다가 사회…… 무엇 어쩌고 잔주를 달아 놨겠지요.

그것만 보아도 벌써 그럴듯해요. 경제는 아저씨가 대학교에서 경제를 배웠다니까 경제 속은 잘 알 것이고, 또 사회는 그것 역시 사회주의를 했으니까 그 속도 잘 알 것이고, 그러니까 경제하고 사회주의하고 어떻게 서로 관계가 되는 것이며 어느 편이 옳다는 것이며 그런 소리를 썼을 게 분명해요.

뭐, 보나 안 보나 속이야 빤하지요. 대학교까지 가설랑 경제를 배우고도 돈 모을 생각 않고서 사회주의만 하고 다닌 양반이라 경제가 그르고 사회주의가 옳다고 우겨댔을 거니까요.

아무렇든 아저씨가 쓴 글이라는 게 신기해서 좀 보아 볼 양으로 쓰윽 훑어봤지요. 그러나 웬걸 읽어 먹을 재주가 있나요. 글자는 아주 어려운 자만 아니면 대강 알기는 알겠는데, 붙여 보아야 대체 무슨 뜻인지를 알 수가 있어야지요. 속이 상하기에 읽어 보자던 건 작파하고서 아저씨를 좀 따잡고 몰아셀 양으로 그 대목을 차악 펴놨지요.

"아저씨?"

"왜 그러니?"

"아저씨가 여기다가 경제 무어라고 쓰고, 또 사회 무어라고 썼는데, 그러면 그게 경제를 하란 뜻이오? 사회주의를 하란 뜻이오?"

"뭐?"

못 알아듣고 뚜렛뚜렛해요. 자기가 쓰고도 오래 돼서 다 잊어버렸거나, 혹시 내가 말을 너무 까다롭게 내기 때문에 섬뻑 대답이 안 나왔거나 그랬겠지요. 그래 다시 조곤조곤 따졌지요.

"아저씨! 경제란 것은 돈 모아서 부자 되라는 거 아니요? 그런데 사회주의란 것은 모아 둔 부자 사람의 돈을 뺏어 쓰는 것 아니오?"

"이 애가 시방!"

"아니, 들어 보세요."

"너, 그런 경제학, 그런 사회주의 어디서 배웠니?"

"배우나마나, 경제란 건 돈 많이 벌어서 아껴 쓰고 나머지 모아 두는 게 경제 아니오?"

"그건 보통 경제한다는 뜻으루 쓰는 경제고, 경제학이니 경제적이니 하는 건 또 다르다."

"다른 게 무어요? 경제는 돈 모으는 것이고, 그러니까 경제학이면 돈 모으는 학문이지요."

"아니다. 혹시 이재학(理財學)이라면 돈 모으는 학문이라고 해도 근리(根理)²⁹할지 모르지만 경제학은 그런 게 아니란다."

"아니 그렇다면 아저씨 대학교 잘못 다녔소. 경제 못 하는 경제학 공부를 오 년이나 육 년이나 했으니 그게 무어란 말이요? 아저씨가 대학교까지 다니면서 경제 공부를 하고도 왜 돈을 못 모으나 했더니, 인제 보니깐 공부를 잘못해서 그랬군요!"

"공부를 잘못했다? 허허, 그랬을는지도 모르겠다. 옳다, 네 말이 옳아!"

이거 봐요 글쎄. 단박 꼼짝 못하잖아. 암만 대학교를 다니고, 속에는 육조를 배포했어도 그렇다니깐 글쎄……

"아저씨?"

"왜 그러니?"

"그러면 아저씨는 대학교를 다니면서 돈 모아 부자 되는 경제 공부를 한 게 아니라 모아 둔 부자 사람네 돈 뺏어 쓰는 사회주의 공부를 했으니 말이지요……"

"너는 사회주의를 무얼루 알구서 그러니?"

"내가 그까짓 걸 몰라요?"

한바탕 주욱 설명을 했지요.

내 얼굴만 물끄러미 올려다보고 누웠더니 피씩 한 번 웃어요. 그러고는

---

29 이치에 가까움.

그 양반이 하는 소리가요,

"그게 사회주의냐? 부랑당이지."

"아아니, 그럼 아저씨도 사회주의가 부랑당인 줄은 아시는구려?"

"내가 어째 사회주의가 부랑당이랬니?"

"방금 그러잖았어요?"

"글쎄, 그건 사회주의가 아니라 부랑당이란 그 말이다."

"거 보시우! 사회주의란 것은 그렇게 날부랑당이어요. 아저씨두 그렇다구 하면서 아니시래요?"

"이 애가 시방 입심 겨룸을 하재나!"

이거 봐요. 또 꼼짝 못하지요? 다 이래요 글쎄…….

"아저씨?"

"왜 그러니?"

"아저씨도 맘 달리 잡수시오."

"건 어떻게 하는 말이야?"

"걱정 안 되시우?"

"나 같은 사람이 걱정이 무슨 걱정이냐? 나는 네가 걱정이더라."

"나는 뭐 버젓하게 요량이 있는 걸요."

"어떻게?"

"이만저만한가요!"

또 한바탕 주욱 설명을 했지요. 이 얘기를 다 듣더니 그 양반 한다는 소리 좀 보아요.

"너도 딱한 사람이다!"

"왜요?"

"……."

"아아니, 어째서 딱하다고 그러시우?"

"……."

"네? 아저씨."

"……."

"아저씨?"

"왜 그래?"

"내가 딱하다고 그러셨지요?"

"아니다. 나 혼자 한 말이다."

"그래두……."

"이 애."

"네?"

"사람이란 것은 누구를 물론허구 말이다, 아첨하는 것같이 더러운 게 없느니라."

"아첨이요?"

"저……, 위로는 제왕, 밑으로는 걸인, 그 모든 사람이 위선 시방 이 제도의 이 세상에서 말이다. 제가끔 제 분수대루 살어가는 데 있어서 말이다, 제 개성을 속여 가면서꺼정 생활에다가 아첨하는 것같이 더러운 것이 없고, 그런 사람같이 가련한 사람은 없느니라. 사람이란 건 밥 두 그릇이 하필 밥 한 그릇보다 더 배가 부른 건 아니니까."

"그건 무슨 뜻인데요?"

"네가 일본인 여자와 결혼을 해서 성명까지 갈고 모든 생활 법도를 일본화하겠다는 것이 말이다."

"네 그게 좋잖아요?"

"그것이 말이다. 진실로 깊은 교양이나 어진 지혜의 판단에서 우러나온 것이라면 그도 모를 노릇이겠지. 그렇지만 나는 네가 그런다는 것은 다른 뜻으로 그러는 것 같다."

"다른 뜻이라니요?"

"네 주인의 비위를 맞추고 이웃의 비위를 맞추고 하자고……."

"그야 물론이지요! 다이쇼 신용을 받아야 하고, 이웃 내지인들하고도 좋게 지내야지요. 그래야 할 게 아니겠어요?"

"……."

"아저씨는 아직도 세상 물정을 모르시오. 나이는 나보담 많고 대학교 공부까지 했어도 일찌감치 고생살이를 한 나만큼 세상 물정은 모릅니다. 시방은 어느 세상인데 그러시우?"

"이 애!"

"네?"

"네가 방금 세상 물정이랬지?"

"네."

"앞길이 환하니 틔었다고 그랬지?"

"네."

"환갑까지 십만 원 모은다고 그랬지?"

"네."

"네가 말하는 세상 물정하구 내가 말하려는 세상 물정하구 내용이 다르기도 하지만, 세상 물정이란 건 그야말로 그리 만만한 게 아니다."

"네?"

"사람이란 건 제 아무리 날구 뛰어도 이 세상에 형적 없이, 그러나 세차게 주욱 흘러가는 힘 —그게 말하자면 세상 물정이겠는데— 결국 그놈의 지배 하에서 그놈을 따라가지, 별수가 없는 거다."

"네?"

"쉽게 말하면 계획이나 기회를 아무리 억지로 만들어 놓아도 결과가 뜻대루는 안 된단 말이다."

"체? 아저씨두……. 아 요전 《킹구》라는 잡지에도 보니깐 나폴레옹이라는 서양 영웅이 그랬답디다. 기회는 제가 만든다구. 그리고 불가능이란 말은 바보의 사전에서나 찾을 글자라구요. 아 자꾸자꾸 계획하고 기회를 만들고 해서 분투 노력해 나가면 이 세상 일 안 되는 일이 어디 있나요? 한 번 실패하거든 갑절 용기를 내가지구 다시 일어서지요. 칠전팔기 모르시오?"

"나폴레옹도 세상 물정에 순응할 때는 성공했어도 그것에 거슬리다가 실패를 했더란다. 너는 칠전팔기해서 성공한 몇 사람만 보았지, 여덟 번 일어섰다가 아홉 번째 가서 영영 쓰러지구는 다시 일어나지 못한 숱한 사람이 있는 건 모르는구나?"

"그래도 인제 두고 보시우. 나는 천하 없어두 성공하고 말 테니……. 아저씨는 그래서 더구나 못써요. 일해 보기도 전에 안 될 줄로 낙심 먼저 하고……."

"하늘은 꼭 올라가 보구래야만 높은 줄 아니?"

원 마지막에 가서는 할 소리가 없으니깐 동에도 닿지 않는 비유를 갖다가 둘러대는 걸 보아요. 그게 어디 당한 말인고? 안 올라가 보면 뭐 하늘 높은 줄 모를 천하 멍텅구리도 있을까? 그만 해 두려다가 심심하기에 또 말을 시켰지요.

"아저씨?"

"왜 그래?"

"아저씨는 인제 몸 더 충실헤지면 어떡히실려우?"

"무얼?"

"장차……."

"장차?"

"어떡허실 작정이세요?"

"작정이 새삼스럽게 무슨 작정이냐?"

"그럼 아저씨는 아무 작정 없이 살아가시우?"

"없기는?"

"있어요?"

"있잖구?"

"무언데요?"

"그새 지내 오던 대루……."

"그러면 저 거시기, 무엇이냐, 도루 또 그걸……?"

"그렇겠지."

"아저씨?"

"…….”

"아저씨?"

"왜 그래?"

"인젠 그만두시우."

"그만두라구?"

"네."

"누가 심심소일로 그런 줄 아느냐?"

"그렇잖고요?"

"…….”

"아저씨?"

"…….”

"아저씨?"

"왜 그래?"

"아저씨 올에 몇이지요?"

"서른셋."

"그러니 인제는 그만큼 해두고 맘 잡어서 집안일 할 나이두 아니오?"

"집안일은 해서 무얼 하나?"

"그렇기루 들면 그 짓은 해서 또 무얼 하나요?"

"무얼 하려고 하는 게 아니란다."

"그럼, 아무 희망이나 목적이 없으면서 그래요?"

"목적? 희망?"

"네."

"개인의 목적이나 희망은 문제가 다르니까……. 문제가 안 되니까……."

"원, 그런 법도 있나요?"

"법?"

"그럼요!"

"법이라……."

"아저씨?"

"……."

"아저씨?"

"왜 그래?"

"아주머니가 고맙잖습디까?"

"고맙지."

"불쌍하지요?"

"불쌍? 그렇지. 불쌍하다면 불쌍한 사람이지!"

"그런 줄은 아시누만?"

"알지."

"알면서 그러시우?"

"고생을 낙으로, 그놈 쓰라린 맛을 씹고 씹고 하면서 그것에서 단맛을 알아내는 사람도 있느니라. 사람도 있는 게 아니라, 사람마다 무슨 일에고 진정과 정신을 꼬박 거기다가만 쓰면 그렇게 되는 법이니라. 그러니까 그쯤 되면 그때는 고생이 낙이지. 너의 아주머니만 두고 보더라도 고생이 고생이면서도 고생이 아니고 고생하는 게 낙이란다."

"그렇다고 아저씨는 그걸 다행히만 여기시우?"

"아아니."

"그렇거들랑 아저씨도 아주머니한테 그 은공을 더러는 갚아야 옳을 게 아니오?"

"글쎄, 은공을 모르는 건 아니지만……."

"그러니 인제 병 확실히 다 나신 뒤엘라컨……."

"바빠서 원……."

글쎄 이 한다는 소리 좀 보지요? 시치미 뚜욱 떼고 누워서 바쁘다는군요!

사람 속 차릴 여망 없어요. 그저 어디로 대나 손톱만치도 쓸모는 없고 남한테 사폐만 끼치고, 세상에 해독만 끼칠 사람이니, 뭐 하루바삐 죽어야 해요. 죽어야 하고 또 죽어서 마땅해요. 그런데 글쎄 죽지를 않고 꼼지락꼼지락, 도로 살아나니 성화라구는, 내…….

메밀꽃 필 무렵

이효석
(李孝石 1907~1942)

메밀꽃 필 무렵

이효석(李孝石 1907~1942)

작가와 작품세계

이효석(1907~1942)

호는 가산(可山). 강원도 평창 출생. 경성제국대학 영문과 졸업. 1928년 《조광》에 단편 〈도시와 유령〉을 발표하면서 본격적인 창작 활동을 시작하였다. 초기에는 경향파적인 단편들을 발표하면서 '동반자 작가'라는 평을 받았다. 〈도시와 유령〉, 〈마작 철학〉, 〈깨뜨려지는 홍등〉 등은 도시 빈민층이나 노동자·기생의 삶을 통해 상류 사회와의 갈등·대비를 보여줌으로써 사회적 모순을 고발하였다. 3부작 《노령근해》, 《상륙》, 《북국사신》에서는 관능적이며 성적인 인간 본능의 폭로에 관심을 기울였고, 단편 〈돈(豚)〉, 〈수탉〉을 기점으로 창작 내용에 전환을 이루게 된다. 이후 순수 문학이라 할 만한 작품 창작에 전념하면서 1936년 대표작 〈메밀꽃 필 무렵〉을 발표한다. 〈메밀꽃 필 무렵〉에서도 드러나듯이, 그의 문학 세계의 본령은 본질적으로 반산문적이고 반도시적인 것이다. 또한 언어와 문체에서 독자적이고 개성적인 문체를 보여주는데, 시적 정서 표현을 도입하여 서정적 미학의 수준까지 끌어올렸다는 평가를 받고 있다.

줄거리

장돌뱅이 허 생원은, 젊은 장돌뱅이 동이가 장터 술집의 청주댁과 농탕치는 것을 보고, 젊은 놈이 벌써부터 농탕질이냐며 따귀를 갈긴다. 그 날 밤, 달빛이 흐뭇한 길을 가면서 허 생원은 동행인 동이와 조 선달에게 예전에 인연을 맺었던 처녀 이야기를 들려준다. 생원이 젊었을 때 제천에서의 일이다. 어느 날 밤 물방앗간에 들어갔다가 성 서방네 처녀와 마주친 생원은 그녀와 하룻밤 관계를 맺었으나 그 후로는 영영 만날 수 없었다는 것이다. 동이도 자신의 어머니 이야기를 들려준다. 제천 출신인 어머니는 달도 차지 않은 자신을 낳고 집에서 쫓겨났다고 한다. 이야기를 듣고 가던 허 생원은 발을 헛디뎌 개울에 빠지고, 동이가 그를 구해 준다. 그리고 다시 길을 가면서 허 생원은, 동이가 자신과 같은 왼손잡이라는 것을 알아차린다.

작품해설

〈메밀 꽃 필 무렵〉은 1936년《조광》에 발표되었다. 이효석의 빼어난 묘사력을 바탕으로 한국 단편 소설의 한 정점을 보여 주는 이 작품은, 자연과 인간의 충일한 생명력을 다루고 있다.

이 작품의 배경은 달밤이다. 허 생원과 동이, 조 선달이 길을 걷고 있는 현재도 달밤이고, 허 생원이 회상하는 날도 달밤이었다고 서술된다. '산허리는 온통 메밀밭이어서 피기 시작한 꽃이 소금을 뿌린 듯이 흐뭇한 달빛에 숨이 막힐 지경'이었다고 표현한다.

밝은 달밤은 충일한 생명력을 의미한다. 전래 풍속에 보름달을 보고 소원을 빌면 이루어진다든지, 달을 보고 그 정기를 빨아들이면 아이를 가질 수 있다든지 하는 것들이 있는데, 이는 곧 달밤이 생명력과 욕망의 자유로운 분출을 상징함을 뜻한다. 이 작품에서의 달밤 역시 그런 것이다. 허 생원은 달밤에 성 서방네 처녀와 하룻밤의 인연을 맺었으며, 동이 어머니가 바로 그 처녀라고 암시되어 재회의 가능성을 찾게 되는 때도 역시 달밤이다.

또한 이 달밤에는, 생명력을 자유롭게 내뻗는 인간의 존재가 자연물화(自然物化)되기 때문에, 자연과 인간의 조화가 두드러지게 나타난다. 허 생원의 나귀를 그 조화의 예로 들 수 있을 것이다. 해가 기우는 장터에서 암컷을 보고 발정하던 나귀를 보며 허 생원은 동류감을 느낀다. 그리고 그 나귀를 앞세우고 길을 가는 달밤에는, 달빛과 메밀꽃 향내까지 허 생원·동이·조 선달 일생과 융화되어 버린다. 이런 토속적이면서도 신비로운 분위기가 예시되었기에, 동이가 왼손잡이임에서 허 생원의 아들임이 암시된다는 설정이 설득력을 가질 수 있는 것이다. 즉 과학적으로는 이치에 닿지 않는 것이라 해도, 토속적이며 신비로운 분위기가 그런 암시의 직관력을 가능케 한다.

생각 나누기

1. 이 소설에서는 자연과 인간의 아름다운 조화가 묘사된다. 이때 조화를 이루는 요소 중 자연물로는 무엇이 있는지 써 보자.
2. 이 소설을 '아버지 찾기' 모티프로 이해한다고 할 때, 누가 이 소설의 중심인물이라고 말할 수 있는가?
3. 이 작품에서 '나귀'는 어떤 의미를 가지고 있는지 생각해 보자. 또 본문의 어느 부분을 통해 그렇게 생각하게 되었는지 확인해 보자.

모범 답안

1. 나귀, 달빛, 메밀꽃.
2. 인간의 가장 큰 본능 중의 하나가 혈연(血緣)이다. 피를 나눈 자식과 부모 형제는 어느 누구도 갈라놓을 수 없고 갈라설 수도 없는 불가분의

관계다. 만일 물리적인 힘으로 갈라놓는다고 해도 강한 힘에 이끌려 다시 그 혈연을 찾게 된다. 그 하나가 바로 '아버지 찾기' 모티프다. 달빛과 메밀꽃의 조화로 신비로운 분위기에 젖어들며 냇가를 건널 때, 왼손잡이인 동이를 보고 허 생원은 직관적으로 그가 성 서방네 처녀와 하룻밤 인연으로 생긴 자신의 자식임을 확신하게 된다. 여기에서 동이가 이 소설의 주인공임을 알 수 있다. 허 생원은 이 작품의 장치적 인물인 조 선달의 도움으로 동이와의 혈연을 인지하게 되는데, 그러므로 소설의 중심인물은 곧 동이가 되는 것이다.

3. 나귀는 허 생원과 반평생을 동고동락해 온 허 생원의 분신이다. 허 생원은 나귀에게서 자신의 모습을 발견하고, 작가 역시 이 둘을 일체화시켜 평생 장돌뱅이로 살아온 허 생원을 형상화한다. 구체적으로 나귀의 늙음에 대한 묘사를 통해 허 생원의 모습을 확인할 수 있고, 나귀 역시 강릉집 피마에게 새끼를 얻었다는 그의 말을 통해 허 생원과 동이의 관계를 추측할 수 있다.

메밀꽃 필 무렵

　여름장이란 애시당초에 글러서, 해는 아직 중천에 있건만 장판은 벌써 쓸쓸하고 더운 햇발이 벌여 놓은 전[1] 휘장 밑으로 등줄기를 훅훅 볶는다. 마을 사람들은 거지반 돌아간 뒤요, 팔리지 못한 나무꾼 패가 길거리에 궁싯거리고들 있으나, 석유병이나 받고 고깃마리나 사면 족할 이 축들을 바라고 언제까지든지 버티고 있을 법은 없다. 춤춤스럽게 날아드는 파리 떼도 장난꾼 각다귀들도 귀찮다. 얼금뱅이요, 왼손잡이인 드팀전[2]의 허 생원은 기어코 동업의 조 선달을 낚아 보았다.

　"그만 거둘까?"

　"잘 생각했네. 봉평장에서 한 번이나 흐뭇하게 사 본 일 있을까. 내일 대화장에서나 한몫 벌어야겠네."

　"오늘 밤은 밤을 새서 걸어야 될 걸?"

　"달이 뜨렸다!"

　절렁절렁 소리를 내며 조 선달이 그 날 산[3] 돈을 따지는 것을 보고 허 생원은 말뚝에서 넓은 휘장을 걷고 벌여 놓았던 물건을 거두기 시작하였다. 무명 필과 주단 바리가 두 고리짝에 꼭 찼다. 멍석 위에는 천 조각이 어수선하게 남았다. 다른 축들도 벌써 거진 전들을 걷고 있었다. 약빠르게 떠

---

1 물건을 벌여 놓고 파는 곳.
2 온갖 피륙을 팔던 가게.
3 물건을 팔아서 바꾼.

나는 패도 있었다. 어물장수도, 땜장이도, 엿장수도, 생강장수도, 꼴들이 보이지 않았다. 내일은 진부와 대화에 장이 선다. 축들은 그 어느 쪽으로 든지 밤을 새며 육칠십 리 밤길을 타박거리지 않으면 안 된다. 장판은 잔치 뒷마당같이 어수선하게 벌어지고, 술집에서는 싸움이 터져 있었다. 주정꾼 욕지거리에 섞여 계집의 앙칼진 목소리가 찢어졌다. 장날 저녁은 정해 놓고 계집의 고함 소리로 시작되는 것이다.

"생원, 시침을 떼두 다 아네…… 충줏집 말야."

계집 목소리로 문득 생각난 듯이 조 선달은 비죽이 웃는다.

"화중지병⁴이지. 연소 패⁵들을 적수로 하구야 대거리가 돼야 말이지."

"그렇지두 않을걸. 축들이 사족을 못 쓰는 것두 사실은 사실이나, 아무리 그렇다군 해두 왜 그 동이 말일세, 감쪽같이 충줏집을 후린 눈치거든."

"무어 그 애숭이가? 물건 가지고 나꾸었나 부지. 착실한 녀석인 줄 알았더니."

"그 길만은 알 수 있나……. 궁리 말구 가보세나 그려. 내 한턱 씀세."

그다지 마음이 당기지 않는 것을 쫓아갔다. 허 생원은 계집과는 연분이 멀었다. 얼금뱅이 상판을 쳐들고 대어 설 숫기도 없었으나, 계집 편에서 정을 보낸 적도 없었고, 쓸쓸하고 뒤틀린 반생이었다. 충줏집을 생각만 하여도 철없이 얼굴이 붉어지고 발밑이 떨리고 그 자리에 소스라쳐 버린다. 충줏집 대문에 들어서서 술좌석에서 짜장⁶ 동이를 만났을 때에는 어찌된 서슬엔지 발끈 화가 나 버렸다. 상 위에 붉은 얼굴을 쳐들고 제법 계집과 농탕치는 것을 보고서야 견딜 수 없었던 것이다. 녀석이 제법 난질꾼⁷인데 꼴사납다. 머리에 피도 안 마른 녀석이 낮부터 술 처먹고 계집과 농탕이

---

4 그림의 떡.
5 나이가 어린 무리.
6 과연, 정말로.
7 술과 색에 빠져 방탕하게 놀기를 잘하는 사람을 낮잡아 이르는 말.

야. 장돌뱅이 망신만 시키고 돌아다니누나. 그 꼴에 우리들과 한몫 보자는 셈이지. 동이 앞에 막아서면서부터 책망이었다. 걱정두 팔자요, 하는 듯이 빤히 쳐다보는 상기된 눈망울에 부딪힐 때, 얼결 김에 따귀를 하나 갈겨 주지 않고는 배길 수 없었다. 동이도 화를 쓰고 팩 하고 일어서기는 하였으나, 허 생원은 조금도 동색하는 법 없이 마음먹은 대로는 다 지껄였다.

"어디서 주워 먹은 선머슴인지는 모르겠으나, 네게도 아비 어민 있겠지. 그 사나운 꼴 보면 맘 좋겠다. 장사란 탐탁하게 해야 되지, 계집이 다 무어야. 나가거라, 냉큼 꼴 치워."

그러나 한 마디도 대거리하지 않고 하염없이 나가는 꼴을 보려니, 도리어 측은히 여겨졌다. 아직두 서름서름한 사인데 너무 과하지 않았을까 하고 마음이 섬뜩해졌다.

"주제도 넘지, 같은 술손님이면서두 아무리 젊다고 자식 낳게 된 것을 붙들고 치고 닦아셀 것은 무어야 원."

충줏집은 입술을 쭝긋하고 술 붓는 솜씨도 거칠었으나, 젊은 애들한테는 그것이 약이 된다나 하고 그 자리는 조 선달이 얼버무려 넘겼다.

"너 녀석한테 반했지? 애숭이를 빨면 죄 된다."

한참 법석을 친 후이다. 담도 생긴데다가 웬일인지 흠뻑 취해보고 싶은 생각도 있어서 허 생원은 주는 술잔이면 거의 다 들이켰다. 거나해짐을 따라 계집 생각보다도 동이의 뒷일이 한결같이 궁금해졌다. 내 꼴에 계집을 가로채서는 어떡헐 작정이었누 하고 어리석은 꼬락서니를 모질게 책망하는 마음도 한편에 있었다. 그렇기 때문에 얼마나 지난 뒤인지 동이가 헐레벌떡거리며 황급히 부르러 왔을 때에는, 마시던 잔을 그 자리에 던지고 정신없이 허덕이며 충줏집을 뛰어나간 것이었다.

"생원 당나귀가 바[8]를 끊구 야단이에요."

---

8 볏집이나 삼으로 세 가닥을 꼬아 만든 줄.

"각다귀들 장난이지 필연코."

짐승도 짐승이려니와 동이의 마음씨가 가슴을 울렸다. 뒤를 따라 장판을 달음질하려니 거슴츠레한 눈이 뜨거워질 것 같다.

"부락스런 녀석들이라 어쩌는 수 있어야죠."

"나귀를 몹시 구는 녀석들은 그냥 두지는 않을걸."

반평생을 같이 지내 온 짐승이었다. 같은 주막에서 잠자고, 같은 달빛에 젖으면서 장에서 장으로 걸어 다니는 동안에 이십 년의 세월이 사람과 짐승을 함께 늙게 하였다. 가스러진[9] 목뒤털은 주인의 머리털과도 같이 바스러지고, 개진개진 젖은 눈은 주인의 눈과 같이 눈곱을 흘렸다. 몽당비처럼 짧게 쓸리운 꼬리는, 파리를 쫓으려고 기껏 휘저어 보아야 벌써 다리까지는 닿지 않았다. 닳아 없어진 굽을 몇 번이나 도려내고 새 철을 신겼는지 모른다. 굽은 벌써 더 자라나기는 틀렸고 닳아 버린 철 사이로는 피가 빼짓이 흘렀다. 냄새만 맡고도 주인을 분간하였다. 호소하는 목소리로 야단스럽게 울며 반겨한다.

어린아이를 달래듯이 목덜미를 어루만져 주니 나귀는 코를 벌름거리고 입을 투루루거렸다. 콧물이 튀었다. 허 생원은 짐승 때문에 속도 무던히는 썩였다. 아이들의 장난이 심한 눈치여서 땀 밴 몸뚱어리가 부들부들 떨리고 좀체 흥분이 식지 않는 모양이었다. 굴레가 벗어지고 안장도 떨어졌다. 요 몹쓸 자식들, 하고 허 생원은 호령을 하였으나 패들은 벌써 줄행랑을 논 뒤요, 몇 남지 않은 아이들이 호령에 놀래 비슬비슬 멀어졌다.

"우리들 장난이 아니우, 암놈을 보고 저 혼자 발광이지."

코흘리개 한 녀석이 멀리서 소리를 쳤다.

"고 녀석 말투가……."

"김 첨지 당나귀가 가 버리니까 온통 흙을 차고 거품을 흘리면서 미친

---

9 털 같은 것이 거칠게 일어남.

소같이 날뛰는걸. 꼴이 우스워 우리는 보고만 있었다우. 배를 좀 보지."

아이는 앵돌아진 투로 소리를 치며 깔깔 웃었다. 허 생원은 모르는 결에 낯이 뜨거워졌다. 뭇 시선을 막으려고 그는 짐승의 배 앞을 가리어 서지 않으면 안 되었다.

"늙은 주제에 암샘[10]을 내는 셈야. 저놈의 짐승이."

아이의 웃음소리에 허 생원은 주춤하면서 기어코 견딜 수 없어 채찍을 들더니 아이를 쫓았다.

"쫓으려거든 쫓아 보지. 왼손잡이가 사람을 때려."

줄달음에 달아나는 각다귀에는 당하는 재주가 없었다. 왼손잡이는 아이 하나도 후릴 수 없다. 그만 채찍을 던졌다. 술기도 돌아 몸이 유난스럽게 화끈거렸다.

"그만 떠나세. 녀석들과 어울리다가는 한이 없어. 장판의 각다귀들이란 어른보다도 더 무서운 것들인걸."

조 선달과 동이는 각각 제 나귀에 안장을 얹고 짐을 싣기 시작하였다. 해가 꽤 많이 기울어진 모양이었다. 드팀전 장돌림을 시작한 지 이십 년이나 되어도 허 생원은 봉평장을 빼 논 적은 드물었다. 충주, 제천 등의 이웃 군에도 가고, 멀리 영남 지방도 헤매기는 하였으나, 강릉쯤에 물건 하러 가는 외에는 처음부터 끝까지 군내를 돌아다녔다. 닷새 만큼씩의 장날에는 달보다도 확실하게 면에서 면으로 건너간다. 고향이 청주라고 자랑삼아 말하였으나, 고향에 돌보러 간일도 있는 것 같지는 않았다. 장에서 장으로 가는 길의 아름다운 강산이 그대로 그에게는 그리운 고향이었다. 반날 동안이나 뚜벅뚜벅 걷고 장터 있는 마을에 거지반 가까웠을 때, 거친 나귀가 한바탕 우렁차게 울면 ─더구나 그것이 저녁녘이어서 등불들이 어둠 속에 깜박거릴 무렵이면, 늘 당하는 것이건만 허 생원은 변치 않

---

10 짐승의 발정기에 수컷이 암컷에게 끌리는 본능적인 행동.

고 언제든지 가슴이 뛰놀았다.

젊은 시절에는 알뜰하게 벌어 돈푼이나 모아 본 적도 있기는 있었으나, 읍내에 백중[11]이 열린 해 호탕스럽게 놀고 투전을 하곤 하여 사흘 동안에 다 털어 버렸다. 나귀까지 팔게 된 판이었으나 애끓는 정분에 그것만은 이를 물고 단념하였다. 결국 도로 아미타불로 장돌림을 다시 시작할 수밖에 없었다. 짐승을 데리고 읍내를 도망해 나왔을 때에는 너를 팔지 않기 다행이었다고 길가에서 울면서 짐승의 등을 어루만졌던 것이었다. 빚을 지기 시작하니 재산을 모을 염은 당초에 틀리고 간신히 입에 풀칠을 하러 장에서 장으로 돌아다니게 되었다.

호탕스럽게 놀았다고는 하여도 계집 하나 후려 보지는 못하였다. 계집이란 좀 쌀쌀하고 매정한 것이다. 평생 인연이 없는 것이라고 신세가 서글퍼졌다. 일신에 가까운 것이라고는 언제나 변함없는 한 필의 당나귀였다. 그렇다고 하여도 꼭 한 번의 첫 일을 잊을 수는 없었다. 뒤에도 처음에도 없는 단 한 번의 괴이한 인연! 봉평에 다니기 시작한 젊은 시절의 일이었으나, 그것을 생각할 적만은 그도 산 보람을 느꼈다.

"달밤이었으나 어떻게 해서 그렇게 됐는지 지금 생각해두 도무지 알 수 없어."

허 생원은 오늘 밤도 또 그 이야기를 끄집어내려는 것이다. 조 선달은 친구가 된 이래 귀에 못이 박히도록 들어 왔다. 그렇다고 싫증을 낼 수도 없었으나, 허 생원은 시치미를 떼고 되풀이할 대로는 되풀이하고야 말았다.

"달밤에는 그런 이야기가 격에 맞거든."

조 선달 편을 바라는 보았으나 물론 미안해서가 아니라 달빛에 감동하여서였다. 이지러는 졌으나 보름을 갓 지난 달은 부드러운 빛을 흐뭇이

---

11 백중날. 불교 명일의 하나로 음력 칠월 보름날.

홀리고 있다.

대화까지는 팔십 리의 밤길, 고개를 둘이나 넘고 개울을 하나 건너고 벌판과 산길을 걸어야 된다. 길은 지금 긴 산허리에 걸려 있다. 밤중을 지난 무렵인지 죽은 듯이 고요한 속에서 짐승 같은 달의 숨소리가 손에 잡힐 듯이 들리며, 콩 포기와 옥수수 잎새가 한층 달에 푸르게 젖었다. 산허리는 온통 메밀밭이어서 피기 시작한 꽃이 소금을 뿌린 듯이 흐뭇한 달빛에 숨이 막힐 지경이다. 붉은 대궁이 향기같이 애잔하고 나귀들의 걸음도 시원하다. 길이 좁은 까닭에 세 사람은 나귀를 타고 외줄로 늘어섰다. 방울 소리가 시원스럽게 딸랑딸랑 메밀밭께로 흘러간다. 앞장선 허 생원의 이야기 소리는 꽁무니에 선 동이에게는 확적히는 안 들렸으나, 그는 그대로 개운한 제멋에 적적하지는 않았다.

"장 선 꼭 이런 날 밤이었네. 객줏집 토방이란 무더워서 잠이 들어야지. 밤중은 돼서 혼자 일어나 개울가에 목욕하러 나갔지. 봉평은 지금이나 그제나 마찬가지지. 보이는 곳마다 메밀밭이어서 개울가가 어디 없이 하얀 꽃이야. 돌밭에 벗어도 좋을 것을, 달이 너무나 밝은 까닭에 옷을 벗으러 물방앗간으로 들어가지 않았나. 이상한 일도 많지. 거기서 난데없는 성 서방네 처녀와 마주쳤단 말이네. 봉평서야 제일가는 일색이었지……. 팔자에 있었나부지."

아무렴 하고 응답하면서 말머리를 아끼는 듯이 한참이나 담배를 빨 뿐이었다. 구수한 자줏빛 연기가 밤기운 속에 흘러서는 녹았다.

"날 기다린 것은 아니었으나 그렇다고 달리 기다리는 놈팡이가 있는 것두 아니었네. 처녀는 울고 있단 말야. 짐작은 대고 있었으나 성 서방네는 한창 어려워서 들고날 판인 때였지. 한 집안 일이니 딸에겐들 걱정이 없을 리 있겠나? 좋은 데만 있으면 시집도 보내련만 시집은 죽어도 싫다지……. 그러나 처녀란 울 때같이 정을 끄는 때가 있을까. 처음에는 놀라기도 한 눈치였으나, 걱정 있을 때는 누그러지기도 쉬운 듯해서 이럭저럭

이야기가 되었네……. 생각하면 무섭고도 기막힌 밤이었어."

"제천인지로 줄행랑을 놓은 건 그 다음 날이렷다."

"다음 장도막[12]에는 벌써 온 집안이 사라진 뒤였네. 장판은 소문에 발끈 뒤집혀 고작해야 술집에 팔려가기가 상수라고 처녀의 뒷공론이 자자들 하단 말이야. 제천 장판을 몇 번이나 뒤졌겠나. 허나 처녀의 꼴은 꿩 귀 먹은 자리야. 첫날밤이 마지막 밤이었지. 그때부터 봉평이 마음에 든 것이 반평생을 두고 다니게 되었네. 반평생인들 잊을 수 있겠나."

"수 좋았지. 그렇게 신통한 일이란 쉽지 않어. 항용 못난 것 얻어 새끼 낳고, 걱정 늘고, 생각만 해두 진저리나지……. 그러나 늘그막바지까지 장돌뱅이로 지내기도 힘드는 노릇 아닌가? 난 가을까지만 하구 이 생애와두 하직하려네. 대화쯤에 조그만 전방이나 하나 벌이구 식구들을 부르 겠어. 사시장철 뚜벅뚜벅 걷기란 여간이래야지."

"옛 처녀나 만나면 같이나 살까…… 난 꺼꾸러질 때까지 이 길 걷고 저 달 볼 테야."

산길을 벗어나니 큰길로 틔여졌다. 꽁무니의 동이도 앞으로 나서 나귀 들은 가로 늘어섰다.

"총각두 젊겠다, 지금이 한창 시절이렷다. 충줏집에서는 그만 실수를 해서 그 꼴이 되었으나 섭게 생각 말게."

"처 천만에요. 되려 부끄러워요. 계집이란 지금 웬 제격인가요. 자나깨 나 어머니 생각뿐인데요."

허 생원의 이야기로 실심해 한 끝이라 동이의 어조는 한풀 수그러진 것 이었다.

"아비 어미란 말에 가슴이 터지는 것도 같았으나 제겐 아버지가 없어 요. 피붙이라고는 어머니 하나뿐인걸요."

---

12 장날과 장날 사이의 동안.

"돌아가셨나?"

"당초부터 없어요."

"그런 법이 세상에……."

생원과 선달이 야단스럽게 껄껄들 웃으니, 동이는 정색하고 우길 수밖에는 없었다.

"부끄러워서 말하지 않으려 했으나 정말예요. 제천 촌에서 달도 차지 않은 아이를 낳고 어머니는 집을 쫓겨났죠. 우스운 이야기나, 그렇기 때문에 지금까지 아버지 얼굴도 본 적 없고, 있는 고장도 모르고 지내와요."

고개가 앞에 놓인 까닭에 세 사람은 나귀를 내렸다. 둔덕은 험하고 입을 벌리기도 대근하여[13] 이야기는 한동안 끊겼다. 나귀는 건듯하면 미끄러졌다. 허 생원은 숨이 차 몇 번이고 다리를 쉬지 않으면 안 되었다. 고개를 넘을 때마다 나이가 알렸다. 동이 같은 젊은 축이 그지없이 부러웠다. 땀이 등을 한바탕 쭉 씻어 내렸다.

고개 너머는 바로 개울이었다. 장마에 흘러 버린 널다리가 아직도 걸리지 않은 채로 있는 까닭에 벗고 건너야 되었다. 고의를 벗어 띠로 등에 얽어매고 반 벌거숭이의 우스꽝스런 꼴로 물속에 뛰어들었다. 금방 땀을 흘린 뒤였으나 밤물은 뼈를 찔렀다.

"그래, 대체 기르긴 누가 기르구?"

"어머니는 하는 수 없이 의부를 얻어 가서 술장사를 시작했죠. 술이 고주[14]래서 의부라고 전 망나니예요. 철들어서부터 맞기 시작한 것이 하룬들 편한 날 있었을까. 어머니는 말리다가 채이고 맞고 칼부림을 당하고 하니 집 꼴이 무어겠소. 열여덟 살 때 집을 뛰쳐나와서부터 이 짓이죠."

"총각 낫세론 동이 무던하다고 생각했더니, 듣고 보니 딱한 신세로군."

물은 깊어 허리까지 찼다. 속 물살도 어지간히 센데다가 발에 채이는

---

13 견디기 힘들어.
14 고주망태. 술을 많이 마셔 정신을 차릴 수 없는 상태.

돌멩이도 미끄러워 금시에 훌칠 듯하였다.[15] 나귀와 조 선달은 재빨리 거의 건넜으나 동이는 허 생원을 붙드느라고 두 사람은 훨씬 떨어졌다.

"모친의 친정은 원래부터 제천이었던가?"

"웬걸요. 시원스리 말은 안 해주나 봉평이라는 것만은 들었죠."

"봉평? 그래, 그 아비 성은 무엇이구?"

"알 수 있나요. 도무지 듣지를 못했으니까."

"그, 그렇겠지."

하고 중얼거리며 흐려지는 눈을 까물까물하다가 허 생원은 경망하게도 발을 빗디디었다. 앞으로 고꾸라지기가 바쁘게 몸째 풍덩 빠져 버렸다. 허우적거릴수록 몸을 걷잡을 수 없어 동이가 소리를 치며 가까이 왔을 때에는 벌써 꽤나 흘렀었다. 옷째 쫄딱 젖으니 물에 젖은 개보다도 참혹한 꼴이었다. 동이는 물 속에서 어른을 해깝게[16] 업을 수 있었다. 젖었다고는 하여도 여윈 몸이라 장정 등에는 오히려 가벼웠다.

"이렇게까지 해서 안됐네. 내 오늘은 정신이 빠진 모양이야."

"염려하실 것 없어요."

"그래, 모친은 아비를 찾지는 않는 눈치지?"

"늘 한 번 만나고 싶다고는 하는데요."

"지금 어디 계신가?"

"의부와도 갈라져 제천에 있죠. 가을에는 봉평에 모셔 오려고 생각 중인데요. 이를 물고 벌면 이럭저럭 살아갈 수 있겠죠."

"아무렴, 기특한 생각이야. 가을이랬다?"

동이의 탐탁한 등어리가 뼈에 사무쳐 따뜻하다. 물을 다 건넜을 때에는 도리어 서글픈 생각에 좀 더 업혔으면도 하였다.

"진종일 실수만 하니 웬일이요, 생원."

---

15 물살에 쓸려 버릴 듯하다.
16 '가볍게'의 사투리.

조 선달은 바라보며 기어코 웃음이 터졌다.

"나귀야. 나귀 생각하다 실족을 했어. 말 안 했던가? 저 꼴에 제법 새끼를 얻었단 말이지. 읍내 강릉집 피마에게 말일세. 귀를 쫑긋 세우고 달랑달랑 뛰는 것이 나귀 새끼같이 귀여운 것이 있을까. 그것 보러 나는 일부러 읍내를 도는 때가 있다네."

"사람을 물에 빠뜨릴 젠, 딴은 대단한 나귀 새끼군."

허 생원은 젖은 옷을 웬만큼 짜서 입었다. 이가 덜덜 갈리고 가슴이 떨리며 몹시도 추웠으나 마음은 알 수 없이 둥실둥실 가벼웠다.

"주막까지 부지런히들 가세나. 뜰에 불을 피우고 훗훗이[17] 쉬어. 나귀에겐 더운물을 끓여 주고. 내일 대화장 보고는 제천이다."

"생원도 제천으로……?"

"오래간만에 가보고 싶어. 동행하려나, 동이?"

나귀가 걷기 시작하였을 때, 동이의 채찍은 왼손에 있었다. 오랫동안 아둑신이[18]같이 눈이 어둡던 허 생원도 요번만은 동이의 왼손잡이가 눈에 띄지 않을 수 없었다.

걸음도 해깝고 방울 소리가 밤 벌판에 한층 청청하게 울렸다.

달이 어지간히 기울어졌다.

---

17 훈훈하게.
18 밤눈이 어두운 사람.

제1과 제1장

이무영
(李無影 1908~1960)

제1과 제1장

이무영(李無影 1908~1960)

작가와 작품세계

이무영(1908~1960)

본명 용구(龍九). 충북 음성 출생. 휘문중학 4년 수료 후 일본에 건너가 세이죠 중학에 다니다, 일본 작가 가토의 문하에서 수업하였다. 22세 때 귀국하여 소학교 교원, 잡지사 기자, 신문 기자를 역임했다.《조선문학》지를 주재했고, 해방 후 1955년에는 한국자유문학가 협회 부회장을 역임했다. 1928년 장편 〈의지 없는 영혼〉을 발표했고, 단편 소설 〈8년 간〉, 〈아내〉등을 내놓으면서 본격적인 창작 활동 시작했다. 이상·박태원 등이 중심이 된 구인회의 일원이기도 했으나, 〈흙을 그리는 마음〉, 〈제1과 제1장〉, 〈흙의 노예〉 같은 농민 소설을 발표하면서부터 그만의 독자적인 세계를 마련했다.《의지할 곳 없는 청춘》,《먼동이 틀 때》,《흙의 노예》등 많은 소설집이 있다.

줄거리

신문 기자 생활을 하던 수택은, 농사를 지으며 살기로 결심하고 가족과 함께 고향으로 내려온다. 신문 기자로서의 바쁜 생활에 지쳐, '흙을 만지기 위해' 귀향한 것이다. 사람 사이의 푸근한 정을 돌보지 않는 아들에게 불만을 가지고 있던 그의 부친은, 수택의 귀향을 반기고 도와준다. 수택은 손에 익지 않은 일 때문에 고생을 하고 가족이 거친 보리밥에 배앓이를 하는 어려운 고비를 넘기면서, 자신이 진정한 농민이 되어 가는 과정을 "제1과 제1장은 넘긴 것인가."라고 표현한다. 그리고 타작마당에서, 볏섬을 지라는 아버지의 말에 코피를 쏟으면서도 무거운 볏섬을 홀로 지고 걸어간다.

작품해설

〈제1과 제1장〉은 1939년 《인문평론》에 발표한 작품으로, 소설가로서의 주인공 수택에 대해 "세상에서는 그를 스타일리스트라고 불렀고 한때 경향 문학이 성할 때는 반동, 혹은 동반자라고 불렀고, 또는 허무주의자"라고 야유 했다. 그러나 기실은 그 중 어느 것도 아니었다. 그 자신도 자기의 특징이 어디 있는지를 모르는 작가였다."고 말하는 대목이 나온다. 이 서술은 작가인 이무영에게 돌려질 수 있는 것이다.

분명한 이념적 색채에 의해 창작을 한 것이 아닌 이무영의 작품 세계에서는, 이념 대신 흙에 대한 무조건적인 애착만이 나타난다. 〈제1과 제1장〉에서 보이는 대로, 이무영 소설의 인물들이 농촌으로 돌아오는, 혹은 머무르는 이유는 계급적 인식을 지녀서라든가, 생활을 위해서라든가 하는 것이 아니다. 그저 '흙의 냄새', 그리고 '인간다운 푸근한 냄새'에 끌리는 것이다. 그렇다고 이무영이 농촌 현실을 외면한 낭만주의자였던 것은 아니다. 이 소설의 끝 부분에서도 보이듯이 작가는 열심히 일해도 태반이 지주에게 돌아가는 소작 제도의 모순이나 농촌 노동의 어려움에 대해 잘 알고 있다. 그럼에도 작가가 관심을 두는 것은 농촌 사회의 현실적인 모순이 아니라, 농촌이 간직하고 있다고 생각하는 인간의 냄새이다. 곧 비인간적인 도시 문명과 대비되는 것으로서의 농촌인 것이다.

도시 생활을 하던 수택이 고향에 내려와 좀도둑을 잡았을 때의 삽화는 이 대비를 분명하게 보여 준다. 법과 규칙이 지배하는 딱딱한 세계에 익숙해져 있는 수택은 집에 들어온 좀도둑을 잡는다. 그러나 아버지는 그런 아들을 호되게 꾸짖는다. 도둑질까지 하게 된 어려운 처지를 고려해 주는, 인간으로서의 애정이 부족하다는 이유에서였다. 수택이 귀향을 결심하게 될 때의 고향도, 역시 아버지로 대표되는 그런 '인간의 세계'다. 도시의 이기적이고 물질적인 문명에 젖은 자신을 변화시킴으로써, 수택은 농민으로서의 '제1과 제1장'을 시작한다.

이 소설에 나오는 아버지와 같은, 흙에 무조건적인 애착을 보이는 인물은 이무영의 다른 작품에서도 등장한다. 〈흙의 노예〉의 김 영감 역시 그런 존재다.

생각 나누기

---

1. 이 소설에 나오는 아버지는 어떤 인물형이며, 작가가 의도한 바는 무엇인지 간략히 써 보자.
2. '제1과 제1장'이라는 말이 의미하는 바를 생각해 보자.
3. '흙의 냄새'가 의미하는 바가 무엇인지 간단히 써 보자.

모범 답안

---

1. 아버지는 흙에 대해 맹목적 집착을 가지고, 법이나 제도 이전에 사람 사이의 정과 도리를 중히 여기는 농부다. 아버지 당신은 흙을 지키면서 아들들은 땅을 갈아 사는 고된 것보다는 보다 쉽게 사는 길을 택하게 한다. 그러나 이후 수택의 아버지는 아들의 귀향을 환영하며 우선 무엇을 배워야 하는가를 가르쳐 준다. 타작 날, 땀을 흘리며 볏섬을 짊어지고 가는 수택의 모습에서 농민으로서의 정착을 약속받고 있는 것이다. 이

작품에서 작가는 신문 기자인 수택이 농촌으로 내려가 아버지를 이어 농사를 짓게 함으로써, 30년대의 브나로드 운동과 《흙》이나 《고향》, 《상록수》의 작품의 중심이 되는 '귀농의식'을 계승하여 농민 문학의 전통을 잇고 있다.

2. 이 작품에서 수택은 자신이 농민이 되어 가는 과정을 "제1과 제1장은 넘긴 것인가."라고 표현한다. 수택의 표현에서 보이듯이 '제1과 제1장'은 수택의 농민으로서의 첫걸음이며 아버지와 같은 흙의 논리를 익히는 첫 단계를 의미한다.

3. 흙의 냄새는 수택을 고향으로 돌아오게 만든 직접적 이유이기도 하며 진정한 농사꾼이 되기 위해서 맡을 줄 알아야 하는 냄새다. 또한 도시와 대조되는 농촌의 성질을 대변한다고 볼 수 있다. 이 작품에서는 흙의 냄새가 인간다운 푸근한 냄새며, 흙의 냄새를 추구하는 것은 곧 인간다운 진정한 삶을 추구하는 것임을 알 수 있다.

제1과 제1장

1

덜커덕덜커덕, 퍼언한 신작로에 소마차 바퀴 소리가 외로이 울린다. 사양(斜陽)[1]에 키만 멀쑥하니 된 가로수 포플러의 그림자가 느른하니 길을 가로막고 있을 뿐, 별로 이 행인도 없는 호젓한 신작로다. 동리 앞에는 곰방대를 문 영감님이 벌거숭이 손자 놈을 데리고 앉아서 돌 장난을 시키고 있다. 약삭빠른 계절에 뒤떨어진 매미 소리는 마치 남의 나라에 갇힌 공주의 탄식처럼 청승맞다.

"이러 이 소, 쯔쯔!"

안반[2]짝 같은 소 엉덩이에 철썩 물푸레 회초리가 운다. 소란 놈은 파리를 날려 주어 고맙게 여길 정도인지 아무런 반응도 없다. 그저 뚜벅뚜벅 앞만 내다보고 걸을 뿐이다.

소마차가 동리 앞을 지날 때마다 주막집 뜰팡에 멍석을 깔고 땀을 들이던 일꾼들의 눈이 일시에 마차 짐으로 옮겨진다. 이삿짐을 처음 보아서가 아니라, 그들의 눈에는 이 우차 위에 실려진 가구며 세간이 진기한 모양이다. 항아리니, 독이니, 메줏덩이, 바가지 짝 ―이런 세간은 한 개도 볼 수 없고 농짝은 분명히 농짝이다. 생김생김도 그러려니와 시골서는 볼 수

---

1 석양(夕陽). 저녁때의 저무는 해.
2 떡을 칠 때에 쓰는 두껍고 넓은 나무 판.

없는 호들갑스럽게 큰 장이다. 이모저모에 가마니 짝을 대어서 전부는 보이지 않으나마 넘어가는 햇빛을 받아 거울이 번쩍한다. 함 대신에 화류 단층장, 버들상자도 큰 것이 네모 번듯하다. 뭣에 쓰이는 것인지 알 길도 없는 혼란스러운 갓이며 검고 붉은빛이 도는 가죽 가방, 면장 나리나 무슨 주임 나리나 놓고 있는 그런 책상에 걸상도 화려하다.

"뉘 첩살림인 게군."

키만 멀쑥하니 여덟팔자 노랑 수염이 담숭담숭 난 하릴없이 노름꾼처럼 생긴 한 친구가 이렇게 운을 뗀다.

"토 자에 ㄱ했네."

누군지가 이렇게 받자,

"토 자에 ㄱ이 아냐. 트 자에 ㄹ일세. 어디루 보나 저게 첩살림 같은가. 첩살림이면야 자개장이 번득이면 번득였지 사물상이 당한 겐가. 저 짐 임자들을 보지!"

이삿짐에서 여남은 간 쯤 뒤떨어져서 곤색 저고리에 흰 바지를 받쳐 입은 청년이 하나 따라 섰다. 아직 햇살이 따가우련만 모자도 단정히 썼다. 나이는 한 삼십사오 세쯤 되었을까…….

청년은 한 손으로 양장을 한 오륙 세 된 계집아이의 손을 잡고 그 옆에는 청년보다는 열 살이나 차이가 있음직한 젊은 여인이 양복을 입힌 머슴애의 손을 잡고 간다. 한 너덧 살 되었음직한 토실토실하게 생긴 아이다. 과자 주머니인지 바른손에는 새빨간 주머니를 늘였다.

"아빠, 아직도 멀었수?"

말소리까지 타박타박하다.

"인저 조곰만 더 가면 된다. 에이 참 우리 철이 착하다."

청년은 담배에 불을 붙여 물고 덤덤히 마차 뒤를 따라간다.

"화신상회만큼 되우?"

어린것은 몹시 지친 모양이다.

"그래 그만큼 가면 되어."

하고 안타까운 듯이 젊은 여인이 대신 대답을 하자니까, 어린 것이 고개를 반짝 들고서 항의를 한다.

"뭘 엄만 아나? 엄마두 첨이라면서."

"그래두 난 알아. 그렇지요, 아빠?"

"암, 엄만 알구말구."

청년과 여인은 어린것을 번갈아 업기도 하고 안기도 하다가 몇 걸음 걸려도 보고 몹시 거추장스러우련만 별로이 그런 티도 없다. 소에 끌려가는 이삿짐처럼 그저 묵묵히 끌려가고만 있다.

"거, 어디루 가는 이삿짐요?"

동리 앞을 지날 때마다 소보고 묻듯 한다. 마차꾼은 "나는 쇠 아니오!" 하고 퉁명을 부리듯,

"샌터 짐요!"

하고 돌아다보지도 않고 대답할 뿐이다.

"샌터 뉘 집 짐요?"

"나두 모르오!"

하고는 소 엉덩이에다 매질을 한다.

"이러 이 소! 대꾸하기 귀찮다. 어서 가자."

동리를 빠져 나오더니 청년도 여인네도 뒤를 한 번씩 돌아다본다. 무슨 감시의 구역에서 벗어나기나 한 때처럼 여인네는 가벼운 안도를 얼굴에 나타내기까지 한다.

"인저 내가 좀 물어봐야겠군. 아직두 멀었어요?"

"인저 얼마 안 돼. 전에 다닐 때 얼마 안 되는 것 같았는데 왜 이리 멀까."

혼잣말에 우차꾼이 받아넘긴다.

"여름이라 길두 늘어나 그렇지요."

얼마 안 가니 조그만 실개천이 흐른다. 청년 —수택은 어려서 수수미꾸

리 잡던 기억도 새로웠고 땀도 들일 겸 길목 포플러 그늘에서 참을 들이기로 했다. 이 개천을 건너서 한 십 분이면 그의 고향인 샌터에 다다르는 것을 알기 때문이기도 했다.

"영감두 쉬어 같이 갑시다. 자 담배 한 개 피슈."

"고약두 있으십니까?"

"고약이라께?"

"이런 담밸 피구 입술이 성할 수가 있을라구요."

이렇게 재미있는 늙은인 줄 알았더면 정거장에서부터 말벗을 해 왔더면 오는 줄 모르게 왔을 걸…… 하고 수택은 오늘 처음으로 웃었다.

수택은 차를 먼저 가게하고 천천히 세수도 하고 발도 벗고 씻었다. 아내가 핸드백의 조그만 면경을 꺼내어 화장을 하는 동안에 어린것들도 벗기고 말끔히 씻어 주었다. 물에 손을 잠그고 있으려니 어려서 물장난하던 기억이며, 그 동안 세파와 싸운 삼십 년 간의 생활이 추억되어 덜커덕덜커덕 멀어져 가는 이삿짐 소리도 한층 더 서글펐다.

"패배자."

그는 가만히 이렇게 자기를 불러 본다. 시냇물은 조약돌이 옹기종기 몰려 있는 수택의 발밑을 지날 때마다 뭐라고 인지 종알대고 흘러간다. 이 물소리를 해득만 한다면 여러 가지 의미가 포함되었으리라. 그러나 지금의 수택으로서는 이 속삭이는 물소리보다도, 지난날의 추억보다도, 패배자의 짐을 싣고 가는 마차 바퀴소리만이 과장이 돼서 울리는 것이었다.

'패배자? 어째서 패배자냐? 오랜 동안 동경해 오던 이상 생활의 첫출발이지!'

누가 있어 자기를 패배자라고 부르기나 했던 것처럼 그는 분명히 이렇게 반항을 해 본다.

2

　사실 이번 길은 수택의 일생에 있어서 커다란 분기점이었다. 그것이 희망의 새 출발이 될지 패배가 될지는 그가 타고난 운명(?)에 맡기려니와 현재 그의 가슴에 채워진 감회도 이 둘 중 어느 것인지 그 자신도 모르고 있는 터다. 그가 농촌 생활을 꿈꾸고 이른 봄 서지 안을 두둑하게 넣은 춘추복 안주머니에 넣어 두었던 사직원이 이중 봉투를 석 장이나 갈가리 피우고 여름을 났을 때는 그래도 '패배자'란 감정이 없을 때였다. 일금 팔십 원의 샐러리라면 그리 적은 봉급도 아니었다. 회사 총무부 주임 말마따나 이런 자리를 노리는 대학 출신의 이력서가 기백 장 서랍 속에서 신음을 하고 있는 터다. 사변으로 해서 갑자기 물가가 고등해진 터라, 이 정도의 수입만 가지고는 도저히 도회에서 생활을 유지하기가 어렵기는 하나 그렇다고 전혀 수입이 없는 것보다 날 것은 주먹구구까지도 필요치 않은 것이었다. 그의 계획을 듣고 친구의 대부분이, 아니 거의 전부가 반대를 한 것도 실로 이 단순한 타산에서였다. 너 굴러든 복 바가지를 차 버리고 어쩔 테냐는 듯싶은 총무부 주임의 눈치나, 철없이 날뛴다고 가련해하는 눈으로 보는 동료들의 말투가 그의 결심에 되레 기름을 쳐 준 것도 사실이기는 하나 수택의 계획은 그네들이 보듯이 그렇게 근거가 적은 것은 아니었다. 그의 계획의 무모함을 충고하는 친구와 동료들의 거의 전부가 생활난에 중심을 둔 것이다. 그러나 일찍이 수택만큼 생활고를 겪어 온 사람도 그만한 나쎄로는 드물 것이었다. 열두 살에 고향을 떠나서 중학교를 고학으로 마쳤고 열일곱에 동경으로 가서 C대학 전문부를 마치는 동안도 식당에서 벗겨 내버린 식빵 껍질과 먹고 남아 버리는 밥덩이를 사다 먹고 살아 온 그였고, 일정한 직업이 없이 오륙 년 동안 동경서 구르는 동안에도 공중식당일망정 버젓하니 밥 한 끼 사 먹어 보지 못한 채 삼십 줄에 접어든 그였다. 조선에 나와서도 지금의 ×신문사 사회부 기자라는 직업을 얻기까지의 삼 년간은 십 전짜리 상밥으로 연명을 해 온 그였고 직업이라고 얻어서 결혼을 한 후도 고기 한칼 떳떳이 사 먹어 보지 못한 그였다. 더욱이 십 개월이란 긴 동안 신문이 정간을 당하고 푼 전의 수입이 없었을 때도 세 끼나 밥을 못 끓이고 인왕산 중허리 같은 배를 끌어안고 숨까지 가빠하는 아내와 만 하루를 얼굴만 쳐다보고 시간을 보낸 쓰라린 경험도 갖고 있는 그였다.

이 십 개월 동안에 그는 평상시 오고 가던 친구들도 수입이 끊어지는 날로 거래가 끊어지는 것도 경험했고, 쌀말이나 설렁탕 한 그릇도 월급봉투가 없이는 대 주지 않는 것도 잘 안 터였다.

"인전³ 넣을 것도 없지?"

하고 물을 때,

"입은 것밖에……."

하고 대답하던 아내의 우울한 음성도 아직 귀에 새로웠고 십여 장이나 되는 전당표를 삼개년 계획으로 찾아내던 쓰라린 경험도 아직 기억에 새로운 터였다. 바로 신문이 해간 되던 그 전날이었지만 막역지간이라고 사양해 오던 M이라는 친구한테 마침 그 날이 월급이라서, 아니 월급날을 일부터 택한 것이었지마는 삼 원 돈을 취대하러 갔다가 거절을 당하고 분김에 욕을 하고 돌아온 사실을 기록해 둔 일기가 아직도 그의 책상 어느 구석에 끼워져 있을 것이었다.

이 수택이가 선선히 사직원을 내놓고 나선 것이니 놀랄 만한 사실임에 틀림은 없었다.

"그래 갑자기 회살 그만두면?"

마지막으로 사직원을 접수한 R씨가 이렇게 말했을 때, 그는 금후의 생활 설계를 설명하는 데 조금도 불안을 느끼지 않았던 것이었다. 다행히

---

3 '바로 이 때'라는 뜻의 경기도 방언.

고향에 가면 십여 두락의 땅이 있고, 생활수준이 얕아질 것이요, 고료 수입도 다소 있을 것이고……. 마치 R씨까지도 유인해서 끌고 나갈 듯이 호기가 있었던 것이었다.

"좀 더 신중히 하지?"

호의에서 나온 이런 말에 나는 적의나 있는 듯이,

"그럴 필요 없지요."

하고 그 자리에서 내찼던 것이다. 사직 이유는 병이었다. 간부측에서 병? 하고 반문했을 만큼 그는 그렇게 잘못된 병자는 물론 아니다. 병이라면 그것은 생리적인 병보다도 정신적인 병이 더 위기에 가까웠었다. 의사들이 폐가 어떠니 늑막이 위험하니 할 때도 한편 겁은 내면서도 또 한편으로는 속짐작이 있기는 했었다. 그와 같이 소설을 써 오던 H가 자기와 같은 자신으로 버티다가 쓰러진 그길로 끝을 막은 무서운 사실에 잠시 '아차' 하는 생각도 없지는 않았지마는 그러나 그렇다고 해서 직업을 버릴 만큼 심약한 그도 아니었다. 이른 봄 그가 아내도 몰래 사직원을 쓰고 도장까지 단정히 눌러 가진 것은 조그만 영웅심에서였다.

수택은 동경서부터 소설을 써 왔다. 장방형도 아니요, 삼각형도 아니요, 그렇다고 똑 떨어진 원도 아니다. 세상에서는 그를 혹은 스타일리스트라고 불렀고, 한때 경향 문학이 성할 때는 혹은 반동 또 혹은 동반자[4]라고 불렀고 또는 허무주의자라고 야유도 했다. 그러나 기실은 그 중 어느 것도 아니었다. 그 자신 자기의 특징이 어디 있는지를 모르는 작가였다. 소설가로서 차차 알려질 임시해서 —아니 그 덕택이었겠지마는— 그는 취직을 했었다. 그것이 그의 작가 생활의 마지막이었다. 저널리즘이란 문학의 매개체를 통해서 그 갓난애 숨길만한 잔명을 유지해 왔다.

첫 월급을 타던 기쁨은 '지난 ×일 밤 자정도 가까워 바야흐로 삼라만

---

4 우리나라에서 카프(KAPF)의 맹원(盟員)은 아니지만, 그들에게 사상적으로 동조한 작가들을 이르는 말.

상이 잠들려 할 때 ××동 ××번지 근방에서 뜻 아니 한 비명이 주위의 정적을 깨뜨렸다. 이제 탐문한 바에 의하면…….' 이런 식의 기사를 쓸 때마다 희미해졌고 그것이 거듭되기 일 년이 못 돼서 그는 자기가 문학도였다는 의식까지도 완전히 잃어버리고 말았던 것이다. 경찰서를 드나들며 강·절도, 밀매음, 사기 등속의 사건 전말을 듣는 것이 문학 수업의 좋은 찬스나 되는 것처럼 생각된 것도 일시적이었고, 악을 폭로해서 민중의 좋은 시준이 되게 한다던 의협심도 기실 자기 위안의 좋은 방패이어서 아무것도 아니라는 것을 깨달은 후부터는 그는 완전히 기계였던 것이다. 아침이면 나와서 종일 돌아다니다가 저녁, 대개는 밤에 집이라고 찾아든다. 친구에 휩쓸려 술잔도 마시고 회합에서 늦어 이차회가 벌어지고 이러구러 하루가 가고 이틀이 가고 달이 바뀌고 연도가 갈리었다. 그러기를 오년, 그 동안에 수택이가 얻은 것은 허영과 태만이다. 그 밖에 얻은 것이 있다면 지기가 아닌 이런 사회에서의 독특한 존재인 이르는바 친구, 아니 지인(知人)이다. 그리고 잃은 것이 얻은 것에 비해서 너무나 많았다. 그는 적어도 세 사람의 친구는 가졌던 사람이다. 그러나 그가 한 해 두 해 지나는 동안에 세 친구도 없어졌고, 문학도로서 쌓았던 조그만 탑도 출판 기념회나 무슨 축하회의 발기인 란에서나 겨우 발견하는 그런 존재가 되고 말았다.

동료들이 그 달 그 달 발표하는 작품을 읽을 때마다 그는 우울했다. 우두커니 맞은편 흰 회벽을 건너다본다. 성급한 전화 종소리도 그를 깨우쳐 주지 못할 때가 한두 번이 아니다.

"받잖을 전환 뭣 하러 났나요?"

문득 고개를 들면 천리안(千里眼)이라고 소문난 편집장의 두 줄 시선이 쏜다.

아무것 하나 얻을 것도 없는 회합에서 늦도록 붙잡혔다가 홀로 막차에 앉은 때의 그 공허, 허무감, 그것도 비길 데 없는 것이다. 어떤 때는 그 큰

전찻간에 덩그러니 혼자 앉아 갈 때가 있다. 그럴 때면 저도 모르게 눈 속이 뜨끈해지는 일도 있었고 얼근히 술에 취했다가 깰 무렵에 집에 돌아가면 문득 수보가 덮인 책상이 눈에 뜨인다. 펜까지 꽂혀 있는 잉크스탠드, 한 달 가야 한 번 건드려 주지도 않는 원고지가 마치 영원히 돌아오지 못할 주인을 기다리고 망망한 대해에 떠 있는 목선처럼 애처로워진다. 다소 술기운이 작용을 했겠지마는 그대로 책상에 엎드려 통곡을 하는 것이었다.

'아니다! 낼부터는 나도 단연 공부를 하리라!'

이렇게 일 년을 별러서 시작한 것이 〈소설 못 쓰는 소설가〉라는 단편이었다. 한 소설가가 취직을 했다. 박쥐처럼 해를 못 보는 생활이 계속된다. 무서운 정열로 창작욕을 흥분시켜 주기는 하나 그 이상이 마물러지기도 전에 출근이다. 잡다한 사무에 얽매여 허덕이는 동안에 해가 지고 오뉴월 엿가래처럼 늘어진 몸을 이끌고 회합이다, 이차회다, 야근이다를 계속한다. 이런 슬픈 이야기를 짜던 그는 자기도 모르게 내일 형사들을 녹여 내어 재료를 얻어 낼 계획이며, 안(案)의 진행 방법 등을 공상하고 있는 자신을 발견한다. 그리고 운다. 그러나 이 소설도 끝끝내 소설이 못 되고 말았다.

그것은 몹시 더운 날 밤이었다. 그는 소학생처럼 벽에다 좌우명(座右銘)을 써 붙였다. ① 조기할 것. ② 퇴사 즉시로 귀가 할 것. ③ 독서 혹은 창작할 것. ④ 일찍 취침할 것. 그러나 이 좌우명은 이튿날로 권위를 잃고 말았다. 이튿날은 사회부 부회가 밤 아홉 시까지나 계속되었다. 갑론을박의 삼사 시간을 겪은 그는 돌아오는 길로 쓰러져 자고 말았다. 이튿날은 신문사 주최인 축구 대회 기사로 야근을 했고, 다음 날은 부득이한 회합이 있어 역시 거기서 다시 이 차 삼 차를 거듭해서 집에 돌아온 것은 새벽 세 시였다.

'도대체 나는 뭣 때문에 사는 겔까. 누구를 위해서 사는 겔까. 문화 사

업? 흥!'

이러한 반문을 해 본다는 것은 벌써 한 전설이 되어 있었다.

이러한 수택은 또 한 가지 위대한 발견을 했다. 그것은 적어도 자기는 신문 기자가 아니라는 것이다. 과거나 현재 아닐 뿐만 아니라, 영원히 신문 기자로서 성공하기 어렵다는 사실을 발견했던 것이다. 아니 신문 기자로서의 성공이 곧 문학적으로 그를 파멸시키는 것이라는 것을 그제야 발견했던 것이다. 그것은 희극, 아니 비극이었다.

3

수택이가 하루 이틀 쉬기 시작한 것도 이때부터다. 그는 하는 일없이 교외를 빈들빈들 돌아다니었다. 하루는 S라는 동료를 유인해 가지고 청량리로 나갔다. 전부는 아니나 그만둘 계획만을 이야기하고 생계로 이야기가 옮아갔을 때다. 그도 처음에는 그것이 무슨 낸지 몰랐었다. 매캐한 냄새가 코를 콕 찌른다. 그 냄새는 코를 통해서 심장으로 깊이깊이 기어들어가는 것 같았다. 흙내였다.

그것이 흙내라는 것을 인식한 순간, 일찍이 그기 어렸을 때 듣던 아버지의 음성이 바로 귓전에서 울리는 것을 느꼈다. 사람은 흙내를 맡아야 산다. 너도 공불 하고 나선 아비와 같이 와서 농사를 짓자. 학문? 학문도 좋긴 하다. 허지만 학문이 짐이 될 때도 있으리라. 그때 그는 아버지를 비웃었다. 흙에서 헤어나지를 못하면서도, 흙에 대한 미련을 버리지 못하는 아버지가 가엾기까지 했었다. 그러나 조소하던 그 말이 지금 그의 마음을 쿡 하니 사로잡는 것이다.

"집으로 가자, 흙을 만지자."

수택의 로맨틱한 계획은 이리하여 세워진 것이었다. 그의 첫 계획은 그 동안 장만했던 가구를 전부 팔아 버리려 한 것이나 아내가 너무 섭섭해하기도 했지마는 그들이 상상한 것의 절반도 못 되었다.

이백 원도 못 되는 퇴직금이 그들의 유일한 재산이었다.

꿀지게와 함께 수택의 일행이 싸리 삽짝문에 들어서자 누렁이란 놈이 컹 하고 물어 박는다. 빈 집처럼 찬바람이 휘돈다. 남의 집으로 잘못 들어온 모양이다. 수택은 부리나케 나와 문패를 보나 분명히 자기 집이다.

"짐이 들어왔으니까 마중들을 나가신 모양이군요."

아내가 들어가도 나오지도 못하고 있는데,

"오빠!"

소리가 나며 와아들 몰려든다. 육칠 년 가까이 못 본 늙은 아버지도 설명을 듣지 않고는 모를 아이들 속에 끼였었다. 뒤미처 찢어진 고무신짝을 집어든 고모도 왔고, 폭 늙은 어머니도 뒤따라왔다.

"그래 이 몹쓸 것아, 그렇게두……."

하고 막 어머니의 원망이 나오자 그는 사랑으로 나갔다. 이 칸 장방은 새에 장지⁵를 질러 윗방을 남에게 세를 주었는지 주판 소리가 달그락거린다.

"저 밖엣 게 너들 짐이냐?"

"네."

"그래? 헌데 갑자기 이게 웬일이냐."

"차차 말씀드리겠습니다."

수택은 안으로 들어갔다.

안채 위쪽으로 달린 골방이 치워졌다. 바람이 잔뜩 든 벽하며 벽 흙을 안고 자빠진 종잇장이며 비워 두었던 탓인지 곰팡내가 펄썩 난다. 색지를 붙인 궤짝이며 주둥이도 없는 단지, 도깨비라도 나와 멱살을 잡을 듯싶은

---

5 방과 방 사이, 또는 방과 마루 사이에 칸을 막아 끼우는 문.

방이다. 횃대에 걸린 헌 옷은 흡사 죽은 사람같이 늘어졌다. 수택의 그 아름다운 농촌 생활의 첫 꿈이 깨진 것은 이 방에서였다. 그의 공상에서는 방부터가 이렇게 허무하지는 않았었다.

그 날 밤, 아버지와 아들은 오래간만에 자리를 마주했다. 윗방에서 주판알을 튀기던 장사치도 갔고 단둘이 호젓이 앉았다. 고향으로 내려오기로 하기는 하면서도 기실 수택은 집안에 대한 지식이 전혀 없다. 자기가 집을 나갈 때는 논이 한 이십여 두락⁶에 밭이 여남은 갈이나 있었다. 그 후 동경서 나와서 들렀을 때는 논 닷 마지기가 줄었고 밭이 하루갈이⁷ 남의 손에 넘어갔었다. 그런지 칠 년, 그 동안 거의 딴 남처럼 서신 하나 없이 지내 온 아버지와 아들이었다. 물론 이렇다는 원인이 있는 것도 아니다. 의식적으로 그런 것도 물론 아니다. 다만 이 문화인인 아들은 원시인 그대로인 아버지를 경멸했고, 아버지는 또 아버지대로 너무나 문화한 아들을 경이원지(敬而遠之)⁸ 했을 뿐이다.

"흙냄새를 싫어하는 것이 사람이냐. 그깟 놈 눈만 다락같이 높았지."

그는 이렇게 자기 아들을 조소했다.

아들은 무엇보다도 아버지의 흙투성이가 되어 사는 꼴이 싫다 했다. 흙에서 나와 흙을 만지며 컸고, 흙을 먹고 사는 아버지 ─옷에까지 흙투성이가 되어 사는, 흙인지 사람인지 모를 한낱 평범한 농부에게 털끝만한 존경도 갖지 못했다. 당당한 문화인인 아들은 흙투성이인 김 영감을 내 아버지라고 내세우기조차 꺼려했다. 이러한 아버지를 가졌다는 것은 자기의 큰 치욕이라고까지 생각해온 터다. 결혼을 하면서도 자기 아버지를 청하지 않은 것도 그 자신의 친구나 동료들한테 달리 변명을 했겠지마는 기실 자기 아버지의 그 흙투성이 꼴을 뵈고 싶지 않다는 허영에서였다.

6 마지기.
7 소를 데리고 하루 낮 동안에 갈 수 있는 밭의 넓이.
8 겉으로는 공경하는 체하면서 가까이 하지는 아니함.

김 영감만 해도 이런 눈치를 못 챌 리는 없었다. 집안에서고 동리에서 왜 며느리 보는 데 안 가느냐고 해도,

"아 그 잘난 놈 잔치에 못난 애비가 가? 댕꼴 곽주식이 아들놈처럼 제 아빌 보구 누구냐니까 '우리집 머슴' 하고 대답하더라는데 그런 놈들이 아빌 보고 행랑아범이라구 하지 말란 법이 있다든가?"

이렇게 격분을 했었다. 또 사실 그때의 수택으로서는 응당 그렇게 대답했을 것이었다. 그러기가 싫으니까 차라리 못 오게 한 것이었을 것이다. 이런 아들이 지금 도시에는 얼마나 많은 건고?

"사람이란 흙내를 맡아야 하느니라. 대처(도회) 사람들이 암만 고량진미로 음식을 만든대도 시골 음식처럼 구수한 맛이 없느니라. 마찬가지야. 사람이란 흙내도 맡고 된장 맛도 나고 해야 구수한 맛이 나는 게지. 음식이나 사람이나 대처 사람들이 밝구 정오(경우)야 밝지! 허지만 사람이란 정오만 가지고 산다더냐! 일테면 말이다, 내가 네 발등을 잘못해서 밟았다고 치자꾸나. 그러면 넌 발끈할 게다. 허지만 우리 시골 사람들은 잘못해 밟았나 보다 하군 그만이거든. 정오로 친다면야 남의 발을 밟은 사람이 그르지. 그래 이 많은 인총에 정오만 가지고 살려구 들어?"

수택이가 중학교를 다닐 때 고향에 돌아온 것을 붙잡고 김 영감은 이렇게 자기의 지론을 폈던 것이다. 그때만 해도 도회물을 먹은 아들은 물론 코웃음을 쳤었다.

몇 핸가 후다. 음력 과세(過歲)⁹를 한다고 고향에 내려온 일이 있었다. 이십 년래의 혹한이니, 삼십 년래의 추위니 날마다 신문에 떠들어 댈 때였다. 그는 겉으로는 하도 오래간만이니 집에 와서 과세를 한다고 꾸몄지만 기실은 근방 읍에까지 출장이 있어서 온 김에 들른 것이었다.

그 날 밤, 수택의 집에는 도적이 들었다. 벽에서 나는 황토 냄새와 그야

---

9 설을 쉼.

말로 된장 내처럼 퀴퀴한 냄새로 잠을 못 이루고 있을 때, 울안에서 발소리가 난다. 조금 있더니 누군지 밖에서,

"아무것도 없으니 나오! 나오."

하는 애원 소리가 들린다. 아버지의 음성이었다.

수택은 문구멍으로 가만히 내다봤다. 도적이 분명하다. 밖에서는 나오라고 하나 나갈 길을 막아선지라 어쩔 줄을 모르는 모양이었다. 황당해한 도적은 급기야 애원을 하기 시작했다.

"나갈 길을 좀 틔워주서유!"

이때 그는 벌써 부엌을 돌아서 울안에 와 있었다. 손에 흉기 하나 들지 않은 좀도적임을 발견한 그는 '억' 소리와 함께 덮치어 잡아낚았다. 그는 학생 시대에 배운 유도로 도적을 메어다치고는 제 허리끈으로 두 팔을 꽁꽁 묶었다.

온 집안이 깨고 뒤미처 김 영감도 달려들었다. 영감의 손에는 지겟작대기가 쥐여 있었다. 도적놈도 그랬고, 온 집안사람들도 다 그렇게 생각했다. 몽둥이에 맞을 사람은 그 도적이라고.

그러나 아니었다. 지겟작대기에 아래 종아리를 얻어맞은 것은 아들이었다. 수택 자신도 그랬고 도적도 그랬을 게고 집안사람들도 그렇게 생각했었다. 이것은 영감이 흥분한 나머지 잘못 때린 것이리고. 그렇게 생각했기 때문에 수택은 얼른 피했었다. 피하고는 안심을 했던 것이다.

그러나 아니었다. 김 노인의 작대기는 재차 아들에게로 향하고 겨누어졌다.

"이 몰인정한 녀석! 내 물건 도적 안 맞았으면 그만이지 사람은 왜 친단 말이냐! 응, 이 추운 겨울에 도적질하는 사람은 여북[10]해 하는 줄 아냐? 우리네 시골 사람은 그런 법이 없다!"

---

10 주로 의문문에 쓰여 '얼마나', '오죽', '작히나'의 뜻으로 언짢거나 안타까운 마음을 나타낼 때에 쓰는 말.

도적은 울고 있었다. 도적의 등에는 쌀 한 말이 짊어지워졌다. 이튿날 수택은 지루할 만큼 긴 설교를 듣지 않으면 안 되었다.

"사람이란 법만 가지고 사는 게 아니니라. 법만 가지고 산다면야 오늘날처럼 법이 밝은 세상이 또 어디 있겠니. 법으루만 산다면야 법에 안 걸릴 놈이 또 어딨단 말이냐. 넌 법에 안 걸리는 일만 하고 사는 성싶지? 그런 게 아니니라. 올 갈에두 면소 뒤 과수원에서 사괄 하나 따 먹다가 징역을 갔느니라. 남의 것을 따는 건 나쁘지. 나쁘기야 하지만 그게 징역 갈 죈 아니지. 어제 밤일을 본다면 너두 네 과 밭의 실괄 따면 징역 보낼 사람이 아니냐. 너 어제 그게 누군 줄 아나? 모르는 체하긴 했다만 내 저 아버진 잘 안다. 알구보면 다 알만 한 사람이야. 시골서야 서루 모르는 사람이 어딨겠냐. 모두 한집안 식구거든…… 사람 사는 이치가 다 그런 게란 말야!"

—이러한 일이란 적어도 도회인의 감정으로는 이해하기 어려운 일이었다.

그러나 수택은 오늘 아버지와 마주 앉아 이야기하는 동안에 막연하나마 이 이르는바 '흙냄새의 감정'이 이해되어지는 것같이 느껴지는 것이었다.

김 영감은 아들의 이 뜻하지 않은 계획을 듣고는 뛸 듯이 기뻐했다. 아들은 논 닷 마지기에 밭 하루갈이만을 요구했음에도 불구하고 물자리 좋은 논으로만 여덟 마지기를 내주었고, 집도 한 채 세워 주기로 했다. 물론 소작권을 이동 받는 것에 불과했었다. 그의 집안에는 논 닷 마지기와 밭 두어 뙈기가 남아 있을 뿐이란 것도 그제야 알았다.

"피란 무서운 것인가 보구나. 난 네가 아비 옆으로 와서 이렇게 살게 되리라고는 꿈에도 생각을 못 했더니라! 첨엔 답답하겠지마는 차차 농사에도 자밀 붙이고…… 허지만 걔가 이런 구석에서 살려구 허겠느냐?"

"웬걸요. 저보다두 제가 서둘러서 한 노릇이니까 별말 없을겝니다."

"그래? 그럼 됐구나 뭐. 인저 나두 남들한테 떳떳스럽구……."

버젓이 아들을 둘씩이나 두고도 자식을 거느리고 있지 못한 것이 동리 사람들 보기에 미안타는 것이었다. 그의 형은 딴 뜻을 품고 집을 나간 지 십 년이다.

하여튼 이리해서 수택의 농촌 생활은 시작이 된 것이었다.

4

집이 조그만 동산 밑, 이 동리 면장이 첩 집으로 지었던 것을 일백삼십 원에 사기로 했다. 퇴직금이었다. 그 앞으로 수택네 집 소유인 천여 평의 밭도 있어 거기에 심었던 무와 배추도 그대로 수택의 소유로 이전이 되었다.

첩의 집이었던 만큼 회칠도 했고 조그만 반침도 붙어 있었다. 그러나 아무래도 시골집이다. 수택이네 큰 이불장만은 역시 들어가지를 않아서 봉당에다 받침을 하고 놓기로 했다. 그들 부처는 거기다 마루라도 들였으면 했으나,

"얘들아, 쓸데없는 소리 말아라. 이 물가 비싼 세상에 마룬 들여 뭣 한다든. 마루가 없어 밥을 못 먹진 않는다."

하는 바람에 아내는 실쭉해하면서도 대꾸만은 없었다. 김 영감은 아들 내외가 대처 사람인 체하는 것이 마땅치 않았다. 양복때기를 꿰고 나오는 것도 눈엣가시처럼 대했고 며느리의 트레머리[11]도 못 마땅해 한다. 그래서 그 처는 쪽을 찌었고 수택은 고의적삼을 장만했다.

"시골 시골 해두 난 이런 시골은 못 봤어요. 산이 하나 변변한가, 물 한

---

11 가르마를 타지 아니하고 뒤통수의 한복판에다 틀어 붙인 여자의 머리.

줄기가 시원한가, 이런 곳에 와 살 바에야 만주 벌판에 가서 황무지를 일구어 먹지."

사실 수택이도 이 아내 말에는 동감이었다. 전에는 무심히 보아 그랬던지 자연도 다른 곳에 떨어지지 않는다고 생각했었으나, 멀쑥한 포플러와 아카시아 숲이 실개천가에 하나 있을 뿐 이렇다는 특징도 없는 산천이다. 장성해서는 가 본 일도 없었지만 어렸을 때의 기억대로라면 그 아카시아 숲 앞에는 상당히 깊은 물도 있었고, 큰 고기도 은비늘을 번득이었고 숲에서는 매미며 꾀꼬리도 울었던 것같이 기억이 되었으나, 다시 가 보니 조그만 웅덩이에는 오금에 차는 물이 고였고 가뭄 탓도 있겠지마는 송사리 떼가 발소리에 놀라서 쩔쩔맬 뿐이다. 숲 속의 원두막 정취도 그지없이 시적인 듯이 기억이 되었으나 막상 가보니 그도 평범하기 짝이 없다. 숲 속은 그나마도 습했다. 월여[12]를 두고 가물었다 건만 발을 들여 놀 때마다 질척질척한다. 꾀꼬리가 울었다고 기억한 것도 그의 착각이었다. 이런 숲에 들어오면 꾀꼬리도 목이 쉬리라 싶었다. 이런 데서도 우는 꾀꼬리가 있다면 필시 청상과부가 된 꾀꼬리리라 했다.

'이렇게 보잘것없는 자연이었던가?'

속기나 한 것처럼 허무해서 우두커니 섰으려니까 김 영감이 꼴지게를 지고 나온다.

"옜다, 이건 네 거다. 이런데 와 살자면 모두 배워야지!"

숫돌물이 뿌옇게 그대로 말라붙은 낫이다. 수택은 아무 말 없이 받아 들고 따라가다가 자연 말을 했다.

"뭐, 경치? 얘, 넌 경치만 먹구 살 작정이냐? 여기 경치가 어때? 산이 없냐, 물이 없냐. 숲이 있겠다, 십 리만 나가면 수리 조합 보가 있겠다……."

---

12 달포. 한 달이 조금 넘는 기간.

"볼 게 뭐 있어요?"

그것이 자기 아버지의 탓이기나 한 것처럼 퉁명스럽게 사방을 훑어보려니까,

"그래, 여기 경치가 서울만 못하단 말이냐."

하기가 무섭게 지게를 벗겨 내던지고는 상스러울 만큼 수택의 목덜미를 잡아 가랑이 속에다 집어넣는다.

"자 봐라! 먼 산이 보이고 저 숲이며 저 물이며 이만하면 되잖았느냐!"

수택은 너무 흥분이 돼서 서두는 통에 어리둥절하고만 있었다. 엄한 독선생[13]을 만난 때처럼 부자유했다.

"그래 보렴. 세상이란 모두 거꾸로 봐야 하는 게다. 경치 경치 하지만 제대루 볼 땐 보잘것없던 것이 가랑이 밑으로 보니까 희한하잖으냐. 사람 산다는 것두 그러니라. 너들 눈엔 여기 사람들 사는 게 우습지? 허지만 여기 사람들은 상팔자야. 더 촌에 들어가 보면 조밥이구 보리밥이구 간에 하루 한 끼 제대로 못 얻어먹는다. 그런 걸 내려다보면 되나. 거꾸루 봐야지! 너들 눈엔 우리가 이러구 사는 게 개돼지같이 뵈겠지만 서두 알구 보면 신선야, 신선. 너들 월급쟁이에다 대? 그 연기만 자욱한 들판에서 사는 서울 사람들에다 대? 보렴, 네 여기 사람들이 어떻든? 너들처럼 얼굴이 새하얗진 않지? 그게 신선이 아니구 뭐냐?"

이 급조된 '젊은 신선'은 그 날 해가 지도록 끌려 다니며 억새에 서뻑서뻑 손을 베며 풀을 베었다. 하면 되리라고 생각한 낫질이 그 좁은 원고지 칸에 글자를 써 넣기보다 이렇게 어려우리라고 생각지 못했던 것이었다.

아침에는 새벽같이 끌리어 일어났다. 먼동이 트기가 무섭게 '어험' 소리가 문턱에 난다. 나가 보면 김 영감의 삼태기에는 벌써 쇠똥이 그득하게 담겨져 있었다.

---

13 한 집의 아이만을 맡아서 가르치는 선생.

"네 봐라. 이놈이 줄 땐 허리가 아파도 논에다 넣어 두면 벼가 그저 시커매지는구나. 그까짓 암모니아에다 대? 그걸 한 가마에 오 원씩 주고 사다 넣느니 이놈을 며칠 주웠으면 돈 벌구 거름 생기구……. 자 어서 차빌 차려라. 네 댁두 깨우구. 해가 똥구멍까지 치밀었는데 몸이 근지러워 어떻게 질펀히 눴단 말이냐."

수택이 부처는 처음에는 허영이었다. 대학을 마치고 세숫물까지 떠다 바치라던 수택이와 처가 매일처럼 그 드센 일을 한다 해서 동리에서 한 화젯거리가 될 것을 상상만 해도 유쾌한 일이었다. 그러고 사실 수택이가 헌 양복 조각을 입고 밭을 맨다거나 삽을 짚고 물꼬를 보러 간다거나 비틀비틀 꼴지게[14]를 지고 개천을 건너올 때마다 동리 사람들은 경이의 눈으로 그를 맞았던 것이었다. 그의 아내가 물동이를 이고 비탈을 내려가다가 발목을 삐끗해서 동이를 해 먹었을 때도 그들은 웃는 대신 동정의 눈으로 보아주었고 호미를 들고 남편 뒤를 따라나서는 것을 보고는 이웃집 달순이며 앞집 봉년이를 큰일이나 난 듯이 불러다 구경을 시키고 했던 것이다. 그들은 동리 사람들의 이런 경이의 시선을 등 뒤에 느끼며 일을 했다. 이런 것이 그들에게 있어서 심지어 위안이기도 했다. 지금의 그들에게는 잘하는 것도 자랑이 되었지마는 못 하는 것도 부끄럼이 되지 않는 유리한 조건에 있었던 것이다.

"애 어멈아, 너 그렇게 호밀 깊이 묻으면 배추 뿌리에 바람이 들잖겠냐. 요걸 요렇게 다루어 가지고 살짝 흙을 일으키고 이쪽 손으로 풀을 집어내야지. 허, 그래두 그러는구나. 옳지, 옳지."

이렇게 새 며느리(실상은 헌 며느리지만)한테 잔소리를 하는가 하면 어느새 수택의 등 뒤에 와서 서 있는 것이었다.

"에이끼 미련한 것! 배추밭 매는 걸 밥 먹듯 하는구나. 밥 한 술 떠넣구,

14 소나 말이 먹을 풀을 지어 나르는 지게.

반찬 한 가지 집어 먹구……. 그 식이 아니냐. 아 이쪽으룬 흙을 이렇게 일으키면서 왼손으룬 풀을 집어내야지, 그걸 어떻게 따루따루……."

"아직 손에 안 익어 그렇습니다, 아버지."

수택은 이렇게 변명을 하는 도리밖에 없었다.

밤에는 거적 한 닢이 등에 지워진다. 물꼬를 지키라는 것이었다.

"네게 준 건 난 모른다. 농사 다 지어 논게니까 걷음새까지 네 손으로 해서 꼭꼭 챙겨 놔야 삼동을 나지."

동구를 벗어나오니 약간 일그러진 달이 아카시아 숲에 걸렸다. 말복도 지난 지 오래건만 아직도 바람은 무더웠다. 천변에는 여기저기 동리 부인들이 보리밥 먹기에 흘린 땀을 들이고 아이들은 조약돌들을 또닥또닥 뚜드린다. 실개천 물소리도 제법 여물다. 풀숲에서 반딧불이 반짝이고 개구리 소리가 으슥히 어울리는 것이 역시 아직도 여름밤이다.

수택은 빨래 자리로 놓은 돌 위에 쪼그리고 앉아서 양치를 쳤다. 아침 저녁으로 반죽한 치분으로만 닦아 온 이가 물로만 웅얼웅얼해 뱉어도 입안이 환한 것이 이상할 정도다. 그는 삽을 질질 끌고 징검다리를 건너 논길로 들어섰다. 광대 줄 타듯 하던 논두렁도 어느 새 평지처럼 평탄해진 것 같고, 아래 종아리에 채이는 이슬이 생기 있는 감촉을 준다. 아스팔트를 거닐다가 상점에서 뿌린 물이 한 방울만 뛰어도 시비를 걸던 일이 마치 옛날 꿈같았다.

'이만하면 나도 농촌 제1과는 마친 셈인가?'

구수한 풀 향기가 코를 통해서 가슴 속까지 스며드는 것을 그것이라고 느끼며 수택은 이렇게 혼자 중얼거려 본다. 밤이슬에 눅눅하니 젖은 셔츠에서도 차츰차츰 불쾌한 감촉이 없어져 간다. 쫄쫄쫄 윗논배미서 아랫논으로 떨어지는 물꼬 소리가 금시 벼 폭이 부쩍부쩍 살이 찌는 것같이 느끼어지는 것은 벌써 그의 문학적인 감각 때문만은 아닌 것 같았다.

여남은 다랑이 건너 도독한 밭모퉁이에서 누군지 단소를 처량스러이 불고 있다. 역시 물꼬 보는 사람이리라. 그 맞은편 아카시아가 몇 주선 둔덕 원두막에서는 젊은이들의 노랫소리가 흘러나온다. 술집 여인들이 놀러 나왔는지 여자들의 웃음소리가 가끔 섞여 나온다.

수택은 물꼬를 삥 한 번 둘러보고 원두막으로 어슬렁어슬렁 올라갔다. 발소리에 노랫소리가 뚝 그치며 누군지 소리를 딱 지른다.

"누구요?"

"나요!"

"어, 서울 서방님이시오? 그래 요샌 꼴지게가 등에 제법 붙든가?"

까르르 웃음이 터진다. 시골 살면 그야말로 말소리에도 흙내와 된장내가 나는 겐가……. 수택은 원두막 사닥다리를 한 층 한 층 올라가며 이렇게 생각해 보는 것이었다.

'내게선 언제부터나 흙냄새가 나려는고…….'

5

분명한 울음소리다. 그도 여자의…… 아니 듣고 있을 수록에 그 울음소리에는 귀가 익다. 누굴까? 이런 생각을 하는 동안에 눈이 아주 뜨였다. 어느 땐지 멀리 물방아 돌아가는 소리가 어렴풋이 들릴 뿐 어린것들의 숨소리조차 고요하다.

옆을 더듬어 보니 어린 것들만이 만져지고 응당 그 옆에 누웠어야 할 아내가 없다. 수택은 그대로 죽은 듯이 누워 눈에 정기를 모았다.

또 울음소리다. 그것은 마치 양금줄[15]을 긋는 듯싶은 애절한 울음소리다 ─아내였다.

---

15 채로 줄을 쳐서 소리를 내는 현악기의 하나. 금속성의 맑은 음색을 지녀 영산회상과 같은 관현악 또는 단소와의 합주(合奏) 따위에 씀.

"여보!"

"……."

"여보!"

대답 대신에 울음소리가 한층 높아진다. 그도 일어나서 아내의 옆으로 갔다.

"왜 그러오?"

"……."

"말을 해야 알지 뉘가 뭐라 그럽디까?"

"아뇨."

"그럼 어디가 아프오?"

또 말이 없다.

"말을 해야 알잖소. 왜 그러오?"

"설사가 나요!"

아내는 이 한 마디를 하고는 그대로 흑흑 느낀다. 그는 어이가 없어 웃음이 탁 터졌다.

"나이 삼십이 가까운 여자가 설사 난다구 자다 말구 일어나 앉아 운다? <u>흐흐흐흐</u>."

"설사가 자꾸자꾸 나니까 그렇지요."

울음 반, 말 반이다. 그는 또 한 번 커다랗게 웃었다.

"여보, 아니 그래 설사가 나면 약을 사다 먹든지 밥을 한 끼 굶어서……."

하는데 아내는,

"그만둬요. 당신처럼 무심한 이가 어딨어요! 어른이고 아이들이고 오던 날부터 설살하구 눈이 퀭하니 들어가도 일언반사가 없으니."

"그러기에 약을 사다 먹으랬지. 내야 집에 붙어 있어야 알지."

아내는 또 모를 소리를 한다.

"이렇게 나는 설사에 약이 무슨 소용야요. 밥을 갈아 먹어야지!"

그제야 수택은 설사 나는 원인을 눈치 챘던 것이었다.

그렇게 말을 듣고 생각하니 자기도 오던 이튿날부터 설사가 났다. 갑자기 물을 갈아먹은 관계려니 했으나 며칠을 두고 설사가 계속되었다. 기실은 아직까지도 소화가 그렇게 좋지는 못한 폭이었다.

"보리 끝이 자꾸 뱃속에 들어가서 장을 꼭꼭 찌르나 봐요. 필련이두 자꾸 배가 아프다고 저녁마다 한바탕씩 울고야 잔대요."

'흥, 창자두 흙내를 맡을 줄 알아야 할까보구나…….'

그는 아무 말도 못 했다. 아직 살림 면모가 갖추어지지도 못했고 여름에 딴 불을 때느니 밥만은 큰집에서 함께 먹기로 했던 것이다. 그러자니 시골의 이 철은 꽁보리밥으로 신곡[16]장을 대는 동안이다. 쌀밥만 먹던 창자에 갑자기 깔깔한 보리쌀만이 들어가니까 문화생활만 해 오던 소화기가 태업[17]을 시작한 것이었다.

"그럼 쌀을 좀 두어 달라지. 기실 나두 늘 배가 쌀쌀 아팠는데 그걸 난 몰랐구려."

"야단나게요! 아버님이 이번엔 또 창자를 거꾸로 달구 먹으라고 걱정하잖으시겠어요?"

가랑이 속으로 경치를 본 이야기를 아내는 생각해 낸 모양이었다.

"그만 자우. 내 낼 아버님께 말씀해서 당분간은 쌀을 좀 섞어 먹도록 할 게니까."

그는 어린애를 달래듯 아내를 재웠다. 추수만 끝나면 남편이 자유로운 시간을 가질 수 있다는 데 유일한 희망을 붙이고 있는 줄을 알고 근 이십일이나 설사를 하면서도 군말 한 마디 안 했다는 데 표시는 안 했지만 여간 감격한 것이 아니었다. 부디 그런 마음을 버리지 말라 했다.

---

16 새로 지은 곡식.
17 일이나 공부 따위를 게을리함.

이튿날부터는 쌀이 반은 섞이어졌다. 아버지의 성미를 잘 아는지라, 수택은 용기를 못 내고 필련이란 년을 시켜 할아버지를 조르게 했던 것이다.

"할 수 없구나. 그것들이 창자까지 사람 창잘 못 가졌으니 딱한 노릇이다, 그러시겠지."

딸년은 할아버지의 흉내를 내며 재미나게 웃었다.

그러나 쌀의 분량은 점점 줄어 갔다. 그 대신 보리가 늘었고 조가 뛰어들었다. 감자니 기장 같은 잡곡도 간혹 섞였다. 하루바삐 신곡이 나기를 기다리는 것이, 지금의 수택 부처와 어린 것들에게 있어서는 유일한 낙이었다.

이때부터 수택의 창작욕도 부쩍 늘어 갔다. 오래 전부터 그의 머릿속에서 매대기를 치던 어떤 역사 소설의 상이 거의 가다듬어질 무렵에는 수택이가 물꼬를 매고 이듬매기[18]를 해 준 벼도 누렇게 익어 갔다. 집 앞 텃밭의 배추도 제법 자리를 잡고 토실토실 살쪄 갔다. 사람이란 이렇게 욕심이 많은 겐가 싶었다. 손이라야 몇 번 댄 곡식도 아니건만 야무지게 여문 벼알이며 배추 한 폭에까지 지금까지는 맛보지 못한 그윽한 애정을 느끼는 것이었다. 그것은 그가 일찍이 깨알처럼 씌어 진 원고지의 글자를 보는 때의 그 애정, 그 감격과도 같은 것이었다. 일년내 피와 땀을 흘려야 벼 한 톨 얻어먹지 못하고 빈손만 털고 일어나는 소작인들의 그 애절해하던 심정도 지금서야 이해되는 것 같았고 매년 그러리라는 것을 빤히 내다보면서도 그 농사를 단념하지 못하는 그네들의 심정도 이해되는 것 같았다. 타작마당에서 벼 한 톨이라도 더 차지할 것을 전제로 한 애정임에는 틀림이 없겠지마는 단지 그러한 이욕만으로 그처럼이나 벼 한 포기 배추 한 잎을 사랑할 수가 있을까. 그것은 마치 종이 값도 못 되는 원

18 논밭을 두 번째 갈거나 매는 일.

고료를 전제한 작품이기는 하지마는 쓰는 동안에는 그러한 관념이 전혀 없이 그저 맹목적인 정열을 글자 한 자 한 자에 마다 느끼는 것과 무엇이 다르랴 했다. 애정이란 이해관계를 초월한다는 것을 수택은 또 한 번 생각한다.

이 애정 —그것으로 인류는 살아가는 것이요, 이 애정으로 도덕을 삼는데서만 인류는 행복될 것이다 싶었다. 아버지의 늘 말하던 소위 '흙냄새'와 '된장내'란 결국 이런 애정을 의미한 것이 아닐까, 그렇게도 생각해 본다. '대처 사람'들에게서는 흙냄새가 안 난다는 그 말은 곧 이해를 초월한 애정이 없다는 말이 아닐까. 언젠가 집안에 도적이 들었을 때 도적을 잡았다고 자기 아버지는 그를 때렸다. 도적질은 분명히 악이다. 악을 제지하고 악을 미워하는 것은 선이다. 이것은 사람이 가진, 그리고 가져야 할 위대한 정신인 동시에 본능이다. 이 선, 이 본능에 대해서 그의 아버지는 지겟작대기로써 예물 했다. 그러면 그의 아버지는 도적질을 악으로서 인정치 않는 것일까 하면 그렇지는 않다. 흙 속에서 나서 흙과 같이 자라고 흙과 더불어 살아온 그에게는 포근포근한 흙의 감정과, 김가고 이가고 정가고 간에 씨만 뿌려 주면 길러 주는 그러한 흙의 애정 속에서만 살아온 그는 없어서 남의 것을 훔치는 도적놈보다도 흙의 냄새를 맡을 줄 모르고 흙의 애정을 유린한 철두철미 '대처 사람'인 아들에게보다 더 증오를 느꼈기 때문이었으리라.

수택은 무서운 정열로 자기의 농작물을 사랑했다. 그것은 자기의 작품을 사랑하던 그 정열이었다. 문득 꺼실해진 벼 포기를 발견하고는 인쇄된 자기 작품에서 전부 뒤바뀐 구절을 발견할 때와 꼭 같이 놀랐다. 그것은 그지없이 불쾌한 순간이었다. 수택은 그대로 논으로 뛰어들었다. 아랫동아리부터 벼 폭이 노랗게 말라 든다. 이삭은 알맹이 한 개 안 든 빈 쭉정이였다. 격한 나머지 그는 벼 폭을 잡고 낚았다. 강충이란 놈이 밑 대궁에 진을 치고 보기 좋게 까먹는 것이었다.

그는 삼십여 년의 반생 동안 이처럼 격한 일이 없었다. 이만큼 어떤 물건이나 생물에 대해서 증오를 느껴 본 일이 없다고 생각했다. 그리고 또 자기 혈관 속에 이토록이나 잔인한 피가 흐르고 있었다는 것도 오늘서야 처음 발견했던 것이었다. 그는 벼 포기를 발기고 일일이 강충이를 잡아냈다. 그래서는 돌 위에다 놓고 짓찧고 있는 자신을 발견하는 것이었다. 그는 일생 처음으로 미움다운 미움을 경험했다고 생각하였다.

수택은 처음 고향에 돌아와서 동리 사람들의 시선에서 차디찬 것을 느끼었다. 말만 고향이지 눈에 익은 얼굴도 거의 없었다. 파도에 밀린 뱃조각처럼 이리 밀리우고 저리 쫓기어 태반은 타곳에서 들어온 사람들이다. 그때 그 차디찬 시선에 그는 일종의 반감까지 일으킨 일이 있었으나 지금 가만히 생각하니 그래도 자기 아버지가 아들에게 품고 있던 그 증오보다는 오히려 나은 것이었다 싶었다.

'그렇다, 하루바삐 나도 대처 사람의 탈을 벗고 흙과 친하자. 그래서 흙의 냄새를 맡을 줄 아는 사람이 되자.'

이렇게 자기 자신에게 타이를 때 누군지 귀에다 대고 소리를 꽥 지른다.

'그것은 퇴화다!'

그것은 대처 사람인 또한 다른 수택이었다. 물방울 한 개만 튀어도 시비를 가리고 파리 한 마리에 상을 찡그리고 디파트먼트(department)에서 한 시간 씩이나 넥타이를 고르던 도회인의 반역이었다.

'퇴화? 퇴화 좋다!'

'아니 패배이다! 패배자의 역변이다. 도시 생활 ─ 문명사회에서 생활 경쟁에 진 패배자의 자위 수단이다. 그것은……'

'아무 것이든 좋다!'

그는 이렇게 발악을 했다.

이러한 마음의 투쟁은 날을 거듭할수록 격렬해 갔다. 수택이가 자기의 피에는 흙의 전통이 흐르고 있다고 생각한 것은 한 착각이었다. 누르면 누를수록 문화에 주린 도회인의 반항은 억세 갔다. 포근포근한 흙을 밟은 평범한 감촉보다도 가죽을 통해서 오는 포도(鋪道)의 감촉이 얼마나 현대적인가 했다. 그것은 마치 필 대로 핀 낡은 지폐를 만질 때와 빠작 소리가 그대로 나는, 손이 베어질 것 같은 새 지폐를 만질 때의 감촉과의 차이와도 같았다. 사람에게서나 자연에서나 입체적인 선(線)의 미가 그리웠다.

'아니다, 참자. 흙과 친하자!'

수택은 벌떡 일어났다. 참새 떼가 와, 하고 풍긴다. 이 젊은 도회인이 도회의 환상에 사로잡힌 동안 참새 떼들은 양양해서 벼 톨을 까먹고 있었다.

"우여! 우이!"

건너 다랑이[19]로 옮겨 앉은 참새를 쫓아서는 논둑을 달리었다.

참새 떼는 적어도 수백 마리는 되는 것 같았다. 한 마리가 한 알씩만 까먹었대도 수백 톨을 까먹었을 것이다. 그는 달리다 말고 벼이삭에 눈을 주었다. 누렇게 익은 벼 포기들이 생기가 없다. 그때 울컥하고 가슴에 치미는 것이 있다. 증오였다. 도시 생활에서 세련이 된 현대인의 증오였다. 이 갖은 정성과 피와 땀으로 가꾼 곡식을 장난하듯 까먹고 다니는 참새에 대한 증오가 현기증이 날 정도로 머리에 찬다.

"우여! 우이!"

꼼짝도 않고 참새 떼는 못 견디어 하는 이삭에 그대로 조롱조롱 매달렸다. 그는 무서운 정열로 기관총을 사모했다. 전쟁 영화에서 보듯이 삥 한 번 둘렀으면 톡톡 소리와 함께 소나기처럼 떨어질 참새 떼를 상상하는 것

---

19 산골짜기의 비탈진 곳 따위에 있는 계단식으로 된 좁고 긴 논배미.

만으로 이 도회인의 간담은 기분간의 위안을 받는 것이었다.

도적놈을 때릴 때 아버지가 자기에게 느끼던 증오도 이런 것이었을까?

<h1 style="text-align:center">6</h1>

한결 볕이 엷어졌다. 벌레 소리도 훨씬 애조를 띠고 달빛도 감상(感傷)을 띠었다. 이 집 저 집에서 마당질 소리가 나고 밤이면 다듬이 소리도 여물어 갔다.

수택이네 집에서도 새벽부터 타작이 시작되었다. 한모로는 벼를 져 나르고, 한모에서는 "때려라." 소리를 연발하며 위세를 올렸다. 한모에서는 도급기(稻扱機)²⁰가 붕붕 하고 돌아간다. 여인네들의 치맛자락에서도 바람이 난다.

수택이도 벗어부치고 지게를 졌다. 아직 다리를 허청거리나 그래도 대여섯 묶음씩 져 날랐다. 이제는 벌써 그의 노동을 신성시하는 사람도 없었고 동정하는 사람도 없었다. 그는 명실 공히 한 농부였다. 서투른 낫질에 손가락을 두 개나 쳐맸지만 보는 사람도 그랬고 그 자신도 그것은 큰 상처로 알지도 않을 정도까지 이르렀다. 아내 역시 호미자루에 터진 손바닥이 아물지를 못한 모양이다. 그렇다고 혼자 일어나 앉아서 밤을 새워 가며 울지는 않았다. 아프니, 자시니 했다가 그 말이 시아버지 귀에 들어가면 동정 대신에 핀잔을 맞을 것을 알기 때문이기도 했을 것이다. 가끔 그에게는 아버지가 남에게만 후하지 자식들한테는 너무 박하다는 불평을 말하는 때도 있었으나 그가 시인을 하는 정도로서 가라앉았다. 사실 그 자신도 다소 심하지 않은가 하는 불평은 여러 번 품었다. 손에 익잖은

---

20 벼훑이. 두 나뭇가지의 한끝을 동여매어 집게처럼 만들고 그 틈에 벼 이삭을 넣고 벼의 알을 훑는 농기구.

자식이 서투른 낫질을 하다가 손을 다치어도 먼저 핀잔부터 주었다. 그것은 어떻게 보면 증오와도 같은 것이었다.

그도 부리나케 볏단을 져 날랐다. 이 볏단의 대부분이, 아니 어쩌면 거의 전부가 낡아빠진 맥고모자를 뒤 꼭지에 붙인 되바라진 젊은 친구의 손으로 넘어가리라는 것을 잘 알면서도 수택은 그것을 억지로 생각지 않으려 했다.

그의 아버지도 그 위인이 나와서 버티고 선후로는 분명히 얼굴에 검은 빛을 띠었다. 자식에게 그런 눈치를 안 보이려고 비상한 노력을 하는 것이 그것이라고 엿보였다. 수택도 아버지의 이 노력에 협조를 했다.

도합 스물두 마지기에서 사십 석이 났다. 사십 석에서 스물닷 섬이 소작료로 제해졌다. 사십 석에서 스물닷 섬 —열닷 섬. 그의 지식은 처음 긴요하게 쓰였다.

그러나 이 지식은 정확성을 갖지 못한 것이었다. 거기서 비료대로 한 섬 두 말이 제해졌고, 아내와 계집아이들의 설사 치료한 쌀값으로 장리변을 쳐서 열두 말을 떼었다. 지세도 작인과 지주가 반분해서 물기로 되어 있었다. 지세로 또 몇 말인지 떼었다. 그는 마질을 하는 말감고가 바로 지주나 되는 것처럼 그의 손목이 미웠다. 우루루 덤비어 말감고의 목덜미는 잡아낚고 볏 더미 속에다 처박고 싶은 충동을 이를 악물고 참는 것이었다.

수택은 아버지를 쳐다보았다. 그 옴팡하니 들어간 눈에서는 황혼을 뚫고 무시무시한 살기 띤 빛이 발하는 것이었다. 그는 방공 연습을 할 때의 그 휘황한 몇 줄의 탐조등 광선을 연상하였다.

김 영감은 꼼짝도 않고 한 자리에 서 있었다. 볏 더미를 보는가 하면 그렇지도 않았다. 사음(舍音)[21]을 노리는가 하면 그것도 아닌 것 같았다. 영

---

21 지주를 대리하여 소작권을 관리하는 사람.

감은 내년 이때까지 살아갈 길을 궁리하는 것이었다.

"자, 짊어져라!"

수택은 깜짝 놀랐다. 남은 벼 여남은 섬이 가마니에 채워졌다. 전혀 자신은 없었으나 벼 이백 근을 못 지겠노란 말도 하기 싫어서 지겟발을 디밀었다.

"엇차."

옆에서는 벌써 지고 일어나서 성큼성큼 걸어간다. 그도 어차 소리를 쳤다. 꼼짝도 않는다.

"자 들어 줄 게니…… 엇차……."

그는 있는 힘을 다해서 무릎을 세우려 했다. 그러나 오금은 뜨는 둥 마는 둥 하다가 그대로 똑 꺾인다. 안 되겠느니 다른 사람이 지라느니 이론이 분분하다. 그래도 그는 아버지의 명령이 떨어지기까지는 버티었다. 이를 북북 갈며 기를 썼다. 힘을 북 주었다. 오금이 떨어졌다. 그러나 다리가 허청하며 모여 선 사람들의 "저것 저것" 소리를 귀결에 들으며 그대로 픽 한쪽으로 넘어가고 말았다. 넘어간 순간,

"에이끼, 천치 자식."

하는 김 영감의 소리와 함께 빗자루가 눈앞에 휙 한다. 머리에 동였던 수건이 벗겨졌다.

"나오게, 내 짐세. 나와."

하는 누군지의 말을 영감의 호통 같은 소리가 삼키었다.

"놔두게! 놔 둬! 나이 사십 된 자식이 벼 한 섬 못 지겠는가. 져라 져, 어서 일어나!"

그는 이를 악물고, 또 힘을 북 주었다. 오금이 번쩍 떴다. 뒤뚝뒤뚝 몇 걸음 옮겨 놓는다. 눈과 콧속이 화끈하며 무엇인지가 흘렀다. 그러나 그는 그것이 무엇인지를 몰랐다.

"저 피! 코필 쏟는군. 내려놓게!"

하는 동리 사람들 소리 끝에,

"놔들 두게! 남이 피땀을 흘리구 지어 논 농살 겨다 먹는 세상에서 제 손으로 진 제 곡식을 못 겨다 먹는 놈이 있단 말인가! 놔들 두게."

수택은 눈물과 코피를 좍좍 쏟아 가면서도 그래도 자꾸 걸었다.

'내일은 우리 논 닷 마지기의 타작이다!'

그는 이런 생각을 억지로 즐기려 노력을 했다.

지하촌

강경애
(姜敬愛 1906~1943)

지하촌

강경애(姜敬愛 1906~1943)

작가와 작품세계

강경애(1906~1943)

필명 K 가마. 황해도 송화 출생. 평양 숭의여학교에 입학했으나 동맹휴학을 주도하여 퇴학당했으며, 1931년 《조선일보》에 단편 소설 〈파금(破琴)〉을, 잡지 《혜성(彗星)》에 장편 소설 《어머니와 딸》을 발표하여 문단에 등단하였다. 같은 해 결혼하여 간도로 이주했고, 《북향》 동인으로 활동했다. 사실주의에 바탕을 둔 작품을 주로 썼으며, 그 중 대표작이라 할 수 있는 《인간 문제》(1934)는 1930년대 초반의 농촌과 도시 생활을 배경으로 일제와 지주들에게 착취당하는 비참한 민중들의 삶을 묘사한 뛰어난 작품이다. 그 외의 대표작으로는 〈축구전〉, 〈소금〉, 〈모자(母子)〉, 〈부자(父子)〉, 〈채전(菜田)〉, 〈해고(解雇)〉 등이 있다.

줄거리

빈민굴에서 어머니, 두 동생과 함께 사는 칠성은 불구자다. 그의 어미는 산에서 나무를 하고 칠성은 구걸을 해 생계를 이어 간다. 그는 이웃에 사는 장님 '큰녀'를 은근히 좋아하는데, 어느 날 큰녀가 유족한 집의 첩으로 가게 되었다는 말을 듣는다. 칠성이는 큰녀를 찾아가 사탕과 옷감을 사줄 테니 시집가지 말라고 다짐을 하며, 구걸한 돈으로 큰녀의 옷감을 끊는다. 그 날, 멀리까지 구걸을 나간 칠성은 궂은 날씨와 개에게 쫓겨 다치는 바람에 집에 돌아오지 못한다. 다음 날 그가 집에 돌아왔을 때 두 동생은 앓고 있고, 큰년은 이미 첩으로 갔다는 소식이 그를 기다리고 있다. 갓난아이인 막내의 비참한 정경을 보다가, 칠성은 밖으로 뛰쳐나가 비바람 치는 하늘만 묵묵히 바라본다.

작품해설

1936년 발표된 이 작품은, 끔찍할 정도의 가난을 적나라하게 묘사한 강경애의 대표적인 단편 소설이다. 동네 아이들에게 똥칠을 당하면서 놀림받는 칠성이, 형에게 야단맞으면서도 질기게 먹을 것을 달라고 울먹이는 칠운이, 머리의 상처에 앉은 종기 딱지를 뜯어 먹는 갓난아이의 묘사는 그들이 겪는 가난의 한 단면이다.

이 소설은 비참한 빈궁상의 적나라한 묘사가 작품의 중심이 되고 있으며, 그로테스크한 이미지를 강화시키기 위해 중심인물들을 불구자로(칠성, 큰년, 칠성이가 길에서 만난 사내) 설정했다. 이러한 점에서, 〈지하촌〉은 1920년대의 신경향파 소설과도 비슷하다. 등장하는 인물이 노동자나 농민이 아니고 구걸을 업으로 하는 빈민이라는 점에서도 신경향파 소설과 상통하는 것이다.

그러나 칠성이 길에서 만난 사내의 존재는 〈지하촌〉을 신경향파 소설과 구분되게끔 한다. 모범적인 노동자였던 그는 산업 재해로 불구가 되는데, 온갖 불행을 겪은 사내를 통해 빈부가 인간에 의해 생겨난 사회적 문제임을 암시한다. 칠성은 그의 말에 격동되지만 이는 아직 일회적인 것일 뿐, 삶을 살아가는 칠성의 태도는 근본적으로 바뀌지 않는다. 반면 신경향파에서는 '인간의 막연한 분노'로 나타나던 계급적 자각이 '다른 사람과의 관계에서 얻은, 사회적 모순에의 통찰'로 드러나는 단초를 보여 준다는 점에서 〈지하촌〉은 신경향파 소설과 구분된다고 하겠다.

또한 빈궁상의 폭로는 자연주의적 묘사와 연결되어 있어 추악한 대상에 대한 정밀한 묘사가 이 소설의 특징을 이루고 있다.

'지하촌'은, 인간이 인간다운 삶을 영위하는 곳 '지상촌'에 대립되는 개념으로, 일제 식민지 조선의 현실에 대한 은유적 공간으로 파악할 수 있다. 이 어둡고 궁핍한 가난에 대한 묘사는 객관적이고 섬세한 강경애의 특징으로 평가되는 치밀한 묘사 수법이 발휘된 곳이다.

한편 〈지하촌〉에 등장하는 인물들은 정상적인 삶을 차단당한 사람들이다. 칠성이는 어릴 때 경풍에 걸려 병원에 갔으나 의사가 치료해 주지 않는 바람에 불구가 되었고, 큰년이도 태어날 적부터 장님은 아니었다. 즉 이들이 불구인 것은 운명이 아니라 식민지 시대로부터 강요된 사항이다. 1930년대 후반 지하촌의 인물들이 영위하는 삶은 결국 식민지하 우리나라 사람들의 일반적인 생활이었던 것이다. 실제로 일제 식민지하에는 많은 유랑민이 있었고, 그들은 칠성이와 마찬가지로 동냥을 하며 목숨을 부지해 나갔다. 그러나 그러한 식민지 현실이 특별히 지하촌에 사는 극단적 상황 속의 인물을 통해 묘사되었다는 점에서, 이 작품이 가장 궁핍한 식민지 시대로서의 본질을 뚜렷하게 드러내고 있음을 알 수 있다.

생각 나누기

1. 이 소설이 신경향파와 어떻게 다른가를 써 보자.

2. 이 작품에서 주로 쓰이고 있는 묘사 방법은 무엇인가?

3. 칠성이 개에게 물린 후, 길에서 만나는 사내가 이 작품에서 어떤 역할을 하는지 생각해 보자.

1. 〈지하촌〉은 가난에 시달리고 먹지 못해 구걸하며 사는 빈민촌의 적 나라한 모습을 그린 작품이다. 종기 딱지까지 떼먹는 갓난아이, 동네 아이들에게 놀림을 당하는 칠성이, 형에게 야단맞으면서도 먹을 것을 달라고 보채는 칠운이 등의 삶을 리얼하게 묘사하여 없는 사람들의 생활을 보여 주는 것은 신경향파와 비슷하다. 또 칠성이 길에서 사내와 만나는 장면을 보면, 빈부가 하늘에서 정해졌거나 운명에서 오는 것이 아니고, 인간에 의해 이루어진 사회적 문제임을 암시하고 있다. 그러나 이것은 신경향파 작품에서, 개인의 막연한 분노로 나타나던 계급적 자각이 다른 사람과의 관계에서 얻은, 사회적 모습에서의 통찰로 드러나는 단초를 보여 준 것과는 많은 차이를 보인다.

2. 추악한 현실을 있는 그대로 묘사하여 표현한 자연주의적 묘사.

3. 첫째, 빈곤으로 인한 비참한 현실의 원인이 인간에 의한 사회적 문제임을 암시한다. 둘째, 자신이 먹을 것도 충분치 않은 상황에서 칠성에게 선뜻 옷을 내주고, 신문지에 싼 조밥을 먹이는 그의 모습을 통해, 열악한 현실 속에서도 인간 본연의 따뜻한 애정이 존재함을 확인할 수 있다. 비참한 현실의 원인을 인간에서 찾고 있기는 하지만, 그럼에도 그 해결채 역시 인간의 사랑에서 찾을 수 있지 않을까 하는 생각을 하게 된다.

지하촌

해는 서산 위에서 이글이글 타고 있다.

칠성이는 오늘도 동냥자루를 비스듬히 어깨에 메고 비틀비틀 이 동리 앞을 지났다. 밑 뚫어진 밀짚모자를 연방 내려 쓰나, 이마는 따갑고 땀방울이 흐르고 먼지가 연기같이 끼어, 그의 코밑이 매워 견딜 수 없다.

"이 애 또 온다!"

"어아!"

동리서 놀던 애들은 소리를 지르며 달려온다. 칠성은 조놈의 자식들을 또 만나는구나 하면서 속히 걸었으나, 벌써 애들은 그의 옷자락을 툭툭 잡아당겼다.

"이 애, 울어라 울어."

한 놈이 칠성의 앞을 막아서고 그 큰 입을 헤 벌리고 웃는다. 여러 애들은 죽 돌아섰다.

"이 애 이 애, 네 나이 얼마?"

"거게 뭐 얻어 오니? 보자꾸나."

한 놈이 동냥자루를 툭 잡아채니, 애들은 손뼉을 치며 좋아한다. 칠성은 우뚝 서서 그 중 큰 놈을 노려보고 가만히 서 있었다. 앞으로 가려든지 또 욕을 건네면, 애들은 더 흥미가 나서 달라붙는 것임을 잘 알기 때문이다.

"바루 바루 점잖은데."

머리 뾰족 나온 놈이 나무 꼬챙이로 갓 눈 듯한 쇠똥을 찍어 들고 대들 었다. 여러 놈은 깔깔거리면서 저만큼 쇠똥을 찍어 들고 덤볐다. 칠성이도 여기는 참을 수 없어서 서두르며 내달아 갔다.

두 팔을 번쩍 들고 부르르 떨면서 머리를 비틀비틀 꼬다가 한발 지척[1] 내디디곤 했다. 애들은 이 흉내를 내며 따른다. 앞으로 막아서고 뒤로 따르면서 깡충깡충 뛰어 칠성의 얼굴까지 똥칠을 해 놓는다. 그는 눈을 부릅뜨고,

"이 이놈들!"

입을 실룩실룩하다가 겨우 내놓는 말이다. 애들은,

"이 이놈들!"

하고 또한 흉내를 내고는 대굴대굴 구르면서 웃는다. 쇠똥이 그의 입술에 올라가자, 앱 투 하고 침을 뱉으면서 무섭게 눈을 떴다.

"무섭다, 바루 바루."

애들은 참말 무섭게 보았는지 슬금슬금 꽁무니를 빼기 시작하였다. 칠성이는 팔로 입술을 비비고 떠들며 돌아가는 애들을 물끄러미 바라보았다. 웬일인지 자신은 세상에서 버림을 받은 듯 그렇게 고적하고 분하였다.

그들이 물러간 후에, 신작로는 적적하고 죽 뻗어 나가다기, 조밭을 끼고 조금 굽어진 저 앞이 뚜렷했다. 그 위에 수수밭 그림자 서늘하고…… 그는 걸었다. 옷에 묻은 쇠똥을 털었으나, 떨어지지 않을 뿐만 아니라 퍼렇게 물이 든다. 그는 어디라 할 것 없이 멍하니 바라보다가 산 밑으로 와서 주저앉았다.

긴 풀에 잔바람이 홀홀히 감기고 이따금 들리는 벌레 소리, 어디 샘물이 있는가 싶었다. 그는 보기 싫게 돋은 머리를 벅벅 긁어당기며 무심히

1 힘없이 다리를 끌면서 자꾸 억지로 걷다.

앞을 보았다. 수림 속에 햇발이 길게 드리웠고, 찍찍 하는 새 소리 처량하게 들렸다. 난 왜 병신이 되어 그놈의 새끼들한테까지 놀림을 받나 하고 불쑥 생각하면서 곁의 풀대를 북 뽑았다. 손목은 찌르르 울렸다.

큰년이가 살까! 그는 눈이 멀고도 사는데, 난 그보다야 훨씬 낫지. 강아지의 털같이 보드라운 털을 가진 풀 열매를 바라보며 이렇게 생각하였다. 큰년이가 천천히 떠오른다. 곱게 감은 눈, 그것 참! 그는 진저리를 쳤다. 그리고 곁에 놓인 동냥자루를 보면서, 오늘 얻어 온 것 중에 가장 맛있고 좋은 것으로 큰년에게 보내야 하지 하였다. 어떻게 보낼까? 밤에 바자 위로 넘겨줄까. 큰년이가 나와 바자 곁에 서 있어야 되지. 그럼 누가 나오라고는 해 둬야지. 누구가 그래, 안 되어, 그럼 칠운이 들려서 보내야지. 아니 아니, 큰년의 어머니가 알게 되고 또 우리 어머니가 알지. 안 되어, 낮에 김들 매러 간담에 몰래 바자로 넘겨주지. 그는 가슴이 설레어서 부시시 일어나고 말았다.

가죽을 벗겨 낼 듯이 내리쬐던 해도 어느덧 산 속으로 숨어 버리고, 어디선가 불어오는 바람이 풀잎을 살랑살랑 흔들고 그의 몸에 스머든다. 그는 동냥자루를 매만지다가, 어깨에 메고 지척거리며 발길을 내디뎠다.

하늘은 망망한 바다와 같이 탁 터지고, 저 멀리 붉은 놀이 유유히 떠돌고 있다. 그는 밀짚모자를 젖혀 쓰고 산 밑을 떠났다. 걸음에 따라 쇠똥내가 물씬하고 났다.

그가 산모퉁이를 돌아 동리 앞까지 왔을 때, 그의 동생인 칠운이가 아기를 업고 쭈르르 달려온다.

"성 이제 오네. 히, 자꾸자꾸 봐도 안 오더니."

큰 눈에 웃음을 북실북실 띠고 형의 곁으로 다가서는 칠운이는 시커먼 동냥자루를 덥석 쥐어 무엇을 얻어 온 것을 어서 알려고 하였다.

"오늘도 과자 얻어 왔어?"

"아아니."

칠성이는 얼른 동냥자루를 옮기고 주춤 물러섰다. 칠운이는 따라섰다.

"나 하나만 응야, 성아."

침을 꿀떡 넘기고 새카만 손을 내민다. 그 바람에 아기까지 두 손을 쭉 펴 들고 칠성이를 말끔히 처다본다.

"이, 이 새끼는……."

칠성이는 획 돌아섰다. 칠운이는 넘어질 듯이 쫓아갔다.

"응야 성아, 나 하나만."

"어 없어……."

형은 눈을 치떴다. 칠운이는 금세 눈물이 글썽글썽해서 형을 보았다.

"난 어마이 오면 이르겠네. 씨, 도무지 안 준다고. 아까 아까 어마이가 밭에 가면서 아기 보라면서 저 성이 사탕 얻어다 준다구 했는데, 씨, 난 안 준다고 다 일러. 씨, 홍."

칠운이는 입을 비쭉하더니, 주먹으로 눈물을 씻는다. 아기는 영문도 모르고 으아 하고 울음을 내쳤다.

주위는 감실감실 어두워 오는데, 칠운이는 흑흑 느껴 울면서 그들의 어머니가 올라가 있을 저 산을 바라보고 뛰어간다.

"어머이, 어머이."

하고 칠운이가 목메어 부르면, 번번이 이기도,

"엄마, 엄마"

하고 또랑또랑 불렀다. 응응 하는 앞산의 반응은 어찌 들으면 어머니의 '왜?' 하는 대답 같기도 했다. 칠성이는 칠운이와 영애가 보이지 않는 것만 다행으로 돌아서 걸었다.

동네는 어둠에 푹 싸여 아무것도 보이지 않으나, 동네 앞으로 우뚝 서 있는 늙은 홰나무만이 별을 따려는 듯 높아 보였다. 그는 이제 어떻게 해서라도 큰년이를 만날 것과, 또 얻어 온 이 과자를 큰년의 손에 꼭 쥐어 줄 것을 생각하며 걸었다.

"칠성이냐?"

어머니의 음성이 들린다. 그는 돌아다보았다. 나무를 한 임[2]이고 이리로 오는 어머니의 얼굴은 보이지 않으나, 웬일인지 그의 머리가 숙여지는 듯해서 번쩍 머리를 들었다.

"왜 오늘 늦었느냐?"

아까 밭에서 산으로 올라갈 때 몇 번이나 아들이 나오는가 하여 눈이 가물가물해지도록 읍 길을 바라보아도 안 보이므로, 어디가 넘어져 애를 쓰는가, 또 애새끼들한테서 돌팔매질을 당하는가 하여 읍에까지 가 볼까 하였던 것이다. 칠성이는 어머니의 이 같은 물음에 애들에게 쇠 똥칠 당하던 것이 불시에 떠오르고, 코허리가 살살 간지럽기 시작하였다.

어머니는 갈잎 내를 확 풍기면서 그의 곁으로 다가선다. 그 큰 임을 이고서 아기까지 둘러업었다.

"어마이, 나 사탕 성은 안 준다야 씨."

칠운이는 어머니의 치맛귀를 잡고 늘어진다. 그 바람에 어머니는 앞으로 쓰러질 듯했다가 도로 서서 한 손으로 칠운이를 어루만졌다.

"저놈의 새 새끼, 주 죽이고 말라."

칠성이는 발길로 칠운이를 차려 하였다. 어머니는 또 쓰러질 듯 막아섰다.

"그러지 말어라. 원 그것이 해종일 아기 보느라고 혼났다. 허리엔 땀띠가 좁쌀알같이 쭉 돋았구나. 여북[3] 아프겠니 원."

어미는 말끝에 한숨을 푹 쉰다. 칠성이는 문득 쇠 똥내를 물큰 맡으면서 화를 버럭 올렸다.

"누 누구는 가만히 앉아 있었나!"

---

2 머리 위에 인 물건. 또는 머리에 일 만한 정도의 짐.
3 (주로 의문문에 쓰여) '얼마나', '오죽', '작히나'의 뜻으로 언짢거나 안타까운 마음을 나타낼 때에 쓰는 말.

"아니 그렇게 하는 말이 아니어, 칠성아."

어머니는 목이 메어 다시 말을 계속하지 못한다. 그들은 잠잠히 걸었다.

집에 온 그들은 나뭇단 위에 되는 대로 주저앉았다. 어머니는 칠성의 마음을 위로하느라고 이말 저말 끄집어냈다.

"올해는 웬 살쐬기⁴가 그리 많으냐. 손이 얼벌벌하구나."

어머니는 그 손을 한 번쯤 들여다보고 싶은 것을 참고 아이를 어루만지다가 젖을 꺼냈다. 칠운이는 나뭇단을 퉁퉁 차면서 흥흥거린다. 칠성이는 동생들이 미워서 더 앉아 있을 수가 없어 일어났다. 그는 어둠 속으로 휘 살피고 큰년이가 저 속에 어디 서 있지 않은가 했다.

방으로 들어온 칠성이는 이제 툇돌에 움 찔린 발가락을 엉덩이로 꼭 눌러앉고, 일변 칠운이가 들어오지 않는가 귀를 기울이며 문을 열었다. 그리고 동냥자루를 가만히 쏟았다. 흩어지는 성냥과 쌀알 흐르는 소리, 솜털이 오싹 일어 그는 몸을 움찔하면서 얼른 손을 내밀어 하나하나 만져 보았다. 역시 그 안에 있는 돈 생각이 나서, 돈마저 꺼내 가지고 우두커니 들여다보았다. 비록 방 안이 어두워서 그 모든 것이 보이지 않으나, 눈곱같이 눈구석에 박혀 있는 듯했다.

성냥갑 따로, 쌀과 과자 부스러기 따로 골라 놓고, 문득 큰년이를 생각하였다. 어느 것을 주나, 얼른 과자를 쥐며 이것을 주지히고 하나 집이 입에 넣었다. 바작 소리가 이 사이에 돌고 달큼한 물이 사르르 흐른다. 그는 입맛을 다시고 나서 칠운이가 엿 듣는가 다시 한 번 조심했다.

그는 온 손에 땀이 나도록 쥐고 있는 돈을 펴서 보고 한 푼 한 푼 세어 보다가, 이것으로 큰년의 옷감을 끊어다 주면 얼마나 큰년이가 좋아할까, 그의 가슴은 씩씩 뛰었다. 고것, 왜 우리 집엘 안 올까. 오면 내가 돈도 주고 이 과자도 주고 또 큰년이가 달라는 것이면 내 다 주지. 응 그래. 이리

---

4 여름철에 나는 피부병. 쐬기에 쐰 것같이 살이 부르터 가렵고 따끔거린다.

생각되자 그는 어쩐지 마음이 송구해졌다. 해서 성냥갑과 과자 부스러기를 한데 싸서 저편 갈 자리 밑에 밀어 놓고, 돈도 거기에 넣은 담에 쌀만 아랫방에 내려놓았다. 그리고 뒷문 곁으로 바싹 다가앉아서 큰년네 바자를 바라다보았다.

바자에 호박넝쿨이 엉키었고 그 위에 벌들이 팔팔 날았다. 어떻게 만날까, 그는 무심히 발가락을 쥐고 아픔을 느꼈다. 서늘한 바람이 그의 볼 위에 흘러내렸다. 그는 안타까웠다. 지금 이 발끝이 아픈 것보다도 어딘가 모르게 또 아픈 것을 느낀다.

"이 애, 밥 먹어."

칠성이는 놀라 돌아다보았다. 어머니가 샛문 밖에 서 있다는 것을 알자, 웬일인지 가슴 한 구석에 공허를 아득하게 느꼈다.

"왜 문을 걸었나?"

어머니는 문을 잡아챈다. 과자를 달라거나 돈을 달래려고 저리도 문을 잡아 흔드는 것 같다. 그는 와락 미운 생각이 치올랐다.

"난 난 안 먹어!"

꽥 소리쳤다. 전신이 후르르 떨린다.

"장에서 뭐 먹고 왔니?"

어머니의 음성은 가늘어진다. 언제나 칠성이가 화를 낼 때 어머니는 저리도 기운이 없어진다. 한참 후에,

"좀 더 먹으렴."

"시 싫여!"

역시 소리를 질렀다. 그러나 어머니는 뭐라고 웅얼웅얼하더니 잠잠해 버린다. 칠성이는 우두커니 앉았노라니 자꾸만 갈 자리 속에 넣어 둔 과자가 먹고 싶어 가만히 갈 자리를 들썩하였다. 먼지내 싸하게 올라오고 빈대 냄새 역하다. 그는 자리를 도로 놓고, 내일 아침에 큰년이 줄 것인데 내가 먹으면 안 되지 하고, 휙 돌아앉고도 부지중에 손은 갈자리를 어루

쓸고 있다. 큰년이 줘야지. 냉큼 손을 떼고 문턱을 꽉 붙들었다.

마침 바람이 산들산들 밀려들어 이마에 흐른 땀을 선뜻하게 한다. 그는 얼른 적삼을 벗어던지고, 그 바람을 안았다. 온몸이 가려운 듯하여 벽에다 몸을 비비치니 어떤 쾌미[5]가 일어, 부지중에 그는 몸을 사정없이 비비치고 나니 숨이 차고 등가죽이 벗겨져 아팠다. 그래서 벽을 붙들고 일어나 나왔다.

몸을 움직이니 안 아픈 곳이 없다. 손끝에 가시가 박혔는지 따끔거리고 팔뚝이 쓰라리고 아까 다친 발가락이 새삼스러이 더 쏘지만, 그는 꾹 참고 걸었다.

울바자 밑에 나란히 서 있는 부초종 끝에 별빛인가도 의심나게 흰 꽃이 다문다문 빛나고, 간혹 맡을 수 있는 부초 냄새는 계집이 곁에 와 섰는가 싶게 야릇했다. 그는 바자 곁으로 다가섰다.

큰년네 집에선 모깃불을 피우는지 향긋한 쑥 내가 솔솔 넘어오고, 이따금 모깃불이 껌벅껌벅하는데 두런두런하는 소리에 귀를 세우니, 바자가 바삭바삭 소리를 내고, 호박잎의 솜털이 그의 볼에 따끔거린다. 문득 그는 바자 저편에 큰년이가 숨어서 나를 엿보지나 않나 하자 얼굴이 확확 달아올랐다.

어느 때인가 되어 기만히 둘러보니, 옷에 이슬이 촉촉하였고, 부초 꽃이 물속에 잠긴 차돌처럼 그 빛을 환히 던지고 있다. 모깃불도 보이지 않고 캄캄하며, 어디선가 벌레 소리가 쓰르릉 하고 났다. 그는 방으로 들어서자 가슴이 답답하였다.

이튿날 아침에 눈을 뜨니, 벌써 뒤뜰은 햇빛으로 가득하였다. 칠성이는 일어나는 참에 어머니와 칠운이가 아직도 집에 있는가 살핀 담에 아무도 없음을 보고, 뒷문턱에 걸터앉아서 큰년네 바자를 물끄러미 바라보았다.

---

5 쾌감.

큰년이 아버지 어머니도 김매러 갔을 테고, 고것 혼자 있을 터인데……
혹 마을꾼이나 오지 않았는지. 오늘은 꼭 만나야 할 터인데, 이런 생각을
하다가 무심히 그의 팔을 들여다보았다. 다 해어진 적삼 소매로 맥없이
늘어진 팔목은 뼈도 없고 살도 없고, 오직 누렇다 못해서 푸른빛이 도는
가죽만이 있을 뿐이다. 갑자기 슬픈 마음이 들어 그는 머리를 들고 한숨
을 푹 쉬었다. 큰년이가 눈을 감았기로 잘 했지, 만일 두 눈이 둥글게 뜨
였다면 이 손을 보고 십 리나 달아날 것도 같다. 그러나 큰년이가 이 손을
만져 보고 왜 이리 맥이 없어요, 이 손으로 뭘 하겠소 할 때엔…… 그는 가
슴이 답답해서 견딜 수 없다. 그저 한숨만 맥없이 내쉬고 들이쉬다가 문
득 약이 없을까? 하였다. 약이 있기는 있을 터인데…… 큰년네 바자 위에
둥글게 심어 붙인 거미줄에는 수없는 이슬방울이 대롱대롱 했다. 저런
것도 약이 될지 모르지, 그는 벌떡 일어나 나왔다.

거미줄에서 빛나는 저 이슬방울들이 참으로 약이 되었으면 하면서, 그
는 조심히 거미줄을 잡아당겼다. 팔은 맥을 잃고, 뿐만 아니라 자꾸만 떨
려 거미줄을 잡을 수도 없지만 바자만 흔들리고, 따라서 이슬방울이 후두
두 떨어진다. 그는 손으로 떨어져 내려오는 이슬방울을 받으려고 했다.
그러나 한 방울도 그의 손에는 떨어지지 않았다.

"에이, 비 빌어먹을 것!"

그는 이런 경우를 당할 때마다 이렇게 소리치곤 말없이 하늘을 노려보
는 버릇이 있다. 한참이나 이러하고 있을 때, 자박자박하는 신발 소리에
그는 가만히 머리를 돌려 바라보았다. 호박잎이 그의 눈썹 끝에 삭삭 비
비치자 눈물이 핑그르르 돈다. 눈물 속에 비치는 저 큰년이! 그는 눈가가
가려운 것도 참고 눈을 점점 더 크게 떴다.

빨래 함지를 무겁게 든 큰년이는 이리로 와서 빨래 함지를 쿵 내려놓고
일어난다. 눈은 자는 듯 감았고 또 어찌 보면 감은 듯 뜬 것같이도 보였다.
이제 빨래를 했음인지 양 볼에 붉은 점이 한 점 두 점 보이고, 턱이 뾰족한

것이 어디 며칠 앓은 사람 같다. 큰년이는 빨래를 한 가지씩 들어 활활 펴 가지고 더듬더듬 바자에 넌다.

칠성이는 숨이 턱턱 막혀서 견딜 수 없다. 소리 나지 않게 숨을 쉬려니 가슴이 터지는 것 같고, 뱃가죽이 다 잡아 쐬었다. 그는 잠깐 머리를 숙여 눈물을 씻어 낸 후에 여전히 들여다보았다. 지금 그의 머리엔 아무런 생각도 할 수 없다. 그저 큰년의 동작으로 가득했을 뿐이다. 큰년이는 한 가지 남은 빨래를 마저 가지고 그의 앞으로 다가온다. 그 때 칠성이는 손이라도 쑥 내밀어 큰년의 손을 덥석 잡아 보고 싶었으나, 몸은 움찔 뒤로 물러나지며 온 전신이 풀풀 떨렸다.

바삭바삭 빨래 널리는 소리가 칠성의 귓바퀴에 돌아내릴 때, 가슴엔 웬 새새끼 같은 것이 수없이 팔딱거리고 귀가 우석우석 울고 눈은 캄캄하였다. 큰년의 신발 소리가 멀리 들릴 때, 그는 비로소 몸을 움직일 수 있었고, 또 호박잎을 젖히고 들여다보았다. 큰년이는 빈 함지를 들고 부엌문을 향하여 들어가고 있다. 그는 급하여 소리라도 쳐서 큰년이를 멈추고 싶었으나 역시 마음뿐이었다. 큰년의 해어진 치마폭 사이로 뻘건 다리가 두어 번 보이다가 없어진다. 또 나올까 해서 그 컴컴한 부엌문을 뚫어지도록 보았으나 끝끝내 큰년이는 나오지 않았다. 그는 후 하고 한숨을 내쉬고 물러섰다. 햇빛은 따갑게 내리쬔다. 과자나 들려 줄 걸…… 돈이나 줄 것을, 아니 돈은 내가 모았다가 치마나 해주지 하고 다시 들여다보았다. 바자만 바삭바삭 소리를 내고 고요하다. 이제 큰년의 손으로 넌 빨래는 희다 못해서 햇빛같이 빛나고…… 그는 눈을 떼고 돌아섰다. 자기가 옷가지라도 해주지 않으면 큰년이는 언제나 그 뻘건 다리를 감추지 못할 것 같다.

"성아, 나 사탕 좀……."

돌아보니, 칠운이가 아기를 업고 부엌문으로 나온다. 그는 도둑질이나 하다가 들킨 것처럼 무안해서 얼른 바자 곁을 떠났다. 칠운이는 저를 다우쳐[6] 형이 저리도 급히 오는 것으로 알고 부엌으로 달아나다 살짝 돌아보고 또 이리 온다.

"응야, 나 하나만……"

손을 내민다.

아기도 머리를 갸웃하여 오빠를 바라보고 손을 내민다. 아기의 조 머리엔 종기가 자잘하게 잘 났고, 거기에는 언제나 진물이 마를 사이 없다. 그 위에 가늘고 노란 머리카락이 이기어 달라붙었고 또 파리가 안타깝게 달라붙어 떨어지지 않는다. 아기는 자꾸 그 가는 손가락으로 머리를 쥐어당기고, 종기 딱지를 떼어 오물오물 먹고 있다.

아기는 그 손을 오빠 앞에 쳐들었다. 손가락을 모을 줄 모르고 쫙 펴 들고 조른다. 칠성이는 눈을 부릅떠 보이고 방으로 들어왔다. 칠운이는 문앞에 딱 막아서서 흥흥거렸다.

"응야 성아, 한 알만 주면 안 그래."

시퍼런 코를 훌쩍 들이마신다.

"보 보기 싫다!"

칠운이 역시 옷이 없어 잠방이만 입었고, 그래서 저 등은 햇볕에 타다 못해서 허옇게 까풀이 일고 있으며, 아기는 그나마도 없어서 늘 벗겨 두었다. 동생들의 이러한 모양을 바라보는 그는 눈에서 불이 확확 일어난다. 눈을 돌려 벽을 바라보자 문득 읍의 상점에 첩첩이 쌓인 옷감이 생각났다. 그는 자기도 모르게 손을 번쩍 들어 칠운이를 치려했으나, 그 손은 맥을 잃고 늘어진다.

"난 그럼, 아기 안 보겠다야, 씨."

칠운이가 아기를 내려놓고 달아난다. 그러자 아기는 악을 쓰고 운다. 칠성이는 눈도 거들떠보지 않고 돌아앉아 파리가 우글우글 끓는 곳을 바

6 '다그치다'의 북한어.

라보니 밥그릇이 눈에 띄었다. 언제나 어머니는 그가 늦게 일어나므로 저렇게 밥 바리에 보를 덮어 놓고 김매러 가는 것이다. 그는 슬그머니 다가 앉아 술을 들고 보를 들쳤다. 국에는 파리가 빠져 둥둥 떠다니고, 밥 바리에 붙었던 수없는 파리 떼는 기겁을 해서 달아난다. 그는 파리를 건져 내고 밥을 푹 떠서 입에 넣었다. 밥이란 도토리뿐으로 밥알은 어쩌다가 씹히곤 했다. 씹히는 그 밥알이야말로 극히 부드럽고 풀기가 있으며, 그 맛이 달큼해서 기침을 할 지경이었다. 그러나 그 맛은 잠깐이고 또 도토리가 미끈하게 씹혀 밥맛이 쓰디쓴 맛으로 변한다. 그래도 도토리만은 잘 씹지 않고 우물우물해서 얼른 삼키려면 그만큼 더 넘어가지 않고 쓴 물을 뿌리며 혀끝에 넘나들었다.

얼마 후에 바라보니, 아기가 언제 울음을 그쳤는지 눈이 보숭보숭해서 발발 기어오다가, 오빠를 보고 멀거니 쳐다보다가는 그 눈을 밥그릇에 돌리고 또 오빠의 눈치를 살핀다. 칠성이는 그 듣기 싫은 울음을 그친 것이 대견해서 얼른 밥알을 골라 내쳐 주었다. 그러니 아기는 그 조그만 손으로 밥알을 쥐어 먹다가, 성이 차지 않아서 납작 엎드려서 밥알을 쫄쫄 핥아먹고는 또 말가니 오빠를 본다. 이번에는 도토리알을 내쳐 주었다. 아기는 웬일인지 당길성 없게 도토리를 쥐고는 손으로 조몰락조몰락 만지기만 하고 먹지 않는다.

"아 안 먹게이!"

도토리를 분간해서 아는 아기가 어쩐지 미운 생각이 왈칵 들어 그는 이렇게 소리쳤다. 그러니 아기는 입을 비죽비죽하다가 으아 하고 울었다.

"우 울겠니!"

칠성이는 발길로 아기를 찼다. 아기는 눈을 꼭 감고 방바닥에 쓰러졌다. 그 바람에 아기 머리의 파리는 웅 하고 조금 떴다가 곧 달라붙는다. 칠성이가 재차 차려고 달려드니 아기는 코만 풀찐풀찐하면서 울음소리를 뚝 끊었다. 그러나 그 눈엔 눈물이 샘솟듯 흐른다. 칠성이는 모른 체하고 돌아앉아 밥만 퍼먹다가 캑 하는 소리에 머리를 돌렸다.

아기는 언제 그 도토리를 먹었던지 캑캑 하고 게워 놓는다. 깨느르르한 침에 섞여 나오는 도토리 쪽은 조금도 씹히지 않은 그대로였고, 그 빛이 약간 붉은 기를 띤 것을 보아 피가 묻어 나오는 것임을 알 수 있다. 아기의 얼굴은 빨갛게 상기되고 목에 힘줄이 불쑥 일어났다.

그 찰나에 칠성이는 입에 문 도토리가 모래알같이 씹을 수 없고, 쓴 내가 콧구멍 깊이 칵 올려 받쳐 견딜 수 없었다. 그는 술을 텡긍 내치고 아기를 번쩍 들어 문 밖으로 내놓았다. 그리고 뼈만 남은 아기의 볼기를 짝 붙이니, 얼굴이 새카매지면서도 여전히 느껴 운다. 이번에는 밥그릇을 냅다 차서 요란스레 굴리고 윗방으로 올라오니, 게우는 소리에 몸이 오시러워서[7] 가만히 있을 수 없었다. 문득 갈 자리 속의 과자를 생각하고 그것을 남김없이 꺼내다가 아기 앞에 팽개치고 뒤뜰로 나와 버렸다. 그는 빙빙 돌다가 침을 탁 뱉었다.

한참 만에 칠성이가 방으로 들어오니, 방 안은 단 가마 속 같다. 그는 앉았다 섰다 안달을 하다가 머리를 기웃하여 보니, 아기는 손을 깔고 봉당에 엎드려 잠들었고, 게워 놓은 자리엔 쇠파리가 날개 없는 듯이 벌벌 기고 있으며, 아기 머리와 빠끔히 벌린 입에는 잔파리, 왕파리가 바글바글 들싼다. 과자! 그는 놀라 둘러보았다. 부스러기도 볼 수 없었다. 아기가 다 먹을 수 없고 필시 칠운이가 들어왔던 것이라 생각될 때, 좀 남기고 줄 것을 하는 후회가 일며 칠운이를 보면 실컷 때리고 싶었다. 그는 달아 나오면서 발길로 아기를 차고 나왔다. 손을 거북스레 까록 모로 누운 꼴이 눈에 꺼리고 또 여윈 팔다리가 보기 싫어서 이러하고 나온 것이다.

아기 울음소리를 들으면서 그는 칠운이를 찾았다. 저편 버드나무 아래에 애들이 모여 떠든다. 옳지, 저기 있구나, 하고 씩씩거리며 그리고 발길

---

7 '애처롭다, 안쓰럽다'의 함경도 방언.

을 떼어 놓았다.

몰래 몰래 오너라 했건만, 칠운이는 벌써 형을 보고서 달아난다. 애들은 수수깡을 시시 하고 씹고 서서 칠성이를 힐끔힐끔 보다가는 히히 웃었다. 어떤 놈은 칠성이의 걸음 흉내를 내기도 한다.

칠운이는 조밭으로 들어갔는지 보이지도 않는다. 그가 잡풀에 얽히어 넘어지니, 뒤로 따르던 애들은 허 하고 웃고 떠든다. 칠성이는 겨우 일어나서 애들을 노려보았다. 이놈들도 달려들지나 않으려나 하는 불안이 약간 일어 이렇게 딱 버티어 보인 것이다. 애들은 무서웠던지 슬금슬금 달아난다. 애들 같지 않고 무슨 원숭이 무리가 먹을 것을 구하러 눈이 뒤집혀서 다니는 것 같았다. 이 동리 애들은 모두가 미운 애들 만이라고 부지중에 생각되어 한참이나 바라보다가 걸었다. 이마가 따갑고 발가락이 따가운데, 또 애들이 벗겨 버린 수수깡 껍질이 발끝에 따끔거린다. 애들은 내를 바라고 달아난다. 그 무리에 칠운이도 섞였을 것이라고……. 그는 버드나무 아래로 왔다.

여기는 수수깡 껍질이 더 많고 또 소를 갖다 매는 탓인지, 쇠똥이 지저분했다. 버드나무에 기대서서 그는 바라보았다. 저걸로 그의 눈이 큰년네 집에 멈추고 또 큰년이를 만나 볼 마음으로 가득하다. 지금 혼자 있을 텐데 가 볼까, 그러나 누가 있으면…… 무엇이 따끔하기에 보니 왕개미 몇 마리가 다리로 올라온다. 그는 툭툭 털고 다시 보았다.

멀리 큰년네 바자엔 빨래가 희게 널렸는데, 방금 날려는 새와 같이 되록되록하여 쉬 하면 푸르릉 날 듯하다. 있기는 누가 있어, 김매러 다 갔을 터인데…… 신발 소리에 그는 돌아보았다. 개똥 어머니가 어떤 여인을 무겁게 업고 숨이 차서 온다. 전 같으면,

"요새 성냥 많이 벌었겠구먼, 한 갑 선사하게나."

하고 농담을 건넬 터인데 오늘은 울상을 하고 잠잠히 지나친다. 이마에 비지땀이 흐르고 다리가 비틀비틀 꼬이고 숨이 하늘에 닿고, 그가 머리를

들어 보니 등에 업힌 여인인 즉 죽은 시체 같았다. 흩어진 머리 주제며, 입에 끓은 거품 꼴, 피투성이가 된 옷! 눈을 크게 뜨며 머리카락에 휩싸인 여인의 얼굴을 똑바로 보니 큰년의 어머니였다. 그는 놀랐다. 해서 뭐라고 묻고 싶은데 벌써 개똥 어머니는 버드나무를 지나 퍽으나 갔다. 웬일일까? 어디 넘어졌나, 누구와 쌈을 했나 하고 두루 생각하다가 못 견디어 일어나 따랐다. 맘대로 하면 얼른 가서 개똥 어머니에게 어찌된 곡절을 묻겠는데, 다리가 말을 듣지 않고 점점 더 비틀거리기만 하고 앞으로 가지는 않는다. 그는 화를 더럭 내고 몸짓만 하다가 팍 거꾸러졌다. 한참이나 버둥거리다가 일어나서 천천히 걸었다.

큰년네 굴뚝에는 연기가 흐른다. 옳구나, 큰년의 어머니가 어찌해서 그 모양이 되었을까, 또다시 이러한 궁금증이 일어난다. 그가 큰년네 마당까지 오니, 큰년네 집으로 들어가고 싶어 발길이 자꾸만 돌려진다. 그런 것을 참고 무슨 소리나 들을까 하여 한참이나 왔다 갔다 하다가 집으로 왔다.

봉당[8]에 들어서니 파리가 와글 끓는데, 그 속에서 아기가 똥을 누고 있다. 깽깽 힘을 쓰니 똥은 안 나오고 밑이 손길같이 빠지고 거기서 빨간 핏방울이 똑똑 떨어진다. 아기는 기를 쓰느라 두 눈을 동그랗게 비켜 뜨니, 얼굴의 힘줄이 칼날같이 일어난다. 그 조그만 이마에 땀이 비 오듯 하고, 그는 못 볼 것이나 본 것처럼 머리를 돌리고 방으로 들어왔다. 마음대로 하면 아기를 칵 밟아 죽여 버리든지 어디 멀리로 들어다 버리든지 했으면 오히려 시원할 것 같다.

칠성이는 발길에 채여 구르는 도토리를 집어먹으며, 아기 기 쓰는 소리에 눈살을 찌푸리고 그만 뒤뜰로 나와 버렸다. 아기로 인하여 잠깐 잊었던 큰년 어머니의 생각이 또 나서 그는 바자 곁으로 다가섰다.

---

8 안방과 건넌방 사이의 마루를 놓을 자리에 마루를 놓지 아니하고 흙바닥 그대로 둔 곳.

"으아 으아."

하는 아기 울음소리에 머리를 돌렸다. 영애의 울음소리가 아니요, 아주 갓난 어린애의 울음인 것을 직각하자 큰년의 어머니가 아기를 낳았는가 했다. 그러자 불안하던 마음이 다소 덜리나, '아기' 하고 입에만 올려도 입에서 신물이 돌 지경이었다. 지금 봉당에서 피똥을 누느라 병든 고양이 꼴을 한 그런 아기를 낳을 바엔 차라리 진자리에서 눌러 죽여 버리는 것이 훨씬 나을 것 같았다.

큰년이 같은 그런 계집애를 낳았나, 또 눈 먼 것을…… 그는 히 하고 웃음이 터졌다. 그 웃음이 입가에서 사라지기도 전에 왜 이 동네 여인들은 그런 병신만을 낳을까 하니, 어쩐지 이상하였다. 하기야 큰년이가 어디 나면서부터 눈 멀었다디, 우선 나도 네 살 때 홍역을 하고 난 담에 경풍이라는 병에 걸려 이런 병신이 되었다는데, 하자 어머니가 항상 외던 말이 생각되었다.

그 때 어머니는 앓는 자기를 업고, 눈이 길같이 쌓여 길도 찾을 수 없는 데를 눈 속에 푹푹 빠지면서 읍의 병원에를 갔다는 것이다. 의사는 보지도 못한 채 어머니는 난로도 없는 복도에 한 경[9]이나 서고 있다가 하도 갑갑해서 진찰실 문을 열었더니, 의사는 눈을 거칠게 떠 보이고 어서 나가 있으라는 뜻을 보이므로 하는 수 없이 복도로 와서 해가 지도록 기다리는데 나중에 심부름하는 애가 나와서 어머니 손가락만한 병을 주고 어서 가라고 하였다는 것이다.

어머니는 그 말만 하면 흥분이 되어 의사를 욕하고 또 세상을 원망하는 것이다. 그 때마다 그는 어머니를 핀잔하고 그 말을 막아 버리곤 하였다. 무엇보다도 불쾌하여 견딜 수 없었던 것이다.

---

9 일몰부터 일출까지 하룻밤을 다섯으로 나누어 부르는 시간의 이름. 밤 7시부터 시작하여 두 시간씩 나누어 각각 초경, 이경, 삼경, 사경, 오경이라고 이른다. 즉 '한 경'은 '두 시간'을 의미한다.

약만 먹으면 이제라도 내 병이 나을까, 큰년의 병도…… 아니야, 이미 병신이 된 담이야 약만 쓴다고 나을까, 그래도 알 수가 있다. 어쩌다가 좋은 약만 쓰면 나도 남처럼 다리, 팔을 제대로 놀리고 해서 동냥도 하러 다니지 않고 내 손으로 김도 매고 또 산에 가서 나무도 쾅쾅 찍어 오고 애새끼들한테서 놀림도 받지 않고…… 그의 가슴은 우쩍하였다. 눈을 번쩍 떴다. 병원에나 가서 물어 볼까…… 그까짓 놈들이 돈만 알지 뭘 알아. 어머니의 하던 말 그대로 되풀이하고 맥없이 주저앉았다.

큰년네 집도 조용하고, 아기의 울음소리도 그쳤는데 배가 쌀쌀 고팠다. 그는 해를 짐작해 보고, 어머니가 이제 들어오면 얼굴에 수심을 띠고 귀밑에 머리카락을 담뿍 흘리고서, 너 왜 동냥하러 가지 않았니, 내일은 뭘 먹겠니 할 것을 머리에 그리며 무심히 서 있는 대싸리 나무를 바라보았다.

혹시 이 대싸리 나무가 내 병에 약이 되지나 않을까, 그는 대싸리 나무 냄새를 코밑에 서늘히 느끼자 이러한 생각이 불쑥 일어, 대싸리 나무 곁으로 가서 한 입 뜯어 물었다. 잘강잘강 씹으니 풀내가 역하게 일며 욱 하고 구역질이 나온다. 그래도 눈을 꾹 감고 숨도 쉬지 않고 대강 씹어서 삼켰다. 목이 찢어지는 듯이 아프고 맑은 침이 자꾸만 흘러내린다. 그는 이 침마저 삼켜야 약이 될 듯해서 눈을 꿈쩍거리면서 그 침을 삼키고 나니 까닭 없이 두 줄기 눈물이 주르르 흘러내린다.

그는 하늘을 바라보고 제발 이 손을 조금만이라도 놀려서 어머니가 하는 나무를 내가 하도록 합시사 하였다. 평소에 이런 생각을 한 번도 해 본 적이 없건만 어머니가 나무를 무겁게 이고 걸음도 잘 걷지 못하는 것을 보아도 무심했건만, 웬일인지 이 순간에 이러한 생각이 일었다.

한참이나 꿈쩍 않고 있던 그는 손을 가만히 들어 보고 이번에나 하는 마음이 가슴에서 후닥닥거렸다. 하나 손은 여전히 떨리어 움츠러든다. 갑자기 욱 하고 구역질을 하자, 땅에 머리를 쾅 들이 쪼고 홀쩍홀쩍 울었다.

아주 캄캄해서야 어머니는 돌아왔다. 또 산으로 가서 나무를 해 이고 온 것이다.

"어디 아프냐?"

어둠 속에 약간 드러나는 어머니의 윤곽은 피로에 쌓여 넘어질 듯하다. 그리고 짙은 풀내가 치마폭에 흠씬 배어 마늘 내같이 강하게 풍겼다.

"이 애야, 왜 대답이 없어?"

아들의 몸을 어루만지는 장작개비 같은 그 손에도 온기만은 돌았다.

칠성이는 어머니의 손을 뿌리치고는 돌아누웠다. 어머니는 물러앉아 아들의 눈치를 살피다가 혼자 하는 말처럼,

"어디가 아픈 모양인데, 말을 해야지 잡놈 같으니라구."

이 말을 남기고 일어서 나갔다. 한참 후에 어머니는 푸성귀 국에다 밥을 말아 가지고 들어와서 아들을 일으켰다. 칠성이는 언제나처럼 어머니 팔목에서 뚝 하는 소리를 들으면서 일어나 앉아 떨리는 손으로 술을 붙들었다.

"애야, 어디 아프냐?"

아까와 달리 어머니 옷 가에 그을음 내가 풍기고, 숨소리에 따라 밥내 구수한데, 무겁던 몸이 가벼워진다.

"아 아니."

마음을 졸이던 끝에 비로소 안심하고 아들이 국 마시는 것을 들여다보았다.

"에그, 큰년네 어머니는 오늘 밭에서 아기를 낳았다 누나. 내남없이 가난한 것들에서 새끼가 무어겠니."

아까 버드나무 아래서 본 큰년의 어머니가 떠오르고, 으아으아 울던 아기 울음소리가 들리는 듯, 또 영애의 그 꼴이 선히 나타난다. 그는 눈쌀을 찌푸렸다.

"글쎄 새끼가 왜 태워, 진절머리 나지."

한숨 섞어 어머니는 이렇게 탄식하고, 빈 그릇을 들고 나가 버린다. 칠성이는 방 안이 덥기도 하지만, 큰년의 일이 궁금해서 그만 일어나 나왔다.

뜰 한 모퉁이에 쌓여 있는 나뭇단에서 짙은 풀내가 산 속인 듯싶게 흘러나오고, 검푸른 하늘의 별들은 아기 눈같이 예쁘다.

왱왱거리는 모기를 쫓으면서 나무를 말리어 모아 놓은 곳에 주저앉았다. 마른 갈잎이 버석버석 소리를 내고 더운 김에 밑이 뜨뜻하였다. 어머니가 저리로부터 온다.

"칠성이냐? 왜 나왔니."

버럭 소리를 내고 곁에 앉는다. 땀내와 영애의 똥내가 훅 끼치므로, 그는 머리를 돌렸다. 어머니는 젖을 꺼내 아이에게 물리고 한숨을 푹 쉰다. 무슨 말을 하려나 하고 칠성이는 어머니의 눈치를 살피나, 안타깝게 병든 고양이 새끼 같은 영애를 어루만지기만 하고 쉽사리 입을 열지 않았다.

해종일 김매기에 그 몸이 고달팠겠고, 더구나 산에 가서 나무를 해 오려기에 그 몸이 지칠 대로 지쳤으련만, 또 아기에게서라도 시달림을 받으니, 오늘날이라도 잠만 들면 깨지 못할 것 같다. 그렇게 피로한 몸을 돌아보지 않는 어머니가 어딘지 모르게 미웠다.

"계집애는 자지도 않아!"

칠성이는 보다 못해서 꽥 소리쳤다. 영애는 젖꼭지를 문 채 울음을 내쳤다.

그 애가 어디 자게 되었니. 몸이 아픈 데다 해종일 굶었고 또 이리 젖이 안 나니까, 하는 말이 혀끝에서 뚝 떨어지려는 것을 꾹 참으니 눈물이 핑그르르 돌았다.

"오오, 널 보고 안 그런다. 어서 머."

겨우 말을 마치자 눈물이 줄줄 흘렀다. 문득 어머니는 이 눈물이 곁으로 흘러서 영애의 타는 목을 축여 줬으면 가슴은 이다지도 쓰리지 않으련만 하였다.

한참 후에 어머니는,

"글쎄 살지도 못할 것이 왜 태어나서 어미만 죽을 경을 치게 하겠니. 이제 가 보니 큰년네 아기는 죽었더구나. 잘 되기는 했더라만…… 에그 불쌍하지. 얼마나 밭고랑을 타고 헤매었는지, 아기 머리는 고냥 흙투성이라더구나. 그게 살면 또 병신이나 되지 뭘 하겠니. 눈에 귀에 흙이 잔뜩 들었더라니, 아이구 죽기를 잘했지, 잘했지!"

어머니는 흥분이 되어 이렇게 중얼거린다. 칠성이도 가슴이 답답해서 숨을 크게 쉬었다. 그리고 자신도 어려서 죽었더라면 이 모양은 되지 않을 것을 하였다.

"사는 게 뭔지, 큰년네 어머니는 내일 또 김매러 가겠다더구나. 하루쯤 쉬어야 할 텐데, 이게, 이게 어느 때냐. 그럴 처지가 되어야지. 없는 놈에게 글쎄 자식이 뭐냐. 웬 자식이냐."

영애를 낳아 놓고 그 다음 날로 보리마당질하던, 그 지긋지긋하던 때가 떠오른다. 하늘이 노랗고 핑핑 돌고 보리 이삭이 작았다 커 보이고, 도리깨를 들 때 내릴 때 아래서는 무엇이 뭉클뭉클 나오다가 나중엔 무엇이 묵직하게 매어 달리는 듯해서 좀 만져 보았으나, 사이도 없고 또 남들이 볼까 꺼리어 그냥 참고 있다가 소변보면서 보니 허벅다리에 피가 흥건했고, 또 주먹 같은 살덩이가 축 늘어져 있었다. 겁이 더럭 났지만, 누구 보고 물어 보기가 부끄럽고 해서 그냥 내버려 두었더니 그 살덩이가 오늘까지 늘어져서 들어갈 줄 모르고 또 무슨 물을 줄줄 흘리고 있다.

그것 때문에 여름에는 더 덥고 또 고약스런 악취가 나고, 겨울엔 더하고 항상 몸살이 오는 듯 오삭오삭 추웠다. 먼 길이나 걸으면 그 살덩이가 불이 붙는 듯 쓰리고, 또 염증을 일으켜 통통 부어서 걸음을 걸을 수가 없으며, 나중에 주위로 수없는 종기가 나서 그것이 곪아터지느라 기막히게 아팠다. 이리 아파도 누구에게 아프다는 말도 할 수 없는 그런 종류의 병이었다.

어머니는 지금도 척척히 늘어져 있는 그 살덩이를 느끼면서 한숨을 푹 쉬었다. 갈잎이 바삭바삭 소리를 낸다. 마침 영애는 젖꼭지를 꽉 물었다.

"어이구!"

소리까지 내치고도 얼른 칠성이가 이런 줄을 알면 욕할 것이 싫어서 그 다음 말은 뚝 그치고 손으로 영애의 머리를 꼭 눌러 아프다는 뜻을 영애에게만 알렸다. 그러고도 너무 눌렀는가 하여 누른 자리를 금세 어루만져 주었다.

"정말 오늘 그 난시에 글쎄 큰년네 집에는 손님이 와서 방 안에 앉아도 못 보고 갔다 누나."

칠성이는 머리를 들었다. 어디서 불어오는 모기 쑥내는 향긋하였다.

"전에부터 말 있는 그 집에서 왔다는데, 넌 정 모르기 쉽겠구나. 읍에서 무슨 장사를 한다나, 꽤 돈푼이나 있다더라. 한데, 손을 이때까지 못 보았다누나. 해서, 첩을 여남은 두 넘어 얻었으나, 이때까지 못 낳았단다. 에그, 그런 집에 나래지."

어머니는 영애를 잠잠히 내려다본다. 칠성이는 이야기하면서도 아기를 생각하는 어머니가 보기 싫었다. 하나 다음 말을 들으려고 가만히 앉아 있었다.

"그런데 어찌어찌하다가 큰년의 말이 났는데, 사내는 펄쩍 뛰더란다. 그래두 안으로 맘이 캥기어서 그런다고 하더니, 하필 오늘 같은 날, 글쎄 선보러 왔다 갔다니 큰년이는 이제 복 좋을라! 언제 봐도 덕성스러워. 그 애가 눈이 멀었다 뿐이지 못하는 게 뭐 있어야지. 허드렛일이나 앉아 하는 일이나 휭 잡았으나 눈 뜬 사람보다 낫다. 이제 그런 집으로 시집가게 되고 달덩이 같은 아들을 낳아 놀게. 아이그, 좀 잘 살아야지……."

"눈 먼 것을 얻어다 뭣을 해!"

칠성이는 뜻밖에 이런 말을 퉁명스레 내친다. 그의 가슴은 지금 질투의 불길로 꽉 찼고, 누구든지 큰년이만 다친다면 사생을 결단하리라 하였다. 이러고 나니 머리에 열이 오르고 다리와 팔이 떨렸다.

"그 그래, 시 시집가기로 됐나?"

어머니는 아들의 눈치를 살피고 어쩐지 대답하기가 어려웠다. 동시에 저것도 계집이 그리우려니 하니 불쌍한 마음이 들고 또 아들의 장래가 캄캄해 보였다.

"아직 되지 않았더라마는……."

이 말에 그의 마음은 다소 가라앉은 듯하나, 웬일인지 슬픈 생각이 들어 일어났다.

"들어가 자거라. 내일은 일찍이 읍에 가게 해. 어떡허겠니?"

칠성이는 화를 버럭 내고 어머니 곁을 떠나 되는 대로 걸었다.

발걸음에 따라 모기 쑹내 없어지고 산뜻한 공기 속에 풀내 가득히 흐른다. 멀리 곡식대 비벼치는 소리 바람결에 은은하고, 산기를 띤 실바람이 그의 몸에 싸물싸물 기고 있다. 잠방이[10] 가랑이 이슬에 젖고, 벌레 소리 발끝에 채여 요리 졸졸졸, 조리 쓸쓸쓸…….

그는 우뚝 섰다. 저 앞은 지척을 분간할 수 없는 어둠으로 덮였고, 하늘 아래 저 불타산의 윤곽만이 검은 구름같이 뭉실뭉실 떠 있다. 그 위에 별들이 너도 나도 빛나고, 별빛이 눈가에 흐르자 눈물이 핑그르르 돌며 통곡이라도 하고 싶었다. 저 산도, 저 하늘도 너무나 그에겐 무심한 것 같다.

"이 애야, 들어가자."

어머니의 기운 없는 음성이 들린다.

"왜 왜 쫓아다녀유."

칠성의 마음에 잠겼던 어떤 원한이 일시에 머리를 들려고 하였다.

"제발 들어가, 이리 나오면 어쩌겠니!"

---

10 가랑이가 무릎까지 내려오도록 짧게 만든 홑바지.

어머니는 그의 손을 붙들었다. 칠성이는 뿌리치려 했으나 힘이 부친다. 길 풀이 그들의 옷에 비비쳐 실실 소리를 낸다. 어머니는 절반 울면서 사정을 하였다. 그는 어머니 손에 붙들려 돌아오면서, 오냐 내일 저를 만나 보고 시집가는지 안 가는지 물어 보고, 또 나한테 시집 오겠니도 물어야지 할 때, 가슴이 씩씩 뛰고 어떤 실 같은 희망이 보인다.

"날 보고 네 동생들을 봐라."

어머니는 이러한 말을 하여 아들을 달래려고 한다. 칠성이는 말없이 그의 집까지 왔다.

이튿날 일부러 늦게 일어난 칠성이는, 오늘은 기어이 큰년이를 만나 무슨 말이든지 하리라, 만일 시집가기로 되었다면…… 그는 아득하였다. 그 때는 그만 죽여 버릴까? 나는 그 칼에 죽지하고 뒤뜰로 나와서 바자 곁에 다가섰다. 큰년네 집은 고요하고, 뜨물동이에서 왕왕거리는 파리 소리만이 간혹 들릴 뿐이다. 가자! 바자에서 선뜻 물러섰다. 눈에 마주 띄는 저 앞의 큰 차돌은 웬일인지 노랗게 보였다.

그는 숨이 차서 방으로 들어왔다. 옷을 이 모양을 하고 가, 하고 굽어보았다. 쇠똥 자국이 여기저기 있고 군데군데 해어졌고, 뭘 눈이 멀었는데 이게 보이나, 그럼 만나서는 뭐라구 말을 해야지? 그는 천장을 바라보고 생각하였다. 입가에 흐르는 침을 몇 번이나 시 하고 들이마시나, 그저 캄캄한 것뿐이다. 생전 말이라고는 못 해 본 것처럼 아득하였다.

내가 병신임을 제가 아나 하는 불안이 불쑥 일어 맥이 탁 풀린다. '너 까짓 것에게 시집 가!' 하는 큰년의 말이 들리는 듯해서 그는 시름없이 밖을 내다보았다.

바자에 얽힌 호박 넝쿨, 박 넝쿨, 그 옆으로 옥수숫대, 썩 나와서 살구나무, 작고 큰 대싸리가 아무 기탄없이 하늘을 바라보고 가지가지를 쭉쭉 쳤으니, 잎잎이 자유스럽게 미풍에 흔들리지 않는가. 웬일인지 자신은 저러한 초목만큼도 자유롭지 못한 것을 전신에 느끼고 한숨을 후 쉬었다.

한참 후에 칠성이는 마음을 단단히 먹고 마당으로 나와서, 큰년네 집 앞으로 몇 번이나 왔다 갔다 하다가, 싸리문을 가만히 밀고 껑충 뛰어들었다.

봉당문도 꼭 닫혔고 싸리비만이 한가롭게 놓여 있다. 얼떨결에 봉당문을 삐걱 열었을 때 고양이 한 마리가 야옹 하고 뛰어나간다. 그는 어찌 놀랐는지 숨이 하늘에 닿을 것처럼 뛰었다. 봉당으로 들어서서 한참이나 망설이다가 방문을 열어 보았다. 무거운 공기만이 밀려나오고 큰년이는 없었다. 시집을 갔나? 하고 얼른 생각하면서, 부엌으로 뒤뜰로 인기척을 찾으려 하였으나 조용하였다. 그는 이러하고 언제까지나 있을 수가 없어서 발길을 돌리려 했을 때 싸리문 소리가 난다. 그는 얼떨결에 기둥 이편으로 와서 그 뒤 멍석 곁에 바싹 다가섰다. 부엌문 소리가 덜그렁 나더니, 큰년이가 빨래 함지를 이고 들어온다. 그의 눈은 캄캄해지고 정신이 나른해진다. 큰년이가 그를 알아보고 이리 오는 것만 같고, 그의 눈은 먼 것이 아니요, 언제나 창틈으로 볼 수 있는 별 눈을 빠끔히 뜨고서 쳐다보는 듯했다. 숨이 차서 견딜 수 없으므로, 멍석 아래 뒤로 돌아가며 숨을 죽였으나, 점점 더 숨결이 항항거리고 멍석 눈에 코가 맞닿아서 기절을 할 지경이었다.

큰년이는 뒤뜰로 나간다. 짤짤 끄는 신발 소리를 들으면서 머리를 내밀어 밖을 살피고 발길을 옮기려 했으나, 온몸이 비비꼬이어 한 보를 옮길 수가 없다. 어색하여 그만 집으로 가려고도 했다. 그의 몸은 돌로 된 것 같았으나 마침 빨래 널리는 소리가 바삭바삭 나자, 큰년이가 읍으로 시집간다 하는 생각이 들며, 발길이 허둥 하고 떨어진다.

큰년이는 빨래를 바자에 걸치다가 휙끈 돌아보고 주춤한다. 칠성이는 차마 큰년이를 쳐다보지 못하고 우두커니 서 있었다.

"누구요?"

"……."

"누구야요?"

큰년의 음성은 떨려 나왔다. 칠성이는 무슨 말이든지 해야 할 터인데, 입이 짝 붙고 떨어지지 않는다. 한참 후에 발길을 지척하고 내디뎠다.

"난 누구라고……."

큰년이는 바자 곁으로 다가서고, 머리를 다소곳 한다. 곱게 감은 그의 눈등은 발랑발랑 떨렸다. 칠성이는 자기를 알아보는 것을 알고 조금 마음이 대담해졌다. 이번엔 밖이 걱정이 되어 연방 눈이 그리로만 간다.

"나가 야, 어머니 오신다."

큰년이는 암팡지게[11] 말을 했다. 어려서 음성이 그대로 남아 있다.

"너 너 시집간다지. 좋겠구나!"

"새끼두 별소리 다 하네. 나가 야."

큰년이는 빨래를 조몰락거리고 서서 숨을 가볍게 쉰다. 해어진 적삼 등에 흰 살이 불룩 솟아 있다. 칠성이는 무의식간에 다가섰다.

"아이구머니!"

큰년이는 바자를 붙들고 소리쳤다. 칠성이는 와락 겁이 일어 주춤 물러서고 나갈까도 했다. 앞이 캄캄해지고 빙글빙글 돌아가는 것 같았다.

"어머니 오신다, 야."

칠성이는 잠깐 눈을 감았다가 덜덜 떨려 나오는 소리에 눈을 떴다. 등으로 흘러내려온 삼단 같은 머리채는 큰년의 냄새를 물씬물씬 피우고 있다. 칠성이는 얼른 큰년의 발을 짐짓 밟았다. 큰년이는 얼굴이 새빨개서 발을 빼어 가지고 저리로 간다. 손에 들었던 빨래는 맥없이 툭 떨어진다.

쟤가 돌을 집어 치려고 저러나 하고 겁을 먹었으나, 큰년이는 바자 곁에 다가서서 바자를 보시락보시락 만지고 있는데, 댕기꼬리는 풀풀 날린다. 야물야물하던 말도 쑥 들어가고 애꿎은 바자만 만지고 있다.

---

11 몸은 작아도 힘차고 다부지게.

"사탕두 주구, 옷 옷감두 주 주께. 시집 안 가지?"

큰년이는 언제까지나 잠잠하고 있다가 조금 머리를 드는 체하더니,

"누가…… 사탕…… 히."

속으로 웃는다. 칠성이도 따라 웃고,

"응야, 안 안 가지?"

"내가 아니, 아버지가 알지."

이 말엔 말이 막힌다. 그래서 우두커니 섰노라니,

"어서 나가 야."

큰년이는 얼굴을 돌린다. 곱게 감은 눈에 눈썹이 가무레하게 났는데, 그 눈썹 끝에 걱정이 대글대글 맺혀 있다.

"그 그럼, 시집 가 가겠니?"

큰년이는 머리를 푹 숙이고, 발끝으로 돌을 굴리고 있다. 칠성이는 슬픈 마음이 들어 울고 싶었다.

"안 안 안 가지, 응야?"

큰년이는 대답 대신으로 한숨을 푹 쉬고 머리를 들려다가 돌아선다. 그때 어린애 울음소리가 들렸다. 칠성이는 놀라 뛰어나왔다.

집에 오니, 칠운이가 아기를 부엌 바닥에 내려 굴리고 띠로 아기를 꽁꽁 동이려고 한다. 이기는 다리, 팔을 함부로 놀리고 발악을 하니, 칠운이는 사뭇 죽일 고기 다루듯 아기를 각각 쥐어박는다.

"이 계집애 자겠니, 안 자겠니. 안자면 죽이고 말겠다."

시퍼런 코를 쌍줄로 흘리고서 주먹을 겨누어 보인다. 아기는 바르르 떨면서 눈을 꼭 감고 눈물을 졸졸 흘리고 있다.

"그러구 자라, 이 계집애."

칠운이는 아기 옆에 엎어지고, 한 손으로 그의 허리를 꼬집어 당긴다.

"어마이, 난 여기 자꾸자꾸 아파서 아기 못 보겠다야 씨…… 흥."

코를 혀끝으로 빨아올리면서 칠운이는 이렇게 중얼거렸다. 그 눈에 졸

음이 가득하더니, 그만 씩씩 자 버린다.

칠성이는 무심히 이 꼴을 보고 봉당으로 들어섰다.

"엄마!"

자는 줄 알았던 아기가 눈을 동그랗게 뜨고 오빠를 바라본다. 칠성이는 머리끝에 쭈뼛하도록 놀랐다. 해서 이 결에 발을 들어 찰 것처럼 하고 눈을 딱 부릅떠 보이니, 아기는 그 얇은 입술을 비죽비죽하며 눈을 감는다.

"엄마! 엄마!"

아기는 그 입으로 이렇게 부르고 울었다. 칠성이는 방으로 들어와서 빙빙 돌다가 뒤뜰로 나와 큰년이가 아직도 그 자리에 서 있으면 하고, 바자를 가만히 빠개고 들여다보니, 큰년이는 보이지 않고 빨래만이 가득히 널려 있었다.

방으로 들어와서 벽에 걸린 동냥자루를 한참이나 바라보면서 큰년의 옷감 끊어다 줄 궁리를 하고, 그러면 큰년이와 그의 부모들도 나에게로 뜻이 옮겨질지 누가 아나 하고, 동냥자루를 빗겨 메고서 밀짚모자를 비스듬히 젖혀 쓴 다음에 방문을 나섰다. 눈결에 보니 아기는 무엇을 먹고 있으므로, 그는 머리를 넘성하여 보았다. 아기는 띠 동인 데서 벗어나와 아궁이 곁에 오줌을 눈 듯한데 그 오줌을 쪽쪽 핥아 먹고 있다.

"이 애! 이 계집애."

칠성이는 이렇게 버럭 소리를 지르고 밖으로 나왔다. 뜨거운 물속에 들어서는 듯 전신이 후끈하였다. 신작로에 올라서며 그는 옷을 바로 하고 모자를 고쳐 쓰고 아주 점잖은 양하였다. 이제부터는 이래야 할 것 같다. 에헴! 하고 큰기침도 하여 보고 걸음도 천천히 걸으려 했다. 이러면 애들도 달려들지 못하고, 어른들도 놀리지 못할 테지, 할 때 큰년이가 떠오른다. 슬며시 돌아보니, 벌써 그의 마을은 보이지 않고 수수밭이 탁 막아섰다. 수수밭 곁으로 다가서니 싱싱한 수숫잎 내가 훅 끼치고 등에 근질근질하게 땀이 흘러내린다. 두어 번 몸을 움직이고 어디랄 것 없이 바라보았다.

수수밭 머리로 파랗게 보이는 저 불탄 산은 몇 발걸음 옮기면 올라갈 듯이 그렇게 가까워 보인다. 그의 집 창문 곁에 비껴서서 맘 놓고 바라볼 수 있는 것은 저 산이요, 또 이런 수수밭 머리에서 숨어 가며 바라볼 수 있는 것은 저 산이다.

그는 한숨을 푹 쉬었다. 언제나 저 산을 바라볼 때엔 흩어졌던 마음이 한데 모이는 듯하고, 또 깜박 잊었던 옛날 일이 한두 가지 생각되곤 하였다.

먼 산에 아지랑이 아물아물 기는 어느 봄날, 그가 자리에서 일어나 창문 곁에 서니, 동무들이 조그만 지게를 지고 지팡이를 지게에 끼웃이 꽂아 가지고 열을 지어 산으로 가고 있다. 어찌나 부럽던지 한숨에 뛰어나와서 우두커니 바라볼 때, 언제나 나도 이 병이 나아서 쟤들처럼 지팡이를 저리 꽂아 가지고 나무하러 가보나, 난 어른이 되면 저 산에 가서 이런 굵은 나무를 탕탕 찍어서 한 짐 잔뜩 지고 올 테야······.

여기까지 생각한 그는 흠 하고 코웃음 쳤다. 뼈 마디마디가 짜릿해 오고 가슴이 죄어지는 것 같다. 두어 번 머리를 설레설레 흔들고 터벅터벅 걸었다. 지금 그의 앞엔 큰년이가 있을 따름이다.

이틀 후.

칠성이는 그의 마을로부터 육 리나 떨어져 있는 송화읍 어귀에 우두커니 서 있었다. 읍에 와서 돌아다니나 수입이 잘 되지 않으므로, 이렇게 송화읍까지 오게 되었고, 그래서야 겨우 큰년의 옷감을 인조견[12]으로 바꾸어 가지고 돌아오는 길이었던 것이다.

이 밤이나 어디서 지낼까 망설이다, 어서 빨리 이 옷감을 큰년의 손에 쥐어 주고 싶은 마음, 또는 큰년의 혼사 사건이 궁금하고 불안해서 그는 가기로 결정하고 걸었다.

쳐다보니 별도 없는 하늘, 검정 강아지 같은 어둠이 눈 속을 아물아물

---

12 사람이 만든 명주실로 짠 비단.

하게 하는데, 웬일인지 마음이 푹 놓이고, 어떤 희망으로 그의 눈은 차차로 열렸다. 산과 물은 그의 맘속에 파랗게 솟아 있는 듯, 그렇게 분명히 구별할 수 있고, 신작로에 깔린 자갈돌은 심심하면 장난치기 알맞았다.

사람들이 연락부절하고 자동차가 먼지를 피우며 달아나는 그 낮 길보다는 오히려 이 밤길이 그에게 퍽 좋게 생각되었다. 그래서 다리 아픈 것도 모르고 걸었다. 가다가 우뚝 서면 산 냄새 그윽하고 또 가다가 들으면 물소리 돌돌 하는데, 논물 내 확 풍기고, 간혹 산새 울음 끊었다 이어질 제, 멀리 깜박여 오는 동네의 등불은 포르릉 날아오는 것 같다가도, 다시 보면 포르릉 날아간다.

그가 숨을 크게 쉴 때마다 가슴에 품겨 있는 큰년의 옷감은 계집의 살결 같아 조약돌을 밟은 발가락이 짜르르 울렸다. '고것 어떡허나.' 그는 무의식 간에 입을 쩍 벌리고 무엇을 물어 당길 것처럼 하였다. 지금 큰년이와 마주 섰던 것을 그려 본 것이다. 이제 가서 옷감을 들려주면 큰년이는 너무 좋아서 그 가무레한 눈썹 끝에 웃음을 띨 테지. 가슴은 소리를 내고 뛴다.

차츰 동녘 하늘이 바다와 같이 훤해 오는데, 난데없는 빗방울이 뚝뚝 떨어진다. 그는 놀라 자꾸 뛰었으나 비는 더 쏟아지고, 멀리서 비 몰아오는 소리가 참새 무리들 건너듯 했다. 그는 어쩔까 잠시 망설이다가 빗발에 묻히어 어림해 보이는 저 동리로 부득이 발길을 옮겼다. 큰년의 옷감이 아니면 이 비를 맞으면서도 가겠으나, 모처럼 끊은 이 옷감이 비에 젖을 것이 안 되어 동네로 발길을 옮긴 것이다.

한참 오다가 돌아보니 신작로가 뚜렷이 보이고, 어쩐지 마음이 수선해서 발길이 딱 붙는 것을 겨우 떼어 놓았다.

동네까지 오니, 비에 젖은 밀짚 내 콜콜 올라오고, 변소 옆을 지나는지 거름 내가 코밑에 살살 기고 있다. 그는 어떤 집 처마 아래로 들어섰다. 몸이 오솔오솔 춥고 눈이 피로해서 바싹 벽으로 다가서서 웅크리고 앉았다. 그의 마을 앞에 홰나무가 보이고, 큰년이가 나타나고…… 눈을 번쩍 떴다.

빗발 속에 날이 밝았는데, 먼 산이 보이고 또 지붕이 옹기종기 나타나고, 낙숫물 소리 요란하고…… 그는 용기를 내어 일어나 둘러보았다.

그가 서 있는 이 집이란 돈푼이나 좋이 있는 집 같았다. 우선 벽이 회벽으로 되었고, 지붕은 시커먼 기와로 되었으며 널판자로 짠 문의 규모가 크고 또 주먹 같은 못이 툭툭 박힌 것을 보아 짐작할 수 있었다. 그의 얼었던 마음이 다소 풀리는 듯하였다.

흰 돌로 된 문패가 빗소리 속에 적적한데, 칠성이는 눈썹 끝이 희어지도록 이 문패를 바라보고 생각을 계속하였다.

'오냐, 오늘은 내게 무슨 재수가 들어 닿나 보다. 이 집에서 조반이나 톡톡히 얻어먹고 돈이나 쌀이나 큼직이 얻으리라…….'

얼른 눈을 꼭 감아 보고,

'눈도 먼 체할까. 그러면 더 불쌍하게 봐서 쌀이랑 돈을 더 줄지 모르지.'

애써 눈을 감고 한참을 견디려 했으나 눈 등이 간지럽고 속눈썹이 자꾸만 떨리고 흰 문패가 가로 세로 나타나고, 못 견디어 눈을 뜨고 말았다.

'어떡하나, 내 옷이 너무 희지.'

단숨에 뛰어나와서 흙물에 주저앉았다가 일어나 섰던 자리로 왔다. 아까보다 더 춥고 입술이 떨린다. 그가 대문 틈에 눈을 대고 안을 엿보려 할 때, 신발 소리가 절벅절벅 나므로, 날래 몸을 움직여 비켜섰다. 대문은 요란스런 소리를 내고 열렸다. 언제나처럼 칠성이는 머리를 푹 숙이고 어떤 사람의 시선을 거북스러이 느꼈다.

"웬 사람이냐?"

굵직한 음성, 머리를 드니 사내는 눈이 길게 찢어졌고 이 집의 고용인 인 듯 옷이 캄캄하다.

"한술 얻어먹으러 왔슈."

"오늘은 첫새벽부터야?"

사내는 이렇게 지껄이고 나서 돌아서 들어간다. 이 집의 인심은 후하구나, 다른 집 같으면 으레 한두 번은 가라고 할 터인데 하고 어깨가 으쓱해서 안을 보았다.

올려다 보이는 퇴위에 높직이 앉은 방은 사랑인 듯했고, 그 옆으로 조그만 대문이 좀 비딱해 보이고, 그리고 안 대청마루가 잠깐 보인다. 사랑채 왼편으로 죽 달려 이 문간에 와서 멈춘 방은 얼른 보아 창고인 듯, 앞으로 밀짚 낟가리들이 태산같이 가리어 있다. 밀짚 대에서 빗방울이 다룽다룽 떨어진다. 약간 누런빛을 띠었다. 뜰이 휘휘하게 넓은데 빗물이 골이 져서 흘러내린다.

저리로 들어가야 밥술이나 얻어먹을 텐데, 그는 빗발 속에 보이는 안대문을 바라보고, 서먹서먹한 발길을 옮겼다. 중대문을 들어서자, 안 부엌으로부터 개 한 마리가 쏜살같이 달려 나온다. 으르릉 하고 달려들므로 그는 개를 어를 양으로 주춤 물러서서 혀를 쩍쩍 채었다. 개는 날카로운 이를 내놓고 뛰어오르며 동냥자루를 확 물고 늘어진다. 그는 아찔하여 소리를 지르고 중문 밖으로 튀어나오자, 사랑에 사람이 있나 살피며 개를 꾸짖어 줬으면 했으나 잠잠하였다. 개는 눈을 뒤집고서 앞발을 버티고 뛰어오른다. 칠성이는 동냥자루를 입에 물고 몸을 굽혔다 폈다 하다가도 못 이겨서 비슬비슬 쫓겨 나왔다. 개는 여전히 따라 큰 대문에 와서는 칠성이가 용이히 움직이지 않으므로 으르릉 달려들어 잠방이 가랑이를 물고 늘어진다. 그는 악 소리를 지르고 달려 나왔다. 아까 나왔던 사내가 안으로부터 나왔다.

"워리 워리."

개는 들은 체하지 않고 삐죽한 주둥이로 자꾸 짖었다. 저놈의 개를 죽일 수가 있을까 하는 마음이 부쩍 일어, 그는 휘돌아 서서 노려볼 때 사내는 손짓을 하여 개를 부른다. 그러나 개는 슬금슬금 물러나면서도 칠성이에게서 눈을 떼지 않았다.

갑자기 속이 메슥해지고 등이 오싹하더니, 온몸에 열이 화끈 오른다. 개를 찾았으나 보이지 않고, 큰 대문만이 보기 싫게 버티고 있었다. 또 가볼까 하는 마음이 다소 머리에 드나, 그 개를 만날 것을 생각하니 진저리가 났다. 해서 단념하고 시죽시죽 걸었다.

비는 바람에 섞여 모질게 갈겨 치고, 나무 흔들리는 소리, 도랑물 흐르는 소리에 귀가 뻥뻥할 지경이다. 붉은 물이 이리 몰리고 저리 몰리는 그 위에 밀짚이 허옇게 떠 있고, 파랑새 같은 나뭇잎이 뱅글뱅글 떠돌아 간다.

비에 젖은 옷은 사정없이 몸에 착 달라붙고 지동[13]치듯 부는 바람결에 숨이 흑흑 막혔다. 어쩔까 하고 둘러보았으나 집집이 문을 꼭 잠그고 아침 연기만 풀풀 피우고 있다. 혹 빈집이나 방앗간 같은 게 없나 했으나 눈에 뜨이지 않고, 무거운 눈엔 그 개가 자꾸만 어른거리고 또 뒤에 다우쳐 오는 것 같다. 개에게 찢긴 잠방이 가랑이가 걸음에 따라 너덜너덜하여 그의 누런 다릿마디가 훤히 들여다보이고, 푹 눌러쓴 밀짚모에선 방울져 떨어지는 빗방울이 눈물같이 건건한 것을 입술에 느꼈다. 문득 큰년이 옷감이 젖는구나 생각되자 소리를 내어 칵 울고 싶었다.

그는 우뚝 섰다. 들은 자욱하여 어디가 산인지 물인지 분간할 수 없고, 곡식 대들이 미친 듯이 날뛰는 그 속으로 무수 큰 짐승이 웡웡하고 우는 듯한 그런 크고도 굵은 소리가 대지를 울린다. 지금 그는 빗말에 따라 마음만은 앞으로 앞으로 가고 싶은데, 발길이 딱 붙고 떨어지지 않는다.

바라보니 동네도 거반 지나 온 셈이요, 앞으로 조그만 집이 두셋이 남아 있다. 그리로 발길을 돌렸으나 미련이 남아 있는 듯 자주자주 멍하니 들을 바라보았다. 그가 개에게 쫓긴 것이 이번뿐이 아니요, 때로는 같은 사람한테도 학대와 모욕을 얼마든지 당하였건만, 오늘 일은 웬일인지 견

---

13 지진.

딜 수 없는 분을 일으키게 된다.

"이 친구, 왜 그러구 섰수?"

그가 놀라 보니 자기는 어느덧 조그마한 집 앞에 섰고 그 조그만 집은 연자간이라는 것을 알았다. 머리를 넘성하여 내다보는 사내는 얼른 보아 사오십 되었겠고, 자기와 같은 불구자인 거지라는 것을 즉석에서 알았다. 사내는 쭝긋이 웃는다. 그는 이리 찾아오고도 저 사내를 보니 들어가고 싶지 않아 머뭇거리다가도 하는 수 없이 들어갔다. 쌀겨 내 가득히 흐르는 그 속에 말똥 내도 훅훅 풍겼다.

"이리 오우, 저 옷이 젖어서 원……."

사내는 나무다리를 짚고 일어나서 깔고 앉았던 거적자리를 다시 펴고 자리를 내놓고 비켜 앉는다. 칠성이는 얼른 희뜩희뜩 센 머리털과 수염을 보고 늙은 것이 내 동냥해 온 것을 뺏으려나 하는, 겁이 나고 싫어졌다.

"그 옷 때메 칩¹⁴겠수. 우선 내 헌옷을 입고 벗어서 말리우."

사내는 그의 보따리를 뒤적뒤적하더니,

"자 입소. 이리 오우."

칠성이는 돌아보았다. 시커먼 양복인데 군데군데 기운 것이다. 그 순간 어디서 좋은 옷 얻었는데, 나도 저런 거나 얻었으면 하면서 이상한 감정에 싸여 사내의 웃는 눈을 정면으로 보았을 때 동냥자루나 뺏을 사람 같지 않았다. 그는 머리를 숙이고 소매에서 떨어지는 물방울을 보았다. 사나이는 나무다리를 짚고 이리로 온다.

"왜 이러구 섰수. 자, 입으시우."

"아 아니유."

칠성이는 성큼 물러서서 양복저고리를 보았다. 난생 전 입어 보지 못한 그 옷 앞에 어쩐지 가슴까지 두근거린다.

---

14 '춥다'의 방언 (강원, 경상, 함경).

"허! 그 친구 고집 대단한데, 그럼 이리 와 앉기나 해유."

사내는 그의 손을 끌고 거적자리로 와서 앉힌다. 눈결에 사내의 뭉툭한 다리를 보고 못 본 것처럼 하였다.

"아침 자셨슈?"

칠성이는 이 자가 내 동냥자루에 아침 얻어 온 줄을 알고 이러는가 하며 힐끔 동냥자루를 보았다. 거기에서도 물이 떨어지고 있다.

"아니유."

사내는 잠잠하였다가,

"안 되었구려. 뭘 좀 먹어야 할 터인데……."

사내는 또 무슨 생각을 하듯 하더니, 그의 보따리를 뒤진다.

"자, 이것 적지만 자시유."

신문지에 싼 것을 내들어 펴 보인다. 그 종이엔 노란 조밥이 고슬고슬 말라 가고 있다.

밥을 보니 구미가 버쩍 당기어 부지중에 손을 내밀었으나, 손이 말을 안 듣고 떨려서 흠칫하였다. 사내는 이 눈치를 채었음인지 종이를 그의 입 가까이 갖다 대고,

"적어 안 되었수."

부끄럼이 눈썹 끝에 일어 칠성이는 눈을 내리뜨고 애꿎이 코를 들이마시며 종이를 무릎에 놓고 입을 대고 핥아 먹었다. 신문지 내가 잇새에 나돌고 약간 쉰 듯한 밥알이 씹을수록 고소하였다. 입맛을 다실 때마다 좀 더 있으면 하는 아쉬움 마음이 혀끝에 날름거리고 사내 편을 향한 귓바퀴가 어쩐지 가려운 듯 따가움을 느꼈다.

"저것이 원……."

사내의 이러한 말을 들으며 신문지에서 입을 떼고 히 하고 웃어 보였다. 사내도 따라 웃고 무심히 칠성의 다리를 보았다.

"어디 다쳤나 보! 피가 나우."

허리를 굽혀 들여다본다. 칠성은 얼른 아픔을 느끼고 들여다보니, 잠방이 가랑이에 피가 빨갛게 묻었다. 다리엔 방금 선혈이 흐르고 있다. 바람결에 개 비린내 같은 것이 훌씬 끼친다.

"개, 개한테 그리 되었지우."

"아, 그 기와집 가셨수……. 그 개를 길러도 흉악한 개를 기르거든 흥! 한 놈이 아니우. 어디 이리 내놓우. 개에게 물린 것이 심상히 여길 것이 못되우."

사내는 그의 다리를 잡아당겼다. 그는 얼른 다리를 치우면서도 코 안이 싸해서 몇 번 코를 움직일 때 뜻하지 않은 눈물이 주르르 흘러내린다. 사나이는 이 눈치를 채고 허허 웃으면서, 그의 등을 가볍게 두드렸다.

"이 친구 우오. 울기로 하자면…… 허허, 울어선 못 쓰오."

칠성이가 머리를 번쩍 들어 사내를 바라보니, 눈에 분노의 빛이 은은하였다. 다시 다리로 시선이 옮겨질 때, 가슴이 턱 막히고 목에 무엇이 가로질리는 것 같아, 시름없이 머리를 숙이고 무심히 부드러운 먼지를 쥐어 상처에 발랐다.

"아이고! 먼지를 바르면 되우?"

사내는 칠성의 손을 꽉 붙들었다. 칠성이는 어린애같이 히 웃고 나서,

"이러면 나유."

"아 원, 그런 일 다시는 하지 마우. 약이 없으면 말지, 그런 일하면 되우? 더 상해서 앓게 되우."

칠성이는 약간 무안해서 다리를 움츠리고 밖을 바라보았다. 사내는 또다시 무슨 생각에 깊이 잠기는 것 같다. 바람이 비를 안고 싸싸 밀려들고, 천장에 수없는 거미줄은 끊어져 연기같이 나부꼈다. 바라 뵈는 버드나무의 잎은 팔팔 떨고, 아래로 시뻘건 물이 좔좔 소리를 내고 흐른다. 어깨 위가 어찔해서 돌아보면 큰 매통이 쌀겨를 뽀얗게 쓰고서 얼음 같은 서늘한 기를 품품 피우고 있다.

"배 안의 병신이우?"

사내는 문득 이렇게 물었다. 칠성이는 숙이고 머뭇머뭇하다가,

"아 아니유."

"그럼 앓다가 그리 되었구려…… 약 써 봤수?"

칠성이는 또다시 말하기가 힘든 듯이 우물쭈물하고 다리만 보았다. 한참 후에,

"아 아니유, 못 못 썼어유."

"흥! 생 다리도 꺾이우는 지경인데, 약 못 쓰는 것쯤이야, 허허허."

"……"

사내는 허공을 향하여 웃었다. 그 웃음소리에 소름이 오싹 끼쳐 힐끔 사내를 보았다. 눈을 무섭게 뜨고 밖을 내다보는데, 이마엔 퍼런 힘줄이 불쑥 일었고, 입은 꼭 다물고 있다.

"허, 치가 떨려서. 내 왜 그리 어리석었는지 지금만 같으면, 지금이라면 죽더라도 해 볼걸. 왜 그 꼴이었어! 흥."

칠성이는 귀를 밝혀 이 말을 새겨들으려 했으나 무엇을 의미한 말인지 알 수가 없었다. 사내는 칠성이를 돌아보았다. 눈 아래 두어 줄의 주름살이 돌아가신 그의 아버지와 흡사했다.

"이 친구, 나도 한 가정을 가졌던 놈이우. 공장에선 모범공이었구. 히허 모범공…… 다리가 꺾인 후에 공장에서 나오니, 계집은 달아나고, 어린것들은 배고파 울고, 부모는 근심에 지레 돌아가시구…… 허 말해 뭘 하우."

사내는 칠성이를 딱 쏘아본다. 어쩐지 칠성의 가슴은 까닭 없이 두근거려, 차마 사내를 정면으로 보지 못하고 꺾인 다리를 보았다. 그리고 사내의 다리 밑에 황소같이 말없는 땅을 보았다.

어느덧 밖은 안개비로 자욱하였고, 먼 산이 눈물을 머금고 구불구불 솟아 있으며, 빗소리에 잠겼던 개구리 소리가 그의 동네 앞인가도 싶게 했

고 또한 큰년의 뒷매가 홰나무 아래 어른거려 보인다. 칠성이는 부시시 일어났다.

"난 난 집에 가겠수."

사내도 따라 일어난다.

"아, 집이 있수? ……가 보우."

칠성이가 머리를 드니 사내가 곁에 와서 밀짚모를 잘 씌워 주고 빙긋이 웃는다. 어머니를 대한 것처럼 어딘가 모르게 의지하고 싶은 생각과 믿는 마음이 들었다.

"잘 가우…… 세월 좋으면 또 만나지."

대답 대신으로 그는 마주 웃어 보이고 걸었다. 한참이나 오다가 돌아보니, 사내는 우두커니 서 있다. 주먹으로 눈을 닦고 보고 또 보았다.

길 좌우에 늘어앉은 조밭, 수수밭은 이랑마다 물이 충충했고, 조이삭, 수수이삭이 절반 넘어져 물에 잠겨 있다. 올해도 흉년이구나 할 때, 어디서 맹하니 또 어디서 꽁 하는 소리가 들렸다. 저 멀리 귀 시끄럽게 우짖는 개구리 소리는 무심한데, 이제 그 어딘가 곁에서 맹꽁 하는 소리는 사람의 음성같이 무게가 있었다.

안개비가 나실나실 내려온다. 조금 말라 오려던 옷이 또 촉촉히 젖고, 눈썹 끝에 안개비가 엉기어 마음까지 묵중하고 알 수 없는 의문이 뒤범벅이 되어 돌아간다.

그가 그의 마을까지 왔을 때는 다시 빗발이 굵어지고 바람이 슬슬 불기 시작하였다. 언제나 시원해 보이는 홰나무도 찡그린 하늘 아래 우울해 있고, 동네 뒤로 나지막이 둘러 있는 산도 빗발에 묻혀 잘 보이지 않는다. 그러나 큰년이가 물동이를 이고 이 비를 맞으면서도 저 산 아래 박우물로 달려가지나 않나 하는 생각이, 집집의 울바자며 채마밭의 긴 바자가 차츰 선명히 보일 때 선뜻 들어 그의 발길은 허둥거렸다.

집에까지 오니 어머니는 눈물이 그득해서 나왔다.

"이놈아, 어미 기다릴 것도 생각지 않고 어딜 그리 다니느냐."

어머니는 동냥자루를 받아 쥐고 쿨쩍쿨쩍 울었다. 칠성이가 잠잠히 방으로 들어오니, 빗물 받는 그릇으로 절반 차지했고, 뚝뚝 듣는 빗소리가 장단 맞추어 났다. 칠성이는 그만 우두커니 서서 어쩔 줄을 몰랐다. 몸은 아까보다 더 춥고 떨려서 견딜 수 없다.

칠운이와 아기는 아랫목에 누워 있고 아기 머리엔 무슨 헝겊으로 허옇게 싸매 있었다. 그들의 그 작은 몸에는 빗방울이 간혹 떨어진다.

"아무 데나 앉으렴. 어쩌겠니……. 에그, 난 어젯밤 널 찾아 읍에 가서 밤새 싸다니다 왔다. 오죽해야 술집 문까지 두드렸겠니. 이놈아, 어딜 가면 간다고 하지 그게 뭐야."

이번에는 소리까지 내어 운다. 남편을 잃은 뒤 그나마 저 병신 아들을 하늘같이 중히 의지해 살아가는 어머니의 마음을 엿볼 수가 있다. 칠운이는 울음소리에 벌떡 일어났다.

"성 왔네! 성 왔네!"

눈을 잔뜩 움켜쥐고 뛰었다. 그 통에 파리는 우그르르 끓고, 아기까지 키성키성 보챈다. 칠운이는 두 손으로 눈을 비비치고 형을 보려다는 못 보고 또 비비친다.

"이 새끼야, 고만두라구. 그러니 더 아프지. 에그 너 없는 새 저것들이 자꾸만 앓아서 죽겠다. 거게다 눈까지 더치니. 그런데 이 동리는 웬일이냐. 지금 눈병 때문에 큰일이구나. 아이 어른 모두 눈병에 걸려 눈을 못 뜬다."

칠성이는 지금 아무 말도 귀에 거치지 않고, 비새지 않는 곳에 누워 한 잠 푹 들고 싶었다. 칠운이는 마침내 응응 울다가 무슨 생각을 하고 뒷문 밖으로 나가더니 오줌을 내뻗치며, 그 오줌을 눈에 바른다.

"잘 발라라. 눈 등에만 바르지 말고 눈 속에까지 발러…… 저것도 반가워서 저리도 눈을 뜨려는구. 어제는 성아, 성아 찾더구나."

어머니는 또 운다. 칠성이는 등에 선뜻 떨어지는 빗방울을 피하여 앉으니, 이번에는 콧등에 떨어져 입술에 흐른다. 그는 콧등을 후려치고 화를 버럭 내었다.

"제 제길!"

"글쎄 비는 왜 오겠니. 바람이나 불지 말아야 할 터인데, 저 바람! 기껏 키운 조는 다 쓰러져 싹이 나겠구나. 아이구, 이 노릇을 어찌해야 좋으냐. 하느님 맙시사."

두 손을 곧추들고 애걸한다. 그의 머리는 비에 젖어 이기어 붙었고, 눈은 눈곱에 탁 엉기었고, 그 속으로 핏줄이 뻘겋게 일어 눈이 시커매서 바라볼 수 없는데, 시커먼 옷에 천장 물이 어룽어룽 젖었다.

칠성이는 얼른 샛문턱에 걸터앉아 눈을 딱 감아 버렸다. 눈이 자꾸만 피곤하고 그래선 새 속눈썹이 가시 같아 눈 속을 꼭꼭 찌른다.

그는 눈을 두어 번 굴렸을 때 문득 방앗간이 떠오른다.

"어제 개똥네 논에 동이 터졌는데, 전부 쓸려 나갔다누나. 에구 무서워. 저게 무슨 바람이냐, 저 바람! 우리 밭은 어쩌나."

어머니는 밖으로 뛰어나간다. 칠운이는 울면서 따르다가 문턱에 걸려 공중에 나가 넘어지고, 시재 가르려는 소리를 하였다. 칠성이는 눈을 부릅떴다.

"저 저놈의 새끼, 주 죽이고 말까 부다."

어머니는 얼른 칠운이를 업고 물러나서 정신없이 밖을 바라보고, 또 나갔다가 들어왔다. 칠운이를 때리다가 중얼중얼하며 돌아간다.

칠성이는 이 꼴이 보기 싫어 모로 앉아 눈을 감았다. 무엇에 놀라 눈을 뜨니, 아랫목에 누워 할딱할딱하는 아이가 일어나려다 쓰러지고 소리 없는 울음을 입으로 운다. 머리를 갈자리에 비비치다가 시원치 않은지 손에 올라가서 헝겊을 쥐고 박박 할퀴는 소리만 징그러워 들을 수 없었다.

칠성이는 눈을 안 뜨자 하다가도 어느 새 문뜩 뜨게 되고, 아기의 저 노란 손가락이 머리를 쥐어뜯는 것을 보게 된다. 조놈의 계집애는 죽었으면 하면서 눈을 감는다.

바람은 점점 더 세차게 분다. 살구나무 꺾이는 소리가 뚝뚝 나고, 집 기둥이 쏠리는지 씩컥쿵! 하는 소리가 뒷문에 울렸다. 칠운이는 방으로 들어와서 눕는다.

"성아, 내일은 눈약도 얻어 오럼. 개똥인 저 아버지가 읍에 가서 눈약 사 왔다는데, 그 약을 넣으니까 눈이 낫다더라, 응야."

칠성이는 잠잠히 들으며, 얼른 가슴에 품겨 있는 큰년의 옷감을 생각하였다. 차라리 눈약이나 사 올 것을 하는 마음이 잠깐 들었으나 사라지고, 어떻게 큰년에게 이 옷감을 들려줄까 하였다.

부엌에서 성냥 긋는 소리가 들리더니 어머니가 들어온다.

"아궁에 물이 가득하니 이를 어쩌냐. 저것들도 아무것도 못 먹었는데…… 너두 배고프겠구나."

이런 말을 하고 밖으로 나가더니 곧 뛰어 들어온다.

"큰년네 논두 동이 터졌단다. 그리 튼튼하던 논두. 저를 어쩌니."

칠성이는 눈을 동그랗게 떴다.

"좀 자려무나 요 계집애야, 왜 자꾸만 머리를 뜯니. 조놈의 계집애는 며칠째 안자고 새웠단다. 개똥 어머니가 쥐가죽이 약이라기, 쥐를 잡아 저리 붙였는데 자꾸만 떼려구 저러니 아마 나으려구 가려운 모양이지."

그렇다구 해 줘야 어머니는 맘이 놓일 모양이다. 큰년네 말에 칠성이는 눈을 떴는데, 딴 푸념을 하니 듣기 싫었다. 하나 꾹 참고,

"그 그래, 큰년네두 논이 떴대?"

"그래! 젖이 안 나니……."

어머니는 연방 아기를 보고 그의 젖을 주물러 본다. 명주 고름 끈같이 말큰거린다.

아기는 점점 더 할딱할딱 숨이 차오고, 이젠 손을 놀릴 기운도 없는지

손이 귀밑으로 올라가고는 맥을 잃고 다르르 굴러 떨어진다. 어머니는 바람 소리를 듣더니,

"이제 우리 조는 못 쓰게 되었겠다! 큰년네 논이 뜨는데 견디겠니⋯⋯ 참 큰년이는 복 좋아. 글쎄, 이런 꼴 안 보렴인지 어제 시집 갔단다."

"큰년이가?"

칠성이는 버럭 소리쳤다. 그의 가슴이 고이 안겨 있던 큰년의 옷감은 돌같이 딱 맞질리운다. 어머니는 아들의 태도에 놀라 바라보았다.

"어마이 저것 봐!"

칠운이는 뛰어 일어서서 응응 운다. 그들은 놀라 일시에 바라보았다.

아기는 언제 그 헝겊을 찢었는지, 반쯤 헝겊이 찢어졌고, 그리로부터 쌀알 같은 구더기가 설렁설렁 내달아 오고 있다.

"아이구머니, 이게 웬일이야 응, 이게 웬일이여!"

어머니가 와락 기어가서 헝겊을 잡아 젖히니, 쥐가죽이 딸려 일어나고 피를 문 구더기가 아글아글 떨어진다.

"아가, 아가 눈 떠, 눈 떠라 아가!"

이 같은 어머니의 비명을 들으며 칠성이는 '엑!' 소리를 지르고 우둥퉁퉁 밖으로 나와 버렸다.

비는 좍좍 쏟아지고 바람은 미친 듯 몰아치는데, 가다가 우르릉 쾅쾅 하고 하늘이 울고 번갯불이 제멋대로 쭉쭉 찢겨 나가고 있다.

칠성이는 묵묵히 저 하늘을 노려보고 있었다.

난장이가 쏘아올린 작은 공

조세희
(趙世熙 1942.8.20~)

난장이가 쏘아올린 작은 공

조세희(趙世熙 1942.8.20~)

작가와 작품세계

조세희(1942~)

1942년 경기도 가평에서 출생. 서라벌예술대학교 문예창작학과와 경희대 국문과 졸업. 1965년 경향신문 신춘문예에 단편 〈돛대 없는 장선〉이 당선되어 등단했으나, 그 후 십 년 동안 일체의 작품 활동을 하지 않았다. 1975년 난장이 연작의 첫 작품인 〈칼날〉을 발표하면서 다시 작가 생활을 시작한 그는 1978년 〈에필로그〉에 이르기까지, 고통 받는 소외계층 일가를 주인공으로 한 '난장이 연작' 열두 편을 마무리 지었다. 그리고 이 연작들을 《난장이가 쏘아올린 작은 공》이라는 작품집으로 출간하여, 문학적 성취와 상업적 성공을 함께 이룬 문제작으로 주목 받았다.

그의 난장이 연작은 1970년대 한국사회의 모순에 정면으로 접근하고 있다. 가진 자와 못가진 자, 사용자와 근로자, 억압하는 자와 억압받는 자가 나뉘어 대결한다. 여기에서 난장이는 정상인과 화해하며 살 수 없는 대립적 존재로 등장하고 있으며, 1970년대 한국사회의 최대 과제였던 빈부와 노사의 대립을 극적으로 제시하고 있다. 또한 그는 난장이 연작에서 환상적 기법을 도입함으로써, 계급적인 대립과 갈등이 마치 비논리의 세계나 동화의 세계에 존재하는 것처럼 묘사하고 있다. 그 결과 현실의 냉혹함은 더욱 강조된다.

그 밖의 작품으로는 《시간여행》과 콩트를 사진과 함께 엮은 《침묵의 뿌리》가 있으며, 〈잘못은 신에게도 있다〉로 이상 문학상을, 〈난장이가 쏘아 올린 작은 공〉으로 동인문학상을 수상하였다.

줄거리

아버지가 난장이인 한 가족의 이야기가 큰아들 영수(1장), 작은아들 영호(2장), 딸 영희(3장)의 눈을 통해 전개된다. 행복동에 무허가 건물을 짓고 살고 있던 우리 가족의 안식처에 철거 계고장이 날아든다. 분노하면서도 당할 수밖에 없는 우리는 나약하다. 어머니는 세든 사람에게 내어 줄 돈을 옆집에 살던 죽은 명희 어머니에게 빌린다. 평생 고생만 하던 아버지는 삼층집의 가정교사인 지섭이 준 책을 읽으며 달나라로 떠나고 싶어 한다. 기력이 쇠해진 아버지를 대신하여 학교를 그만두고 우리는 모두 공장에 다녀야 한다. 공장의 환경은 엉망이지만 해고가 무서워 아무도 대항하지 못한다. 그러던 중 부자 사내에게 입주권이 팔리고 영희가 없어진다. 영희는 입주권을 되찾기 위해 부자 사내를 쫓아가 동거를 시작하고, 사내가 잠든 사이에 금고에서 입주권을 꺼내어 집으로 간신히 돌아온다. 그리고 신애 아주머니에게서 아버지가 굴뚝에서 떨어져 죽은 사실을 듣게 된다.

작품해설

이 소설은 과거와 현재가 뒤섞여 있고 상황이나 말들이 연상 고리가 되어 자유롭게 넘나들고 있어, 난해한 작품임에도 불구하고 발표 이후 문단과 독자의 폭발적인 지지를 받아왔다. 이는 1970년대 산업화로 황폐해진 하층민의 삶을 이해하고자 한 학생운동과 노동운동의 성장과 깊은 관련이 있다. 최근 조세희는 작가의 말에서 말이 아닌 '비언어'로 우리를 괴롭히고 모독하는 파괴자들을 '언어'로 상대하겠다는 마음으로 고민하며 글을 썼다고 하였다.

이 소설은 도시화로 벼랑에 몰린 최하층민의 처참한 생활상과 노동환경, 주거문제, 노동운동의 한 에피소드 등이 여러 가지 상징적인 언어로 담겨져 있다. 난장이로 표현된 아버지의 존재는 이 소설의 주제를 가장 상징적으로 보여준다. 아무리 열심히 일해도 착한 사람이 살아갈 수 없는 세상이라면 달나라로 떠나야 한다는 지섭의 말에 동조하는 아버지는 현실에서 달나라로 비상하기 위해 굴뚝에 올라갔다가 결국 죽고 만다.

이 소설이 1980년대에 학생운동과 노동운동의 텍스트로 이용되었던 것은, 난해한 문학적 장치에도 불구하고 1970년대 사회 병리현상과 도시 빈민의 사회학적 기록으로서 충분히 그 역할을 감당하였기 때문이다. 조세희의 작품은 우리 시대의 소외된 신화이자, 동시에 소외 초극의지의 신화였다. 다시 말해 1970년대 우리네 인문주의와 심미적 이성의 한 절정을 보여준 대표적 사례라 할 수 있다.

생각 나누기

이 작품에 주로 쓰인 표현상의 특징(문체, 시점, 표현 등)을 생각해 보자. 그리고 그것이 주는 효과를 말해 보자.

모범 답안

이 소설에는 단문, 시점 전환, 대조기법, 의식의 흐름 수법, 두 가지 장면 동시 진행 등의 표현상의 특징이 쓰였다. 특히 대표적으로 두드러지게 보이는 특징이 시점의 변화다. 1부, 2부, 3부에 각각 다른 주인공들이 일인칭으로 등장하는 데 이 효과를 통해 독자들은 다양한 사람들의 입장에 하나하나 공감할 수 있게 된다.

난장이가 쏘아올린 작은 공

1

사람들은 아버지를 난장이라고 불렀다. 사람들은 옳게 보았다. 아버지는 난장이였다. 불행하게도 사람들은 아버지를 보는 것 하나만 옳았다. 그 밖의 것들은 하나도 옳지 않았다. 나는 아버지·어머니·영호·영희, 그리고 나를 포함한 다섯 식구의 모든 것을 걸고 그들이 옳지 않다는 것을 언제나 말할 수 있다. 나의 '모든 것'이라는 표현에는 '다섯 식구의 목숨'이 포함되어 있다. 천국에 사는 사람들은 지옥을 생각할 필요가 없다. 그러나 우리 다섯 식구는 지옥에 살면서 천국을 생각했다. 단 하루도 천국을 생각해보지 않은 날이 없다. 하루하루의 생활이 지겨웠기 때문이다. 우리의 생활은 전쟁과 같았다. 우리는 그 전쟁에서 날마다 지기만 했다. 그런데도 어머니는 모든 것을 잘 참았다. 그러나 그날 아침 일만은 참기 어려웠던 것 같다.

"통장이 이걸 가져왔어요."

내가 말했다. 어머니는 조각마루 끝에 앉아 아침식사를 하고 있었다.

"그게 뭐냐?"

"철거 계고장예요."

"기어코 왔구나!"

어머니가 말했다.

"그러니까 집을 헐라는 거지? 우리가 꼭 받아야 할 것 중의 하나가 이제 나온 셈이구나!"

어머니는 식사를 중단했다. 나는 어머니의 밥상을 내려다보았다. 보리밥에 까만 된장, 그리고 시든 고추 두어 개와 졸인 감자.

나는 어머니를 위해 철거 계고장을 천천히 읽었다.

낙원구

주택: 444,1 ——   197×. 9.10

수신: 서울특별시 낙원구 행복동 46번지의 1839 김불이 귀하

제목: 재개발 사업 구역 및 고지대 건물 철거 지시

귀하 소유 아래 표시 건물은 주택 개량 촉진에 관한 임시 조치법에 따라 행복 3구역 재개발 지구로 지정되어 서울특별시 주택 개량 재개발 사업 시행 조례 제15조, 건축법 제5조 및 동법 제42조의 규정에 의하여 197×. 9.30까지 자진 철거할 것을 명합니다. 만일 위 기일까지 자진 철거하지 않을 경우에는 행정 대집행법의 정하는 바에 의하여 강제 철거하고 그 비용은 귀하로부터 징수하겠습니다.

철거 대상 건물 표시

서울특별시 낙원구 행복동 46번지의 1839

구조   건평   평

끝

낙 원 구 청 장

어머니는 조각마루 끝에 앉아 말이 없었다. 벽돌 공장의 높은 굴뚝 그림자가 시멘트 담에서 꺾어지며 좁은 마당을 덮었다. 동네 사람들이 골목으로 나와 뭐라고 소리치고 있었다. 통장은 그들 사이를 비집고 나와 방

죽 쪽으로 걸음을 옮겼다. 어머니는 식사를 끝내지 않은 밥상을 들고 부엌으로 들어갔다. 어머니는 두 무릎을 곧추세우고 앉았다. 그리고, 손을 들어 부엌 바닥을 한 번 치고 가슴을 한 번 쳤다. 나는 동사무소로 갔다. 행복동 주민들이 잔뜩 몰려들어 자기의 의견들을 큰 소리로 말하고 있었다. 들을 사람은 두셋밖에 안 되는데 수십 명이 거의 동시에 떠들어대고 있었다. 쓸데없는 짓이었다. 떠든다고 해결될 문제는 아니었다.

나는 바깥 게시판에 적혀있는 공고문을 읽었다. 거기에는 아파트 입주 절차와 아파트 입주를 포기할 경우 탈 수 있는 이주 보조금 액수 등이 적혀 있었다. 동사무소 주위는 시장바닥과 같았다. 주민들과 아파트 거간꾼들이 한데 뒤엉켜 이리 몰리고 저리 몰리고 했다. 나는 거기서 아버지와 두 동생을 만났다. 아버지는 도장포 앞에 앉아 있었다. 영호는 내가 방금 물러선 게시판 앞으로 갔다. 영희는 골목 입구에 세워놓은 검정색 승용차 옆에 서 있었다. 아침 일찍 일들을 찾아 나섰다가 철거 계고장이 나왔다는 소리를 듣고 돌아온 것이었다. 누군들 이런 날 일을 할 수 있을까. 나는 아버지 옆으로 가 아버지의 공구들이 들어 있는 부대를 둘러메었다. 영호가 다가오더니 나의 어깨에서 그 부대를 내려 옮겨 메었다. 나는 아주 자연스럽게 그것을 넘겨주면서 이쪽으로 걸어오는 영희를 보았다. 영희의 얼굴은 발갛게 상기되어 있었다. 몇 사람의 거간꾼들이 우리를 둘러싸고 아파트 입주권을 팔라고 했다. 아버지가 책을 읽고 있었다. 우리는 아버지가 책을 읽는 것을 처음 보았다. 표지를 쌌기 때문에 무슨 책을 읽는지도 알 수 없었다. 영희가 허리를 굽혀 아버지의 손을 잡아끌었다. 아버지는 우리들의 얼굴을 물끄러미 쳐다보더니 자리를 털고 일어났다. "난장이가 간다!"고 처음 보는 사람들이 말했다.

어머니는 대문 기둥에 붙어 있는 알루미늄 표찰을 떼기 위해 식칼로 못을 뽑고 있었다. 내가 식칼을 받아 반대쪽 못을 뽑았다. 영호는 어머니와 내가 하는 일이 못마땅한 모양이었다. 그러나 마음에 드는 일이 우리에게 일어나주기를 바랄 수는 없는 일이었다. 어머니는 무허가 건물 번호가 새겨진 알루미늄 표찰을 빨리 떼어 간직하지 않으면 나중에 괴로운 일이 생길 것이라는 것을 알고 있었다.

어머니는 손바닥에 놓인 표찰을 말없이 들여다보았다. 영희가 이번에는 어머니의 손을 잡아끌었다.

"너희들이 놀게 되지만 않았어도 난 별 걱정을 안 했을 거다."

어머니가 말했다.

"스무 날 안에 무슨 뾰족한 수가 생기겠니. 이제 하나하나 정리를 해야지."

"입주권을 팔려고 그래요?"

영희가 물었다.

"팔긴 왜 팔아!"

영호가 큰 소리로 말했다.

"그럼 아파트 입주할 돈이 있어야지."

"아파트로도 안 가."

"그럼 어떻게 할 거야?"

"여기서 그냥 사는 거다. 이건 우리 집이다."

영호는 성큼성큼 돌계단을 올라가 아버지의 부대를 마루 밑에 놓았다.

"한 달 전만 해도 그런 이야길 하는 사람이 있었다."

아버지가 말했다. 어머니가 내준 철거 계고장을 막 읽고 난 참이었다.

"시에서 아파트를 지어놨다니까 얘긴 그걸로 끝난 거다."

"그건 우릴 위해서 지은 게 아녜요."

영호가 말했다.

"그만둬."

내가 말했다.

"그들 옆엔 법이 있다."

아버지 말대로 모든 이야기는 끝나버린 것이나 마찬가지였다. 마당가 팬지꽃 앞에 서 있던 영희가 고개를 돌렸다. 영희는 울고 있었다. 어렸을 때부터 영희는 잘 울었다. 그때 나는 말했다.

"울지 마, 영희야."

"자꾸 울음이 나와."

"그럼, 소리를 내지 말고 울어."

"응."

그러나, 풀밭에서 영희는 소리를 내어 울었다. 나는 손으로 영희의 입을 막았다. 영희의 몸에서는 풀냄새가 났다. 개천 건너 주택가 골목에서는 고기 굽는 냄새가 났다. 나는 그것이 고기 굽는 냄새인 줄 알면서도 어머니에게 묻고는 했다.

"엄마, 이게 무슨 냄새야?"

어머니는 말없이 걸었다. 나는 다시 물었다.

"엄마, 이게 무슨 냄새지?"

어머니는 나의 손을 잡았다. 어머니는 걸음을 빨리하면서 말했다.

"고기 굽는 냄새란다. 우리도 나중에 해먹자."

"나중에 언제?"

"자, 빨리 가자."

어머니는 말했다.

"너도 공부를 열심히 하면 좋은 집에 살 수 있고, 고기도 날마다 먹을 수 있단다."

"거짓말!"

어머니의 손을 뿌리치면서 내가 말했다.

"아버지는 나쁜 사람야."

어머니가 우뚝 섰다.

"너 방금 뭐라고 했니?"

"우리 아버지는 나쁜 사람야."

"너 매 좀 맞아야겠구나. 아버지는 좋은 분이다."

"나도 주머니가 달린 옷을 입고 싶어."

"빨리 가자."

"엄마는 왜 우리들 옷에 주머니를 안 달아주지? 돈도 넣어주지 못하고, 먹을 것도 넣어줄 게 없어서 그렇지?"

"아버지에 대해 말을 막 하면 너 매 맞을 줄 알아라."

"아버지는 악당도 못 돼. 악당은 돈이나 많지."

"아버지는 좋은 분이다."

"알아."

나는 말했다.

"수백 번도 더 들었어. 그렇지만 이젠 속지 않아."

"엄마, 큰오빠는 말을 안 들어."

영희는 부엌문 앞에 서서 말했다.

"엄마 몰래 또 고기 냄새 맡으러 갔었대. 나는 안 갔어."

어머니는 아무 말이 없었다. 나는 영희를 흘겨보았다. 영희는 또 말했다.

"엄마, 큰오빠가 고기 냄새 맡으러 갔었다고 말했더니 때리려고 그래."

영희는 좀처럼 울음을 그치지 못했다. 나는 영희의 입에서 손을 떼었다. 영희를 풀밭으로 끌고 들어간 것이 잘못이었다. 영희를 때려주고 나는 후회했다. 귀여운 영희의 얼굴은 눈물로 젖었다. 우리는 그때 주머니 없는 옷을 입고 있었다.

아버지는 철거 계고장을 마루 끝에 놓고 책을 읽었다. 우리는 어버지에게서 무엇을 바라지는 않았다. 아버지는 그 동안 충분히 일했다. 고생도 충분히 했다. 아버지만 고생을 한 것이 아니다. 아버지의 아버지, 아버지의 할아버지, 할아버지의 아버지, 그 아버지의 할아버지 —또— 대대로 거슬러 올라간다. 그들은 아버지보다 더 심한 고생을 했을 수도 있다. 나는 공장에서 이상한 매매 문서가 든 원고를 조판한 적이 있다. 그 내용의 일부를 짜기 위해 나는 열심히 손을 놀렸다. '婢 金伊德의 한 소생 奴 今同 庚寅生, 奴 今同의 양처 소생 奴 金今伊 丁卯生, 奴 今同의 양처 소생 奴 德水 己巳生, 奴 今同의 양처 소생 奴 存世 辛未生, 奴 今同의 양처 소생 奴 永石 癸酉生, 奴 金今伊의 양처 소생 奴 鐵壽 丙戌生, 奴 金今伊의 양처 소생 奴 今山 戊子生.' 나는 그때 이것이 무엇인지 몰랐다. 그 판을 짜고 다음 판을 짜나가다 겨우 알았다. 노비 매매 문서의 한 부분이었다. 나는 열흘 동안 같은 책을 조판했다. 그 열흘 동안 나는 아버지와 아무 말도 하지 않았다. 어머니하고도 이야기를 하지 않았다. 나는 어머니의 어머니, 어머니의 할머니, 할머니의 어머니, 그 어머니의 할머니들이 최하층의 천인으로서 무슨 일을 해왔는지 알고 있었다. 어머니라고 달라진 것은 없었다. 마음 편할 날이 없고, 몸으로 치러야 하는 노역은 같았다. 우리의 조상은 세습하여 신역을 바쳤다. 우리의 조상은 상속·매매·기증·공출의 대상이었다. 어느 날 어머니는 나에게 말했다.

"너희들은 엄마를 잘못 두어 이 고생이다. 아버지하고는 상관이 없단다."

어머니는 장남인 나에게만 말했다. 외할머니에게 들은 말을 나에게 전한 것이었다. 천년을 두고 우리의 조상은 자손들에게 이 말을 남겼다. 그러나 나는 알고 있었다. 아버지도 씨종의 자식이었다.

할아버지의 아버지 대에 노비제는 사라졌다. 증조부 내외분은 아무것도 몰랐다. 나중에서야 해방을 맞았다는 것을 알았으나 두 분이 한 말은 오히려 "저희들을 내쫓지 마십시오."였다. 할아버지는 달랐다. 할아버지는 유습에서 벗어나려고 했다. 늙은 주인은 할아버지에게 집과 땅을 주었다. 그러나 쓸데없는 일이었다. 모르는 면에서는 할아버지나 증조부나 같았다. 증조부 대까지는 선조들이 살아온 경험이 도움이 되었으나 할아버지 대에는 그것이 도움을 주지 못했다. 할아버지에게는 어떤 교육도 없었고 경험도 없었다. 할아버지는 집과 땅을 잃었다.

"할아버지도 난장이였어?"

언젠가 영호가 물었다.

나는 영호의 머리를 쥐어박았다.

좀 큰 영호는 말했다.

"왜 지난 일처럼 쉬쉬하는 거야? 변한 것이 없는데 우습지도 않아?"

나는 가만있었다.

영희는 손수건을 꺼내 두 눈에 대었다 떼었다. 아버지는 계속 책을 읽었다. 어머니는 뒷집 명희 어머니와 이야기하고 있었다.

"얼마에 파셨어요?"

"십칠만 원 받았어요."

"그럼 시에서 주겠다는 이주 보조금보다 얼마 더 받은 셈이죠?"

"이만 원 더 받았어요. 영희네도 어차피 아파트로 못 갈 거 아녜요?"

"무슨 돈이 있다구!"

"분양 아파트는 오십팔만 원이구 임대 아파트는 삼십만 원이래요. 거기다 어느 쪽으로 가든 매달 만 오천 원씩 내야 된대요."

"그래 입주권을 다들 팔고 있나요?"

"영희네도 서두르세요."

어머니는 괴로운 얼굴로 서 있었다. 어머니를 명희 어머니가 다그쳤다.

"저희는 내일이라도 떠날 준비가 돼 있어요. 영희네가 돈을 해준다면. 집이야 도끼질 몇 번이면 무너질 테구."

영희의 눈에 다시 눈물이 괴었다. 커도 마찬가지였다. 계집애들은 잘 울었다. 내가 영희 옆으로 다가갔을 때 영희는 장독대 바닥을 가리켰다. 장독대 시멘트 바닥에 '명희 언니는 큰오빠를 좋아 한다.'고 쓰여져 있었다. 집을 지을 때 남긴 낙서였다. 영희가 웃었다. 우리에게는 그때가 제일 행복했다. 아버지와 어머니가 도랑에서 돌을 져왔다. 그것으로 계단을 만

들고, 벽에는 시멘트를 쳤다. 우리는 아직 어려 힘 드는 일을 못 했다. 그래도 할 일이 많았다. 우리는 며칠 동안 학교에 가지 않았다. 하루하루가 즐거웠다. 처음 보는 사람들이 하루에도 몇 차례씩 떼를 지어 동네를 돌았다. 그때만은 더러운 옷을 입은 어린아이들도 울음을 그쳤다. 윽박지르는 주인의 기세에 눌린 개들도 짖기를 멈추고 뒤로 물러섰다. 온 동네가 조용해졌다. 갑자기 평화스러워져 어안이 벙벙할 정도였다. 나는 우리 동네에서 풍기는 냄새가 창피했다. 그들은 아버지에게 허리 굽혀 인사했다. 그들과 악수할 때 아버지는 발뒤꿈치를 들었다. 아버지가 어떤 자세를 취했건 상관이 없었다. 난장이 아버지가 우리들에게는 거인처럼 보였다.

"너 봤지?"

내가 물었다.

영호가 고개를 끄덕였다.

"나도 봤어."

영희가 말했다.

그때 아버지에게 허리를 굽혀 인사한 사람은 개천에 다리를 놓고 도로를 포장하고, 우리 동네 건물을 양성화시켜주겠다고 말했다. 우리는 어른들을 따라 크게크게 손뼉을 쳤다. 다음 사람은 먼저 사람이 다리를 놓고, 도로를 포장하겠다고 하니 구청장으로 보내고, 자기는 이러이러한 나랏일을 하겠으니 그 일을 하게 해달라고 말했다. 어른들은 또 손뼉을 쳤다. 우리도 따라 쳤다. 커서까지 나는 그때 일을 종종 생각하고는 했다. 두 사람의 인상은 아주 진하게 나의 머릿속에 남았다. 나는 그들을 증오했다. 그들은 거짓말쟁이였다. 그들은 엉뚱하게도 계획을 내세웠다. 그러나 우리에게 필요한 것은 계획이 아니었다. 많은 사람들이 이미 많은 계획을 내놓았다. 그런데도 달라진 것은 없었다. 설혹 무엇을 이룬다고 해도 그것은 우리와는 상관이 없는 것이었을 것이다. 우리가 필요로 하는 것은 우리의 고통을 알아 주고 그 고통을 함께 져줄 사람이었다.

"그런 사람이 또 있겠니!"

어머니가 말했다.

"누구 말씀이세요?"

영호가 물었다.

"명희 엄마 말이다. 얼마나 고마우냐. 십오만 원을 대줘 건넌방 전셋돈을 빼줬잖니."

"영희 엄마."

명희 어머니는 담 너머에서 말했다.

"섭섭하게 생각하지 말아요."

"그럼요."

어머니가 말했다.

"어떻게든 해드릴 테니 걱정 마세요."

"그 돈이 보통 돈이우."

"알고 있어요. 명희 생각을 하면 가슴이 메어져요."

나도 마찬가지였다.

"명희 언니."

영희가 소리쳐 불렀었다.

"놀러 와. 우리 집에 놀러 와."

"새 집이라 좋지?"

"응."

"네가 장독대에 써놓은 거 지우지 않으면 너희 집에 놀러 가지 않을 거야."

"지울 수가 없어."

"왜?"

"세멘이 굳어져서 못 지워."

"그럼 난 안 가."

영희는 몹시 실망하는 눈치였다. 그러나 나는 명희를 만났다. 그때는 방죽 오른쪽은 숲이었다. 거기 앉아 있으면 숲 사이로 인쇄 공장의 불빛이 보였다. 그곳 노동자들은 밤중에도 일을 했다.

"네가 약속하면 허락할 테야."

명희가 말했다.

"무슨 약속?"

내가 물었다.

"넌 저 공장에 나가면 안 돼."

"미쳤어? 난 저 따위 공장엔 안 나가."

"정말이다? 약속했어."

"그래. 약속했어."

"그럼, 만져 봐."

명희는 나에게 가슴을 맡겼다. 아주 작은 가슴이었다.

"네가 처음야."

명희가 말했다.

"내 가슴을 만져본 사람은 너밖에 없어."

나는 왼팔로 명희의 어깨를 안고 오른손으로 그 애의 가슴을 만졌다. 동그스름한 가슴이 따뜻했다.

"아무에게도 말하면 안 돼."

명희가 속삭이듯 말했다. 그 애의 입김이 귀밑에 느껴졌다.

"말 안 할게."

"동생들한테도 말하지 마."

"말 안 해."

"네가 비밀을 지키고, 아까 한 약속을 지키면 네가 하고 싶은 대로 하게 해줄 테야."

"정말이지?"

"정말야."

"지금 다른 데 만지면 안 되니?"

그런데, 명희는 만날 때마다 힘이 없어 보였다. 어떤 때는 정신없이 가만히 앉아만 있었다.

"왜 그러니?"

나는 걱정이 되었다.

"너 어디 아프니?"

"아니."

"그럼 왜 그래?"

"우리 집 밥은 먹기가 싫어."

"왜?"

"질렸어."

"그럼 넌 죽어."

"죽고 싶어."

"명희야, 난 저 따위 공장엔 안 나갈 거야. 공부를 해서 큰 회사에 나갈 테야. 약속해."

"배가 고파."

작은 명희가 웃으며 말했다.

"뭐가 먹고 싶니?"

내가 물었다.

명희는 나의 손을 잡았다. 그 애는 나의 손가락을 하나하나 짚어가며 말했다.

"사이다, 포도, 라면, 빵, 사과, 계란, 고기, 쌀밥, 김."

명희는 나의 손가락 하나를 마저 짚지 못했다. 그때의 명희에게는 그 이상의 것은 필요하지 않았을 것이다. 그 명희가 자라면서 다방 종업원이 되고, 고속버스 안내양이 되고, 골프장 캐디가 되었다. 그 애가 어느 날 헬

쑥해진 얼굴로 집에 돌아왔다. 그 애로서는 마지막 인사였다. 어머니는 명희가 집에 올 때마다 배가 불러 있었다고 나중에 말했다. 명희는 음독 자살 예방 센터에서 숨을 거두었다. "싫어! 엄마! 싫어!" 독약 기운에 빠져 명희는 소리쳤다. 성장한 명희는 마지막 순간에 어렸을 적 일들 속을 헤매었을 것이다. 그 애가 남긴 예금 통장에 십구만 원이 들어 있었다.

"십오만 원야요."

명희 어머니가 말했다.

"우선 건넌방 사람들을 내보내세요."

어머니는 돈을 받아들었다. 아무 말도 못 했다.

"헐릴 집이라는 걸 알면서 세 들어올 사람이 있겠어요?"

"그래서 그래요."

"모진 소리 더 듣지 말고 우선 나가겠다는 사람은 내보내세요."

"이게 어떤 돈인데!"

"명희 언니는 큰오빠를 좋아했어."

영희가 말했다.

"큰오빠도 알았지?"

"그만둬."

영희가 기타를 쳤다. 나는 벽돌 공장 굴뚝 위에 떠 있는 달을 보았다. 나의 라디오는 고장이 났다. 며칠 동안 나는 방송통신고교의 강의를 받지 못했다.

나는 명희와의 약속을 지킬 수 없었다. 중학교 삼학년 초에 학교를 그만두었다. 더 이상 나갈 수 없었다. 아버지와 어머니는 내가 공부를 계속하기를 바랐다. 그러나 밀어줄 힘이 없었다. 자세히 보면 아버지는 같은 또래의 사람들보다 많이 늙어 보였다. 우리 식구들밖에 모르는 일이었다. 아버지의 신장은 백십칠 센티미터, 체중은 삼십이 킬로그램이었다. 사람들은 이 신체적 결함이 주는 선입관에 사로잡혀 아버지가 늙는 것을 몰랐다. 아버지는 스스로 황혼기에 접어들었다는 체념과 우울에 빠졌다. 실제로 이가 망가져 잠을 못 이루는 밤이 많았다. 눈도 어두워지고 머리의 숱도 많이 빠졌다. 의욕은 물론 주의력과 판단력도 줄었다. 아버지가 평생을 통해 해온 일은 다섯 가지이다. 채권 매매, 칼 갈기, 고층 건물 유리 닦기, 펌프 설치하기, 수도 고치기이다. 이 일들만 해온 아버지가 갑자가 다른 일을 하겠다고 했다. 서커스단의 일이었다. 아버지는 처음 보는 꼽추한 사람을 데리고 와 여러 가지 이야기를 했다. 처음 얼마 동안은 그의 조수로 일하면 된다고 했다. 두 사람은 자기들이 무대 위에서 해야 할 연기에 대해 이야기했다. 그러자 어머니가 아버지에게 대들었다. 우리들도 아버지를 성토했다. 아버지는 힘없이 물러섰다. 꼽추는 멍하니 앉아 우리를 보았다. 꼽추는 눈물이 핑 돌아 돌아갔다. 그의 뒷모습은 아주 쓸쓸해 보였다. 아버지의 꿈은 깨어졌다. 아버지는 무거운 부대를 메고 일을 찾아 나갔다. 그날 저녁이었다.

"얘들아!"

어머니가 우리를 불렀다.

"아버지의 음성이 이상해지셨어."

"왜 그러세요?"

내가 물었다. 아버지는 아무 말 안 했다.

"약방엘 다녀와야겠다."

어머니가 봉당으로 내려섰다.

"백반을 사와."

아버지가 말했다. 아버지의 목소리 같지 않았다. 아주 짧은 혀가 안으로 말려드는 소리를 냈다. 어머니가 히비탄 트로키라는 약을 사왔다.

"백반은 안 나오고 이게 더 좋은 약이래요. 이걸 빨아 잡수세요."

아버지는 말없이 약을 받아 입에 넣었다. 아버지는 그 일 이후 말을 잘 안 했다. 혀가 안으로 말려든다고만 했다. 잠을 잘 때는 혀를 이로 물었다.

"아버지는 너무 지치셨다."

어머니가 말했다.

"알겠니? 이젠 아버지를 믿지 마라. 너희들이 아버지 대신 일해야 한다."

어머니가 울었다. 어머니는 인쇄소 제본 공장에 나가 접지 일을 했다. 고무 골무를 끼고 인쇄물을 접었다. 나는 겁이 났다. 나는 인쇄소 공무부 조역으로 출발했다. 땀을 흘리지 않고는 아무것도 얻을 수 없다는 것을 뒤늦게 알았다. 명희는 나를 만나 주지 않았다. 아주 쌀쌀했다. 영호와 영희도 몇 달 간격을 두고 학교를 그만두었다. 마음이 차라리 편해졌다. 우리를 해치는 사람은 없었다. 우리는 보이지 않는 보호를 받고 있었다. 남아프리카의 어느 원주민들이 일정한 구역 안에서 보호를 받듯이 우리도 이질 집단으로서 보호를 받았다. 나는 우리가 이 구역 안에서 한걸음도 밖으로 나갈 수 없다는 것을 깨달았다. 나는 조역·공목·약물·해판의 과정을 거쳐 정판에서 일했다. 영호는 인쇄에서 일했다. 나는 우리가 한 공장에서 일하는 것이 싫었다. 영호도 마찬가지였다. 그래서 영호는 먼저 철공소 조수로 들어가 잔심부름을 했다. 가구 공장에서도 일했다. 그 공장에 가 일하는 영호를 보았다. 뿌얀 톱밥 먼지와 소음 속에 서 있는 작은 영호를 보고 나는 그만두라고 했다. 인쇄 공장의 소음도 무서운 것이었으나 그곳에는 톱밥 먼지가 없었다. 우리는 죽어라 하고 일했다. 우리의 팔목은 공장 안에서 굵어갔다. 영희는 그때 큰길가 슈퍼마켓 한쪽에 자리 잡은 빵집에서 일했다. 우리가 고맙게 생각한 것은 환경이 깨끗하다는 것 하나뿐이었다. 영희는 하늘색 빵집 제복을 입고 일했다. 영호와 나는 유리창 밖에서 영희가 일하는 것을 보았다. 영희는 예뻤다. 사람들은 영희가 난쟁이의 딸이라는 것을 믿지 않으려고 했다. 우리는 무슨 일이 있든 공부를 해야 한다고 생각했다. 공부를 하지 않고는 우리 구역에서 벗어날 수가 없다고 생각했다. 세상은 공부를 한 자와 못한 자로 너무나 엄격하게 나누어져 있었다. 끔찍할 정도로 미개한 사회였다. 우리가 학교 안에서 배운 것과는 정

반대로 움직였다. 나는 무슨 책이든 손에 잡히는 대로 읽었다. 정판에서 식자로 올라간 다음에는 일을 하다 말고 원고를 읽는 버릇까지 생겼다. 동생들에게 필요하다고 느껴지는 것은 판을 들고 가 몇 벌씩 교정쇄를 내기도 했다. 영호와 영희는 나의 말을 잘 들었다. 내가 가져다준 교정쇄를 동생들은 열심히 읽었다. 실제로 우리가 이 노력으로 잃은 것은 하나도 없었다. 나는 고입 검정고시를 거쳐 방송통신고교에 입학했다.

그 해 늦가을 밤 아버지는 나를 작은 나무배에 태우고 방죽 안으로 들어갔다. 아버지는 말없이 노만 저었다.

"돌아와요."

영희가 마당에서 소리쳤다.

"그 배 위험해요."

그러나 아버지는 방죽 한가운데로 노를 저어갔다. 손을 흔드는 영희의 모습이 희미하게 떠올랐다. 나는 방죽의 물이 별빛을 받아 반짝이는 것을 보았다. 배 안으로 물이 스며들고 있었다. 우리는 언덕 위에 교회를 지을 때 나무널빤지를 훔쳐 왔다. 영호와 나는 한밤중에 깨어 널빤지를 훔쳐왔다. 영희는 잠자리에 들기 전에 철조망 안으로 들어가 널빤지를 훔쳐 왔다. 교회 건물은 말짱했다. 그런데 우리 배는 망가져 물이 스며들었다. 영희는 아버지를 걱정했다. 나는 수영을 할 줄 알았다. 아버지는 방죽 한가운데서 노를 세웠다. 스며든 물이 우리의 발목을 넘어 찼다. 나는 신발을 벗어서 물을 퍼냈다. 아버지가 내 신발을 빼앗았다. 아버지는 웃고 있었다.

"영수야."

아버지가 말했다.

"어제 왔던 꼽추 아저씨 생각나니?"

"언제요?"

"어제."

나는 다른 신발을 벗어서 또 물을 퍼냈다. 아버지가 다시 내 손을 막았다.

"전 모르겠어요."

내가 말했다.

"모르는 척해도 쓸데없어. 난 다 안다."

"뭘 아신단 말씀예요?"

어제가 아니라 이미 삼 년 반전의 일이었다. 생전 처음 보는 꼽추였다. 그런데 아버지는 말했다.

"그 아저씨와 전에도 일을 했었어. 아주 큰 바퀴를 탔다."

"아버지, 무슨 말씀을 하시는 거예요? 그런 일이 언제 있었어요?"

"너는 장남이야. 장남인 네가 믿지 않으니까 두 동생도 믿질 않아."

"어머니도 모르시는 일야요."

"애야."

아버지가 말했다.

"너만은 알고 있어야 한다. 너희 어머니는 병야. 어제 왔던 꼽추 아저씨가 또 올 거다. 나를 막지 마. 다른 일은 이제 힘이 들어 못 하겠다. 너는 내가 언제까지나 수도 파이프를 갈아 잇고, 펌프 머리를 들어 달 수 있을 거라고 믿니? 높은 건물에서 줄을 타고 내려오는 일도 할 수가 없어. 이젠 안 돼."

"아버지는 일을 안 하셔도 돼요. 저희들이 일을 하잖아요."

"누가 너희더러 일하라고 했니?"

아버지는 말했다.

"너희들은 학교에만 나가면 돼. 그게 너희들이 할 일이다."

"알았어요. 아버지."

내가 말했다.

"이제 그 신발을 주세요."

아버지는 나를 쳐다보다가 신발을 내주었다. 나는 물을 퍼냈다.

"어제 꼽추 아저씨는 나를 도와줄 생각으로 왔었어. 내일 또 올 거다. 너희들이 그 아저씨를 처음 본다는 건 말도 안 돼. 우리는 함께 일했었다. 생각나지 않니? 아예, 힘으로 나를 윽박지를 생각은 하지 마라."

"그 아저씨가 왔던 게 언제라구요?"

"어제."

"그 노를 주세요."

아버지는 세워들고 있던 노를 나에게 주었다. 나는 말할 수 없었다. 처음 본 꼽추였다고 해도 믿지 않았을 것이다. 어제가 아니라 삼 년 반전의 일이라고 해도 아버지는 믿지 않았을 것이다. 나는 조심스럽게 노를 저었다. 물가에 닿기 전에 배는 가라앉았다. 나는 아버지를 안고 수초 사이를 헤쳐 나갔다. 우리는 물에 젖어 온몸을 떨고 있는 아버지를 어머니에게 맡겼다. 아버지를 어머니 이상으로 간호할 사람은 이 세상에 없었다.

"아버지는 병이세요."

내가 말했다.

"닥쳐라!"

어머니가 말했다.

"언제나 알아듣겠니! 아버지는 지치셔서 그런 거야."

그 해 겨울을 아버지는 방안에서 났다. 나는 배를 끌어내 말뚝에다 메었다. 날이 추워지자 울안으로 끌어들였다. 그날 밤 방죽이 얼었다.

밤에 명희 어머니가 또 왔다.

"영희 엄마."

명희 어머니가 말했다.

"조금만 기다려 보세요. 입주권이 자꾸 올라요. 아침에 십칠만 원 했던 게 십팔만 오천 원으로 뛰었어요. 우리는 괜히 먼저 팔아가지고 손해만 봤어요."

"저런!"

"만 오천 원이나!"

어머니는 낮에 떼어놓았던 알루미늄 표찰을 종이로 쌌다. 그것을 철거 계고장과 함께 옷장 안에 넣었다.

"영희야."

어머니가 불렀다.

"아버지 어디 가셨니?"

"모르겠어요."

"영호야."

"아까 아무 말씀 없이 나가셨어요."

"영희야, 큰오빠는 어디 있니?"

"방에 있어요."

"아버지가 어딜 가셨을까?"

어머니의 목소리가 불안해졌다.

"얘들아, 아버지를 찾아봐라."

나는 아버지가 놓고 나간 책을 읽고 있었다. 그것은 《일만 년 후의 세계》라는 책이었다. 영희는 온종일 팬지꽃 앞에 앉아 줄 끊어진 기타를 쳤다. '최후의 시장'에서 사온 기타였다. 내가 방송통신고교의 강의를 받기 위해 라디오를 사러 갈 때 영희가 따라왔었다. 쓸 만한 라디오가 있었다. 그런데, 영희가 먼지 속에 놓인 기타를 들어 퉁겨보는 것이었다. 영희는 고개를 약간 숙이고 기타를 쳤다. 긴 머리에 반쯤 가려진 옆얼굴이 아주 예뻤다. 영희가 치는 기타 소리는 영희에게 아주 잘 어울렸다. 나는 먼저 골랐던 라디오를 살 수 없었다. 좀 더 싼 것으로 바꾸면서 영희가 든 기타를 가리켰다. 그 라디오가 고장이 나고 기타는 줄이 하나 끊어졌다. 줄 끊어진 기타를 영희는 쳤다. 나는 아버지가 무슨 생각을 하고 있는지 알 수 없었다. 《일만 년 후의 세계》라는 책을 아버지는 개천 건너 주택가에 사는 젊은이에게서 빌렸다. 그의 이름은 지섭이었다. 지섭은 그 집 가정교사였다. 아버지와 그는 서로 통하는 데가 있었다. 지섭이 하는 말을 나는 들었었다. 그는 이 땅에서 우리가 기대할 것은 없다고 말했다.

"왜?"

아버지가 물었다.

지섭은 말했다.

"사람들은 사랑이 없는 욕망만 갖고 있습니다. 그래서 단 한 사람도 남을 위해 눈물 흘릴 줄 모릅니다. 이런 사람들만 사는 땅은 죽은 땅입니다."

"하긴!"

"아저씨는 평생 동안 아무 일도 안 하셨습니까?"

"일은 안 하다니? 일을 했지. 열심히 했어. 우리 식구 모두가 열심히 일했네."

"그럼 무슨 나쁜 짓을 하신 적은 없으십니까? 법을 어긴 적 없으세요?"

"없어."

"그렇다면 기도를 드리지 않으셨습니다. 간절한 마음으로 기도를 드리지 않으셨어요."

"기도도 올렸지."

"그런데, 이게 뭡니까? 뭐가 잘못된 게 분명하죠? 불공평하지 않으세요? 이제 이 죽은 땅을 떠나야 됩니다."

"떠나다니? 어디로?"

"달나라로!"

"얘들아!"

어머니의 불안한 음성이 높아졌다. 나는 책장을 덮고 밖으로 뛰어 나갔다. 영호와 영희는 엉뚱한 곳을 찾아 헤매고 있었다. 나는 방죽가로 나가 곧장 하늘을 쳐다보았다. 벽돌 공장의 높은 굴뚝이 눈앞으로 다가왔다.

그 맨 꼭대기에 아버지가 서 있었다. 바로 한 걸음 정도 앞에 달이 걸려 있었다. 아버지는 피뢰침을 잡고 발을 앞으로 내밀었다. 그 자세로 아버지는 종이비행기를 날렸다.

2

나는 방죽가 풀숲에 엎드려 있었다. 온몸이 이슬에 젖어 축축했다. 조금만 움직이면 잡초에 맺힌 이슬방울이 나의 몸에 떨어졌다. 한밤을 나는 방죽가 풀숲에 엎드려 새웠다. 아무 것도 볼 수 없었다. 어둠이 조금씩 뒷걸음질쳐가기 시작했다. 마지막 밤을 '우리의 집'에서 보내지 못했다는 아픔이 목을 타고 올라왔다. 동네는 아직 깊은 잠에 빠져 있었다. 그러나, 나는 더 이상 기다릴 필요가 없었다. 비행접시를 타고 온 외계인들이 영희를 태워갔다는 소문은 터무니없는 것이었다. 나는 처음부터 그 소문을 믿지 않았다.

"얘들아!"

어머니가 말했다.

"이러고만 있으면 어떻게 할 거냐?"

"찾아봐도 없는 걸 어떻게 해요?"

내가 말했다. 나는 헐려버린 이발관집 공터에서 주정뱅이를 만났다.

"찾아봐야 쓸데없는 일야."

"정말 보셨어요?"

"암, 봤다니까."

주정뱅이는 말을 잘 못 했다. 그는 심하게 딸꾹질을 해댔다.

"영희를 보았다는 사람은 아저씨밖에 없어요. 그러니까 자세히 좀 말씀해주세요."

"너희 아버지는 알고 있어."

"아버지도 모르세요."

"그럴 리가 없다. 너희 아버지가 신호를 보내서 비행접시가 왔던 거야."

더 이상 들을 필요가 없었다. 그런데도 나는 그곳에 서 있었다.

"굉장히 큰 접시였지. 그 밑에서 나온 괴물들이 영희를 끌어올렸어, 순식간에. 나중에 알아보았더니, 그게 비행접시라는구나."

주정뱅이는 계속 딸꾹질을 해댔다.

"그만두세요."

내가 말했다.

"그럼 찾아보렴."

주정뱅이가 말했다.

"네 동생이 어디 있나 찾아봐. 있을 턱이 없지. 나는 목이 말라 잠을 깼었어. 그 시간에 잠을 깰 사람은 나밖에 없다. 그들은 영희를 태우고 순식간에 날아갔어. 머리가 몹시 크고 다리는 아주 가늘었다."

"안녕히 가세요."

내가 말했다.

"나는 아직 안 간다."

주정뱅이가 말했다.

"이것들을 마셔버리고 가야지."

그는 구들돌 위에 쌓아놓은 여섯 짝의 창문과 두 짝의 대문을 가리켰다. 그는 전날 지붕에서 걷어 내린 기왓장과 펌프 머리, 그리고 장독 두 개를 팔아 모두 마셔버렸다. 우리 동네 주민들의 삼분의 이 이상이 이미 집을 헐어버리고 떠났다. 나는 풀숲에서 몸을 일으켰다. 방죽 위 하늘의 별빛이 흐려 보였다. 날이 서서히 밝기 시작했다. 어린아이들의 울음소리가 들렸다. 나는 풀어지지도 않은 신발끈을 고쳐매고 몇 번 껑충껑충 뛰었다. 대문을 열고 나온 형이 방죽 길을 따라 걸어왔다. 두 어깨가 축 늘어져 있었다.

"힘을 내, 형."

내가 말했었다.

"이건 힘으로 할 일이 아니다."

형이 말했다.

"그럼 뭐야? 용기야?"

형은 점심시간에 식사를 하지 않고 나를 찾아왔다. 우리는 기계실 뒤에 쪼그리고 앉아 이야기했다.

"우리가 말을 할 줄 몰라서 그렇지, 이것은 일종의 싸움이다."

형이 말했다. 형은 말을 근사하게 했다.

"우리는 우리가 받아야 할 최소한도의 대우를 위해 싸워야 돼. 싸움은 언제나 옳은 것과 옳지 않은 것이 부딪쳐 일어나는 거야. 우리가 어느 쪽인가 생각해봐."

"알아."

형은 점심을 굶었다. 점심시간이 삼십 분밖에 안 되었다. 우리는 한 공장에서 일했지만 격리된 생활을 했다. 노동자들 모두가 격리된 상태에서 일만 했다. 회사 사람들은 우리의 일 양과 성분을 하나하나 조사해 기록했다. 그들은 점심시간으로 삼십 분을 주면서 십 분 동안 식사하고 남는 이십 분 동안은 공을 차라고 했다. 우리들은 좁은 마당에 나가 죽어라 공만 찼다. 서로 어울리지 못하고 간격을 둔 채 땀만 뻘뻘 흘렸다. 우리는 제대로 쉬지도 못하고 일했다. 공장은 우리에게 일방적으로 원하기만 했다. 탁한 공기와 소음 속에서 밤중까지 일을 했다. 물론 우리가 금방 죽어가는 상태는 아니었다. 그러나 작업 환경의 악조건과 흘린 땀에 못 미치는 보수가 우리의 신경을 팽팽하게 잡아당겼다. 그래서 자랄 나이에 제대로 자라지 못하는 발육 부조 현상을 우리는 나타냈다. 회사 사람들과 우리의 이해는 늘 상반되었다. 사장은 종종 불황이라는 말을 사용했다. 그와 그의 참모들은 우리에게 쓰는 여러 형태의 억압을 감추기 위해 불황이라는 말을 이용하고는 했다. 그렇지 않을 때는 힘껏 일한 다음 노 — 사가 공평히 나누어 갖게 될 부에 대해 이야기했다. 그러나 그가 말하는 희망은 우리에게 아무 의미를 주지 못했다. 우리는 그 희망 대신 간이 알맞은 무말랭이가 우리의 공장 식탁에 오르기를 더 원했다. 변화는 없었다. 나빠질 뿐이었다. 한 해에 두 번 있던 승급이 한 번으로 줄었다. 야간작업 수당도 많이 줄었다. 노동자들도 줄었다. 일양은 많아지고, 작업 시간은 늘었다. 돈을 받는 날 우리 노동자들은 더욱 말조심을 했다. 옆에 있는 동료도 믿기 어려웠다. 부당한 처사에 대해 말한 자는 아무도 모르게 쫓겨났다. 공장 규모는 반대로 커갔다. 활판 윤전기를 들여오고, 자동 접지 기계를 들여오고, 옵셋 윤전기를 들여왔다. 사장은 회사가 당면한 위기를 말했다. 적대 회사들과의 경쟁에서 지면 문을 닫을 수밖에 없다고 말했다. 이것은 노동자들이 제일 무서워하는 말이었다. 사장과 그의 참모들은 그것을 알고 있었다.

그것은 생각만 해도 무서운 일이었다. 큰 공장이 문을 닫으면 수많은 노동자들은 갈 곳이 없었다. 작은 공장들이 채용할 인원은 한정이 되어 있다. 나는 돈도 못 벌고 놀게 될지도 모른다. 새로운 일터를 찾는다고 해도 낯선 곳이다. 작은 공장이라 작업장은 더 나쁘고 돈도 오르지 않은 채 받는 액수보다 훨씬 적을 수가 있다. 생각만 해도 끔찍한 일이다. 노동자 대부분이 어린 나이에 들어와 중요한 성장기의 삼사 년을 이 공장에서 보냈다. 익힌 기술을 빼놓으면 성장의 기반이랄 것이 없다. 우리 공원들은 우리가 아는 것만큼 밖에는 사물을 이해하지 못했다. 아무도 땀으로 다진 기반을 잃고 싶어 하지 않았다. 회사 사람들은 우리가 생각하는 것을 싫어했다. 공원들은 일만 했다. 대다수 공원들이 변화가 일어날 수 없는 상태를 인정했다. 무엇 하나 일깨워줄 사람도 없었다. 어른들도 자기들의 경험을 들려 줄 것이 없었다. 마음속에서는 옳은 것이 실제에서는 반대 방향으로 움직여지는 것만을 그들은 보았었다. 우리는 너무나 모르는 것이 많았다. 사장에게는 다행한 일이었다. 그 집 식구들은 정원 잔디를 기계로 밀어서 깎았다. 그 집 정원에서는 손질이 잘된 나무들이 밝은 햇빛을 받아 무럭무럭 자랐다. 그 집 나무들은 '나무종합병원'에서 나온 나무 의사들이 돌보았다. 나도 나무병원 앞을 지나가본 적이 있다. 간판에 '귀댁의 나무는 건강합니까?'라고 씌어 있었다. 그 밑에는 작은 글씨로 '병충해 구제 진단·생리적 피해 진단·외과 수술·건강 유지 관리'라고 씌어져 있었다. 함께 지나던 어린 조역이 말했다.

"우리 집에는 나무가 없습니다. 나는 건강하지 못합니다."

우리는 허리를 잡고 웃었다. 무엇이 그렇게 우스웠는지 모른다. 어린 조역은 그때 거의 날마다 코피를 흘렸다.

형은 웃옷을 벗어 나의 등에 엎어주었다. 풀숲으로 들어간 형의 바짓가랑이도 이슬에 젖었다.

"영희를 보았다는 사람은 주정뱅이 아저씨밖에 없었어."

변명하듯 내가 말했다.

"비행접시가 내렸다는 곳이 여기야."

"그래 밤새도록 뭘 봤니?"

"형은 내가 그 아저씨 말을 믿었던 것 같아?"

"아니."

"찾아나설 데가 있어야지."

"그만 들어가자."

"형은 영희가 왜 집을 나간 것 같아?"

"너희들 때문이야."

어머니는 말했다.

"너희들이 펑펑 놀고 있기 때문에 나갔어. 돈도 없고, 집도 없고. 모든 게 너희들 책임이야. 다른 아이들은 멀쩡하게 남아서 일을 하는데 너희들은 왜 쫓겨났니?"

"어딜 가면 꼭 말을 하고 나갔잖아? 나는 영희가 집을 나간 이유를 알 수가 없어."

"참을 수가 없었겠지."

형이 말했다.

형은 괴로운 표정을 지었다. 형은 언제나 나보다 생각이 깊었다. 아는 것도 많았다. 학교를 그만두자 더 많은 책을 읽었다. 아버지가 난장이만 아니었다면 형은 학자가 될 사람이었다. 형은 틈만 있으면 책을 읽었다. 나는 형을 위해 기계에서 돌아 나오는 인쇄물을 접어다주고는 했다. 아주 어려운 것도 형은 참고 읽었다. 돈을 타면 헌책방에 가서 사다 읽기도 했다. 책은 형에게 무엇이든 주었다. 형은 고민하는 사나이의 표정을 종종 지어보이고는 했다. 내가 이해할 수 없는 것들을 공책에 옮겨 적기도 했다. 형의 공책에는 다음과 같은 것들도 적혀 있었다.

'폭력이란 무엇인가? 총탄이나 경찰 곤봉이나 주먹만이 폭력이 아니다. 우리의 도시 한 귀퉁이에서 젖먹이 아이들이 굶주리는 것을 내버려두는 것도 폭력이다./반대 의견을 가진 사람이 없는 나라는 재난의 나라이다. 누가 감히 폭력에 의해 질서를 세우려는가?/십칠 세기 스웨덴의 수상이었던 악셀 옥센스티르나는 자기 아들에게 말했다. "얘야, 세계가 얼마나 지혜롭지 않게 통치되고 있는지 아느냐?" 사태는 옥센스티르나의 시대 이래 별로 개선되지 않았다./지도자가 넉넉한 생활을 하게 되면 인간의 고통을 잊어버리게 된다. 따라서 그들의 희생이라는 말은 전혀 위선으로 변한다. 나는 과거의 착취와 야만이 오히려 정직하였다고 생각한다./햄릿을 읽고 모차르트의 음악을 들으면서 눈물을 흘리는 (교육받은) 사람들이 이웃집에서 받고 있는 인간적 절망에 대해 눈물짓는 능력은 마비

당하고, 상실당한 것은 아닐까?/세대와 세기가 우리에게는 쓸모도 없이 지나갔다. 세계로부터 고립되었기 때문에 우리는 세계에 무엇 하나 주지 못했고, 가르치지도 못했다. 우리는 인류의 사상에 아무 것도 첨가하지 못했고…… 나의 사상으로부터는 오직 기만적인 겉껍질과 쓸모없는 가장자리 장식만을 취했을 뿐이다./지배한다는 것은 사람들에게 무엇인가 할 일을 준다는 것, 그들로 하여금 그들의 문명을 받아들이게 할 수 있는 일, 그들이 목적 없이 공허하고 황량한 삶의 주위를 방황하지 않게 할 어떤 일을 준다는 것이다.'

나는 형을 알 수가 없었다. 내가 공책을 읽는 동안 형은 고민하는 사나이의 표정을 지었다. 그야말로 의젓한, 고민하는 사나이의 얼굴이었다. 나는 웃음이 나오려는 것을 억지로 참았다. 형은 나의 무지와 어리석음을 비웃었을 것이다.

"도대체 이걸로 뭘 하겠다는 거야?"

내가 물었다.

"영호야."

아버지가 말했다.

"너도 형처럼 책을 읽어라."

"뭘 하겠다는 게 아냐."

형이 말했다.

"나는 책을 통해 나 자신을 알아보는 거야."

"이제 알겠어."

나중에 나는 말했다.

"형은 이상주의자야."

말을 하고 나는 아주 기분이 좋았다. 나도 형만큼 자랐다는 것을 알려주고 싶었다. 다른 아이들과 달리 어려운 말을 할 수 있을 만큼 자랐다는 것을 알려주고 싶었다. 나는 고민하는 이상주의자의 얼굴을 쳐다보았다.

기대는 일그러졌다. 형은 화가 나 있었다. 나는 그때 형이 화를 내야 하는 까닭을 알 수 없었다. 나는 나의 어리석음을 스스로 인정했다. 우리는 난장이의 아들이었다. 형은 어깨를 축 늘어뜨리고 풀숲으로 나갔다. 나는 돌멩이를 집어 방죽을 향해 던졌다. 소리 없이 물방울만 올랐다. 마당에서 나는 계속 돌멩이를 던졌다.

"영호야."

어머니가 말했다.

"그 돌멩이질은 그만두고 동회 앞에나 나가봐라."

"가보나 마나예요. 한 시간 전에 이십이만 원 했는데 또 올랐겠어요?"

"그래도 가봐. 이십오만 원이면 팔겠다고 그래."

나는 다시 돌멩이를 집어 방죽을 향해 던졌다. 동사무소 앞에 사람들이 몰려 있었다. 승용차도 몇 대 서 있었다. 그곳에는 두 부류의 사람밖에 없었다. 입주권을 팔려는 사람과 사려는 사람이었다. 팔려는 사람들은 초조한 얼굴로 거간꾼의 눈치만 보았다. 한결같이 영양이 나쁜 얼굴들이었다. 거기서는 눈물 냄새가 났다. 나는 눈물 냄새를 가슴으로 맡았다. 누가 나의 팔을 끼었다. 영희였다. 영희는 햇볕에 발갛게 탄 얼굴을 옆으로 저어 보였다. 잠실까지 갔다 오는 길이었다. 아파트를 짓고 있는 현장 근처의 복덕방 시세도 이십이만 원이라고 했다. 이젠 더 이상 버틸 필요가 없을 것 같았다.

"작은오빠, 엄마더러 그만 팔자고 그래."

영희가 말했다.

"갑자기 내려가면 어쩌려고 그러지?"

"저에게 파세요."

웬 여자가 말했다.

"소개업자가 아녜요. 직접 입주하려고 그래요. 명의 변경이 가능한 건가요?"

"물론 가능한 거죠."

내가 말했다.

"우린 표찰이 있어요."

"그 표찰이란 거 어떻게 생긴 거예요?"

"작은 알루미늄판입니다. 무허가 건물 번호가 새겨져 있어요."

"무찰은 또 뭔가요? 무찰은 값이 싸던데."

"표찰이 없는 집을 무찰이라고 그래요. 몇 년 전 무허가 건물 일제 조사 때 시에서 잘못 조사해 빠뜨렸든가, 사유지 건물로 판단, 무허가 건물 등록 대장에서 빠진 겁니다."

여자는 땀을 흘리고 서 있었다. 손수건으로 땀을 찍어내며 게시판을 가리켰다. 무허가 건물명의 변경 신청 양식이 붙어 있었다. 그 밑에는 갖추어야 할 구비 서류가 적혀 있었다. "신청서 한 통, 매도자 인감 한 통, 매매 계약서 사본 한 통, 인우 보증서 한 통" 하고 여자가 읽었다.

"매매 계약서 한 통만 쓰면 됩니다."

내가 말했다.

"철거 계고장이 나온 날짜보다 한두 달 앞서 산거로 하면 돼요."

"그럼 정말 안전한가요?"

"아주머니 이름으로 바꾸어진다니까요. 아파트에 아주머니 이름으로 입주하게 돼요."

"그건 불법 아녜요?"

여자는 빳빳한 자세로 서서 땀을 찍어 냈다.

"동회에 들어가서 건설계 직원에게 물어 보세요."

나는 말했다.

"왜 불법적인 일을 처리하느냐고 따져보세요."

"이십이만 원은 비싸요. 만 원만 깎아줄래요?"

"아주머니."

내가 말했다.

"헐릴 저희 집 같은 걸 새로 지으려면 백삼십만 원은 있어야 됩니다. 저희 아버지가 평생을 일해 지은 집예요. 우린 그걸 이십이만 원과 바꾸어야 될 입장예요. 거기서 전세 주었던 돈 십오만 원을 제하고 나면 칠만 원이 남습니다."

"어쨌든 이십일만 원에는 안 되겠다는 얘기 아녜요?"

나는 말하지 않았다. 여자가 돌아섰다. 영희가 작은 주먹으로 나의 등을 쳤다. 잠시 후에 또 한 번 쳤다. 영희는 청바지를 입고 있었다. 영희에게는 청바지도 잘 어울렸다. 나는 영희의 얼굴을 보지 않고 돌아서 걸었다.

"팔지 말고 기다려요."

승용차 안에서 한 사나이가 말했다.

"내가 사겠소."

"얼마에요?"

"얼마면 팔겠어요?"

"이십오만 원."

"좋아요. 내가 저녁에 가죠. 이웃에 팔 사람이 또 있으면 싸게 팔지 말고 기다리라고 그래요."

"조금만 더 기다려라."

아버지가 말했었다.

"진실을 말하고 묻혀버리는 사람들이 있다. 너희들이 그 꼴이 되었구나."

우리는 개천 위에 놓은 시멘트 다리 위에 서 있었다. 아버지는 난간 사이에 두 다리를 내리고 앉아 술을 마셨다. 아버지가 술을 다 마실 때까지 기다려야 했다. 다리 저쪽 끝에서는 곯아떨어진 주정뱅이가 코를 골았다. 아버지의 주량은 그의 반의반도 안 되었다. 그날 밤 아버지는 주정뱅이

주량의 반을 마셨다. 밤이 늦어 동네 사람들은 불을 끄고 잠자리에 들었다. 두 집만 깨어 있었다. 주정뱅이네 집과 우리 집이었다. 나는 아버지가 술에 취해 돌아갈 것 같았다. 형도 아버지가 든 술병을 빼앗아버리지 못했다. 나는 아버지가 마지막 눈을 감는 날의 일을 생각했다. 죽음은 모든 것의 끝이다. 언덕 위 교회의 목사는 달랐다. 그는 인간의 숭고함·고통·구원을 말했다. 나는 인간이 죽은 다음에 또 다른 생을 시작한다는 그의 말을 이해할 수 없었다. 아버지에게는 숭고함도 없었고, 구원도 있을 리 없었다. 고통만 있었다. 나는 형이 조판한 노비 매매 문서를 본 적이 있다. 확실히 아버지만 고생을 한 것이 아니다. 아버지와 어머니는 자식들이 전혀 새로운 삶을 시작하기를 바랐다. 그러나 우리는 이미 첫 번째 싸움에서 져버렸다.

나는 내가 마지막 눈을 감는 날의 일도 생각했다. 나는 아버지만도 못할 것이다. 아버지와 아버지의 아버지, 아버지의 할아버지, 할아버지의 아버지, 그 아버지의 할아버지들은 그들 시대의 성격을 가졌다. 나의 몸은 아버지보다도 작게 느껴졌다. 나는 작은 어릿광대로 눈을 감을 것이다.

아무도 우리에게 할 일을 주려고 하지 않았다. 사람들은 우리가 공장 안으로 들어려는 것을 막았다. 사장과 그의 참모들은 회의실 창가에 서서 우리를 내다보았다. 그들이 우리의 일을 빼앗았다.

"그러니까, 다시 얘길 해보자."

아버지가 말했다.

"너희 둘만 남았었다 이거지? 처음엔 함께 일손을 놓고 사장을 만나 담판하기로 했던 아이들이 너희들을 배반해 너희 둘만 남았었다 이거 아냐?"

"술은 그만 드세요, 아버지."

내가 말했다.

"잘했어."

아버지는 다시 병을 기울여 술을 마셨다.

"너희도 잘했고, 그 아이들도 잘했다."

"저희들 먼저 들어갈래요."

"그래, 들어가라. 들어가서 너희 엄마를 내보내."

"그럴 필요 없어요."

어머니였다. 어머니는 주정뱅이의 몸에 걸려 넘어질 뻔했다.

"잘한다!"

어머니가 말했다.

"둘이서 아버지도 제대로 못 모시는구나."

"가만있어."

아버지는 빈 술병을 다리 밑으로 던졌다.

"애들이 오늘 훌륭한 일을 했어. 사장을 만나 얘기를 했대. 회사가 잘 되려면 몇 사람의 목이 필요하다고 말야. 그리고 사장에게 당신이 당하고 싶지 않은 일을 노동자들에게 강요하지 말라고 한 거야. 이 말뜻을 엄마가 알까? 응?"

"아버지, 그게 아녜요."

내가 말했다.

"우리는 아무도 만날 수 없었어요. 얘기가 먼저 새버려 그냥 쫓겨났을 뿐예요."

"마찬가지야!"

아버지가 큰 소리로 말했다.

"사장을 만났으면 그런 말을 했을 거 아냐? 그렇지? 대답해봐."

"네."

작은 목소리로 내가 대답했다.

"들었지? 엄마 들었어?"

"걱정할 거 없어요."

어머니가 말했다.

"얘들은 일류 기술자예요. 어느 공장에 가든 돈을 벌 수 있어요."

"모르는 소리 하지 마."

"모르는 소리는 왜 모르는 소리예요? 공장도 옮겨 보는 게 좋아요."

"그게 안 된다니까. 벌써 공장끼리 연락이 돼 있어. 똑같은 공장들이야. 얘들을 받아줄 공장이 없어. 얘들이 오늘 무슨 일을 했는지 당신이 알아야 돼."

"그만두세요. 얘들이 무슨 반역죄라도 지은 것처럼 야단예요."

"뭐라구?"

"가자."

형은 시멘트 다리를 성큼성큼 걸어 건넜다. 그 끝에서 곯아떨어진 주정뱅이를 일으켜 업었다. 다리를 휘청거리면서도 넘어지지 않았다. 형은 지난 며칠 동안 제대로 먹지 못했다. 잠도 잘 못 잤다. 혓바늘이 돋고 입맛을 잃었다. 밤에도 머리가 맑아져 잠을 이루지 못했다. 이제 그 보상을 받기 시작했다. 형은 주정뱅이네 마루에다 주정뱅이를 내려놓았다. 어린 딸이 눈을 비비며 나와 아버지를 받아 눕혔다. 우리는 골목을 나와 밤공기를 크게 들이마셨다. 어머니가 아버지를 업고 가는 것이 보였다. 형은 돌아서면서 두 손으로 머리를 눌렀다.

노동자들은 여느 때와 마찬가지로 좁은 마당에 나와 공을 찼다. 그들은 우리 쪽으로 고개를 돌리려고 하지 않았다. 이십 분이 지나자 땀을 뻘뻘 흘리며 작업장으로 몰려 들어갔다.

"이게 뭐람!"

혼잣말처럼 형이 중얼거렸다.

"저녁에 다른 이야길 하면 안 됩니다."

승용차 안의 사나이가 말했다.

"이십오만 원이면 아무 말 안 해요."

내가 말했다. 그 날 밤 승용차 안의 사나이가 우리 동네의 나머지 입주권을 모두 사버렸다. 그는 다른 투기업자들이 이십이만 원에 사가는 것을 이십오만 원씩 주고 모두 사버렸다. 그날 밤에도 영희는 팬지꽃 앞에 앉아 기타를 쳤다. 영희는 팬지꽃 두 송이를 따 하나는 기타에 꽂고 하나는 머리에 꽂았다. 그리고, 꼼짝도 하지 않고 기타만 쳤다. 사나이가 아버지에게 담배를 권했다.

"이십오만 원이 분명하죠?"

어머니가 물었다. 사나이를 따라온 나이든 사람이 검은 가방을 열어 돈을 보여주었다. 그는 마루에 앉아 매매 계약서를 썼다. 어머니가 방으로 들어가 서류가 둔 봉투와 도장을 가지고 나왔다. 아버지는 계약서 매도자란에 '金不伊'라고 쓰고 도장을 눌렀다. 나이든 사람은 아버지의 이름을 제대로 읽지 못했다. 아버지 이름이 갖는 아픈 바람의 뜻을 그가 알 리 없었다. 어머니는 소중하게 싸두었던 것들을 하나하나 넘겨주었다. 식칼 자국이 난 표찰, 아침 수저를 놓고 가슴을 세 번 치게 한 철거 계고장, 집을 헐값에 버리기 위해 생전 처음 내본 인감 증명 두 통, 미리 서명해두었던 명의 변경 신청서, 힘 하나 없는 식구들의 이름과 나이가 차례대로 적혀 있는 주민등록 등본 두 통, 마당가 팬지꽃 앞에 앉아 있던 영희가 고개를 숙였다. 아버지가 그것을 받았다. 꼭 삼 초 동안 들고 있다가 어머니에게 넘겨주었다. 어머니는 두 손으로 받아들었다.

다음날 아침, 명희 어머니는 사람들을 시켜서 집을 헐었다. 어머니가 십오만 원을 갚았다. 두 부인은 손을 마주잡은 채 아무 말도 못 했다. 용달차가 좁은 골목을 뚫고 들어와 명희네 짐을 실었다. 명희 어머니가 치마를 올려 눈물을 닦았다.

"에유, 정이란 게 뭔지!"

명희 어머니가 말했다.

"정이란 게 이렇게 더러운 게라우."

그 말이 우리의 눈에 고춧가루를 뿌렸다. 용달차가 집 앞을 지나갔다. 아버지는 오른손을 반쯤 올렸다가 내렸다. 왼손에는 책이 들려 있었다. 지섭의 책에 아버지의 손때가 까맣게 묻었다. 아버지와 지섭은 우리에게 대기권 밖을 날아다니는 사람들로 보였다. 두 사람은 하루에도 몇 번씩 달을 왕복했다.

"살기가 너무 힘들다."

아버지는 말했었다.

"그래서 달에 가 천문대 일을 보기로 했다. 내가 할 일은 망원 렌즈를 지키는 일야. 달에는 먼지가 없기 때문에 렌즈 소제 같은 것도 필요가 없지. 그래도 렌즈를 지켜야 할 사람은 필요하다."

"아버지, 도대체 그런 일이 가능할 것 같아요?"

내가 말했다.

"넌 이때까지 뭘 배웠니?"

아버지가 말했다.

"뉴턴이 그 중요한 법칙을 발표하고 삼 세기가 지났어. 너도 그걸 배웠지? 국민학교 때부터 배웠어. 그런데 우주에 관한 기본 법칙을 전혀 모르는 사람처럼 말하는구나."

"그런데 누가 아버지를 달에 모시고 가겠대요?"

"지섭이 미국 휴스턴에 있는 존슨 우주 센터에 편지를 냈다. 그곳 관리인 로스씨가 답장을 보내올 거야. 후년에 우주 계획 전문가들과 함께 달에 가게 될 거다."

"그 책을 돌려주세요."

내가 말했다.

"그리고, 그 사람 말을 믿지 마세요. 그는 미쳤어요."

"이 책의 사진을 봐라. 이 사람은 프란시스 베이컨이고, 이 사람은 로버트 고다드다. 당시 사람들이 미치광이로 지목했던 인물들이야. 이 미친 사람들이 어떤 업적을 남겼는지 아니?"

"몰라요."

"넌 학교에서 죽은 교육을 받았어."

"어쨌든 그 책을 돌려주세요."

"너희들은 내가 이 땅에서 끝까지 고생하다 바짝 마른 몰골로 죽기를 바라고 있지? 힘든 일에 눌려 허우적거리다 숨을 거두기를 바라고 있는 것 아니냐?"

"마음대로 생각하세요."

"너희들은 왜 지섭에게 아무 것도 배울 생각을 하지 않니?"

"도대체 뭘 배우라는 말씀예요?"

"로스 씨의 편지를 받기 전에 보여줄 것이 있다. 지섭에게 말해서 쇠공을 쏘아 올려 보여주마."

"없지?"

"네."

"찾지도 못하면서 밤새도록 어디 가 있었니?"

나는 돌맹이를 집어 다시 방죽을 향해 던졌다. 어머니도 기진해 다른 말을 못 했다. 형이 어머니의 등을 밀면서 대문 안으로 들어갔다. 조용한 아침이었다. 백여 채의 집이 헐리고 남은 것은 몇 채 안 되었다. 우리도 영희만 집을 나가지 않았다면 전날 떠났을 것이다. 철거일을 어겨야 할 다른 이유는 없었다.

행복동 생활의 마지막 며칠은 우리에게 악몽과 같았다. 우리는 영희를 찾아 헤매었다. 영희를 본 사람은 없었다. 영희는 가방도 들지 않고 집을 나갔다. 갖고 나간 것은 줄 끊어진 기타와 팬지꽃 두 송이뿐이었다. 나는 좀 큰 돌맹이를 집어던졌다. 이번에도 소리를 들을 수 없었다. 잔물결이 수초 사이로 밀려왔다. 지섭이 이발관 집 공터를 지나 곧장 걸어오고 있었다. 그의 손에 쇠고기가 들려 있었다. 대문 앞까지 나온 아버지가 그의 손을 잡고 들어갔다. 아버지가 쇠고기를 부엌 안 어머니에게 넘겨주었다. 부엌 안에 연기가 자욱했다. 형이 안쪽 아궁이 앞에 엎드려 불을 피우고 있었다. 형은 눈물을 씻으면서 일어나 아궁이에 나무를 넣었다. 어머니는 밖으로 나와 눈물을 씻었다. 우리는 며칠 동안 명희네 집에서 나온 나무를 쪼개 때었다. 형의 몸에서 연기 냄새가 났다. 아버지가 밭은기침을 했다. 아버지와 지섭은 아무 말도 하지 않았다. 지섭은 아버지에게 빌려준 책을 읽었다. 아버지는 그가 감옥살이를 했다고 말했었다. 아버지에 의하면 그는 잘못한 것도 없이 감옥에 갔었다. 그는 마루에 걸터앉아 책을 읽었다. 형과 나는 시멘트 담 앞에 서서 밖을 내다보았다. 집들이 다 헐려 곧바로 동사무소가 보였다. 그 너머로 밝고 깨끗한 주택가가 보였다. 그 바른쪽은 슈퍼마켓이 있는 큰길이다. 영희가 한때 일한 빵집이 보였다. 형과 내가 유리창 밖에서 본 영희는 정말 예뻤다. 아무도 영희가 난장이의 딸이라는 것을 믿으려고 하지 않았다. 우리는 끝내 영희를 찾지 못했다.

부엌에서 고깃국 끓는 냄새가 났다. 고기 굽는 냄새도 났다. 어머니가 상을 내려 행주질을 했다. 동사무소 앞에 사람들이 서 있었다. 쇠망치를 든 사람들이었다. 그들이 헐어버린 집들 공터를 가로질러 우리 집을 향해 오고 있었다. 내가 대문을 잠갔다. 어머니가 밥상을 차렸다. 형이 상을 들어다 마루에 놓았다. 형은 나를 걱정했다. 괜한 걱정이었다. 그들이 쇠망치로 머리를 내리친다고 해도 나는 가만히 있었을 것이다. 아버지가 먼저 수저를 들었다. 그 옆자리에서 지섭이 수저를 들었다. 어머니는 마루 끝에 앉아 국을 마셨다. 형과 나는 밥을 국에 말았다. 대문을 두드리는 소리가 들렸다. 우리는 꼼짝도 하지 않고 식사를 했다. 영희가 이 시간에 어디서 어떤 식탁을 대하고 있을지 우리는 알 수 없었다. 우리의 밥상에 우리 선조들 대부터 묶어 흘려보낸 시간들이 올라앉았다. 그것을 잡아 칼날로 눌렀다면 피와 눈물, 그리고 힘없는 웃음소리와 밭은기침 소리가 그 마디마디에서 흘러 떨어졌을 것이다. 대문을 두드리던 사람들이 집을 싸고돌았다. 그들이 우리의 시멘트 담을 쳐부수었다. 먼지 구멍이 뚫리더니 담은 내려앉았다. 먼지가 올랐다. 어머니가 우리들 쪽으로 돌아앉았다. 우리는 말없이 식사를 계속했다. 아버지가 구운 쇠고기를 형과 나의 밥그릇에 넣어주었다. 그들은 뿌연 시멘트 먼지 저쪽에 서서 우리를 지켜보았다. 그들은 안으로 들어오지 않았다. 그대로 서서 우리의 식사가 끝나기를 기다렸다. 어머니가 부엌으로 들어가 숭늉을 떠왔다. 아버지와 지섭이 숭늉을 마셨다. 숭늉을 다 마시자 어머니는 밥상을 들었다. 내가 먼저 내려가 잠갔던 대문을 열었다. 어머니는 밥상을 들고 밖으로 나갔다. 형이 이불과 옷가지를 싼 보따리 메고 뒤따라나갔다. 쇠망치를 든 사람들은 무너진 담 저쪽에서 말없이 지켜보고 있었다. 우리는 어머니가 싸놓은 짐을 하나하나 밖으로 끌어냈다. 어머니가 부엌으로 들어가 조리·식칼·도마들을 들고 나왔다. 마지막으로 아버지가 나왔다. 아버지는 아버지의 공구들이 들어 있는 부대를 메고 나왔다. 쇠망치를 든 사람들 앞에 쇠망치 대신 종이와 볼펜을 든 사나이가 서 있었다. 그가 아버지를 보았다. 아버지가 바른손을 들어 집을 가리키고 돌아섰다. 어머니는 돌아앉아 무너지는 소리만 들었다. 북쪽 벽을 치자 지붕이 내려앉았다. 지붕이 내려앉을 때 먼지가 올랐다. 뒤로 물러섰던 사람들이 나머지 벽에 달라붙었다. 아주 쉽게 끝났다. 그들은 쇠망치를 놓고 땀을 씻었다. 사나이가 종이에 무언가를 써넣었다. 지섭이 들고 있던 책을 아버지에게 주었다. 그는 사나이를 향하여 걸어갔다.

"방금 무슨 일을 하셨습니까?"

지섭이 물었다. 사나이는 몇 초 후에야 지섭의 말을 알아들었다. 그가 말했다.

"삼십일까지 철거를 하게 돼 있었죠? 시한이 지났어요. 행정대집행법에 따라 철거 작업을 했습니다. 더 이상 할 이야기도 없습니다."

사나이가 돌아서려고 했다.

지섭이 재빨리 말했다.

"지금 선생이 무슨 일을 지휘했는지 아십니까? 편의상 오백 년이라고 하겠습니다. 천 년도 더 될 수 있지만, 방금 선생은 오백 년이 걸려 지은 집을 헐어버렸습니다. 오 년이 아니라 오백 년입니다."

"그 오백 년이란 게 도대체 뭡니까?"

사나이가 물었다.

"모르시겠어요?"

지섭이 되물었다.

"그만 비켜요."

"당신이 덫을 놓았습니다. 당신이 아니라면 당신 상부에서. 백여 세대 이상이 여기다 생활 터전을 잡는 것을 몰랐어요? 덫을 놓은 게 아닙니까? 가서 말해요, 내가 치더라구."

설마 하고 서 있던 사나이는 고개도 돌리지 못했다. 지섭의 주먹이 사나이의 안면에 정통으로 들어갔다. 사나이는 두 손으로 얼굴을 감싸며 상체를 수그렸다. 두 손 사이로 피가 흘러내렸다. 수그린 사나이를 지섭이 또 쳤다. 우리가 말릴 사이도 없었다. 쇠망치를 든 사람들도 마찬가지였다. 그들은 뒤늦게 몰려와 지섭에게 달려들었다. 여러 사람이 한꺼번에 치고, 받고, 밟았다. 형과 내가 나설 차례였다. 그런데 아버지가 우리의 팔을 잡아끌었다.

"놔둬라."

아버지가 말했다.

"아는 사람이 말하게 해라."

형과 나는 아버지에게 팔을 잡힌 채 보았다. 일은 간단히 끝났다. 사나이는 일어나고 지섭은 땅에 죽은 듯 쓰러져 있었다. 사람들이 지섭을 일으켜 세웠다. 어머니가 갑자기 몸을 떨면서 울었다. 지섭의 얼굴은 피에 젖었다. 피는 머리에서 얼굴로 흘러내렸다. 그들이 지섭을 끌고 갔다. 그들은 올 때처럼 곧바로 공터를 가로질러 갔다. 동사무소를 지나 큰길 쪽으로 나가는 것이 보였다. 아버지가 돌아서더니 들고 있던 책을 형에게 주었다. 아버지가 그들을 향해 걸어갔다. 아버지의 작은 그림자가 아버지를 따라갔다. 나는 더 이상 견딜 수가 없었다. 잠이 나를 눌러왔다. 나는 부서진 대문 한 짝을 끌어내 그 위에 엎드렸다. 햇살을 등에 느끼며 나는 서서히 잠에 빠져들었다. 우리 식구와 지섭을 제외하고 세계는 모두 이상했다. 아니다. 아버지와 지섭마저 좀 이상했다. 나는 햇살 속에서 꿈을 꾸었다. 영희가 팬지꽃 두 송이를 공장 폐수 속에 던져 넣고 있었다.

3

거실에 걸려 있는 부엉이가 네 번을 울었다. 이렇게 긴 밤을 새워 보기는 처음이다. 한 밤에 비하면 지금까지의 나의 열일곱 해는 얼마나 긴 것인가. 그러나 큰오빠가 셈해본, 우리 선조 대대로의 세월에 비하면 열일곱 해는 아무 것도 아니다. 선조 대대로의 세월도 마찬가지다. 아버지는 달에 가서 천문대 일을 보게 될 것이라고 말했다. 달에서는 머리카락좌도 선명하게 볼 수 있다. 지섭의 책에 의하면 머리카락좌의 성운은 오십억 광년 저쪽에 있다. 오십억 광년에 나의 열일곱 해를 대보일 수는 없다. 천 년이라고 해야 모래 몇 알이 될지 모른다. 오십억 광년이라면 나에게는 영원이다. 나는 영원을 어떻게 느낄 수 없다. 영원이 죽음과 어떤 관련이 있다면 나는 죽음을 통해 그것을 조금 이해할 수 있을지 모른다.

내가 죽음을 생각할 때 떠오르는 장면이 있다. 사막으로 이어지는 지평선이다. 어둘 녘에 모래 섞인 바람이 분다. 선 하나로 표시될 그 지평 끝에 내가 알몸으로 서 있다. 다리를 약간 벌리고 팔을 안으로 끌어들였다. 머리도 반쯤 숙여 나의 머리카락이 나의 가슴을 덮었다. 눈을 감고 열을 세면 나의 모습은 사라지고 없다. 바람 부는 회색의 지평선만 남는다. 이것이 내가 아는 죽음이다. 이러한 죽음이 영원과 무관할 리가 없다. 우리의 생활은 회색이다. 집을 나온 다음에야 나는 밖에서 우리의 집을 들여다볼 수 있었다. 회색에 감싸인 집과 식구들은 축소된 모습을 나에게 드러냈다. 식구들은 이마를 맞댄 채 식사하고, 이마를 맞대고 이야기했다. 작은 목소리라 나는 알아들을 수 없었다. 아버지의 실제 모습보다도 작게 축소된 어머니가 부엌으로 들어가다 말고 하늘을 쳐다보았다. 하늘까지 회색이다. 나는 나 자신의 독립을 꿈꾸고 집을 뛰쳐나온 것이 아니다. 집을 나온다고 내가 자유로워질 수는 없었다. 밖에서 나는 우리 집을 들여다볼 수 있었다. 끔찍했다. 두 오빠와 마찬가지로 나도 학교를 그만두었다. 그 직전에 읽은 부독본에 다음과 같은 것이 있었다. '물, 물, 어디를 보나 물뿐, 그러나 한 방울도 마실 수 없다.' 배를 잃은 늙은 수부가 바다에 떠 있었다. 물 가운데서 그는 목말라했다. 밖에서 회색에 싸인 축소된 집과 축소된 식구들을 들여다보고 늙은 수부를 생각했다. 그와 똑같았다.

나는 침대에서 일어났다. 침대가 흔들렸으나 나는 걱정하지 않았다. 그는 깊은 잠에 빠져 있었다. 나는 만약을 위해 한 번 더 약병의 뚜껑을 열고 수건을 대어 흔들었다. 그 수건으로 그의 입과 코를 가볍게 누르고 속으로 열을 세었다. 처음 일이 떠올랐다. 그는 나이든 사람이 매매 계약서를 쓰는 동안 내 옆에 서 있었다. 아버지가 이름을 쓰고 도장을 누를 때도 내 옆에 서 있었다. 철거 계고장이 나온 날 내가 동사무소 앞으로 달려갔을 때부터 그는 나를 보았다. 어머니가 소중하게 싸두었던 것들을 내놓을 때 그는 내 옆을 떠났다. 돌아서면서 그는 바른손을 내려 나의 가슴 쪽을 살짝 건드렸다. 어머니가 두 손으로 돈을 받아들고 있었다. 내가 나오는 것을 아무도 못 보았다. 나는 울음이 나오려는 것을 억지로 참았다. 나는 방죽가 골목길을 빠져 동사무소 앞으로 갔다. 낮에 그렇게 붐비던 사람들이 하나도 없었다. 그의 승용차는 게시판 앞에 세워져 있었다. 나는 승용차 앞에 서서 그를 기다렸다. 그는 그의 사람들에게 둘러싸여 큰 소리로 이야기하며 내려왔다. 나를 보자 우뚝 섰다. 나이든 사람이 검은 가방을 넘겨주었다. 그는 그의 사람들을 돌려보내고 나를 향해 걸어왔다.

"나를 기다렸나?"

그가 물었다.

"왜?"

"우리 거도 그 안에 있어요?"

내가 검은 가방을 가리키며 물었다.

"이 안에 있겠지."

"그걸 따라 왔어요."

"어떻게 하려구?"

나는 할 말이 없었다.

"어떻게 할 테야? 난 가야 하는데."

"그건 우리 집예요."

겨우 내가 말했다. 그는 나를 내려다보았다.

"이젠 아니지."

그가 말했다.

"내가 돈을 주고 샀어."

그는 열쇠를 꺼내 승용차의 문을 열었다. 검은 가방을 넣고 그는 차에 올라탔다. 내가 손바닥으로 유리문을 두드렸다. 그가 반대쪽 문을 열었다. 나는 그의 차에 올라탈 때에서야 기타를 들고 나왔다는 것을 알았다. 그가 기타를 받아서 뒷자리에 놓아주었다. 그는 동사무소 앞에서 차를 돌려 나갔다. 나는 자리에 비스듬히 누워 몸을 숨겼다.

"바로 앉아."

그가 말했다. 차는 행복동을 떠나 낙원구를 벗어나고 있었다. 그는 운전을 하면서 나의 얼굴을 보았다. 차가 빨간 신호를 받자 나의 머리에서 팬지꽃을 가져다 냄새를 맡았다. 그는 작은 꽃송이를 왼쪽 윗주머니에 꽂았다.

"우리 집은 영동이야."

그가 말했다.

"조금 가다 내려줄 테니까 집으로 돌아가."

"싫어요."

내가 말했다.

"돌아갈 집이 없어졌어요."

"그럼 어떻게 하겠다는 거야? 이 가방을 강탈해갈 셈야?"

"생각중예요."

"좋아."

그가 말했다.

"네가 할 일을 주지. 말을 잘 들어야 돼. 그렇지 않으면 내쫓을 테야. 사실은 전부터 너를 봤어, 예뻐서. 그렇지만 어떤 경우에든 '안 돼요.' 하는 말을 내 앞에서는 쓸 수 없다는 걸 알아야 돼. 그러면 나는 너에게 내가 고용한 어떤 사람보다 많은 돈을 줄 용의가 있어. 잘 생각해보고 결정해."

나로서는 생각해볼 것도 없었다. 큰오빠는 우리의 집을 짓는 데 천년의 세월이 걸렸다고 말했다. 나는 그 말뜻을 잘 몰랐었다. 큰오빠의 말에는 물론 과장도 섞여 있었다. 그러나 거짓은 아니었다. 어머니는 내가 열일곱 살이 되자 여자가 가져야 할 가족과 가정에 대한 그 전통적 의무가 어떤 것인가를 은연중 가르치려고 했다. 순결도 입이 닳게 강조하는 것 중의 하나였다. 어머니는 내가 어둠 속에서 남자를 생각하는 것도 용서할 수 없다는 입장을 취했다. 내가 집을 나와 한 생활을 알았다면 어머니는 목을 맸을 것이다. 그는 나에게 친절하게 해주었다. 제일 먼저 옷을 맞추어주었다. 한꺼번에 여러 벌을 맞추어주었다. 나는 그를 위해 나를 치장하지 않으면 안 되었다. 그의 아파트는 영동에 있었다. 사무실도 영동에 있었다. 나는 그의 사무실에서 주택에 관한 신문 기사를 오려 스크랩북에 옮겨 붙였다. 날마다 같은 일만 했다. 주택에 관한 기사가 없을 때는 일반 기사를 읽으며 소일했다. 그의 광고도 신문에 날마다 났다. '잠실은 우리 모두의 관심입니다. 잠실 아파트에 대해 상담하실 분은 지금 곧 전화를 하세요. 은아는 당신의 성실한 부동산 안내자입니다. ─은아부동산.' 주택 분양 광고도 났다. '신천호대교, 잠실지구, 강남 1로에 붙은 급속도 발전 지역. 꿈이 깃들인 주택을 염가 분양 중이오니 이 기회를 이용하십시오. ─은아주택.' 그는 무서운 사람이었다. 스물아홉에 못 하는 일이 없었다. 우리 동네에서 사온 아파트 입주권은 오히려 적은 편이었다. 그는 재개발 지구의 표를 거의 몰아 사들이다시피 했다. 영동 일대에 잡아 놓은 땅도 많았다.

그의 집은 부자였다. 지금 자기가 하는 일은 작은 훈련에 지나지 않는다고 나에게도 말했었다. 그는 아버지 회사로 들어가 더 큰 일을 해야 할 사람이었다. 밤에 아파트로 돌아오면 집으로 전화를 하고는 했다. 그 전화선 저쪽 끝에 그의 아버지가 앉아 있었다. 그는 아버지에게 자기가 한 일을 보고하고 자문도 구했다. 그는 거의 차렷 자세로 아버지에게 전화를 걸었다. 전화가 끝나면 그의 고용인들이 정리한 대장을 하나하나 검토했다. 그는 우리 동네에서 사온 아파트 입주권을 사십오만 원에 팔았다. 그 이하로는 팔지 않았다. 상상도 못 했던 일이다. 나는 미리 사두었다가 일이만 원 정도 더 받고 넘기겠지 했었다. 그가 거실에 앉아 일을 하는 동안 가정부는 음식을 차려놓고 그가 식탁 앞에 앉기를 기다렸다. 그는 어머니가 보내준 가정부였다. 그는 그 가정부에게 별도의 돈을 주었다. 집식구들에게 나에 관한 일을 보고하면 안 된다는 조처였다. 가정부는 내가 온 다음부터 잠을 나가서 잤다. 나는 처음 약속대로 '안 돼요'라고 말하지 못

했다. 아무도 그에게 '안 돼요'라고 말하지 못했다. 나는 전혀 다른 세상 사람과 생활하고 있었다. 우리는 출생부터 달랐다. 나의 첫 울음은 비명으로 들렸다고 어머니는 말했다. 나의 첫 호흡이 지옥의 불길처럼 뜨거웠을지도 모를 일이다. 나는 모태에서 충분한 영양을 보급 받지 못했다. 그의 출생은 따뜻한 것이었다. 그의 첫 호흡은 편안하고 달콤한 것이었다. 성장 기반도 달랐다. 그에게는 선택할 것이 많았다. 나나 두 오빠는 주어지는 것 이외의 것을 가져본 경험이 없다. 어머니는 주머니가 없는 옷을 우리들에게 입혔다. 그는 자라면서 더욱 강해졌지만 우리는 자라면서 반대로 약해졌다. 그가 나를 원했다. 그는 원하고 또 원했다. 나는 밤마다 알몸으로 잠을 잤다. 나는 밤마다 꿈을 꾸었다. 꿈속에서 오빠들은 다른 공장에 취직이 되어 일을 나갔다. 아버지는 하루에도 몇 번씩 달을 왕복했다. 잠이 든 듯 만 듯한 상태에서 나는 어머니의 목소리를 듣고는 했다.

"영희야, 넌 집을 나가 뭘 하고 있는 거냐?"

그러면 나는 대답했다.

"그의 금고 속에 우리 아파트 입주권이 들어 있어요. 그걸 맨 밑으로 내려놨어요. 아직 팔리지 않았어요. 팔리기 전에 그걸 꺼내가지고 갈래요. 그의 금고 번호를 알아냈어요."

"누가 너더러 그런 짓을 하라고 했니? 빨리 일어나 옷을 입어라."

"안 돼요, 엄마."

"우린 성남으로 가기로 했다. 빨리 일어나라."

"안 돼요."

"너의 증조할머니 동생 한 분이 알몸 시체로 수리조합 봇물에 막혀 있었단다. 왜 그랬는지 아니? 주인 서방과 잠자리를 함께했기 때문야. 주인 여자가 너의 증조할머니 동생을 사매질해 숨지게 했단다."

"엄마, 전 달라요."

"같아."

"달라요."

"같아."

"달라요!"

"넌 이제 그것 때문에 망한다. 어린 게 그것을 좋아해."

"그래요. 전 좋아해요."

"망할 것!"

몸부림치다 눈을 떠보면 밤중이었다. 그는 깊은 잠에 빠져 깨어날 줄 몰랐다. 나의 몸에서는 그의 정액 냄새가 났다. 그는 나를 좋아했다. 그는 어린 나를 좋아했다. 그는 완전하게 나를 좋아했다. 그래서 나는 도덕적인 고통에서 벗어날 수 있었다.

나는 그의 금고에서 우리의 것을 꺼냈다. 그의 금고 속에는 돈과 권총과 칼이 함께 들어 있었다. 나는 돈과 칼도 꺼냈다. 나는 달 천문대 밑에 쪼그리고 앉아 있는 아버지의 모습을 상상했다. 아버지는 이미 오십억 광년 저쪽에 있는 머리카락좌의 성운을 보았는지 모른다. 오십억 광년이라면 나에게는 영원이다. 영원에 대해서 나는 별로 할 말이 없다. 한밤이 나에게 너무나 길었다. 나는 그의 얼굴에서 수건을 떼고 약병의 뚜껑을 닫았다. 나에게 더없이 고마운 약이었다. 첫날 그 약이 괴로워하는 나의 몸을 마취시켜 잠속으로 몰아넣었었다. 그래서 나는 그의 처음 표정을 볼 수 없었다. 나는 손가방을 열어 그 안의 것들을 확인했다. 모두 가지런히 넣어져 있었다. 나는 옷을 입었다. 머리가 어지러웠다. 방문을 열고 거실로 나갔다. 그를 돌아보지 않았다. 내가 가지고 가야 할 것은 이제 없었다. 집을 나올 때 입었던 옷, 뒷 굽이 닳은 신발, 큰오빠가 사준 줄 끊어진 기타는 이미 그 집에 없었다. 나는 심호흡을 하고 현관문을 열었다. 밖으로 나가 반대로 밀었다. 문은 닫히면서 스스로 잠겼다.

날이 밝으려면 아직 멀었다. 나는 아파트 앞에서 택시를 기다려 탔다.

택시는 불을 켜고 빈 영동 거리를 달렸다. 어지러워 눈을 감았다. 제삼한강교를 건널 때 나는 차를 세웠다. 문을 열고 나가자 시원한 공기가 몽롱한 정신을 일깨워주었다. 나는 난간을 짚고 이제 희뿌연 빛을 반사하며 흘러가는 강물을 내려다보았다. 운전기사가 따라 나와 난간에 기대어 섰다. 그 자세로 담배를 피우며 나를 보았다. 날이 밝기 시작했다. 아버지가 누워 난 한겨울 동안 어머니는 취로장에 나가 일했다. 어머니가 집을 나설 때마다 맞았던 그 새벽의 빛깔을 이제 알았다. 자갈 채취선에서 날카로운 금속성이 들려왔다. 내가 탄 택시는 남산 터널을 빠져 시내를 가로질러 달렸다. 죄인들은 아직 잠자고 있었다. 이 거리에서 구할 자비는 없었다. 나는 낙원구에서 내렸다. 나는 낙원구의 거리와 골목을 걸으며 시간을 보냈다. 마지막으로 다방에 들어가 차를 마셨다. 차를 마시면서 아버지의 도장이 찍힌 매매 증서를 꺼내 찢었다. 우리가 어렸을 때 이 일대는 채마밭이었다. 나는 차를 마시고 채마밭 위에 깔아놓은 포장도로를 따라 걸었다. 이제 더 이상 헤맬 필요가 없었다. 나는 곧장 행복동 동사무소를 향해 갔다. 동사무소는 아침부터 붐볐다. 내가 줄 뒤에 가서 서는 것을 건설계원이 힐끗 보았다. 그는 일을 하다 말고 나를 뚫어지게 보았다.

"난장이 딸 아냐?"

직원들이 수군거리는 소리가 나에게까지 들렸다. 나는 똑바로 서서 차례를 기다렸다. 도장 찍는 소리, 표찰 떨어지는 소리, 웃음소리가 들렸다. 나는 우리 집 표찰을 꺼내 들었다. 어머니가 남긴 식칼 자국이 손끝에 느껴졌다. 나의 차례가 되었다.

"어쩐 일이지?"

건설계원이 물었다.

"집이 이사 간 건 알아?"

"네."

나는 말했다.

"철거 확인증이 필요해서 왔어요."

"철거 확인증은 왜?"

그가 알 수 없다는 표정을 지었다.

"입주권을 팔았잖아? 팔아버리고 무슨 필요로 그러는 거야?"

"그 세단차 사나이가 사 갔지."

옆 사나이가 말했다. 나는 몇 초 동안 가만히 서 있었다.

"아저씨는 어느 편이요?"

내가 말했다.

"아파트에 들어가야 할 사람은 저희예요."

"딴은 그래."

계원이 옆 사나이를 보았다. 그들은 어깨만 들었다 놓았다.

"서류를 갖고 있어?"

"서류는 무슨 서류야? 당사자 입주인데. 계고장과 표찰만 있으면 돼. 그걸 갖고 있다면 우리가 할 말은 없어."

"여기 있어요."

나는 표찰과 철거 계고장을 내주었다. 두 사람이 그것을 받아 대장과 비교해보았다. 옆 사나이가 표찰을 큰 통에 던져 넣었다. 그 안에 많은 표찰이 들어 있었다. 우리 표찰이 가벼운 생철 소리를 내며 그것들 위에 떨어졌다. 건설계원이 용지를 내주었다. 나는 거기에 써 넣었다.

아버지의 이름, 주민등록번호, 생년월일, 무허가 건물 발생년도를 써넣으며 나는 손을 떨었다. 글씨가 제대로 써지지 않았다. 몸이 약해져서 그래, 나는 생각했다. 큰오빠의 말대로 나는 어렸을 때부터 잘 울었다. 눈물이 앞을 가려 잠시 멈추었다가 썼다. 철거 확인원을 건설계원 앞으로 밀어 놓았다.

번 호	458	기존 무허가 건물 철거 확인원			처리 기간	
					즉시	
신청인	성 명	김불이	주민등록 번 호	123456 – 123456	생년월일	1929년 3월 11일
	주 소	서울특별시 낙원구 행복동 46번지의 1839				
	본 적	경기도 낙원군 행복면 행복리 276번지				
	철 거 된 건물위치	서울특별시 낙원구 행복동 46번지의 1839				
	구 분	가옥주 (○)		세입자 ( )		
	철거 일시	197×년 월 일		무허가건물 발 생 년 도		196×년 5월 8일
용 도		아파트 입주 신청용				

위 사실을 확인하여 주시기 바랍니다.

197×년 10월 7일

신청인 김 불 이

위 사실을 확인함

197×년 10월 7일

낙원구 행복 제1동장

"철거 일시를 모르겠어요."

내가 말했다. 계원은 나를 빤히 처다보며 물었다.

"어디 가 있었어?"

나는 말하지 않았다. 그는 197×년 10월 1일이라고 써넣었다.

"이사 간 곳도 모르지?"

"네."

"아무 이야기도 못 들었어?"

나는 다리의 힘까지 빠지는 것을 느끼며 책상 모서리를 짚고 섰다. 옆
사나이가 건설계원을 쿡 찔렀다. 계원은 '위 사실을 확인함' 옆에 작은 도
장을 찍고 그것을 안쪽 사무장에게 넘겼다. 나는 줄 밖으로 나서며 이마

난장이가 쏘아올린 작은 공 337

를 짚었다. 가벼운 미열이 전신에 일었다. 안쪽에서 사무장이 일어서며 나를 손짓해 불렀다. 그는 '행복 제1동장' 위에 직인을 찍었다. 그것을 내주기 전에 나를 창가로 데리고 갔다. 사무장은 큰길 건너 포도밭 아랫동네를 가리켰다.

"위에서 세 번째 집야."

그가 말했다.

"그 댁 아주머니를 찾아가. 윤신애 아주머니. 전부터 아버지를 잘 아시는 분야. 하루에도 몇 번씩 여기까지 오셨어. 너를 찾느라구."

"저도 전에 뵌 적이 있어요."

내가 말했다.

"구청에 들렀다 주택공사로 가야 돼요. 일을 끝내고 갈게요."

"그 아주머니가 다 말씀해주실 거다."

사무장이 말했다.

"친절하신 아주머니야."

"고맙습니다."

인사를 남기고 밖으로 나왔다. 사무장과 이야기하는 동안 직원들이 나를 보고 있었다. 그들은 무언가 나에게 말하고 싶어 했다. 잠시도 그곳에 서 있을 수 없었다.

큰길로 나가 택시를 잡았다. 슈퍼마켓 앞을 지날 때 빵집이 보였다. 다른 아이들이 내가 했던 일을 하고 있었다. 거기서 고개를 돌렸다면 우리 동네를 한눈에 볼 수 있었을 것이다. 나는 참았다. 차마 고개를 돌려 볼 수 없었다. 구청 일은 좀 쉽게 끝났다. 나는 주택과로 가서 철거 확인증을 내주고 입주 신청을 했다. 구청 층계를 내려오면서 심한 어지러움을 느꼈다. 몇 년을 밖에서 산 것 같았다.

그가 나를 더욱 약하게 만들었다. 나는 집을 나온 다음 편한 잠을 이루어 본 적이 없다. 나는 모태에서뿐만 아니라 출생 후에도 충분한 영양을 보급 받지 못했다. 집을 나온 다음 그와 대한 식탁은 늘 풍성했다. 그 영양은 축적이 되지 않았다. 내가 받는 정신적 압박 때문만은 아니었다. 나에게 맛있는 음식을 제공한 그가 거기서 취한 열량을 다시 빼앗아갔다. 마지막 밤을 꼬박 새운 것도 영향을 주었다. 아무 데나 눕고 싶은 생각뿐이었다. 빨리 일을 끝내고 신애 아주머니를 찾아가야지. 그 아주머니가 나를 식구들 옆으로 보내줄 것이다.

나는 새벽에 왔던 길을 되밟아갔다. 남산 터널을 빠져 제삼한강교를 건넜다. 벌판에 서 있는 그의 아파트가 보였다. 나는 가방을 열고 안에 들어있는 그의 칼을 만져 보았다. 상아로 만든 칼자루 윗부분에 작은 구슬만한 쇠가 붙어 있었다. 그것을 누르면 칼날이 튀어나온다는 것을 나는 알고 있었다. 주택공사 입구에서 차를 세웠다. 많은 사람들이 공사 정문을 향해 걸어갔다. 나는 서둘러 그들 속으로 들어갔다. 가만히 서 있어도 앞으로 밀려갔다. 나는 사람들에게 밀려 마당 안으로 들어갔다. 하얀 건물이 햇빛을 반사해 눈이 부셨다. 잔칫날 같았다. 몇 군데 차일까지 쳐져 있었다. 나는 신청 용지를 타는 곳에 가 섰다. 차례가 되자 직원이 시 접수증을 보자고 했다. 그 직원이 신청 용지를 내주었다. 나는 줄밖으로 나서며 아파트 임대 신청서의 내용을 쭉 읽었다. 그 임대 조건 중에 '신청자와 입주자는 동일인이어야 하며 제삼자에게 전대하거나 임차권을 채권의 담보로 제공할 수 없음' 이라는 것도 있었다. 죽어버린 조문이었다. 그 조문이 든 신청서에 아버지의 이름·주소·주민등록번호를 적어 넣었다. 다시손이 떨렸다. 다리의 힘도 빠져 주저앉을 것 같았다. 신청서를 써 가지고다음 줄에 가 섰다. 내가 선 줄에 재개발 지구의 주민은 나밖에 없었다. 그런데도 앞줄 책상의 직원은 모든 사람들에게 묻고 있었다.

"산거죠?"

알면서 묻고 있었다. 사람들은 그 물음에 얼른 대답하지 못했다.

"산거죠?"

그 직원이 나에게도 물었다.

"네, 샀어요!"

아프지만 않았다면 나는 대답을 했을 것이다. 불친절하고 기분 나쁜 사나이였다. 나는 아팠다. 나는 아무 말도 하지 않았다. 그 직원은 신청용지·시 접수증·주민등록등본을 철박이로 눌렀다. 그 위에 접수 도장을 쿡 찍었다. 그것을 받아 돌아서다 말고 나는 몸을 숨겼다. 줄 반대쪽으로 들어가 건물 바로 앞쪽을 살폈다. 바로 그가 그의 승용차 앞에 서 있었다. 그는 건강한 몸으로 서 있었다. 나는 아픈 몸을 숨기고 그가 나가기를 기다렸다. 그와 마주친다면 나는 그를 죽일 생각이었다. 그는 아직까지 한 번도 죽음에 대해 생각해본 적이 없을 것이다. 인간이 갖는 고통에 대해서도 그는 아는 것이 없다. 절망에 대해서도 모를 것이다. 빈 식기들이 맞부딪치는 소리, 손과 발, 무릎, 그리고 이가 추위에 견디지 못해 맞부딪치는 소리를 그는 들어본 적이 없을 것이다. 그가 원할 때마다 알몸으로 그를 받아들이며 삼킨 나의 신음 소리도 듣지 못했을 것이다. 그는 벌겋게 달군 쇠로 인간에게 낙인을 찍는 사람들 편이었다. 나는 가방을 열어 칼을 만져보았다. 그가 손을 흔드는 것이 보였다. 건물 안에서 한 사나이가 나왔다. 그가 사나이를 맞아 악수하고 함께 차 안으로 들어갔다. 그의 승용차는 사람들을 옆으로 밀치면서 주택공사 마당에서 나갔다. 눈물이 또 나의 눈에 내배었다. 그는 가진 것이 너무 많았다.

나는 사람들을 따라 업무과로 들어갔다. 그 안에서도 줄을 섰다. 손으로 이마를 짚고 차례를 기다렸다.

"어디 아파요?"

나의 차례가 되었을 때 직원이 물었다.

"괜찮아요!"

나는 말하며 들고 있던 것들을 넘겨주었다. 직원은 나의 서류를 확인해 받고 영수증 용지에 신청 번호를 적어주며 경리과에 가서 돈을 내라고 했다. 한 아주머니가 물을 받아다주었다. 나는 물을 마셨다. 경리과 사람들은 아무것도 묻지 않았다. 그들은 돈 액수를 확인한 다음 영수증에 도장을 찍어 내주었다.

"이제 됐어!"

내가 말했다.

사람들이 나를 보았다.

그들은 알았을까?

나는 주택공사 건물을 등지고 나왔다. 거리에 쓰러지지 않고 신애 아주머니네 집까지 갔다. 아주머니네 집 초인종을 누르고 우리 동네를 보았다. 우리 집이, 이웃집들이, 온 동네의 집들이 보이지 않았다. 방죽도 없어지고, 벽돌 공장의 굴뚝도 없어지고, 언덕길도 없어졌다. 난장이와 난장이의 부인, 난장이의 두 아들, 그리고 난장이의 딸이 살아간 흔적은 거기에 없었다. 넓은 공터만 있었다. 신애 아주머니가 딸의 이름을 큰 소리로 부르며 나와 나의 몸을 부축해 안았다. "안녕하세요?" 하는 인사도 제대로 못 했다. 신애 아주머니는 전에도 다친 아버지를 이렇게 부축해 안아다 눕혔다. 딸이 물수건을 해오고, 아주머니는 나의 옷을 풀어헤쳤다. 아주머니는 어머니처럼 나에게 해주었다. 물수건으로 얼굴을 닦아주고, 손과 발을 닦아주고, 푹신한 이불을 내려 덮어주었다.

"고맙습니다, 아주머니."

내가 말했다. 나는 겨우 눈을 떴다.

"자, 아무 말도 하지 마라."

아주머니가 말했다.

"의사 선생님을 모셔 오마. 오늘은 아무 얘기도 하지 말자."

"괜찮아요."

내가 말했다. 저절로 눈이 감겼다.

"잠을 못 잤을 뿐예요. 잠이 와서 그래요."

"그럼 잠을 자라. 한잠 푹 자."

"빼앗겼던 걸 찾아왔어요."

"잘했다!"

"수속까지 끝냈어요."

"잘했어."

"이사 간 델 아시죠?"

"암, 알잖구."

"사무장님을 만났어요."

잠이 들 듯 말 듯한 상태에서 나는 말했다.

"아주머니가 다 말씀해주실 거라고 했어요."

"다른 말은 없었지?"

"무슨 일이 있었어요?"

"한잠 자라. 자구 나서 우리 얘기하자."

"말씀을 듣기 전엔 못 잘 것 같아요."

내가 다시 눈을 떴다. 아주머니의 딸이 마루로 나갔다. 이내 대문 소리가 들렸다. 병원으로 의사를 데리러 가는 길이었다.

아주머니가 말했다.

"네가 집을 나가구 식구들이 얼마나 찾았는지 아니? 이 방 창문에서도 보이지. 어머니가 헐린 집터에 서 계셨었다. 너는 둘째치구 이번엔 아버지가 어딜 가셨는지 모르게 됐었단다. 성남으로 가야하는데 아버지가 안 계셨어. 길게 얘길 해 뭘 하겠니. 아버지는 돌아가셨어. 벽돌 공장 굴뚝을 허는 날 알았단다. 굴뚝 속으로 떨어져 돌아가신 아버지를 철거반 사람들이 발견했어."

그런데 — 나는 일어날 수가 없었다. 눈을 감은 채 가만히 누워 있었다. 다친 벌레처럼 모로 누워 있었다. 숨을 쉴 수 없었다. 나는 두 손으로 가슴을 쳤다. 헐린 집 앞에 아버지가 서 있었다. 아버지는 키가 작았다. 어머니가 다친 아버지를 업고 골목을 돌아 들어왔다. 아버지의 몸에서 피가 뚝뚝 흘렀다. 내가 큰 소리로 오빠들을 불렀다. 오빠들이 뛰어나왔다. 우리들은 마당에 서서 하늘을 쳐다보았다. 까만 쇠공이 머리 위 하늘을 일직선으로 가르며 날아갔다. 아버지가 벽돌 공장 굴뚝 위에 서서 손을 들어보였다. 어머니가 조각마루 끝에 밥상을 올려놓았다. 의사가 대문을 들어서는 소리가 들렸다. 아주머니가 나의 손을 잡았다. 아아아아아아아 하는 울음이 느리게 나의 목을 타고 올라왔다.

"울지 마, 영희야."

큰오빠가 말했었다.

"제발 울지 마. 누가 듣겠어."

나는 울음을 그칠 수 없었다.

"큰오빠는 화도 안 나?"

"그치라니까."

"아버지를 난장이라고 부르는 악당은 죽여 버려."

"그래. 죽여 버릴게."

"꼭 죽여."

"그래. 꼭."

"꼭."

인생의 새벽을 깨우는 좋은 습관
아침독서 10분 한국단편소설

초판 1쇄 인쇄 2010년 3월 5일
초판 1쇄 발행 2010년 3월 10일

엮 은 이 구인환
펴 낸 이 신원영
펴 낸 곳 (주)신원문화사

편   집 장경근 장민정 김진희
디 자 인 송효영
영   업 이정민
총   무 양은선 김희자 정하영 정설화 강수연
관   리 조경화 김황식
경영지원 윤석원

주   소 서울시 영등포구 당산동 121 – 245 신원빌딩 3층
전   화 3664 – 2131~4
팩   스 3664 – 2130
출판등록 1976년 9월 16일 제5 – 68호

* 파본은 본사나 서점에서 교환해 드립니다.

ISBN 978-89-359-1517-0 (43810)
ISBN 978-89-359-1516-3 (세트)